산
새

사내

초판 1쇄 찍은 날 § 2004년 1월 20일
초판 1쇄 펴낸 날 § 2004년 1월 30일

지은이 § 심제이
펴낸이 § 서경석

편집장 § 문혜영
편집 § 이종민 · 신혜미
마케팅 § 정필 · 강양원 · 이선구 · 김규진 · 홍현경

펴낸곳 § 도서출판 청어람
등록번호 § 제1081-1-89호
등록일자 § 1999. 5. 31
어람번호 § 제5-0010호

주소 § 경기도 부천시 원미구 심곡1동 350-1 남성B/D 3F (우) 420-011
전화 § 032-656-4452 팩스 § 032-656-4453
http://www.chungeoram.com
E-mail § eoram99@chollian.net

ISBN 89-5505-967-1 03810

Chungeoram romance novel

—심제이 지음—

사 내 대 사 내 로 만 나 다

사내 대 사내로 만나다. 모진 운명을 타고나
사내로 살 수밖에 없었던 주영과 바르고 강한
지민의 어리고 어설픈 사랑

여자 대 남자로 만나다. 사내의 탈을 벗어버린 주영과 앞만 보고
달려가는 지민의 사랑. 사랑을 시작하나 사랑을 끝낼 수는 없다.

도서출판
청어람

"**으**애앵~ 으애앵~"

새벽동이 어스름하게 회색 빛을 띨 때쯤 갓난아이의 울음소리가 우렁차게 울려 퍼졌다. 두 손을 꼭 쥔 채 눈을 감고 있던 사내가 고개를 들었다. 잠시 후 소리의 근원지인 듯한 문이 열리고 뽀얀 하늘빛 색깔의 포대기에 싸인 아이가 안겨져 나왔다. 갓 태어난 듯한 아이의 얼굴은 여기저기 태반과 핏자국으로 얼룩져 있었으나 얼굴에는 붉은 생기가 가득했다. 미처 걸음을 떼지 못한 사내가 어색하게 두 손을 앞으로 내밀었다. 잠시 머뭇거리는 듯한 여자가 아이를 건네주자 사내의 얼굴에 서서히 웃음이 퍼졌다.

"하하. 해낼 줄 알았어. 해낼 줄 알았어."

만면에 웃음을 띠고 중얼거리던 사내가 아이를 꼭 안아 들었다. 따뜻한 꿈틀거림. 오랜 산고 끝에 얻은 마지막 자식이었다. 기쁨으로 벅찬 듯 사내가 자신의 뺨에 아이의 얼굴을 부비적 비벼대었다.

"사장님, 저기…… 그게……."

아이를 안고 나왔던 여자가 사내의 눈치를 살피며 더듬더듬 입을 열었다.

"왜요, 춘천 댁?"

머뭇거리는 여자를 본 사내가 서둘러 아이의 여기저기를 만져 보았다. 그러나 아이에게는 아무 이상이 없어 보였다. 갑자기 사내의 고개가 굳게 닫혀진 문을 향하였다. 사내의 눈을 따르던 여자가 이내 사내의 생각을 읽어내고는 가만히 고개를 저었다.

"그래, 김 박사님이 다 괜찮다고 하셨어. 아직 내가 진정이 되지 않은 모양이야."

애써 태연한 듯 가만히 여자를 응시하는 사내의 눈빛이 서서히 흔들리고 있었다.

"네, 아무 이상이 없으십니다."

하나를 제외하고는. 차마 끝맺지 못한 말이 허공에 흩어지고 있었다. 멍하니 여자의 입을 바라보던 사내가 아이에게로 눈을 돌렸다. 그리고는 곱게 싸여진 포대기를 들쳐 내었다. 갑작스런 한기에 부르르 떠는 아이의 움직임이 느껴졌으나 사내는 아랑곳하지 않았다.

"공주님이십니다."

여자의 말이 귓가를 울려대며 두 손을 꼭 쥔 아이의 모습만이 커다랗게 자리하고 있었다. 멍하니 아이를 바라보던 사내가 이내 다시금 아이를 감싸 안았다. 그리고는 아무 일도 없었다는 듯이 칭얼대는 아이를 어르고 있었다.

"미연이는 잠들었소?"

태연한 듯 묻는 목소리가 꺾여 있었다.

"네, 한참을 울기만 하시다가 잠드셨어요. 죄송합니다, 하도 보기 싫다고 하시는 바람에……."

"춘천 댁이 죄송할 건 없어요. 그 사람도 얼마나 속상하면 그 힘든 순간에 남편이 보기 싫었겠소."

고개를 숙인 채 조아리는 여자를 다독이는 사내의 목소리에 허탈함이 잔뜩 묻어났다. 앞으로의 일들에 대한 두려움을 알기라도 하는 듯 칭얼대던 아이는 얌전히 사내의 품 안에서 두 눈을 꼭 감고 있었다.

"일어났어?"

"여보."

힘에 겨운 듯 가까스로 입을 떼며 미연이 몸을 일으켰다.

"수고했어. 김 박사님이 내일 또 오신다고 하셨으니까 무리만 하지 않으면 돼."

애처로운 눈길로 미연의 이마에 붙은 머리카락을 한 올 한 올 떼어주는 민혁의 손길을 미연이 가볍게 밀쳐 내었다.

"걱정 말아요. 어디 한두 명 낳아봐요. 연락드렸어요?"

묻는 미연의 음성이 떨리는 듯하더니 이내 말끝에 물기가 묻어났다.

"아직."

민혁의 말에 불안으로 떨리던 미연의 눈빛이 이내 단호하게 빛났다.

"여보, 나 당신한테 부탁이 있어요. 꼭 들어줘요. 꼭 들어줘야 해요. 알았죠?"

미연은 애써 눈길을 피하는 민혁의 시선을 잡으며 힘겹게 입을 열었다.

"여보, 나 이렇게 못살아요. 더는 이렇게 못살아요. 우리 아이들이 무슨 죄예요? 왜 죄인 취급을 받으며 자라게 해야 해요? 그 아이들에게 더 이상 이런 내 모습 보이며 자라게 하고 싶지 않아요. 자신없는 엄마, 당당하지 못하고 언제나 고개 숙인 엄마, 여자의 삶을 엄마의 삶을 그렇게 받아들이며 자라게 하고 싶지 않아요. 하늘이 노랗게 변해 온몸이 찢길 듯이 아픈 상태에서도 앞으로 펼쳐질 일들만 생각났어요. 여보, 나 도와줘요."

힘이라곤 느껴지지 않는 메마른 음성, 떨리는 눈빛과 무슨 큰 죄라도 진 양 똑바로 고개조차 들지 못하고 너무도 애처롭게 자신의 손을 잡고 울고 있는 아내를 바라보며 민혁의 마음도 찢어질 듯이 아파왔다.

"무슨 부탁? 이제 와서 다른 방법이 없잖아. 당신도 알잖아. 어차피 태어난 아이야. 당신 바람대로 남자 아이가 아닐지도 모른다고 임신한 사실조차 말씀드리지 않았어. 그렇다고 태어난 아이의 존재를 부정할 수는 없잖아. 여태까지 잘 버텼어. 앞으로 우리 아이들을 위해서 그만큼 또 버티면 돼. 내가 있잖아."

이렇게 아내를 위로하면서도 한편으로는 저 멀리 달아나는 자신감을 붙잡을 수 없었다.

"아니, 아니, 안 돼. 난 못해. 여보, 나 못해요. 흑흑. 나 죽어도 이제는 못하겠어요. 그래, 나 시집와서 잘한 거 없다는 어머니 말씀 틀린 거 하나 없다는 거 알아요. 내리 딸만 넷을 낳으면서도 어머니 생각이 틀린 거라고, 언젠가는 깨달으실 거라고 그렇게 생각했어요. 근데 그게 아니에요. 그게 다가 아니에요. 여보, 나…… 이젠 자신이 없어요. 이젠…… 넷이 아닌 다섯이에요. 흑흑."

들썩이는 아내의 등을 토닥이면서도 민혁의 마음 역시 막막하기는 마찬가지였다. 앞으로 닥칠 일들에 대한 막연한 두려움. 민혁의 마음이 이럴진대 당사자인 미연은 얼마나 힘들겠는가.

"그래도 이제는 방법이 없어. 태어난 아이이고 그 아이도 우리 자식이야. 넷이면 어떻고 다섯이면 어때. 이렇게 이쁘게 넷도 키웠는데 다섯 못 키우겠어? 딴생각하지 말고 전화드리자."

미연의 두 손을 꼭 잡으며 용기를 주려던 말이었는데 오히려 미연의 표정은 더 깊은 절망에서 허덕이고 있었다. 갈가리 찢어지는 가슴에 고개를 피하고 마는 민혁이었다. 그러나 미연은 그런 민혁의 팔을 부여잡았다.

"잠깐만, 여보 내 말 좀 들어봐 줘요. 내가 미쳤다고 생각해도 좋아요. 어미가 아니라고 생각해도 좋아요. 근데 나 우리 아이들을 위해서라면, 그리고 조금 더 행복한 가정을 가질 수 있다면 못할 게 없어요. 이제는 못할 게 없어요. 당신을 위해서도, 우리 네 딸을 위해서도, 그리고 그렇게 손자를 바라시는 어머님을 위해서도 이 방법이 최선이에요. 나 혼자선 못해요. 아무리 독해지려고 해도 어미라 어쩔 수가 없나 봐요. 아이의 눈을 보면 겁이 나요. 나 도와줘요. 여보 당신, 나 많이 욕하고 그냥 나 좀 도와줘요. 흑흑흑."

끝내 민혁을 부여잡고 울분을 토해내는 미연을 더 이상 바라볼 수가 없었다. 벼랑 끝에 내몰린 절망의 심정을 누구보다 잘 아는 민혁이었다. 태연해 주길 그렇게 바랐는데, 조금은 더 모질어지길 그렇게 바랐는데 여전히 아내는 작고 약했다.

'아내가 무슨 말을 하려는지, 무슨 생각을 하고 있는지 안다. 아이에게 죽어도 해서는 안 될 짓이라는 것도 안다. 아무 죄 없이 방금 세상빛을 본 아이이다. 무엇보다 세상의 밝음과 행복만을 알게 해주고 싶은 눈에 넣어도 아프지 않을 내 아이이다. 그런 아이에게 거짓으로 둘러싼 세상을 보여주자고 아내는 말하고 있다. 안 된다고, 그런 짓은 절대로 해서는 안 된다고 아내를 혼내주어야 하지만…… 차마 입 밖으로 말이 나오지를 않는다. 저렇게 죽을 만큼 힘들면서도 기어이 이런 말을 내뱉으며 한없이 눈물만 흘리는 여자는 다름 아닌 나의 아내이기 때문이다.'

"응, 당신이 원한다면……."

그렇게 부부는 한참을 부여잡고 멈추지 않는 눈물을 하염없이 게워내었다.

'하늘이시여, 이 아이를 배에 품고 열 달을 하루도 빠짐없이 기도했습니다. 저의 욕심이 그렇게 컸나요? 다섯 아이를 품으면서 하나민 부탁힌 지의 부탁이 그렇게 무리었던기요? 비리고 또 바라고, 당신만 믿고 아이의 성별도 확인하지 않았는데 기어이 또 저를 이렇게 버리시는군요. 어미가 되어서 자기 자식 위하는 맘이야 똑같다고 하지만은 이제는 그렇게 살지 않으렵니다. 정말 이렇게 살지 않으렵니다. 못된 어미라고, 모진 년이라고 맘대로 욕하셔도 할 말이 없습니다. 다시는 하늘을 올려다보지 못해도 상관없습니다. 훗날 이 죄는 하늘에 가서 제가다 받겠습니다. 그러나 지금 이 순간 이 어미는 아이 넷을 살리기 위해 제 살을 갉아먹겠습니다. 운명을 갉아먹겠습니다. 하늘이 저를 버리셨다면 저 또한 버리겠습니다. 앞으로 제 힘으로 하늘을 만들어가겠습니다. 제 머리 위의 하늘은 그냥 거두어가십시오. 저를 버린 하늘을 쳐다보는 일 같은 건 이제 없을 테니까요…….'

한참 민혁을 안고 오열하며 창 너머 하늘을 쳐다보던 미연이 눈물을 닦고 일어났다. 손가락 하나 움직일 힘조차 없던 미연이 멀쩡히 일어나는 모습에 놀란 민혁이 부축을 하려 따라 일어섰으나 미연은 벌써 창가에 기대서 있었다. 그리고는 하늘을 한 번 올려다본 후 커튼을 쳐버렸다. 하늘을 닫아버렸다.

*19*년 후.

거다란 대문이 하늘을 찌를 듯 높게 세워진 고풍스런 지택 앞에 세 대의 고급 승용차가 들어서고 있었다. 흙갈색의 두 짝 대문이 활짝 열리자 나란히 들어서는 차창으로 잘 손질된 정원이 보였다. 그러나 대문에서부터 이어진 초록색의 정원에는 그 흔한 벤치 하나도 보이지 않았으며 간혹 바람에 흔들리는 나무들만이 황량하게 자리하고 있었다. 세 대의 승용차 문이 열리고 계단으로 올라서는 여러 개의 발자국 소리가 정적으로 무장된 저택을 울리고 있었다.

"엄마, 우리 언제까지 이러고 앉아 있어야 하는 건데?"

넷째 주연이가 허리를 펴고 정자세로 앉아 있던 것이 불편했는지 몸을 뒤틀면서 맞은편의 미연에게 속삭였다. 그 옆에는 나란히 주진과 주선, 그리고 주미가 똑같은 자세로 앉아 있었으며 맞은편 소파에는 민혁과 미연이 자리하고 있었다. 이러고 앉아 있길 30분, 이런 분위기가 익숙지 않은 아이들이 슬슬 불편함을 느낄 때도 되었다.

늘 이쯤 되면 자리에서 일어나곤 했으나 오늘은 평소와는 달리 얘기가 길어지는 듯했다. 언제나 문을 열고 들어서면 그들을 맞는 건 집안일을 돕는 집사와 아주머니 두 분이었다. 늘 그랬듯 주영은 오 여사가 기다리고 있는 서재로 혼자 들어섰으며 가족들은 소파에서 언제 나올지 모르는 두 사람을 기다려야만 했다.

훌쩍 30분이 지나고도 아무 기척이 느껴지지 않는 서재를 바라보다 미연이 아이들에게 가볍게 고개를 끄덕였다. 그제야 한숨을 내쉬며 작은 소리로 소곤거리던 아이들을 바라보며 미연과 민혁의 가슴 한구석에 찬바람이 스며들었다. 나름대로 밝고 꾸밈없이 키운다고 키운 아이들이었다. 그러나 할머니 집에서만은 어쩔 수 없이 주눅이 드는지 숨조차 크게 내쉬지 않는 아이들이었다.

"엄마, 오늘은 왜 이렇게 길어지시지? 우리 주영이만 죽어나겠네."

활달한 성격의 주선이가 주영을 걱정하며 말을 내뱉자 모두의 얼굴에도 걱정의 빛이 내려앉았다. 단단히 닫혀진 문 안의 풍경을 보지 않아도 알기에 모두들 시계만 쳐다볼 뿐이었다.

"사내란 모름지기 장래에 대한 확실한 계획을 언제나 가슴속에 품고 살아야 한다. 우리 주혁이도 이제 성년이 되었으니 진짜 사내가 되어야 한다. 그래서 오늘 할미가 너를 부른 것이다. 어른이 된다는 것은 인생에 책임을 질 줄 알아야 하며 이제까지 살아온 것보다 백배는 더 신중하고 또 신중한 결정을 내릴 수 있어야 한다. 특히 사내란 신중하면서도 돌진하는 추진력으로 모든 결정을 내릴 줄 알아야 한다. 너는 사내이면서도 우리 집의 기둥이자 신명의 주인이 될 사람이다. 네 한 사람이 아닌 이제는 많은 사람들을 생각할 줄 알아야 한다는 말이다. 물론 아비한테 들어서 알고 있겠지만 올해부터는 여태까지 네가 배우고 있었던 모든 교습들을 그만두고 본격적인 후계자 교육에 들어갈 것이다. 일 년을 네가 그렇게 원하던 대학에 보내는 조건으로 허락한 일이니 아비 옆에서 틈틈이 배우도록 하거라. 어차피 해야 할 일 좀 더 일찍 봐두는 것도 나쁘지 않겠지. 그러니 학업을 핑계대고 소홀히 하는 일은 없도록 하거라. 이제 이 할미도 기력이 딸려 아비에게 큰 도움이 되지 못할 것 같구나. 이제부터는 주혁이 니가 이 할미를 대신하여 아비를 도와야 한다. 아들이 하나만 더 있어도 네가 바라는 대로 대학을 다닐 수 있게 해주었을 테지만 어쩌겠느냐, 못난 니 어미 복이 이것뿐이니. 주혁이는 우리 집안의 하나뿐인 장손이고 어려서부터 이 할미의 바람대로 자라주었으니 앞으로도 실망시키지 않으리라 믿는다. 쓸모없는 누나들처럼 대학에 휩쓸려 시간을 흘리지 않도록만 주의하거라. 자세한 건 아비에게 일러둘 것이니 듣도록 하고 이만 나가자꾸나. 이 할미에게 할 말이 있느냐?"

말을 마친 오 여사가 무릎을 꿇고 표정 하나 흐트러뜨리지 않고 똑바로 자신을 응시하는 주영을 바라보았다. 진감색의 재킷과 그보다 조금 진한 바지를 구김 하나 없이 받쳐 입고 조금은 긴 듯한 검은 머리를 깔끔하게 빗어 넘긴 주영은 누가 봐도 갓 20살을 맞은 청년 같아 보였다. 어려서부터 무릇 사내란 강해야 한다는 할머니의 가르침에 따라 태권도를 비롯한 검도와 펜싱까지 두루 익힌 몸매가 이제야 빛을 발하는 듯 옷에 감싸인 몸매가 단단해 보였다. 이상하게도 호리호리해 보이는 주영의 몸매에 몸이 약한 것 같다며 늘상 미연을 많이 나무라던 오 여사도 마른 체질의 주영을 이제는 그냥 있는 그대로 보아주었다.

무릎 위에 꼭 쥐어져 놓인 손에 힘줄 하나 보이지 않는 것이 마음에 들지 않았지만 표정만큼은 누구에게도 뒤지지 않을 만큼 강해 보여 흐뭇하게 만들었다. 매끈한 피부와 기집애 같은 입술이지만 곧게 뻗은 콧날과 상당히 인상적인 깊고 상꺼풀이 없는 눈매는 누구도 쉽게 근접하지 못할 만큼 강인한 인상을 풍기고 있었다. 어려서부터 오 여사는 주영의 이러한 표정과 눈빛을 맘에 들어했었다. 지금 자신을 바라보고 있는 이 20살의 사내는 앞으로 큰일을 해낼 수 있는 자질을 충분히 갖추고 있다고 믿어 의심치 않았다.

주영은 자신을 찬찬히 훑어보는 오 여사의 눈길을 그대로 받으며 기다리고 있었다. 늘상 벌어지는 상황인지라 당황할 것도, 쑥스러워할 것도 없었다. 자신에게 짊어진 막중한 짐을 당부하는 말들도 이제는 조금 가벼이 느껴졌다. 이제는 달랐다. 버거웠던 마음도 부담으로 가득 차 전전긍긍하던 마음도 이제는 달랐다. 이제는 어른이 된 것이다. 자신의 의지대로, 자신의 생각대로 결정을 내리고 법적으로 합당하게 행동을 할 수 있는, 부모님과 할머님의 레이다 망에서 벗어날 수는 없지만 속박당하지도 않는 그런 성인이 된 것이었다. 더 이상 할머님께 드릴 말씀은 없었다. 앞으로 어떠한 일을 하든 어떠한 결정을 내리든 더 이상은 끌려 다니는 어린 인생이 아니었다. 이젠 자신의 인생이었다. 그것이 더한 책임으로 다가온다고 해도, 더 무겁다고 해도 내 인생을 끌고 나갈 수 있는 자격이 주어진다는 것만으로도 커다란 힘이 되었다.

"없습니다. 일어나시죠, 할머님."

언제나 그랬다. 필요없는 수식어는 과감히 절제하는 명료한 말투. 든든한 손을 내밀며 자신을 부축하는 주영을 보며 오 여사 역시 흐뭇한 미소가 나오는 것을 숨기지 않았다.

여덟 명의 가족이 모인 단란한 저녁 식사 자리라고 하기에는 무언가 어색한 분위기. 식탁 위에는 간간이 침 넘어가는 소리와 음식 넘기는 소리, 그리고 젓가락 부딪치는 소리만이 들릴 뿐 사람의 말소리는 들리지 않았다. 넘어가지 않는 밥알을 힘겹게 넘기고 있던 넷째 주연이 참지 못하고 입을 열었다.

"할머니, 몸은 괜찮으세요?"

오늘 이곳에 들어선 이후 처음으로 오 여사와 나누는 대화였다. 이 집에 들를 때면 언제나 가족들의 인사를 받기도 전에 오 여사는 주영이만을 데리고 서재로 들어갔다. 그리고 둘만의 대화가 마무리되면 말없는 식사와 녹차 한 잔이 네 자매에게 주어진 오 여사와의 유일한 시간이었다. 어려서부터 따뜻한 눈빛 한 번 닿았던 적이 없는 할머니였지만 그래도 질긴 핏줄은 원망보다는 도전을 가능케 했다.

주연이 맑은 눈으로 똑바로 오 여사를 주시하며 묻자 그나마 들리던 소리마저 자취를 감추어 버렸다. 모두들 숨도 쉬지 않는 듯 눈동자만 굴리며 주연과 오 여사를 번갈아 보고 있었다. 주연의 양쪽 자리에 앉아 있던 주미와 주진이 동시에 주연의 옆구리를 쳤다. 눈살을 찌푸리는 주연을 보며 미연과 민혁도 내심 불안한 눈치였다. 그 상황에서도 주선과 주영이만은 다른 공간에 존재하는 듯 묵묵히 밥을 먹고 있었다.

오 여사가 잠시 멈추었던 젓가락을 다시 놀리며 맹랑하게 물은 손녀를 바라보았다. 주영이와 두 살 터울이지만 여자애라서 그런지 성숙한 처녀티가 물씬 나고 있었다. 시원한 이마를 강조하듯 올려 묶은 머리와 한껏 기대를 품고 자신을 쳐다보는 커다란 눈은 얘기를 해보지 않아도 아이의 성격을 알 것 같았다.

"그래, 공부는 잘되느냐?"

뜻밖의 오 여사의 대답과 이어진 질문에 모두들 입을 벌리고 오 여사를 쳐다보았다. 그러나 고개조차 들지 않고 식사를 하며 묻는 오 여사의 모습에 다시 주연에게로 시선이 모아졌다. 할머니에게서 대답을 들었다는 것만으로도 기뻤던지 주연이 환하게 웃으며 학교 생활에 대해 이런저런 이야기를 하기 시작했다. 그제야 체할 듯 적막한 분위기의 식탁은 조금씩 부드러운 표정을 내기 시작했다.

아슬아슬한 곡예를 타는 듯한 저녁 식사를 마치고 녹차 한 잔씩을 앞에 두고 거실에 모여 앉았다. 유연한 몸짓으로 잔을 들어 차를 한 모금 마신 오 여사가 입을 열었다.

"주진이 짝을 찾아주어야 하지 않겠니? 여자 나이 28살이면 이미 늦었다. 언제까지 남의 집 불 구경하듯 구경만 하고 있을 참이냐?"

이제 시작이었다. 늘 그랬듯 한 번도 미연에 대한 질책을 잊지 않는 오 여사였다. 시집와 28년을 살면서 겪은 일이지만 지금도 미연의 표정은 긴장으로 굳어 있었다.

"올해는 보낼 겁니다. 주진이가 의대를 졸업하는 바람에 시간이 여유치 않아서……. 좋은 사람 골라서 보낼 예정입니다."

고개를 숙이고 겨우 말을 꺼내는 미연을 보며 못마땅한 듯 오 여사의 눈썹이 휘어졌다.

"괜히 계집애를 밖으로 내몰아 연애질하지 않게 하거라. 아무나 만나 결혼해도 되는 집안이 있고, 그렇게 해서는 안 되는 집안이 있다. 괜한 소문 나 좋을 거 없다. 올해는 주진이를 보내고 바로 주선이 배필도 알아보거라. 연년생이니 미룰 것 없이 같이 보내도 좋다. 내년엔 이렇게 우루루 계집애들만 몰려 다니는 모습은 안 보았으면 좋겠구나. 낳을 재주가 없으면 키우는 재주라도 보여야 할 것 아니냐. 흐흠, 그리고 아비는 내가 일러준 대로 주혁이에게 차근차근 알려주도록 하거라. 주혁이가 쓸데없이 시간을 허비하지는 않을 것을 안다만 그래도 올 한 해 회사 분위기라도 확실히 익히도록 만들거라. 그럼 그만들 돌아가 보거라. 그리고 다음에는 다같이 오지 않아도 된다. 주혁이만 보내거라."

말을 마친 오 여사가 돌아가라는 몸짓으로 자리에서 일어났다. 모두들 미처 다 마시지 못한 찻잔을 내려놓고는 서둘러 외투를 챙겨 들었다. 언제나 그렇듯 더 이상의 말은 필요하지 않았다. 말없이 고개 숙여 인사를 건네고는 문을 나섰다.

맨 뒤에서 가족들의 무거운 한숨 소리를 듣던 주선이 두고 온 게 있다며 돌아섰다. 금방 나오겠거니 하며 미연과 민혁은 차에 올라탔고, 언제나 덜렁대는 주선을 화제 삼아 주진과 주미, 주연이 뒷차에 올라탔다. 주영이만이 자신과 함께 온 주선을 기다리며 차에 기대서 있었다.

헐레벌떡 계단을 뛰어올라 현관문을 활짝 연 주선이 자신을 귀신이라도 되는 양 놀라서 쳐다보는 오 여사에게 숨을 몰아쉬며 큰 소리로 말을 했다.

"할머니, 안녕히 계세요. 다음에 또 올게요. 여기 오면 이렇게 말하지 못해서 얼마나 답답했는지 몰라요. 정숙하지 못하다고 욕하셔도 할 수 없어요. 점잖은 윤씨 집안에도 이런 돌연변이 하나쯤은 있을 수 있으니까요. 그래도 너무 미워하지는 마세요. 저도 윤씨는 맞으니까요. 올해 언니가 시집을 가도 아마 저는 힘들 거예요. 좋은 일만 하고 살기에도 짧은 인생인데 전 싫은 건 죽어도 안 하거든요. 이것도 윤씨 근성이니 알아주실 거죠? 이 말씀을 드리고 싶었어요. 그럼 건강하세요."

말을 마치고 꾸벅 인사를 건넨 주선이 돌아서려다 다시 오 여사를 돌아보며 입을 열었다.

"아차, 비록 할머니께서 원하시는 사내아이는 아니지만 그래도 저희는 할머니 좋아해요. 멋지시잖아요. 그래서 안타까워요. 할머님도 이제는 여유를 가지고 사셨으면 좋겠어요. 하늘이 얼마나 이쁘고, 바람이 얼마나 시원한지 아세요? 그럼 건강하세요."

다시금 말을 마치기가 무섭게 꾸벅 인사를 하고 돌아서 뛰어가는 주선이었다. 기가 막힌 듯 할 말을 잃고 바라보던 오 여사가 정신을 차리고 돌아서서 걸음을 옮기기 시작했다. 두통이 시작된 듯 한 손으로 이마를 짚고 얼굴을 찡그리고 있었다.

"버르장머리 하고는. 옛날에는 고개도 못 들던 것들이. 에휴."

"할머니가 뭐라고 하시든?"

운전대를 잡고 있던 주선이 슬쩍 주영을 쳐다보며 물었다. 음악도 없는 차 안의 침묵이 버겁게 느껴지며 내내 말이 없는 주영이 신경 쓰였다. 어려서부터 남자애라서 그런지 누나들과 전혀 어울리지 않던 주영이 언젠가부터 안쓰럽게 느껴지기 시작했다. 할머니의 특별한 애정을 받아도 하나 부럽지 않았는데 그런 애정을 받는 주영이 오히려 안쓰럽게 느껴졌다. 많이 버겁고 힘에 겨울 텐데도 주영은 내색 한 번 하지 않았다. 오히려 주위 사람들이 그런 주영으로 인해 답답해하며 크게 웃지도, 화내지도, 울지도 않는 주영이 남자애라서 강하단 느낌보다는 무언가 잘못되었다는 생각마저 들게 했다.

"별말씀없으셨어."

"음, 그러시겠지. 너한테는 별말씀이 아니겠지. 하나만 묻자."

"응, 물어."

자신은 쳐다보지도 않은 채 창밖에 시선을 두고 대답하는 동생이 언제나 무얼 보고 있는지, 무슨 생각을 하는지 주선은 궁금했었다.

"할머니가 하라는 대로 할 거야? 주혁이로 살 거냐고."

"그래야 한다면."

언제나 대답은 결정되어 있었다. 누구라도 알고 있는 사실이었다. 주영이 주혁으로 살아야 한다는 사실. 미연과 민혁을 제외하고는 주영이 여자라는 사실을 아는 사람이 없다. 유일하게 집안일을 도와주는 춘천 댁만이 알고 있을 뿐 20년간 치밀하게 지켜온 비밀이었다.

어려서는 주영조차 자신이 여자임을 알지 못했다. 그러나 사춘기를 보내면서 남자애들에게 나타나야 할 증상들이 나타나지 않았다. 당황한 주영이 방황을 시작하였고 한동안 계속될 것 같아 끝이 보이지 않던 반항은 미연의 눈물과 민혁의 부탁으로 간신히 잠재워졌다. 무엇이 그렇게 물불을 가리지 않고 주영을 덤비게 하고, 또 무엇이 주영을 잠재웠는지 가족들도 궁금했으나 대답없는 미연과 민혁, 그리고 다시 자리를 찾은 주영을 보며 그저 감사할 따름이었다.

그렇게 사춘기를 보내고 그 이후로 주영은 말과 감정을 잃어버렸다. 꼭 필요한 일이 아니고서는 입을 열지 않았으며 한 번도 자신의 감정이나 고민을 이야기하고, 표현하지 않았다. 남자로 살아야 하는 자신의 처지가 그렇기도 하였고 들킬까 노심초사하는 부모님에 대한 주영만의 서툰 방법이기도 했다. 오 여사는 주혁이라는 이름으로 주영을 부르고 있다. 태어난 후 주영에게 주어진 이름이었지만 주영에 대한 앞으로의 인생에 대한 배려였을까 미연은 주영이라는 이름을 선택했다. 그 이후로 가족들은 주영이라 부르고 오 여사는 주혁이라 불렀다.

지금 주선이 묻는 주혁으로서의 삶은 할머니에게 선택되어진 삶이라는 뜻이었다. 의지와는 상관없이 회사에 인생을 바쳐야 하는 삶. 주영에게도, 그 누구에게도 선택의 여지가 없다는 것은 모두들 알고 있었다. 그러나 주선은 그렇게 묵묵히 따라만 가는 주영이 못내 마음 쓰였다.

"주혁이로 살 수밖에 없다는 거 알지만 그래도 한 번쯤은 네 인생을 생각해 보았으면 좋겠어. 내가 대신해 줄 것도 아니면서 이런 말 하는 거 우습게 들릴 수도 있지만 그래도 누나는 항상 네가 안쓰러워."

"그럴 거 없어. 어차피 해야 하는 일이라면 그런 생각 안 하고 싶어."

더 이상의 말은 듣고 싶지 않다는 듯 눈을 감아버리는 주영이었다. 감정없는 단조로운 주영의 음성에 주선이 흘끔 주영을 보다 이내 포기한 듯 플레이 버튼을 눌렀다. 조용한 첼로의 선율이 가슴을 파고들었다.

집으로 돌아온 후 언제나 그렇듯이 주영은 가벼운 인사만을 건네고는 자신의 방으로 올라왔다. 나머지 가족들은 이런저런 이야기로 한참을 거실에 머물 테지만 그 안에 동화되지 못하는 자신으로 인해 어색해질 분위기를 알기에 언젠가부터 함께하지 않는 주영이었다.

방문을 열자마자 바로 욕실로 향하였다. 죄어오는 셔츠를 벗어버리고 사내의 바지를 던져 버렸다. 그리고는 가만히 거울 안에서 자신을 바라보는 전라의 낯선 여인을 바라보았다.

여자임을 알게 된 것은 어린 시절 아이들과 어울리면서부터였다. 신기한 것을 발견이라도 한 양 누나들에게 자랑을 하기도 하였지만 아무도 믿어주지 않았다. 그 무렵 행여나 남들에게 눈치라도 채일까 노심초사하시는 부모님을 발견한 주영은 자신이 사내로 살아야 한다고 막연히 생각하게 되었다. 개념없는 어린 시절, 주영은 그런 기특한 어린 생각을 가졌었다. 그러나 중학교에 들어가면서 점점 변하는 자신과 다른 친구들로 인해 자신이 누구인지 헷갈리기 시작했다. 남자 중학교에 다니면서 남자가 아니라는 사실을 알았던 까까머리 여린 사내아이는 그렇게 방황하기 시작했다. 왜 이런 모습으로 이렇게 살아야 하는지 작은 머리로는 도저히 납득이 되지 않았었다. 그 무렵 어머니가 무릎을 꿇으셨고, 아버지가 용서를 구하셨다. 남자로 살든 여자로 살든 상관없었다. 분명한 것은 그분들이 자식이고, 윤씨 가문의 일원이라는 사실이었다. 바꿀 수 없는 진리. 발버둥칠수록 더 빠져드는 늪. 이것이 주영이 내린 결론이었다.

'그래, 이미 지워진 운명이다. 한 번 해보자. 한 번 살아보자. 아무리 모질고, 또 모질어도 하느님은 견딜 수 있는 만큼의 시련만 짊어주신다. 견뎌보자. 아니, 어차피 해야 한다면 이겨보자.'

어머니와 아버지의 눈물을 보았던 그 잔혹한 겨울 이후로 주영은 다짐하고 또 다짐했었다. 그러나 학교를 그만두고 교문을 나서던 그날 떨어지는 눈물은 감출 수가 없었다. 모질게 훔쳐 내어도 또다시 채워지는 눈물은 어린 가슴에 커다란 생채기를 남겼다. 그 이후로 주영은 모든 걸 잃어버렸다. 해맑던 어린아이의 웃음도, 호기심 어린 되물음도, 심지어 원망의 눈물도 주영에게서는 찾아볼 수 없었다.

거울 안의 생소한 자신의 모습. 매일 마주하면서도 낯설기만 한 여인의 모습에 주영은 또다시 혼란에 빠져들었다. 아직도 생각의 끝은 보이지 않았다. 암흑 속의 블랙홀에 빠진 것처럼 오늘도 그렇게 헤매고 있었다.

'거울 속의 나는 이렇게 생겼다. 근데 나는 도대체 누구란 말인가?'

오늘도 대답이 없는 물음에 듣기를 기대하지 않는 듯 주영은 그렇게 거울 속의 여인을 손바닥으로 지워 버렸다.

명성대학 경영학과 신입생 환영회.

"자자, 다들 주목해 주세요. 저는 오늘 사회를 맡게 된 3학년 학생회장 김선규라고 합니다. 이 자리에 함께해 주신 선배님 이하 후배님들, 그리고 신입생 여러분들 모두 만나서 반갑습니다. 오늘 이 자리는 앞으로 자신의 인생에서 커다란 획을 그을 대학이라는 사회에 힘찬 발걸음을 내디딘 신입생들의 환영식인만큼 모두들 마음을 열고 즐거운 시간들 되시길 바랍니다. 한마디로 먹고 죽자는 말씀!"

학생회장이라 밝힌 남자의 말이 끝나자 환호성이 들리며 시끄러운 소음들이 들어차기 시작했다. 호프집 하나를 몽땅 채운 사람들은 대부분 남자들이었고 간간이 섞인 여학생들이 보였다. 그러나 긴 머리카락을 제외하고는 걸걸한 목소리와 말투는 남자들과 별반 다르지 않았다. 무리무리 모여 있는 테이블마다 웃음소리가 끊이지 않았고 가끔 신입생인 듯한 긴장한 목소리의 군대식 인사가 들리기도 하였다.

"다들 반갑다. 난 4학년 민철이다. 니들 다 신입생이라며? 우리가 노땅이라서 니들이랑 놀라고 이 자리를 배치해 줬나 보다. 하여간 만나서 반갑고 무리하지 말고 마셔라. 아참, 그리고 이 옆에 성격 더럽게 생긴 놈은 같은 4학년 권지민이다. 인사들 해라."

소개를 마친 민철이 고개 숙여 인사하는 신입생들을 찬찬히 훑어보다 한곳에 시선을 고정시켰다. 유독 고개를 숙이지 않은 채 꼿꼿이 술을 마시는 녀석이 하나 눈에 띄었다. 언뜻 보면 기집애라고 착각할 만큼 곱상하게 생겼지만 자세히 보니 근접하지 못할 눈빛을 지니고 있었다. 슬슬 장난기가 발동한 민철이 녀석에게 말을 걸었다. 인사를 하지 않는 녀석이 괘씸하기도 하였지만 오랜만에 맘에 드는 술상대를 만난 것이 반갑기도 했다.

"야, 신입생 너!! 넌 하늘 같은 선배가 안 보이냐! 무슨 배짱으로 고개를 빳빳이 들고 있냐?"

화기애애한 분위기가 갑자기 찬물을 끼얹은 듯 조용해지며 모두의 눈이 주영에게 모아졌다. 자신을 가리키는지도 모른 채 딴생각을 하며 술을 마시던 주영이 영문을 몰라 주위를 두리번거렸다.

"그래, 너. 너 이름이 뭐야?"

자신을 똑바로 쳐다보며 소리 지르는 선배를 보고서야 자신이 다른 생각에 빠져 주위 얘기를 듣지 않고 있었다는 것을 깨달았다.

'일이 귀찮게 되었군.'

"윤주영입니다."

주영이 이름을 말하자 갑자기 수군거리는 웅성거림이 파도를 타기 시작했다. 이름을 말했을 뿐인데 주위 분위기가 이상해지자 당황한 것은 다름 아닌 민철이었다. 영문을 몰라 어리둥절하던 민철이 옆의 신입생에게 무엇이 잘못되었는지 물었다. 그러나 잘못된 것은 없었다. 윤주영이라는 저놈이 바로 입학 전부터 무수한 소문을 뿌린 그놈이라는 것 이외에는.

입학 전부터 대단한 놈이 하나 들어온다고 경영학과 사무실은 난리가 났었다. 과수석일 뿐만 아니라 명성대학 전체 수석을 차지한 놈이 바로 경영학과라는 것이었다. 거기다가 면접을 본 교수님들조차 혀를 내두를 정도로 모르는 게 없는 괴물이라는 소문이었다. 영어, 일어, 중국어, 독일어까지 완벽에 가까운 언어 구사 능력과 외모까지 완벽하다는, 그야말로 세상에 존재할 것 같지도 않은 인물을 묘사하고 있었다. 그뿐만이 아니었다. 그 괴물의 배경에 사람들은 경악을 금치 못했다. 우리 나라 5대재벌 중 하나인 신명그룹의 후계자라는 것이었다. 원래부터 손이 귀하다는 그 대단한 집안에서 유일한 남자 후계자이니 예전부터 그 후계자의 재산이 얼마고, 언제 경영에 참여하는지 뿐만이 아닌 사생활까지도 언론에 집중을 받아왔었다. 외국 왕자나 공주가 받았을 법한 파파라치의 괴롭힘을 받는 몇 안 되는 후계자라고 알려져 있었다. 그렇게 대단한 인물이 외국의 대학을 가는 것도 아니고 명성대학, 그리고 경영학과에 온다니 난리가 난 것은 어쩜 당연한 일인지도 몰랐다.

민철은 아무 표정 없이 물끄러미 자신을 바라보는 주영을 보자 문득 잘못 건드렸다는 생각이 들었다. 그러나 이미 엎지러진 물. 될 대로 되라는 식으로 한번 밀어붙여 보자 생각하는 민철이었으나 점점 작아지는 자신감은 어쩔 수가 없었다. 그래도 일말의 희망은 있었다. 든든한 지원군인 지민이가 묵묵히 자신 옆에 버티고 있었다. 의리에 살고 의리에 죽는 인간이니 자기를 버리지는 않을 것이다.

"아까 선배가 먼저 인사를 했으면 당연히 후배 녀석이 깍듯이 인사를 해야 하는 게 아닌가. 너한테 인사를 받은 기억이 없는 거 같은데?"

생전 하지 않던 행동을 하는 민철을 보며 지민은 오늘 온 것을 후회하고 있었다. 민철로 인해 귀찮아질 일들에 자신은 빠지고 싶은 마음이 간절했다. 슬금슬금 일어나는 지민을 언제 보았던 것인지 민철이 지민의 허벅지를 꽉 누르고 있었다. 헛기침을 하며 어색한 웃음을 짓는 지민을 흘겨보는 민철로 인해 다시 말없이 주저앉고 말았다. 민철이 누구인가, 자신과는 둘도 없는 불알친구이며 하늘이 두 쪽 나도 이 녀석과의 우정은 지켜야 했다. 이내 생각을 바꾸고 지민이 가만히 두 사람을 지켜보았다. 신입생이라는 녀석의 표정을 보니 아무래도 재밌는 구경을 할 것 같았다.

"죄송합니다. 잠시 딴생각을 하느라 듣지 못했습니다. 저 때문에 기분이 상하셨다면 사과드리겠습니다."

소문과 달리 깍듯하게 사과를 하는 녀석의 모습에 민철이 적지 않게 당황한 듯 보였다. 좀 더 극적인 장면을 기대했던 사람들의 시선이 흩어지자 민철이 이내 아무렇지 않은 듯 웃으며 술잔을 권하고 있었다. 성격 하나로 버텨온 자신의 인생에 걸맞게 민철이 먼저 술잔을 건네주었다. 그러나 지민은 놓치지 않았다. 사람들의 시선이 자신에게 쏠리든, 선배가 꾸짖든, 그리고 용서를 구하든 그 신입생의 표정은 한결같았다. 왠지 모르게 신경이 쓰이는 이상한 놈이었다.

분위기가 무르익어 갈 무렵 사람들은 2차로 자리를 옮기는 무리들과 막차 시간에 맞추어 집으로 돌아가려는 무리로 나뉘어지고 있었다. 거하게 취한 민철을 부축하던 지민은 당연히 신입생들은 2차를 갈 거라 생각하며 문을 나섰다. 그러나 아까의 그 당돌한 신입생 녀석은 반대 방향으로 슬그머니 발걸음을 옮기고 있었다. 재빨리 민철을 부축하지 않은 다른 손으로 그

녀석의 손목을 낚아채었다.

"어이, 신입생이 빠지면 쓰나. 같이 가야지."

막무가내로 끌고 가는 지민으로 인해 주영은 어쩔 수 없이 끌려가게 되었다. 잡혀 있는 손목이 불편하여 빼려고 하였지만 자신을 믿을 수 없다며 끝까지 손목을 잡고 놓아주지 않는 지민이었다.

"무슨 사내자식이 이렇게 약하냐. 많이 먹고 살 좀 쪄야겠다. 술도 살이 되니까 앞으로 민철이만 쫓아다녀라. 별 무리 없이 살이 붙을 거다."

자신의 이름이 나오자 민철이 고개 들어 지민을 보며 헤벌레 웃자 지민이 그런 민철의 머리를 한 대 쥐어박고 웃기 시작했다. 그 모습을 무심히 바라보던 주영의 얼굴에도 보일 듯 말 듯 한 미소가 퍼졌다 사라졌다.

지민이라는 선배는 거절할 수 없는 분위기를 지닌 사람이었다. 자신과는 또 다른 세계에서 사는 사람. 너무 밝고 정직해 보여 주위 사람들 모두 그를 좋아할 수밖에 없고, 믿을 수밖에 없는 그런 사람. 모두에게 똑같은 시선과 똑같은 웃음을 주는 지민이 새로운 주영이었다. 자신에게도 이렇게 아무렇지 않게 웃어주는 사람이 있다는 자체가 신기하고, 지민이라는 인물이 신기했다. 모든 사람에게 저렇게 똑같은 모습을 보여줄 수 있는 사람은 온전히 착한 사람이거나 철저히 자기관리를 하는 사람일 거라는 생각이 들었다. 그런 생각에 미치자 주영은 지민의 몸가짐과 분위기가 평범하게만은 보이지 않았다.

　그 이후로 민철, 지민과 자연스레 어울리게 된 주영은 4학년 대선배들이라는 든든한 방패를 등에 엎고 순탄하게 학교에 적응하기 시작했다. 1학년은 고개도 들지 못하는 4학년 선배들과 언제나 어깨를 나란히 하고 걸어다니는 주영이었다. 그런 주영을 못마땅해하며 색안경을 끼고 바라보던 친구들도 민철의 사람 좋은 넉살과 한결같은 지민으로 인해 조금씩 주영에게 다가서기 시작했다.

　녹음이 짙은 어느 날. 그날도 1학년인 주영이 먼저 수업을 마치고 도서관에 세 사람의 자리를 잡아놓았다. 먼저 자리에 앉아 책을 펼쳐 들자 창밖에서 불어온 듯한 바람 한줄기가 뺨을 간지럽혔다. 주영이 고개를 돌려 창밖을 바라보았다. 녹음이 짙은 나무와 티 하나 없이 맑은 하늘이 창을 가득 채우고 있었다. 이내 책을 덮어버린 주영이 밖으로 향했다.

　따뜻한 햇살이 아쉬워 잔디밭에 자리를 잡고 누웠다. 눈이 부셨다. 햇살이 조금 더 따가워진 것으로 보아 여름이 멀지 않은 것 같았다. 벌써 여름이라고 생각하니 자신에게 주어진 시간이 얼마 남지 않았다는 것이 문득 떠올랐다. 캠퍼스의 낭만을 바라지는 않았었다. 그저 남들과 같은 생활을 일 년만이라도 해보고 싶은 욕심이었다. 그것 또한 쉽지 않을 거라는 것을 알았지만 그래도 자신에게 주어진 평범한 일 년이었다. 그동안

활달한 민철과 신중한 지민을 만나 대학 생활을 하며 도서관에 앉아 맘껏 공부도 해보고 늦은 밤까지 술도 마셔봤다. 짓궂은 선배에게 잡혀 미팅이라는 것도 해봤었다. 그러나 이렇게 자유를 즐기면서도 껄끄러운 것은 이제는 남자로서의 삶에 너무도 익숙해 버렸다는 것이다. 사내가 되었다는 사실보다 이제는 몸에 익어버린 사내의 냄새가 더욱더 주영 자신을 곤혹하게 만들었다. 미팅을 나가 다소곳한 여학생들의 모습을 신기한 듯 바라보고 여학생들과의 자리보다 남학생들과의 자리가 더 편히 느껴지는 주영이었다. 이리 살아도 되는 것인가. 이리 사는 것이 옳은 것인가. 내리쬐는 햇살이 따가워 눈을 감았다.

이런저런 생각을 하다 따뜻한 햇살을 잠시 음미한다는 것이 잠이 든 모양이었다. 한참의 시간이 지난 듯 잠이 깨려 할 때 갑자기 시원한 기분이 들었다. 눈을 떠보니 언제 왔는지 지민이 자신의 얼굴 위에 노트를 들고 한참 책에 빠져 있었다. 자신에게 그늘을 만들어주려고 했던 모양인데 팔이 아플 것 같았다.

"언제 왔어요?"

말소리를 듣고서야 주영이 일어난 것을 깨달은 지민은 책에서 아쉬운 듯 눈을 돌려 주영을 바라보았다. 자고 일어나니 한쪽 눈에 쌍꺼풀이 져 있었다. 작은 키는 아니었지만 호리호리한 몸매와 이쁘장한 얼굴로 가끔 기집애 같다는 생각을 하곤 했는데 이렇게 한쪽 팔로 잔디를 짚고 눈살을 찌푸리는 모습을 보니 영락없는 소녀 같았다.

"푸우. 하하."

자신을 한참 뚫어져라 바라보던 지민이 갑자기 웃자 얼굴에 뭐라도 묻었다고 생각했는지 주영이 얼굴을 더듬기 시작했다. 그런 주영을 보며 미소 짓던 지민이 손을 올려 주영의 머리를 헝클어뜨렸다.

"아무것도 안 묻었어. 귀여워서 그런 거야. 일어나, 배고프다."

지민의 말에 순간 감전이라도 된 듯 주영이 움찔거렸다. 무언가 따가운 기분이 들었다. 자신의 머리를 이렇게 헝클어뜨릴 수 있는 사람은 아무도 없었다. 아니, 아직까지 한 명도 없었다. 그것만으로도 몸을 움직일 수가 없는데 자신을 보고 귀엽다고 한다. 아무렇지도 않게 웃으면서 귀엽다는 말을 한다. 그 말이 너무 따뜻해 주영의 얼굴이 붉어졌다. 행여 지민이 볼까 주영이 벌떡 일어났다. 주영의 어색한 표정에 머리를 헝클어뜨려 골이 났다고 생각한 지민이 어깨동무를 하고 걷기 시작했다.

"윤주영, 골 내지 마라. 그냥 마음이 가는 사람한테는 나도 모르게 손이 가니까. 앞으로 조심하도록 할게."

'그게 아니었는데. 그 손이 싫어서 그런 건 아닌데.'

그러나 주영은 아무 말도 하지 않았다. 지금 어깨에 놓여 있는 손을 쳐내지도 않았다. 몸은 뻣뻣하게 굳어지고 얼굴은 골이 난 듯 부어 있었으나 그 손이 싫지는 않았다. 아니, 오히려 감싸주는 무언가가 느껴져 안심이 되기까지 하였다.

지민은 언제나 그랬다. 자신의 곁에서 묵묵히 챙겨주며 동생을 대하는 것처럼 편하게 감싸주었다. 민철이 재치있는 농담으로 기분을 밝게 해주고 웃겨주면 지민은 그런 민철과 주영이 느끼지도 못하게 감싸주고 있었다. 지금 내리쬐고 있는 저 따뜻한 햇살처럼.

"민철 형은요?"

"몰라, 또 어디서 여학생들 밥 사주고 있겠지. 이따 도서관으로 온다고 그랬어. 우리끼리 맛있는 거 먹자."

나란히 어깨동무를 한 채 교문을 나섰다.

비교적 한적한 학교 앞 식당 구석에 자리를 잡은 두 사람은 이런저런 학교 일에 대해 얘길 나누기 시작했다. 곧 있을 시험이며 누가 고시를 보느니 떨어졌느니 하는 일상적인 대화였다. 음식이 나오고 말없이 식사를 마친 두 사람은 쉽게 자리를 뜨지 못하고 한참을 그렇게 서로의 얘기에 귀를 귀울였다.

"형은 어쩌실 거예요?"

앞으로의 진로에 대해 묻는 주영에게 지민은 해줄 말이 없었다. 두 달을 함께 다니면서 서로의 사생활에 대해서는 묻지 않았던 두 사람이다. 서로 의도한 바도 아니었는데 민철이 가끔 전해주는 상대방에 관한 정보가 두 사람이 아는 서로에 대한 전부였다.

"글쎄다. 어떻게 할까?"

짐짓 장난스런 표정으로 주영에게 얼굴을 들이밀며 말하는 지민을 보며 주영이 피식 웃음을 터뜨렸다. 희미하게나마 미소다운 미소를 지을 수 있었던 것도 민철과 지민을 만나면서부터 였다. 처음 주영이 웃었던 날 거하게 술파티를 할 정도로 그동안 주영에게는 표정을 찾아볼 수가 없었다. 비록 시원한 소리를 내지는 않았지만 작게나마 웃을 수 있었던 것도 그나마 얼마 되지 않았던 것이다.

"그걸 저한테 물으시면 어떻게 해요. 민철 선배는 생각해 놓은 회사가 있다고 하던데요."

"응, 그 자식은 취업할 거야."

"그럼 형은요?"

"주영이가 말해 봐, 내가 어떻게 할지. 하라는 대로 하지 뭐."

한쪽 다리를 까딱거리며 성의없이 대답을 하는 듯하지만 주영의 눈을 똑바로 바라보는 지민의 눈빛은 진지했다. 그런 지민의 눈빛을 곧게 마주하는 주영이었다. 이상하게도 두 사람은 가끔 눈이 마주치면 한동안 홀린 듯 서로에게 고정되는 경우가 생기곤 했다. 그런 경우 언제나 먼저 고개를 돌리는 것은 주영이었다.

"피."

지민의 눈길을 피해 물잔을 집어 든 주영이 피식 웃음을 흘렸다. 그런 주영의 모습이 재밌다는 듯 지민은 내내 빙글거리

기만 했다. 언제나 눈싸움에서 지고 마는 주영이었으나 사실
두 사람의 눈은 쉬 바라볼 수 있는 눈빛이 아니었다. 비록 여자
같은 외모의 단정한 주영이었으나 눈빛 하나만은 쉽게 근접하
지 못할 단단한 카리스마를 지니고 있었으며, 지민 또한 과에
서는 소문난 신비남이라 알려졌다. 지민을 따르는 친구들과 후
배들이 많지만 정작 지민에 대해 아는 사람은 민철뿐이었다.
외관상으로는 부족해 보이지 않는 집안인 듯싶지만 4년 내내
과톱을 유지하며 장학금을 놓치지 않는 지민을 보며 모두들 고
개만 갸우둥거릴 뿐 사정을 아는 사람은 아무도 없었다. 주영
역시 아직까지 이유를 알지 못했다. 민철에게 물어볼 수도, 지
민에게 대놓고 물어볼 수도 있지만 언제나 빙글거리면서도 틈
을 내어주지 않는 지민의 성격 때문인지 선뜻 입이 벌어지지 않
았다. 서글서글하며 순박하게 생긴 민철과는 반대로 선이 굵은
얼굴과 몸을 가져 강해 보이는 인상을 지닌 지민은 사람들을 휘
어잡는 리더의 카리스마를 지니고 있었다. 그러나 웃는 모습만
은 따뜻한 봄 햇살을 연상케해 누구도 지민을 어려워하거나 무
서워하지 않았다. 어느 순간에는 너무도 가깝게 느껴지고 또한
어느 순간에는 너무 높고 먼 곳에 있는 듯이 느껴지는 사람, 그
래서 다가갈 수는 있어도 옆 자리에 설 수는 없는 사람, 지민을
아는 사람들은 모두들 그런 느낌이라 말했다.

　주영이 여전히 히죽거리는 지민을 바라보며 눈썹을 찡그리
며 입을 열었다. 알 수 없는 사람이었다.

"선배 일은 선배가 알아서 하세요."

"하하, 이래서 니가 좋아."

뜬금없는 지민의 말에 주영이 지민을 흘겨보았다.

"가끔 넌 세상일에 관심을 끊어버려. 너와 이어질 만한 일에 고리를 만들기를 거부하지. 근데 난 그런 니 모습이 맘에 들어. 니가 감당하지 못할 것들에게 기회를 주지 않는 거 같아서 다행이라는 생각이 들어."

뜻 모를 소릴 해대는 지민을 바라보며 주영은 자신에 대해 이러쿵저러쿵하는 사람들을 싫어했던 자신을 기억했다. 왜 항상 지민만은 예외가 되어버리고 마는지 이런 능력도 아마 지민만이 가진 재주라고 생각하는 주영이었다.

피식~

요즘 들어 웃는 일이 많아졌다. 아니, 웃기 시작한 이후로 웃음이 헤퍼졌다. 이런 별것도 아닌 날에 헤죽거리거니…….

"주영아."

"네."

"사람은 겉만 보고 판단해서는 안 돼. 특히 너는 누구보다 잘 알 거라 생각해. 비단 사람들이 너를 보는 눈뿐만이 아니라 너도 거기에 가려지고 길들여져서 사람을 판단하면 안 된다는 거야. 나는 그런 니가 걱정스러워. 언제나 발톱을 숨기기만 해서 자신의 살을 파고드는 것도 모르는 것은 아닌가 하고. 사람들이 아는 민철이는 민철이의 전부가 아니잖아. 너도 알고 있듯이 그 녀석 아주 지독한 놈이잖아. 우린 그렇게 세상을 보진 말자. 우리가 만난 진 얼마 되지 않았지만 난 누구보다 내 눈과 내 가슴을 믿어. 그런 가슴이 너를 버리지 말고 믿으라고 시킨다. 그래서 너를 내 편으로 영원히 점찍어두기로 마음먹었다. 앞으로 어떠한 일들이 벌어지고 우리가 어떠한 관계가 되어도 너는 내 편이라는 걸 잊지 마라."

어디서 오는 자신감일까. 자신이 내 편이 되어주겠다는 것도 아니고 나에게 편이 되어달라 부탁하는 것도 아닌 그냥 내가 자신의 편이 되었다고 단정 지으며 잊지 말라 당부한다. 주영은 이상하게도 개운치 못한 감정에 지민의 말을 되씹고 있었다.

앞으로 일어날 일들…… 우리…… 관계…… 내 편……잊지 말라.

지민의 말처럼 민철은 지독한 선배였다. 두 사람은 알려진 것처럼 불알친구라고 한다. 초등학교부터 중학교, 고등학교, 그리고 대학까지 함께한 두 사람은 정말 서로에 대해 눈빛만 봐도 알 정도라고 했다. 주영도 얼마 전에 안 사실이지만 지민과는 달리 민철은 고아로 자라왔다. 고아원에서 자라 자신의 힘으로 아르바이트까지 해가며 지금까지 버텨왔다. 주영은 얼마 전 술에 취해 지민에게 고맙다며 흐느끼던 민철의 모습의 모습을 떠올렸다. 고맙다며 우는 이유를 알지는 못했으나 어렴풋이 외로운 민철에게 지민이 많은 힘이 되는 것 같았다. 그러나 민철이 고아라는 사실을 아는 사람은 많지 않다. 언제나 밝은 성격으로 주위 사람들은 민철을 세상 물정 모르고 자란 막내아들이라 생각했다. 민철은 단 한 번도 자신의 운명을 탓하거나 하늘을 원망하지 않았다. 그런 민철을 보면서 주영은 새삼 자신의 부족함을 깨닫기도 했었다. 지금도 여러 개의 과외를 해서 학비를 벌면서도, 그리고 혼자 돌아가는 적막한 집의 외로움을 느끼면서도 언제나 변함이 없는 민철이었다.

3 서로를 보듬어 안다

일주일에 한 번씩 오 여사와의 약속을 지키기 위해 주영은 윤 회장을 따라 회사에 나가야 했다. 아직 아무것도 모르는 주영이 할 수 있는 일이라고는 윤 회장 곁을 따라다니며 분위기를 익히는 일뿐이었다. 커다란 건물, 많은 사람들, 쏟아지는 시선, 꽉 조인 넥타이와 바지에 잡혀 있는 칼 같은 주름이 주영을 위협하고 있었다. 그래도 작년까지는 교양과 건강을 핑계 삼아 악기와 운동으로 기분 전환을 하곤 했었다. 그러나 이제는 그나마도 할 수 없었다. 성인이 되어 마냥 좋은 줄 알았던 주영의 생각이 모두 어린아이의 헛된 망상이었던 듯 성인이 되었기에 모든 걸 포기해야만 했다. 앞으로 회사를 책임질 한 사람의 어른이 되기 위해 주영은 음악과 운동 대신 외국어와 경영실무에 관련된 수업을 취미 삼아야 했다.

예정된 미래. 대학 1학년을 마치면 미국으로 날아가게 될 것이다. 거기에서 할머니가 바라시는 자격을 갖추어야만 귀국을 하게 될 것이다. 그리고 나면 한 회사를 책임지고. 피할 수 없다는 걸 알게 된 이후 이왕지사 질리도록 해보자고 마음먹었던 주영이었다. 그러나 어긋난 것을 알면서도 순응하고 따라야만 하는 자신의 운명에 문득문득 가슴이 죄어왔다. 그럴 때면 숨도 쉬지 못할 만큼 견디기 힘들었지만 주영에게는 기댈 사람도, 찾아갈 곳도 없었다. 부질없는 마음이라 다시금 독하게 마음을 먹고 마는 주영이었다. 그러고 나면 운명도 바꾸는 세상 못할 것도 없었다. 공부도, 그리고 사내가 되는 것도.

여느 날처럼 회사에서 프로젝트 진행 상황에 대해 보고를 받고 집으로 돌아오는 길이었다. 갑자기 가슴이 답답해져 옴을 느낀 주영이 한쪽으로 차를 주차하고 숨을 몰아쉬었다. *가끔씩 자신도 모르게 가슴속에 꼭꼭 감춰두었던 한숨들이 한꺼번에 터질 때가 있었다. 그럴 때면 방법을 몰라 혼자 가슴을 치곤 했었다. 이젠 한계에 다다른 듯했다. 표출할 무언가가 있어야 했다.* 그나마 운동을 해서 땀이라도 흘리면 나아질 것을 이제는 그럴 수도 없었다. 교습을 받을 때 자연스럽게 드나들던 체육관도 이제는 갈 수 없게 돼버린 것이다. 그간의 정을 봐서라도 가끔 들를 수 있었지만 자신으로 인해 부자연스러워지는 체육관 분위기를 느낀 이후부터는 드나들지 않았다.

갓길에 차를 세우고는 핸들에 머리를 기대어 창쪽으로 고개를 돌렸다. 그리고는 창밖으로 무리 지어 지나치는 사람들을 무심히 바라보았다. 다니는 사람들 속에 자신과 같은 모습을 한 사람을 찾을 수가 없었다. 순간 겉만 보지 말라던 지민의 말이 떠올랐다. 창밖의 사람들도 나름대로 사연을 가지고 있을 것만 같다는 생각이 들었다. 그 무리 속에 끼고 싶었다.

갑자기 차에서 벗어나 거리로 뛰어든 주영은 많은 사람들 속에 파묻혔다. 힐끔힐끔 자신을 쳐다보는 사람들로 인해 현재 자신의 옷차림이 길거리를 이렇게 아무렇지 않게 헤매고 다니기에 적합치 않다는 생각이 들었다. 최고급 양복에 넥타이, 그리고 보석이 박힌 넥타이 핀과 먼지 하나 없는 구두. 여기까지 생각이 미치자 주영은 미친듯이 백화점 안으로 뛰어들어 갔다.

캐주얼 매장을 서성거리자 얼굴 가득 웃음을 띤 여자가 다가왔다. 대학생들이 즐겨 찾는다는 이 브랜드에서 모자 하나와 스니커즈, 그리고 면바지와 커다란 셔츠를 갖춰 입었다. 연신 너무 잘 어울린다며 칭찬을 해대던 점원이 벗어놓은 옷을 챙기면서 슬금슬금 주영을 살피기 시작했다. 보통 사람은 엄두도 못낼 브랜드와 구두, 그리고 언뜻 본 양말까지 모두 같은 브랜드였다. 어려 보이는데 복도 많다고 생각한 점원이 조금은 껄끄러운 듯이 가방을 내밀었다. 그러나 곧 주영이 내민 카드를 보곤 기겁을 하며 표정을 바꾸었다. 백화점 최고위층 임원들만 사용한다는 그 백화점 카드를 내민 것이다. 갑자기 표정 관리에 들어가 자신에게 한없이 친절한 점원을 보며 주영은 아차 하는 생각이 들었다. 그 카드를 사용하는 것이 아니었다. 얼른 자리를 떠야겠다고 생각한 주영이 성급하게 걸음을 옮길 때까지 그 점원은 고개 숙여 인사를 하고 있었다. 사람들에게 다르게 보이고 싶어 갈아입은 옷인데 카드를 사용한 자신에게 화가 나는 주영이었다. 이렇게밖에 생각하지 못하면서 달라지고 싶어 하는 자신이 한심하게 느껴졌다.

차로 돌아와 갈아입은 옷을 실어놓고 다시 거리로 뛰어들었다. 한참을 무작정 달려보기도 하고 괜히 이곳저곳을 기웃거려 보기도 했다. 길거리에서 파는 이상한 음식들도 먹어보고 오락실에서 오락도 해보았다. 모든 것이 처음이었다. 오락실도, 길거리의 맛있는 음식들도, 심시어 이렇게 거리를 맘껏 혼자 걸어보는 것도.

몇 시간을 그렇게 헤매고 나니 더 이상 할 수 있는 것이 없었다. 할 줄 아는 것이 없어 더 이상 무엇을 해야 할지 몰랐다. 집에서는 자신을 찾고 있을 거란 생각이 들었지만 꺼놓은 핸드폰을 켜고 싶지 않았다. 처음 맛본 이 달콤한 자유를 쉽게 씻어내고 싶지 않았다. 아무것이라도 좋았다. 마구마구 무언가가 하고 싶었다. 무엇에라도 홀린 사람처럼 다시 걷기 시작했다. 마음속에서 끓어오르는 무언가를 주체할 수가 없었다.

얼마만큼 걸었을까. 허기를 느끼고 다리가 아파올 때쯤 어느 덧 주위는 어두워져 있었다. 어딘지 알 수 없는 곳에 와 있다는 것을 깨달았다. 그리고 주저앉았다. 더 이상 속상해할, 그리고 고민해야 할 힘도 없었다. 이런 기분이 드는 것도 오랜만이었 다. 힘이 없으니 더 이상 아무 생각도 나질 않았다. 지금 주저앉 아 있는 곳이 어딘지 생각하고 싶지도 않았다. 시간이 늦었을 것이란 생각에 핸드폰을 켜보았다. 안 봐도 집에서 온 연락으 로 가득 차 있을 것이다. 그러나 예상을 깨고 핸드폰에 남겨진 메시지는 모두 지민에게서 온 것들이었다.

—집에서 전화 왔던데, 어디냐?
—어딘데, 전화까지 꺼놨어? 집에는 나랑 같이 공부한다고 그랬다. 이거 보면 얼른 연락해.
—윤주영, 이 메시지 확인하면 늦어도 연락해라.
—이거 보고서도 연락 안 하는 거면 알아서 해라.
—집에서 또 전화 왔다. 시험 때라고 둘러대긴 했는데 아무 래도 믿지 않으시는 눈치다.
—아직도냐. 정말 아무 일 없는 거지?
—주영아, 얼른 연락해. 제발…….

마지막 메시지가 이상하게 가슴을 저리게 했다. 간절히 애원 하는 말투. 아무래도 걱정을 많이 했나 보다. 나와 같은 또래의 사람들도 이렇게 반나절 연락이 안 되면 난리가 나는 것일까. 갑자기 다른 사람들 삶이 궁금해졌다. 여태까지 나만 생각하고 살았었다. 어쩔 수 없는 것이라고, 다른 사람 인생은 중요치 않다고 생각했다. 나를 남과 비교할 것도, 그렇다고 부러워할 것도 없다고 생각했다. 그러나 지금 문득 궁금해지고 조금은 부럽다고 생각되는 이유가 무엇인지, 달리 살고 싶은 것일까.

"여보세요. 선배, 저예요."

전화를 하자마자 다자고짜 어디냐고만 묻는 지민이었다. 위치를 대충 알려주니 20분이라는 말만 하고 전화를 끊어버렸다. 주영은 자신이 있는 공원처럼 보이는 곳의 계단에 앉아 깜깜하기만 한 하늘을 바라보았다. 비라도 내릴 요량인지 하늘은 별 하나 없이 새까맣기만 했다. 간만에 보는 하늘인데 별 하나 없는 것이 조금 서운하게 느껴졌다. 그래도 바람은 시원했고 여기저기 소곤대는 사람들 소리에 지루히지 않은 새로운 기분이 접근했다. 이상하리만큼 여유로운 다른 세계에 있는 듯한 홀가분함. 잠시나마 눈을 감아보니 다른 세상에 온 듯한 착각까지 들었다.

한참을 눈을 감고 귀를 기울이고 있을 때에 급하게 뛰어오르는 발소리가 들렸다.

딱. 따닥. 딱. 따닥.

계단을 두 개씩 뛰어올라 오는 소리는 중간에 한 번 멈추었다가 계속되었다. 아무래도 지민의 발소리인 듯싶었다. 올라오던 발소리가 멈추었다. 지민이라면 분명 무슨 소리라도 낼 것이 분명했다. 눈을 감고 느끼는 새로운 기분에 쉽사리 눈이 떠지지 않았다. 이 처음 느낀 느낌에 작은 감동마저 일었다. 소리로 듣는 지민의 발소리마저……

아무 말이 없었다. 지민이라면 말이라도 걸어올 터인데, 아무 말이 없었다. 지민이 아닌가라는 생각도 잠시, 바람 소리. 바람 내음. 지금 주영의 앞에서 아무 말 없이 서 있는 사람은 시원한 바람 냄새가 나는 지민이었다. 천천히 눈을 뜨니 하늘을 올려다본 그만큼에 지민이 보였다. 눈 한가득 지민이 가득했다. 지민의 눈 속에 주영이 가득했다.

"왔어요? 왔음 부르지. 바람이 너무 좋아서 눈을 뜨고 있을 수가 없었어요."

미안한 마음에 많아지는 말들. 지민에게서 아무런 대꾸를 들을 수가 없자 마주 보고 있는 눈길마저 머쓱해진 주영이 고개를 숙였다. 그제야 주영의 옆에 털썩 주저앉는 지민이었다. 가까이 한 지민에게 엷은 땀내가 났다. 아무래도 서둘러 뛰어온 모양이었다. 고개를 돌려 지민을 바라보았다. 아직도 콧등에 송골송골 땀이 맺혀 있었다. 아무 생각 없이 그런 지민의 콧등을 가만히 닦아주었다. 멈칫하는 지민을 보며 괜한 짓을 한 것 같아 금세 후회가 밀려드는 주영이었다. 서둘러 손을 추스르는 주영의 손을 낚아채고 지민이 고개를 돌렸다. 어두운 곳에서도 지민의 눈은 까만빛을 발하고 있었다.

"무슨 일 있어?"

지민이 주영의 위아래를 훑으면서 물었다. 아무래도 지금 옷차림이 어색한 듯 여기저기를 둘러보고 있었다. 평소의 주영은 깔끔한 고급 브랜드의 옷만 입고 다녔었다. 학생 같아 보이지 않는다는 민철의 구박에도 가진 옷이 그런 것뿐이라 어쩔 수가 없었던 주영이다. 그러니 당연히 지금 옷차림이 익숙지 않을 수밖에. 보통 사람이라면 당연했을 차림새가 정작 본인에게는 이상해 보인다는 생각이 들자 씁쓸한 기분이 드는 것은 어쩔 수가 없었다. 그런 주영의 생각을 눈치 챈 것일까. 지민이 다독이며 입을 열었다.

"잘 어울려. 이상하지 않아. 단지 낯설어서 그랬어."

지민의 말에 쑥스러운 듯 가볍게 미소 짓는 주영의 표정이 한결 밝아졌다. 그런 주영을 한동안 바라보던 지민이 주영의 손을 끌어당겨 가슴에 올려놓았다. 갑작스런 지민의 행동에 당황한 주영이 손을 빼려 했으나 지민의 힘을 당할 수는 없었다. 가만히 지민을 올려다보았다. 미소 지으며 주영을 내려다보고 있는 지민이 보였다. 이상하게 가슴이 메아리치듯이 울려대고 손에 힘이 빠져 버렸다. 누구의 소리인지 크게 울려대는 심장 때문에 정신이 없었다.

"괜찮아. 그냥 잠깐만 이렇게 있자. 니가 옆에 있다는 실감이 좀 필요한 것 같아서. 아무 생각 없이 너희 집에서 걸려온 전화를 받았을 때 큰일이라도 난 줄 알았다. 처음 받는 전화가 너의 행방을 묻는 것이라 조금 당황했었어. 아무 일 없겠지. 연락이 오겠지. 그렇게 반나절이었다. 별의별 상상을 다 했더랬다. 사내치곤 약해 보이는 니가 다른 곳에서 큰일이나 당하지 않았을까. 정말 이상한 상상까지 다 했었다. 막상 니 전화를 받고는 아무 생각도 나질 않더라. 어느 순간 달리고 있었으니까."

　가만히 주영을 보고 말을 이어가던 지민이 잠시 숨을 몰아쉬었다. 이제 어느 정도 진정이 되는 모양이었다. 주영의 손을 다시 한 번 꽉 잡아본 후 놓아주었다. 왠지 모르게 허전한 기분이 드는 주영이 자신의 손을 내려다보았다. 그리고 바라본 지민은 자신을 보고 있지 않았다. 저 먼 곳 자신은 보이지 않는 다른 곳을 보고 있었다.

　"몇 달인데 참 정이 많이 든 것 같다. 내가 너를 많이 아끼고, 좋아하는 것 같다. 민철이 녀석이 없어져도 이렇게 당황하지는 않았었는데 정말 이상하지. 넌 좀 다른 것 같으니."

　'이런, 지민의 말에 갑자기 얼굴이 붉어지는 이유는 무엇일까. 이 새로운 감정은 무엇일까. 선배일 뿐인데. 남자 대 남자, 사내 대 사내일 뿐인데.'

　난 여자였다. 여느 사내의 달콤한 말에 가슴 떨리고 얼굴 붉어지는 여자였다.

　'지민은 누굴 보는 것일까.'

　이런 생각을 하는 자신을 용납할 수가 없었다. 괜히 지민에게 죄를 짓는 것만 같았다. 게임을 하는 도중 상대방에게 반칙을 하는 것만 같았다. 가슴이 쓰려 더 이상 앉아 있을 수가 없었다.

갑자기 일어나 계단을 뛰어내려 가는 주영을 보다 지민이 따라서 뛰어가기 시작했다. 그렇게 한참을 발이 무거워질 때까지 달린 후에야 주영은 공원 잔디밭에 멈추어 섰다. 그리고는 이슬이 맺힌 잔디밭 위에 벌러덩 누워버렸다. 엉뚱하리만치 갑작스런 주영의 행동에 당황한 지민이었지만 이내 주영의 곁에 나란히 누워 있었다.

"오늘 재밌는 놀이를 했어요. 근데 놀이 방법을 잘 모르겠더라구요. 그래서 혼자 놀았어요. 지쳐서 힘이 다 빠져 버릴 때까지. 그랬더니 정신이 들더라구요. 미안해요, 걱정하게 해서…… 앞으로는 이런 일 없을 거예요."

팔을 벌린 채 하늘을 보며 애써 태연한 척 말을 하는 주영이 안쓰러워 보이는 이유는 무엇일까. 참을 수 없는 무언가를 가슴에 품고 있는데 저 작은 아이는 누구에게도 쉽게 마음을 열어주지 않는다. 한 사람에게라도 자신을 보이면 편하다는 것을 모르는 것인지, 그래 본 적이 없는 것인지 잠긴 마음은 쉽사리 열릴 줄을 몰랐다. 어떻게 살아온 것일까. 어떤 삶을 살았길래 이다지도 모질고 독한 것일까. 자신에게는 마음을 터놓을 민철이 있었다. 그러기에 견딜 수 있었다. 그러나 이 아이는 아무도 없는 것이다. 기껏 표현한다는 것이 이런 것뿐인 것이다.

지민의 가슴에 알 수 없는 분노가 치밀어 올랐다. 표현하지 못하는 주영에게 할 수 없게 만든 사람들에게, 그리고 아직도 그런 사람이 되어주지 못한 자신에게.

"윤주영, 잘 들어라. 앞으로 이런 일 절대로 없게 해라. 그렇지 않으면 나는 널 안 볼 거다."

화가 난 듯 잔뜩 힘이 실린 지민의 음성에 주영이 힘없이 일어나 앉아 하늘을 올려다보았다. 또다시 싸늘한 바람이 느껴졌다.

"앞으로…… 절대로 혼자 하는 일 없도록 해라. 혼자 무엇을 할지 몰라 허둥대고, 어떻게 표현해야 할지 몰라 답답해하고, 그렇게 쌓이고 쌓여 터지는 가슴 어쩔 줄 몰라 움켜쥐지 마라."

갑작스런 지민의 말에 몸이 굳어버린 주영이 고개만 간신히 돌려 지민을 바라보았다. 아무렇지 않게 팔을 괴고 누워 하늘을 보며 조금은 성난 얼굴로, 그리고 조금은 무거운 목소리로 말을 이어가고 있었다. 주영은 그런 지민의 마음이 궁금했다. 저런 말을 자신에게 쉽게 할 수 있는 지민이라는 사람이 궁금했다. 괜스레 다시금 새로운 감정이 밀고 올라왔다. 어느새 느껴보지 못했던 눈물이라는 존재가 눈에 가득 차기 시작했다. 왜 눈물이 나는지, 왜 이렇게 가슴이 벅찬지 이유를 알지 못하는 주영이었다. 무엇이 감동이고, 그러면 왜 눈물이 나는지 겪어보진 못한 주영이었다.

보지 않아도 느낄 수 있었다, 저 아이의 가슴이 울고 있다는 것을. 비록 이 순간에도 어깨 하나 들썩이지 않고 가슴을 쳐내는 아이였지만 그 슬픔의 깊이만큼은 느낄 수 있었다. 자신에게 왜 이렇게 생생하게 이 아이의 느낌이 전달되는지 알 수 없지만 그 깊이만큼 지민 또한 가슴이 저려왔다.

"내가 있어줄게. 니 옆에 내가 있어줄게. 전에 내가 그랬지, 넌 영원한 내 편이라고. 내가 필요할 때, 또 니가 필요할 때 지원사격 해주고 어깨 빌려주는 내 편. 난 너한테 그렇게 되기로 그때 약속했는데, 넌 아니었던 것 같다. 많은 말 해주지 않아도 좋아. 대신 혼자만 하지 말아라. 니가 이렇게 소리없이 우는 소리가 내 귀를 찢어놓는다."

주영은 아무 말도 할 수 없었다. 자신도 모르는 사이 눈물이라는 것은 소리없이 넘치고, 또 넘치고 있었다. 이럴 때 어떻게 해야 하는지, 손을 들어 닦아내야 하는지, 억지로 멈추게 해야 하는지, 아니면 터질 듯 말 듯 가슴에서 울리는 울분을 터뜨려야 하는지 주영은 알지 못했다. 그저 두 손으로 가만히 눈물을 받쳐 낼 뿐이었다.

그런 주영의 소리없는 눈물이 자신의 가슴에 차고 넘치는 것 같아 지민 또한 가만히 눈을 감았다. 그리고 말없이 받아주었다. 알 수 없는 주영의 눈물을, 주영의 아픔을…… 이 눈물이 흐르고 나면 조금은 다른 것이 채워지지 않을까 하는 막연한 기대감과 함께.

그 밤이 지난 후 주영의 태도가 조금씩 변해갔다. 여전히 표정 없는 얼굴이었지만 가끔씩 스치는 미소와 찡그림 등을 눈치 채지 못할 가족들이 아니었다. 달라지고 있는 주영을 보며 한 편으로는 다행이다 싶으면서도 또한 무슨 일이라도 생긴 것이 아닐까 하는 불안한 마음을 감추지 못하는 미연과 민혁이었다. 반면에 조금은 편해진 막내 동생의 표정으로 인해 괜스레 마음이 들뜨는 것은 다름 아닌 누나들이었다. 조심스레 말을 걸어보기도 하고 작은 선물을 들고 들어오기도 하였다. 주영 또한 자신을 달리 대하는 가족들로 인해 당황스럽기는 하였지만 왠지 모르게 싫지만은 않았다. 그렇게 그냥 물 흐르는 대로 놓아둘 작정이었다. 미래에 대한 걱정과 고민은 그 밤 그 눈물에 모두 다 쏟아내었었다.

"어이, 윤 군, 멈춰."
자신을 부르는 소리도 듣지 못하고 여름 향기에 취해 걷고 있는 주영의 어깨를 잡아 휙 돌린 민철은 주영의 표정을 보고 웃음을 참을 수가 없었다.
"푸하하. 지금 표정 사진으로 박아놔야 하는 건데. 너도 이런 표정이 있었냐? 의외다. 캑캑."
웃다가 사례가 들릴 정도로 배를 움켜잡고 웃는 민철로 인해 주영은 창피함을 감출 수가 없었다. 머리를 긁적이며 민철을 한번 째려봐 주고는 급하게 발걸음을 돌렸다. 주영이 조금은 화가 났다는 것을 온몸으로 보여주고 있었으나 눈치 채지 못한 민철은 웃음을 그치지도 않은 채 눈물까지 머금고 주영을 따라

왔다.

"아아, 미안해. 우리 윤 군이 언제 이렇게 귀여웠을까? 어디 가는데? 강의 있어?"

나쁜 의도가 아니라는 것을 안다. 그러나 자신의 변화에 당황한 주영이 괜히 멋쩍어 선수를 친 것뿐이었다. 연신 사과를 하는 민철을 모른 척 주영이 화제를 돌렸다.

"지민 선배는요?"

"응? 글쎄, 뭐 다른 일이 있는가…… 봐."

말끝을 흐리는 민철이 이상하게 느껴졌다. 일상적인 인사치레를 이렇게 당황하며 받아들인 적은 없었다. 갑자기 주영의 맘속에 불길한 기운이 고개를 들기 시작했다.

"어제도 안 왔잖아요."

대수롭지 않다는 듯이 묻는 주영의 말에 민철의 얼굴에는 당황하는 빛이 역력해 보였다. 주영이 걸음을 멈추고 민철을 빤히 쳐다보았다. 이리저리 눈을 굴려대는 모양새가 무언가 핑곗거리를 찾는 모양이었다.

"저기 그게……."

주영에게는 집안 행사로 며칠 자릴 비운다고 지민과 약속했는데 쉽게 거짓말이 나오질 않았다.

'빌어먹을. 이놈 눈을 보니까 말이 안 나오잖아.'

다음 말을 골라가며 열심히 머리를 굴려대던 민철이 주영의 말에 안도의 한숨을 내쉬었다.

"올 때 되면 오겠죠."

"그럼. 별거 아냐. 곧 올 거야."

별일이 아니라고 말하는 것을 보니 무슨 일이 있긴 있는 것 같았다. 자신이 우긴다고 지민에 대해 말해 줄 민철은 아니었으나 서운한 마음이 드는 것은 어쩔 수가 없었다. 그리고 무슨 이유에서 이렇게 숨겨야만 했는지 궁금해지기 시작했다. 내일이라도 지민이 돌아오면 물어보리라 생각하며 당황한 민철을 남겨두고 걸음을 옮겼다.

그렇게 일주일이 지났다. 주영을 피해 다니는 것인지 도통 민철과 얘기를 나눌 기회가 없었다. 지나가다 마주칠 때면 먼저 말을 꺼내기도 전에 바쁘다며 금세 줄행랑을 쳐버렸다. 물을 생각도 없었지만 그렇게 까지 피해 다니며 대답을 회피하는 민철로 인해 더욱 이상한 생각이 들기 시작했다.

지민이 없어도 학교 생활은 달라지지 않았다. 그러나 주영도 느끼지 못하는 사이에 다시금 예전의 표정으로 돌아가고 있었다. 무슨 이유에서 다시금 예전으로 돌아간 것인지 걱정이 되는 가족들이었으나 아무 관심이 없는 듯한 주영의 표정에 그저 슬금슬금 주영의 눈치만 볼 뿐이었다. 그러나 미연과 민혁은 그런 주영의 모습에 또다시 주영을 잃어버리는 것 같아 가슴이 아파왔다. 일주일 사이 너무도 달라진 주영이었으나 쉽게 물어 볼 수가 없었다. 주영은 표정으로 묻기조차 거부하고 있었다.

다시금 반복되는 일상. 다시 혼자 남아버린 것 같은 기분이었다. 지민이 사라지고 난 후 하루, 이틀이 지나고 일주일이 지났다. 자신이 왜 이렇게 지민을 기다리는지, 비슷한 사람만 지나가도 어째서 가슴이 두근대는지 알지 못했다. 그저 단순하게 조금이나마 생기려 했던 삶의 재미가 갑자기 사라져 버렸다는 것만을 깨달았을 뿐이다. 지민이 그리웠다. 그립다는 것이 어떤 것인지 알지 못하지만 못내 가슴 저리게 그 사람이 궁금했다. 그 밤 지민으로 인해 채워졌던 가슴이 또다시 비워지고 있었다.

그렇게 삼 일이 더 지났다. 지민이 사라진 지 꼬박 열흘. 눈에 띄게 굳어진 주영의 표정과 접근하기조차 힘든 분위기에 집 안은 또다시 적막해졌으며 회사에서조차 말 한마디 입에 담지 않았다. 그렇게 20살 나이의 젊은 사내 주영은 굳어가고 있었다. 녹았다 다시금 얼어버리는 얼음은 그 강도를 더해 급속도록 굳어가고 있었다.

아버지 회사에 들르는 날. 답답한 가슴에 바람이라도 쐴 요량으로 집에 차를 가져다 놓고 골목으로 나섰다. 집 안의 불빛은 자신이 들어감으로 싸늘하게 변하였고 자신의 눈치만을 보며 뿔뿔히 흩어지는 가족들 또한 비참한 기분이 들게 만들었다. 벗어나고 싶었다.

가로등 불빛만이 자리 잡고 있는 골목을 걸으며 이제는 밤에도 피부에 와 닿는 바람 한 점이 없었다. 여름인 것이다. 한 학기가 끝나가고 있었다. 내 대학 생활의 일 년의 반이 지나고 있었다. 지민과 함께했던, 그리고 민철이 있었던 짧았지만 가슴을 꽉 채웠던 시간이 이제는 먼 옛날로 느껴졌다.

한참을 걷다 보니 어느덧 동네를 벗어나 있었다. 인적이 드문 한적한 거리를 멀거니 바라보다 다시금 발길을 돌렸다. 모두가 따뜻한 집을 기대하며 발걸음을 재촉하는 시각, 주영은 느릿느릿 한 걸음 한 걸음씩 뒤로 물러서고 있었다. 그렇게 걸어도 어느새 집 앞에 다다라 있었다. 쉽사리 대문을 열 수 없어 주머니에 손을 찔러 넣고 자신의 집을 올려다보았다. 따뜻해 보이는 집. 주영은 자신이 들어서면 식어버리는 집을 더 이상 보고 싶지 않았다. 이제는 어떤 방법으로든 결정을 지어야겠다는 생각이 들었다. 자신으로 인해 따뜻해졌다 금세 식어버리는 집을 원하지 않았다. 나만 없다면…….

한참을 망설이다 이내 포기한 듯 대문에 손을 가져다 대는 순간 익숙한 발자국 소리가 들렸다. 그리고 갑자기 시원한 바람이 느껴졌다. 머리카락이 날리는 것도 아닌데 바람이 느껴지는 이유는 하나뿐이었다. 그런 능력을 가진 사람은 한 사람밖에 없었다.

대문을 밀려고 했던 그 자세 그대로 멈춘 주영을 보며 지민은 자신임을 눈치 챘다는 것을 알 수 있었다. 무슨 말을 해야 할지 몰랐다. 그저 무작정 주영이 보고 싶어 달려왔다. 사내자식을 이렇게 보고 싶어해도 되는 건지 이해가 되지 않았지만 참을 수가 없었다. 무슨 일이 있어도 오늘은 이 녀석을 봐야 그동안 못 잔 잠을 잘 수 있을 것만 같았다. 전화를 해서 불러낼까, 목소리만 들을까 한참을 망설이고 있을 때 기적같이 이 녀석이 골목을 걸어 들어왔다. 차를 놔두고 걸어오는 주영을 보며 또 무슨 일이라도 있는 것이 아닐까 자세히 살폈지만 별다른 점을 발견하진 못했다. 정작 눈앞에 마주하자 한없이 작아지는 가슴은 내딛는 발걸음을 다시 제자리로 돌려 버렸다. 그러나 집 안으로 들어갈 생각은 않은 채 멍하니 집을 올려다보는 녀석의 뒷모습이 한없이 작아 보여 그냥 돌아설 수가 없었다. 표정없는 녀석의 얼굴이라도, 깊이를 알 수 없는 맹랑한 눈빛이라도 봐야 발걸음이 떨어질 것 같았다.

"별일없지."

너무도 태연한 목소리였다. 열흘간 행방을 알 수 없었던 사람치고는 너무도 자연스러웠다. 지민을 알던 시절의 주영이라면 분명 화를 내거나 골을 내어 한참을 어르고 달래야 조금의 미소라도 얻어낼 수 있었을 것이다. 그러나 지금의 주영은 또다시 지민을 만나기 전의 주영으로 돌아가 있었다. 돌아서서 지민을 올려다보는 눈동자에는 깊이를 알 수 없는 공허함만이 자리하고 어떠한 감정의 변화도, 그리고 표정의 변화도 발견할 수가 없었다.

"미안해. 걱정했지? 사정이 있었어."

다가오는 지민을 무심한 눈길로 그저 쳐다보기만 하는 주영이었다. 아무 생각도 나질 않았다. 나의 집에 속할 수 없다는 비참함도, 연락도 없이 사라졌다 아무렇지도 않게 돌아온 지민에 대한 배신감도 감정이 동하지 않았다. 화가 나야 정상인데, 괘씸하다고 주먹이라도 한 대 날려야 하는데 그런 마음이 들지 않았다. 나에게 감정이라는 것을 주입해 주던 연결 호스가 끊긴 이후 호흡기는 멈춰 버렸다.

"나한테 미안할 거 없어요. 선배가 애도 아닌데요. 늦었어요. 가서 쉬세요. 많이 안 좋아 보여요."

높낮이가 없는 평이한 음성. 지민에게 어떠한 감정도 싣지 않고 기계적으로 뱉어내는 말들. 지민의 가슴에 한 마디 한 마디가 비수가 되어 날아들었다. 사실 지민의 몰골은 정상적으로 보이지 않았다. 평소 깔끔함의 대명사였던 지민이 지금은 구겨진 와이셔츠의 단추를 두 개나 풀어놓은 채 팔을 걷어붙이고 있었다. 며칠 동안이나 면도를 하지 않은 것인지 텁수룩하게 꽤 많이 자란 수염과 빨간 핏줄이 자리 잡은 눈동자까지 주영의 눈에 지민은 예전의 지민이 아니었다. 많이 지치고 힘들어 보였다. 무슨 사정에서인지 자신에게 말 못하는 지민 또한 쉽지만은 않을 것이라는 생각이 들었다. 쉬게 해주고 싶었다. 그리고 주영도 이제는 쉬고 싶었다.

빤히 지민을 올려다보는 주영과 그런 주영에게 아무 말도, 어떠한 변명도 해줄 수 없는 지민의 눈동자가 부딪쳤다. 색깔이 없는 주영의 눈동자와는 달리 지민의 눈동자는 그 힘을 잃어 점점 퇴색되어 갔다. 상처 입은 새 한 마리를 연상케 하며 약한 빛마저 잃어가고 있었다.

힘겨운 지민의 애절한 눈빛이 마음에 닿았던 것일까. 주영이 지민에게 한 발짝 다가섰다. 그리고 말없이 지민의 목을 잡아 자신의 어깨로 끌어당겼다. 자연스럽게 지민의 머리가 주영의 어깨에 기댄 모양새가 되었다. 당황하긴 하였지만 다시 자신을 받아준 주영의 마음이 고마웠고 어깨에서 손으로 전해지는 주영의 온기가 지민을 편안하게 해주었다. 그렇게 아무 말 없이 두 사람은 한참을 서로에게 기대어 서 있었다. 서로를 확인하는 양 서로의 온기에 눈을 감고 서 있었다. 커다란 대문 앞, 깜깜한 골목, 외로운 가로등, 그리고 그 밑에는 지친 사내의 떨구어진 고개와 그 위의 또 다른 사내의 손이 자리하고 있었다.

잔잔한 바이올린 선율이 고풍스런 인테리어와 잘 어울리는 카페 안에 은은한 커피 향이 흐르고 있었다. 손님이 없는 카페 안에는 초췌한 차림새와 피곤한 기색이 역력한 한 사내와 깔끔하고 이쁘장한 어린 사내가 마주하고 있었다. 카페 문을 닫아야 하는 시간에 잠시만 있겠노라 부탁을 하던 저 초췌한 사내의 눈빛이 간절하여 주인은 12시를 넘긴 지금도 카페를 지키고 있었다. 커피를 주문하고도 한참을 말이 없던 두 사람의 분위기가 이상하게 주위를 차단시켜 주인조차 말을 건넬 틈이 없어 보였다. 이내 주인은 일찍 문 닫을 생각을 포기한 듯 구석진 자리에 자리를 잡고 앉았다. 그리고는 낡은 노트를 꺼내 무언가를 그리기 시작했다.

"나 없는 동안 잘 지냈어?"

"네."

주영을 처음 만났을 때처럼 어색한 침묵이 대화 중간마다 찾아들었다. 그저 씁쓸한 웃음을 짓는 지민을 그냥 빤히 쳐다만 보는 주영이었다.

"잘 지낸 것 같지 않은데? 더 말랐잖아. 밥은 먹고 다닌 거야?"

"그렇게 물을 처지가 아닌 것 같은데요."

주영의 대답에 웃어버리는 지민이었다. 오랜만에 듣는 지민의 웃음소리였다. 그 웃음소리를 들으면 자신도 모르게 어색하게나마 입이 들썩거렸었다. 그러나 이젠 그마저도 움직임을 느낄 수가 없었다. 자신에게 그런 경험을 하게 하여 이렇게 더욱 가슴 한 켠을 싸늘하게 만들어버린 지민이 원망스러웠다. 애초에 몰랐더라면…….

"내가 잘못했어. 용서해 주라. 이렇게 답답하게 너하고 지내고 싶지 않아. 지금 윤주영 마음이 나를 미워한다고 마구마구 소리친다."

눈 안의 웃음이 사라지고 다시금 자리 잡은 쓸쓸함과 상처의 그림자가 지민을 드리웠다. 지민이 살포시 테이블에 몸을 기대어 주영과의 거리를 좁혔다. 그리고는 낮게 드리워진 음성으로 말을 이어갔다.

"지금 너에게 말을 해줄 수가 없어. 그럼 나를 불쌍히 볼까 봐, 나를 안쓰럽게 생각해서 그냥 용서해 줄까 봐. 밉겠지. 아무 말도 없이 열흘이나 사라졌다 이렇게 태연스레 나타난 내가 괘씸하고 야속하겠지. 하지만 지금은 싫다. 너에게 나에 대해 알게 하는 게 싫다. 그냥 용서해 주면 안 되겠니? 불쌍하다 막연히 생각하고 그냥 봐주면 안 되겠니? 무슨 일인지 묻지 말고 돌아와 줘서 고맙다 말해 주면 내가 너무 못된 건가……."

묵묵히 지민의 눈을 바라보던 주영이 창으로 고개를 돌렸다. 네온사인의 불빛들이 어색하게 까만 밤을 화려히 밝히고 있었다.

물어야 하는데, 그래야 정상인데 저런 눈빛으로 말을 하면 모질게 날을 선낼 수도 없다. 무슨 일인지, 왜 이런 모습으로 찾아와야만 했는지 미치도록 궁금하다. 그러나 물을 수가 없다. 안 된다. 이유를 말해 달라 말하면 그대로 무너져 버릴 것만 같아 차마 맘을 꺼낼 수가 없다.

"주영아, 고개 돌리지 말아. 그렇게 나 외면하지 마. 이제 더 이상 나에게 등 돌리는 사람들을 보기 싫다."

허무한 듯 말을 뱉고는 고개를 숙여 버린 지민이었다. 기억 속에 윤기가 흐르던 머리카락이 헝클어져 있었다. 마치 지금 자신이 그렇게 만들어 버린 것만 같아 가슴이 아려왔다. 커피 잔에 눈을 고정시키고 지민이 숨을 몰아쉬며 다시 입을 열었다.

"너마저 그리 식어버린 눈으로 나를 보면 힘이 빠져 버려. 이상하지, 누구보다 네가 나에게 큰 힘이 되는 것 같으니. 이런 내가 이상하게 보일지도 몰라. 어쩌면 내가 제정신이 아닌지도 모르지. 하지만 언제부턴가 니 소리가 들려. 그 소리가 고스란히 내 귀에 전해지고 그렇게 연결된 내 온몸의 장기들이 널 따라 반응하기 시작했어. 이러는 이유가 무엇인지, 왜 이렇게 맘이 쓰이는지 이유를 찾진 못했어. 그냥 지금 내 눈앞에 있는 윤주영이 자꾸만 나를 다가서게 해. 그리고 너와 떨어져 있던 열흘 동안 깨달았어, 어떠한 형태로라도 너가 내 눈앞에 있어야 한다는 것을……."

쉬지 않고 묵묵히 말을 뱉어내던 지민이 주영을 바라보았다. 그러나 주영은 지민의 눈을 바라보고 있지 않았다. 표정 없이 그저 지민의 손을 무심히 바라볼 뿐이었다. 초조한 듯 지민은 말하는 내내 손마디를 비틀고 있었다. 왜 이리 그 모양새가 눈에 박히는 것일까. 식어버린 커피를 한 모금 입에 머금고 주영이 천천히 입을 열었다.

"나는 내 마음을 잘 몰라요. 어쩌면 아는 방법을 배우지 못했는지도 몰라요. 누가 소중하고, 뭐가 중요한 것인지 아직도 나에겐 너무 어려워요. 근데 언제부터인지 낯선 무언가가 가슴 한구석에서 꿈틀거리기 시작했어요. 그게 무엇인지, 왜 그렇게 나를 괴롭히는지 지금도 나는 몰라요."

바이올린 선율이 어느덧 슬픈 첼로의 선율로 바뀌어 있었다. 인형같이 입만 뻐끔거리는 주영을 바라보며 지민의 눈빛이 가늘어지기 시작했다. 첼로의 깊은 선율과 너무도 어울리는 잔잔한 저음의 목소리. 그 목소리가 울리고 울려 어느 순간 첼로의 소리를 잠재운 채 지민의 마음속에 울리고 있었다.

"어느 날 학교를 갔어요. 똑같은 하루였어요. 수업을 들었고, 밥을 먹었고, 그리고 공부를 하고 집으로 돌아왔어요. 민철 선배를 만나 웃기도 했고, 집에 돌아와 반기는 가족들과 잠깐이나마 얘기를 하기도 했어요. 그러다가 어느새 이러한 일상이 몇 달 만에 나에게 익숙해져 있다는 것을 깨닫게 되었어요. 조금은 평범한 사람이 된 듯한 기분이 들기도 했어요."

잠시 말을 끊고 무언가를 생각하는 듯 하던 주영이 지민의 눈동자를 찾아들었다.

"그리고 또 이느 날이었죠. 반복되는 일상. 여전히 수업을 듣고, 밥을 먹고, 똑같이 공부를 하고 집에 돌아왔어요. 근데…… 민철 선배를 만나도 웃을 수 없었고, 집에 돌아오면 가족들은 저를 피해 뿔뿔이 흩어져요. 이유가 뭘까요? 저도 곰곰이 생각을 해봤어요. 근데 결론이 없네요. 아무것도 변한 게 없는데, 나는 여전히 똑같은데……."

한 마디 한 마디 귀 기울여 듣던 지민이 찡그린 표정의 주영을 바라보았다. 아직까지도 사람에 대한 마음에 서툴기만 한 주영이 못내 가슴 저리게 아파왔다. 주영의 말을 모두 이해할 수는 없었지만, 그래서 더욱 마음이 아프지만 그래도 저 작은 녀석의 아픔을 조금이라도 나누어 가지고 싶었다. 무엇 때문에 이렇게 되어버렸는지, 자신과 함께한 몇 달, 변하던 주영을 보며 참 밝고 예쁜 아이가 될 수도 있었겠다는 안타까운 마음이 들었었다. 그 이유가 무엇인지 말하지 못하는 주영이었지만 그래도 그 아픔의 무게를 조금이라도 덜어주고 싶었었다. 그런 마음이었는데…… 이제는 오히려 자신에게 주영이 없어서는 안 될 것 같았다. 저 무뚝뚝한 녀석이, 아무 표정도 없고 심심한, 없던 정도 떨어질 듯 말을 건네는 이 작은 녀석이 자신에게는 어느덧 너무도 많은 자리를 차지하고 있었다. 무슨 이유인지 자신도 알 수 없었다. 알고 싶지 않았다는 것이 맞는 표현일 것이다. 그냥 주영이 곁에 있으면 다 해결될 것 같았다. 아무 생각도 하지 않기로 했다. 지금까지처럼 그냥 웃으며 말을 건넬 수 있는 그런 위치에 있기만을 바랄 뿐이었다. 정말 그뿐이었다. 더도 덜도 바라지 않았다. 바라서는 안 된다는 것을 알고 있었다.

무슨 생각인지 자신을 보며 희미하게 미소 짓는 지민을 바라보며 주영은 자신의 마지막 말을 건넸다. 순간 떨리는 듯한 지민의 눈동자가 멈추고 굳어진 표정 위로 서서히 잔잔한 미소가 떠오르기 시작했다. 아무 말도 하지 않고 허탈한 듯 웃는 지민의 커다란 웃음만이 카페를 가득 채우고 있었다.

계산을 하면서 카페 문을 나서는 두 사람의 모습은 카페를 들어서기 전과 사뭇 달라져 있었다. 그런 두 사람의 모습을 흐뭇하게 바라보던 주인은 카운터 아래에서 노트 하나를 꺼내 들었다. 한 장 한 장 넘기던 손길이 멈추어진 곳에는 마주 보는 두 사내의 그늘진 모습과 웃는 얼굴 등이 그려져 있었다. 기억에 남기고 싶은 사람들이라는 이름이 붙여진 노트를 한참 동안 바라보던 주인이 노트를 덮고는 서둘러 카페 안을 정리하기 시작했다. 그러나 다시 한 번 아쉬운 듯 카페 문을 바라보았다. 비록 늦은 시간 피곤한 몸은 아우성쳐 댔지만 시간 낭비를 하지는 않은 것 같아 뿌듯하게 느껴졌다. 문을 나서기 전 분명 초췌한 사내와 어린 친구는 미소 짓고 있었다.

"그러다가 문득 깨달았어요. 선배가 없다는 걸……."

주영의 미지막 말이 아직도 지민이 머리 속에 메아리치고 있었다.

"나도 선배가 없으면 안 될 것 같아요."

멈추지 않는 인연,
　　　　　　　잠시 멈추다

사내로 살아오면서 요즘처럼 다행이라는 생각이 들었던 적도 없었다. 사내로 살았기에 지민을 만날 수 있었고, 그랬기에 지금처럼 그 옆에 나란히 설 수 있었다. 지민과 마음을 터놓은 그 밤 이후에도 둘 사이에는 변한 것이 없었다. 다만 굳이 오가는 따뜻한 눈빛과 커다란 마음을 숨기지는 않았다. 무슨 일로 바쁜 것인지 좀체 얼굴을 볼 수 없는 민철이 가끔 자리를 할 때를 제외하곤 언제나 둘만이 붙어 다녔다. 다른 사람들이 보았을 때는 아주 절친한 선후배로 보일 뿐 별다른 이상한 점을 발견하지 못했을 테지만 요즘 들어 부쩍 밝아진 주영의 표정과 그런 주영을 바라보는 지민의 눈동자를 본다면 아마 조금은 이상하게 생각했을지도 모를 일이었다.

지민과 주영은 속이지 않았다. 다른 사람이 어떻게 바라본다고 해도, 어떤 말을 한다고 해도 굳이 속이지 않았다. 보고 싶으면 보고, 웃고 싶으면 웃고, 가까이 있고 싶으면 어깨동무를 했다. 지나가다 맛있는 음식을 보면 서로에게 가져다 주기 바빴고, 구경을 하다 서로에게 어울릴 만한 물건들은 망설이지 않고 선물로 준비했다. 연인처럼 그렇게 서로에게 자리를 잡아가면서도 두 사람은 굳이 어떠한 관계를 규정 짓지 않았다. 그저 지금은 마음이 시키는 대로 무기력하게 따라가는 몸을 일부러 말리지 않을 뿐이었다.

오랜만에 민철이 자리를 함께하여 세 사람이 모이게 되었다. 여름 방학이 끝나고 2학기가 되어서도 무엇이 그리 바쁜지 학교에서조차 얼굴을 보기 힘들었던 민철이다. 학교 앞 허름한 맥주집에 자리를 잡고 앉은 세 사람은 누가 먼저랄 것도 없이 가장 큰 사이즈의 맥주를 주문하였다.

"나 담 달부터 학교 안 나와."

두 사람의 표정을 살피는 듯 눈치를 보던 민철이 갑작스레 말을 꺼냈다. 한창 맥주 잔을 기울이던 지민과 주영이 동시에 그런 민철을 쳐다보았다. 두 사람의 표정을 안주 삼아 민철은 벌써 한 잔을 들이키고 있었다. 시원스레 깨끗이 한 잔을 비운 민철이 쓰윽 입을 닦으며 자랑스레 소릴 질렀다.

"나 합격했어!!"

합격했어를 크게 외치고 손까지 치켜든 민철을 어리둥절한 표정으로 바라보는 두 사람이었다. 어찌 된 영문인지를 알아야 축하를 해주고 무어라고 말을 해줄 수 있을 텐데 무작정 합격했어를 질러 버린 민철을 멀뚱히 바라볼 뿐이었다. 그런 두 사람을 재밌다는 듯이 번갈아 보면서 민철이 특유의 짓궂은 표정으로 말했다.

　"내가 안 해서 그렇지 한다면 하잖냐. 그동안 나 놀러 다니는 줄 알았지? 크크. 내가 그동안 니들을 속이느라 얼마나 힘이 들었는데. 어험~ 나 경산그룹에 붙었어. 거기 추천서 받고 시험 보고 자격요건에 맞추려고 무지하게 힘들었다. 몇 번이고 말할까 하다가 이렇게 합격한 다음에 말하면 니들이 더 놀랄 것 같아서 기다리고 기다렸다. 어때? 대단하지?"

　자랑스럽게 가슴에 손을 올리고는 퍽퍽 두 번을 아프게 내려친 민철은 두 사람에게 대단한 반응을 기다리는 듯 한껏 기대에 부푼 표정으로 바라보았다. 그러나 되돌아오는 것은 하늘만큼 솟아 있던 기분을 그대로 곤부박칠치게 만들었다.

　"그래? 축하해. 그러느라 안 보였구나."

　"축하해요, 선배. 안 보여서 신경 안 썼었는데 의외네요."

　갑자기 한없이 작아지는 민철이었다. 두 사람의 반응이 이럴 줄은 꿈에도 생각지 못했었다. 유일하게 가족 같은 두 사람이었다. 불알친구인 지민은 당연했고, 유달리 지민을 따르는 주영 또한 민철에게 남처럼 느껴지지 않았었다. 그런 두 사람이 지금 자신에게 너무도 썰렁한 반응을 보여주고 있었다. 산 정상까지 올라섰던 기분이 무참히 땅 밑을 파고들었다.

애써 태연한 척 술잔을 기울이는 민철이었으나 굳어진 표정에는 실망한 기색이 역력했다. 연거푸 술잔을 비워 버린 민철의 뒤에는 두 개의 손바닥이 소리없이 다가서고 있었다. 하이파이브라도 하는 양 마주친 손바닥은 금세 아무 일 없다는 듯이 자취를 감추어 버렸다. 무언가 민철이 모르는 사이 은밀한 음모가 진행되고 있는 듯했다.

계속 풀이 죽어 있는 민철과는 달리 뭐가 그리 좋은지 입을 다물 줄 모르는 지민과 여전히 무뚝뚝하면서도 꼬박꼬박 말을 받아쳐 주는 주영이 그렇게 얄미울 수 없었다.

생각보다 일찍 맥주집을 나선 세 사람은 아쉽다는 지민의 제안에 따라 민철의 자취방으로 향했다. 굳이 피곤하다고 거절하는 민철이었지만 술이 조금 취한 듯 우겨대는 지민을 막을 수가 없었다. 민철의 옥탑방에 다다를 때쯤 화장실이 급하다며 지민이 열쇠를 가로채 먼저 뛰어올라 갔다. 오늘따라 저 괘씸한 친구가 어찌나 얄미운지 골이 나 튀어나온 민철의 입은 들어갈 줄을 몰랐다. 그런 두 사람의 모습을 뒤따르며 바라보던 주영이 남몰래 웃음을 흘렸다. 자신보다 3살이나 많은 사람들이 귀엽다고 느껴지는 건 처음이었다.

연신 투덜대는 민철의 소리를 들으며 방문을 열었을 때, 어두운 방에 갑자기 펑 하고 터지는 소리가 들렸다. 자신의 낡은 집에 무슨 일이라도 난 것인지 놀란 민철의 비명 소리가 울려 퍼졌다. 불이 커지고 배를 움켜잡고 웃고 있는 지민과 어디서 가져온 것인지 케이크를 들고 서 있는 주영이 보였다. 그리고 바닥에는 간단한 다과가 마련되어 있었고, 그 모습을 어리둥절한 표정으로 샴페인을 뒤집어쓴 민철이 둘러보고 있었다.

"야! 야, 너네 어떻게 된 거야?"

놀람과 동시에 두 사람에 대한 고마움과 애정으로 가슴이 벅찬 민철이었다. 그럼 그렇지, 아까 그렇게 넘어갈 사람들이 아니었다. 자신의 일에 자신보다 더 좋아했으면 좋아했지 무관심하게 넘어갈 사람들이 아니었다.

"하하. 야, 이 자식아! 그게 그리 섭하더냐? 하하. 축하한다, 축하해."

말이 끝나기가 무섭게 케이크를 움켜쥐고 민철의 얼굴에 비벼대기 시작하는 지민을 주영이 멍하니 쳐다보고 있자 이번에는 주영을 향해 케이크 한 조각이 날아들었다. 순식간에 아수라장이 되어버린 민철의 자취방은 한동안 세 사내들의 웃음소리와 비명 소리, 그리고 달콤한 케이크 냄새로 가득 채워져 있었다.

"어떻게 알았냐?"

얼굴에 묻은 케이크를 닦아낼 생각도 하지 않고 세 사람은 바닥에 앉아 캔 맥주를 기울이고 있었다. 민철도 오늘에서야 들은 합격 통지를 지민에게 어찌 알았냐고 묻고 있는 것이다.

"푸웃. 하하! 바보야, 학교에 붙었던데. 하하!"

민철의 머리를 콩 쥐어박으며 웃는 지민의 대답에 민철은 아까 합격 통지서를 들고 기뻐 날뛰던 순간에 지나가던 조교 형에게 자랑을 했던 기억이 떠올랐다. 정말 행동도 빠른 형이었다.

"그랬구나. 하하."

머리를 긁적이며 기분 좋게 웃는 민철을 보며 지민이 말했다.

"어떻게 한마디도 없이 시험을 보냐. 무슨 일을 꾸미고 있구나라는 생각은 하고 있었는데 이렇게 좋은 결과라서 다행이다. 난 정말 좋다, 니가 잘돼서. 잘해라. 내가 부탁할 건 이것뿐이다."

지민의 말이 무얼 뜻하는지 알고 있는 듯 민철이 고개를 끄덕였다. 지민의 마음이 고스란히 전해지는 것 같아 가슴이 벅차왔다. 이렇게 날을 해주는 친구가 너무 고맙고 자신을 믿어주는 친구가 자랑스러웠다.

"저도 축하드려요. 보기보다 똑똑하신 거 같아 다행이네요."

이 조그만 녀석은 참 말도 기가 막히게 한다. 그래도 생전 그런 소리를 잘 안 하던 녀석이 이렇게라도 표현하는 것을 보니 새록새록 감동이 밀려들기도 했다.

"고맙다, 이 조그만 녀석아."

지민에게 당한 복수라도 하는 양 주영의 머리를 콩~ 하고 쥐어박는 민철을 보며 지민이 얼른 주영을 감싸 안고 손으로 방

어자세를 취하기 시작했다. 요 근래 매일 붙어 다니더니 두 사람이 꽤나 가까워진 듯했다. 형제 하나 없는 민철은 그런 그들의 모습이 좋았고 도전장을 내미는 지민의 손을 굳이 피하지 않았다. 그렇게 또 한 차례 사내들의 전쟁이 벌어졌다.

얼큰하게 취한 지민과 민철이 아무렇게나 쓰러져 있는 모습을 보며 주영은 마지막 캔을 기울였다. 창백한 하늘을 보니 시간이 꽤 흐른 듯 보였다. 꿈같은 하루를 보내고 또다시 하루가 시작되고 있었다. 유수와 같이 흐르는 시간이 야속하게 느껴졌다. 가만히 고개를 돌려 엎드려 잠든 지민과 대자로 누워 잠든 민철을 바라보았다. 코를 고는 민철의 모습에 피식 웃음을 터뜨린 주영이 자리를 털고 일어섰다. 조심조심 주변을 정리하고 쓰레기를 치우니 한쪽 구석에 누워 있는 두 사람의 모습이 불쌍해 보였다. 방으로 들어가 두 장의 이불을 가져와 각각 덮어준 후 그 앞에 무릎을 꿇고 앉았다. 깨울지를 고민하던 주영은 이내 이불을 보듬어주고는 가방을 챙겨 들고 자리에서 일어섰다. 그때 옮기려던 주영의 발을 잡는 손길이 느껴졌다. 내려다보지 않아도 누구인지 알 것 같았다. 눈길도 주지 않은 채 주섬주섬 옷을 고쳐 입으며 주영이 말했다.

"저 가요. 오늘은 여기서 자요. 많이 취했어요."

아무 대답이 없자 주영이 지민을 내려다보았다. 많이 취했다고 생각한 지민이 멀쩡한 눈빛으로 한쪽 팔을 괴고 자신의 발목을 잡은 채 자신을 올려다보고 있었다.

"안 취했어요? 그럼 갈래요?"

집으로 가려는 모양이라고 생각한 주영이 다시 물었다.

"아니, 취했어. 못 가. 너도 자고 가."

발목을 놓아주며 일어나 앉아 있는 지민의 얼굴은 말투와는 다르게 상기되어 있었다. 마시긴 꽤 마신 모양이었다.

"안 되는 거 아시잖아요. 전 그냥 들어갈게요. 내일 봬요."

인사를 하고 신발을 신는 주영의 등 뒤로 지민의 퉁명스런 목소리가 부딪쳤다.

"사내자식이 하루 외박한다고 큰일나지는 않아."

신발을 신다 순간 멈칫하던 주영이 이내 조용하게 대답을 남기고 문을 나섰다.

"사내도 사내나름이지."

얼마 남지 않은 한창 시절을 즐겨야 한다는 민철의 강력한 주장에 난데없이 지민과 주영은 주말마다 여기저기를 끌려 다녀야 했다. 주영으로서는 생전 처음 가보는 곳들과 경험들이라 그저 신기하였다. 자신도 얼마 남지 않은 자유를 맘껏 누릴 수 있는 좋은 기회인 것도 같아 굳이 반대할 이유 또한 없었다. 그러나 지민은 주말은 조용히 보내야 한다며 반기를 들고 일어섰다. 그러나 마지막 친구의 부탁이라는 민철의 간곡한 요청에 두 손을 들고 말았다. 그리하여 시작된 그들만의 투어는 동물원에서 시작하여 놀이동산, 그리고 수목원과 바닷가, 가을이 아름답다는 산과 유명한 음악가의 콘서트 장까지 계속되었다.

갑자기 찾아든 정신없는 일상에 어리둥절한 주영이었지만 싫지만은 않았다. 바쁘게 여기저기로 뛰어다니면 다른 생각이 나질 않았다. 그냥 지민만 보고 민철만 보면 되는 것이었다.

한편 또다시 밝아진 주영을 보며 가족들 역시 기쁜 마음을 감추지 않았다. 학교에 다녀와서도 기분이 좋아 보였고, 민혁의 회사에서도 꽤나 적극적인 모습으로 회의에 참여했으며 주말마다는 어디로 가는 것인지 새벽같이 나가서 밤늦게 녹초가 되어 돌아오곤 하였다. 여느 대학생 아들들과 비슷해져 가는 주영을 보며 미연은 더 이상은 걱정이 없을 것 같다는 생각이 들었다. 그리고 주영에게, 주영의 친구들에게 너무도 고맙다는 생각을 가지게 되었다.

강원도로 가기 위해 새벽같이 집을 나서려던 주영이었다. 보통 때 같으면 모두가 잠들어 있을 새벽에 일층 부엌에 불이 켜져 있었다. 무심코 들여다본 주영이 그대로 멈춰 서버렸다.

그곳에는 밤을 샜는지 초췌해진 모습으로 분주히 움직이는 두 사람이 있었다. 익숙지 않은 부엌 살림에 여기저기 재료를 흩어놓고 김밥을 싸고 있는 미연과 글을 쓰며 밤을 새는 일이 많은 주선이 이것저것 집어 먹으며 열심히 도시락에 담고 있었다. 여기저기 밥풀을 붙이고 앞치마를 두른 채 열심히 준비하는 두 사람을 보며 주영은 아무 말도 할 수 없었다. 당혹스런 감정에 그냥 돌아서서 밖으로 나가려는 순간 주선과 미연의 말소리가 들렸다.

"엄마, 주영이가 되게 놀라겠다. 그치?"

자랑스러운 듯 말하는 주선의 음성.

"놀라긴, 어미가 당연히 해야 할 일인데 너무 늦은 거지. 맛있어야 하는데, 주영이가 안 좋아하면 어쩌지?"

지친 음성이었다. 밤을 새워 준비를 하려니 적지 않은 연세에 당연히 힘이 들 것이다. 당황스러운 감정. 또다시 꿈틀거려 발을 뗄 수가 없었다. 몸을 돌려 주방으로 들어간 주영이 우뚝 서 있자 미처 소리를 듣지 못한 두 사람은 화들짝 놀랐다.

"으악, 깜짝이야. 귀신인 줄 알았잖아. 가려구? 조금만 기다려. 엄마, 이거 여기다 넣어? 이거는? 가방이 어디 있지? 주영아, 다 됐어. 조금만 기다려."

여기서기 허둥대는 주신으로 인해 디요 정신이 없어 보이는 부엌이었다. 갑작스런 동생의 등장과 간만의 누나 노릇에 한껏 들뜬 주선이었다. 그런 주선을 말릴 사람은 아무도 없었다.

"주선아, 정신없잖아. 덜렁대지 말고, 이건 여기 넣고 저건 저기 넣고."

덜렁대지만 그래도 자신을 가장 잘 이해해 주는 둘째 딸이었다. 흐뭇하게 바라보며 모른 척하지 않고 부엌으로 발걸음을 옮겨준 주영이 미연은 못내 고마웠다. 사실 부엌 앞에 한참을 서 있던 주영을 미연은 보았다. 뒤돌아 걸어나가려는 뒷모습도 보았었다. 그러나 불러 잡지 않았다. 아들 마음이 움직여야 자신들에게 다가와 줄 것 같았다. 마음이 전해졌는지 주영은 나가지 않았고 지금 여기서 가방을 받아 들고 있었다.

그 새벽 주영이 나가고 미연과 주선은 동이 트고 난 후에야 잠자리에 들 수 있었다. 남들은 두 시간이면 해내었을 도시락을 비록 밤을 새우긴 하였지만 뿌듯한 무언가가 가슴을 벅차게 만들어 쉽사리 잠을 이룰 수가 없었다.

주춤주춤 가방을 뒷자리에 싣고는 약속 장소로 핸들을 돌리던 주영은 흘끔거리며 도시락에 가는 시선을 막지 못했다. 처음이었다, 도시락이라는 것을 받은 것이. 그리고 어머니가 해주신 음식도. 그동안은 영양사와 춘천 댁 아주머니가 해주시는 밥이 전부였다. 자신도 모르게 두근대는 가슴이 낯설었지만 싫지는 않았다. 오히려 이상한 기대감으로 얼굴은 상기되어 있었다. 이젠 주영 자신도 보통 사람이 된 것 같았다. 사람으로 살아 보는 것 같았다.

"으아아아아."

두 팔을 한껏 벌리고 드라마라도 찍는 것일까. 민철이 여기 저기를 마구 뛰어다녔다. 민철이 조르고 졸라 새벽같이 출발해 도착한 곳은 초원이 끝없이 펼쳐진 대관령의 어느 한 목장이었다. 우리 나라에도 이런 곳이 있었나 싶을 정도로 푸른 하늘과 더 푸른 초원이었다. 가을이라 조금 쌀쌀하긴 하였지만 그래도 바람이 상쾌하여 추운 것도 잘 느끼지 못하는 세 사람이었다. 누가 먼저랄 것도 없이 도착과 동시에 도시락을 풀어 자리를 잡고 앉았다.

"이야, 오늘 우리 주영이네 아주머니 신경 좀 쓰셨네. 이게 다 뭐야? 김밥에, 샌드위치에, 과일하고 이건 과자잖아? 하하, 난 이래서 주영이가 좋아."

능청스럽게 웃으며 주영의 목을 끌어안는 지민이었다. 왜 이렇게 오늘은 오버를 하는지. 출발 전부터 사실 민철보다 더 들떠 보였던 지민이다. 나들이에 들뜨는 마음이야 이상할 것까진 없다지만 아무리 그래도 오늘은 정말 이상했다.

"형, 어디 아파요?"

"응? 아프다니? 누가?"

자신을 똑바로 보고 묻는 질문에도 지민은 능청스럽게 딴청을 피웠다. 아무래도 많이 아픈 것 같았다.

"왜? 지민이 아프냐?"

할 말이 없는 주영이었다. 누가 친구 아니랄까 봐 생각하는 것도 비슷했다.

"됐어요."

"되긴 뭐가 되냐? 지민아, 너 어디 아파?"

"아니, 나 아픈 데 없는데? 아파 보여?"

"됐어요, 그만들 해요. 내가 잘못했어요."

그제야 웃는 지민과 아직까지 상황파악이 안 된 것일까, 이해력이 부족한 것일까, 무슨 소린지 몰라 고개를 갸우뚱대는 민철이었다. 저 머리에 그 어려운 시험은 어찌 다 통과한 것인지, 집이 부자도 아니니까 공부를 하긴 하는 건데……. 상황을 알 수 없는 민철과 민철을 알 수 없는 주영이었다.

"이야, 정말 좋다. 역시 사람은 이런 곳에서 살아야 하는데, 그치? 너네들 내가 돈 많이 벌고 자리 잡으면 여기에 별장을 하나 지어놓을게. 그럼 주말마다 와서 바람도 쐬고 고기도 구워 먹고 그러자. 히히. 생각만 해도 너무 좋지 않냐? 뛰어노는 아이들과 맛있는 음식을 준비하는 이쁜 색시, 그림 같은 별장과 정원. 정말 지상낙원이 따로 없네."

"못할 것도 없지. 넌 한다면 하니까. 머지않아 이곳에서 민철의 별장을 보는 건가. 기대되는걸."

"전 큰 집은 싫은데. 민철 형, 지으려면 작게 지어요. 아담하고 따뜻하게."

"야 임마, 큰 집도 시설만 잘해놓으면 따뜻해. 걱정 말아. 그런 걱정 안 하게 해줄 테니까. 히히."

주영의 말을 달리 해석한 민철이 자신만만하게 허리에 손을 올리고 웃고 있을 때, 씁쓸한 웃음을 남몰래 흘리는 주영이었다. 그런 주영의 옆모습을 물끄러미 바라보던 지민이 주영의 어깨에 가만히 손을 올려 토닥였다.

"내가 지을게. 작고 따뜻한 아담한 집. 언제든지 하늘을 보고 쉴 수 있게 내가 지을게. 그럼 그때 맘 놓고 쉬러 와."

한 발짝 앞의 민철에게는 들리지 않는 작은 목소리. 표정 없이 저 멀리 하늘을 바라보며 조용히, 그러나 한 음절 한 음절 힘을 넣어 말하고 있었다. 지민의 표정을 보고 싶었지만 마주칠 눈을 어떤 표정으로 바라봐야 할지 모르는 주영은 그냥 앞만 바라보았다. 마음이 따뜻해져 왔다.

순간순간 지민의 말과 행동을 느낄 때면 저런 사람도 있구나, 라는 감탄을 할 때가 많았었다. 사내가 아닌 주영으로서는 사내가 되기 위한 발악일 뿐 진짜 사내가 될 수는 없었다. 이미 몸에 배어버린 습성이 그런 것이지, 실질적으로 체력을 비롯한 여러 가지 면에서는 점점 나이가 들수록 여느 사내들보다 떨어지는 자신을 발견하고 있었다. 그런 주영이 문득 지민을 볼 때면 진짜 사내라는 생각이 들곤 하였다. 주영이 이만큼 나이를 먹을 동안 겉으로 보이는 사내들만 흉내 냈을 뿐 진짜 사내의 마음이 어떤 것인지, 생각이 어떤 것인지는 알지 못했었다. 지금 주영의 눈에 비친 지민은 진짜 사내였다. 한없이 부드럽고 따뜻한 느낌, 그리고 그 뒤에 숨겨진 강인함, 꼭 필요할 때만 들추어내는 사내다움을 언제 사용할지 아는 그런 진짜 사내. 자신이 사내라고 생각해야만 하는 주영은 그런 지민을 동경하며 배우려 했다. 그러나 어쩔 수 없는 본능으로서의 여성인 주영은 그런 지민에 대한 남모를 감정을 감춰야 했다.

지민과 특별한 관계 아닌 관계가 되면서 여러 가지 생각이 밀려드는 주영이었다. 지민이 지금 자신을 필요로 하는 이유가 무엇인지, 단순히 지민의 말처럼 인간 윤주영을 바라는 것이라면 자신도 더 이상의 욕심은 없었다. 그저 이런 관계가 변하지만 않는다면, 그냥 곁에만 있을 수 있다면, 이렇게 마주 보고 웃음 지을 수만 있다면 더 이상 바랄 것이 없었다.

그러나 자신은 앞으로도 지금처럼 사내로 살아야 했다. 욕심 없는 이 마음이 언제까지 갈지 주영 자신도 장담하지 못했다. 만약 지민으로 인해 무언가가 변하게 된다면…… 주영은 고개를 저었다. 자신이 없었다. 아무 욕심 없이 그저 곁에만 머물 자신이 없었다. 지금 자신을 가슴 저리게 따뜻한 눈빛으로 바라봐 주는 지민을 언제까지 속일 자신이 없었다. 그렇다고 여자로 지민에게 다가갈 자신도, 변화된 삶을 맛본 후 다시 사내로 살아낼 자신도…… 주영은 다시 한 번 고개를 저어냈다. 다만 지금 이 아슬아슬한 밧줄이라도 놓치고 싶지 않았다. 그 끝이 언제가 되어도 지금 현재는 그냥 이 좋은 사람들과 함께하고 싶었다. 비록 끝이 보일지라도…….

서울로 돌아오는 길이었다. 일요일 나들이 차량이 많아서인지 해가 지기 시작하자 속도가 나질 않았다. 하루 종일 뛰어다닌 민철은 애초에 곯아떨어졌으며 운전석 옆 자리의 지민은 무슨 생각을 하는 것인지 말없이 창밖만 바라보고 있었다. 많이 무리를 한 것도 아니었는데 꽉 막힌 도로에 차가 막혀서인지 노곤함이 밀려왔다. 이대로 가다가는 졸 것 같다는 생각에 주영이 손을 올려 목을 주물렀다. 고개를 몇 번 흔들고는 다시 운전대를 잡았다. 분명 자신의 손은 운전대 위에 놓여져 있었다. 지금 목 위에서 자신의 목을 주무르는 손은 주영의 손이 아니었다. 언제 보고 있었는지 지민이 목 뒤를 천천히 주무르고 있었다.

"피곤해? 바꿀까? 휴게소에 세워."

차창에 비친 주영의 모습을 보고 있었다. 운전에 집중하고 있는 모습일 뿐이었다. 언제나처럼 도화지의 백지, 그리고 무표정의 하얀색. 주영을 보면서 느끼게 되는 느낌이었다. 알고 싶었지만 알 수 없었고, 도와줄 수 있는 존재가 되고 싶었지만 지민이 되어줄 수 있는 존재는 세상에 존재하지 않았다. 그래서 이렇게 옆 자리에서 창에 비친 희미한 주영을 쳐다볼 수밖에 없었다. 피곤한지 목을 주무르고 있었다. 딴생각에 미처 주영의 피곤함을 배려하지 못했었다. 주영의 손이 아쉬운 듯 운전대로 내려앉자 지민이 고개를 돌려 손을 올렸다.

"됐어요. 조금만 가면 되는데요. 제가 마저 할게요."

"아냐, 바꿔. 이대로 가다가는 조금 시간이 걸릴 것 같으니까. 난 푹 쉬었어. 너도 쉬어야지. 저 의리없는 민철이 녀석은 코까지 골면서 자는데."

"푸웃."

"크크크."

동시에 마주친 눈은 민철을 향했다가 웃음으로 이어졌다. 상쾌했다. 바람도, 뒤에 있는 코 고는 사람도, 옆 자리의 좋은 사람도 모두 다 너무도 상쾌했다.

잠깐 휴게실에 들러 자리를 바꾼 주영과 지민은 슬슬 뚫리기 시작한 고속도로를 달리기 시작했다.

"이제 두 시간이면 도착하겠다."

대답을 기다리고 돌아본 옆 자리에는 고개를 떨군 주영이 보였다. 피곤하지 않다고 했던 말은 정말 그냥 해본 말이었는지 금세 잠이 든 모습이었다. 깨어나면 목이 뻐근할 것 같아 고개를 뒤로 젖혀주었다. 그리고는 깊게 잠이 든 모습을 확인하고 차창을 내려 담배를 꺼내 물었다. 까만 창밖에 흰색의 연기가 아스라이 부서져 흩날리고 있었다. 그 방향으로 주영과 지민의 머리도 한 올 한 올 날리고 있었다. 담배를 문 채로 지민이 잠든 주영을 돌아보았다.

"주영아, 이제 형 졸업하면 너를 어떻게 하냐. 어린애가 아니라는 것은 알지만 그래도 안심이 되질 않는다. 이제 곧 헤어질 텐데, 혼자 남은 너는 잘할 수 있을까. 민철이 웃겨주지 않아도 웃을 수 있을까."

아무도 들어주지 않는 듯한 지민의 독백은 그렇게 이어졌다.

"맘이 안 놓여. 너를 두고 아무 데도 가질 못하겠어. 내가 그렇게 하질 못하겠어. 이러다 윤주영 때문에 장가도 못 갈까 걱정이다. 후훗."

혼잣말 끝에 서글픈 웃음을 흘리는 걸 가만히 듣고 있었다. 주영은 자기도 모르게 잠깐 잠이 들었다. 지민이 고개를 받쳐 주자 잠이 깨었지만 창을 열고 담배를 꺼내 무는 지민을 그냥 내버려 두었다. 문득 혼자 있고 싶어한다는 생각이 들었다. 그리고 듣게 되었다.

맘이 놓였다. 자신을 두고 아무 데도 가지 못하겠다는 지민의 말에 안심하고 있는 자신을 발견하였다. 이러면 안 되는데, 지민을 묶어두고 곁에 둘 자격이 자신에게는 없는데 그런 마음을 가져주는 지민이 너무 고맙고 또 고마웠다. 그리고 언제가 될지는 모르겠지만 언젠가는, 정말 언젠가는 아주 이쁘고 좋은 여자를 만나게 해줄 것이다.

창밖으로 빠르게 지나쳐 가는 까만 풍경을 게슴츠레 바라보았다. 내내 낮게 중얼대던 지민이 음성이 멈춘 듯하더니 이내 다시 들려왔다.

"나 장가 안 가도 돼. 그러니까…… 너도 가지 말아라. 사내 자식을 이렇게 좋아해도 되는 것인지 나도 잘 모르겠다. 그렇지만 세상의 잣대와 시선을 생각하기에 내 마음이 너무 벅차다."

지민의 말에 주영의 눈이 번쩍 뜨여졌다. 이런 것을 바란 게 아니었다. 서로를 곁에 두어 바란 끝은 이런 것이 아니었다. 누구보다 지민이 행복하길 바랐다. 평범한 사람들처럼 이쁜 색시도 얻고 고사리 같은 아이들의 손길도 받으며 살길 바랐다. 그러나 지금 지민의 말은 모든 걸 포기한 듯 들려왔다. 누구 때문에, 무엇 때문에……

주영의 눈이 불안한 듯 여기저기로 흔들렸다.

'어쩌란 말인가, 어떻게 해야 한단 말인가. 사내의 모습을 하고 있는 자신을 곁에 두고 싶어하는 마음을 혼자 읊조리는 저 불쌍한 사람을 어찌해야 한단 말인가. 아무것도 모른 채 본능에 이끌리는 마음을 고민하게 그대로 두어야 하나. 말해야 하나, 말하면 이해해 주려나. 사내로 살아올 수밖에 없었다고, 자신은 여자라고, 그러니 이제 모든 걸 포기한 듯 그리 말하지 말라고. 지금 느끼는 감정이 잘못된 것이 아니라고, 그럼 안아줄까. 모든 걸 감싸줄까. 그래도 여자로 살 수 없다고 말하면 이해해 줄까.'

주영의 눈빛이 창에 비치는 하나의 인영에 고정되어 빛을 발하기 시작했다.

"내가 잘못된 것일까……."

앞에 시선을 둔 채 여전히 낮고 작은 음성으로 마지막 말을 뱉어낸 지민을 보며 주영은 다른 생각을 접어버렸다. 자신의 마음이 잘못된 것인지 고민하는 지민을 더 이상 속일 수가 없다는 생각만이 머리를 맴돌았다.

민철이 열심히 연수를 받고 사회인으로서 자리를 잡아가고 있을 즈음, 주영과 지민은 마지막 기말고사를 무사히 마치고 종강파티 자리에 참석하게 되었다. 경영학과 4학년까지 전부 참석하지는 않지만 그래도 꽤 많은 사람들이 참석하여 시끌

벅적 종강의 기쁨을 나누고 있었다. 조금 구석진 자리에 1학년 아이들과 함께 앉아 있던 주영은 4학년들 틈에서 조금 취한 듯 보이는 지민을 흘끔흘끔 쳐다보았다. 내내 자신없어 미뤄왔던 말을 더 늦기 전에 해야만 했다. 그날을 오늘이라 맘먹은 주영은 자꾸만 지민에게로 가는 시선을 막을 수가 없었다. 시험을 앞둔 수험생처럼 초조하고 불안한 마음에 주위의 아무것도 신경 쓸 틈이 없었다.

"윤주영, 시험 잘 봤어?"

같은 1학년인 모양인데 잘 기억이 나질 않는 여자 아이였다.

"응."

"이야, 다른 사람들은 그렇게 말들 안 하는데 넌 정말 잘 봤나 보다. 대단하다."

처음 보는 아이인데 이렇게까지 친한 척 말을 섞는 모습이 이상했다. 하지만 다른 사람에게까지 신경 쓸 여유도 없었고, 말을 받아주고 싶은 마음도, 친하고 싶은 마음도 없었다. 온통 신경은 점점 무너져 가는 지민에게로 쏠려 있었다.

"너…… 어?"

"응? 나한테 물어봤어?"

흘끔흘끔 지민에게 가는 시선을 멈추지 못해 앞에 있는 여자 아이의 말을 듣지 못했다.

"응. 나하고 말하기 싫어? 너 1학년에 친구도 없잖아. 앞으로 어떻게 다니려고 그러니? 너랑 매일 같이 다니는 지민 선배는 졸업하잖아. 친구가 있어야 할 거 아냐."

아무 관심 없어 보이는 표정과 무관심한 말투에 화가 난 것일까, 앞의 여자 아이가 주영을 야속하다는 듯이 쏘아보며 말했다.

"관심없어. 어차피 안 다닐 거야."

"응? 학교 안 다닌다구? 왜? 그만둘 거야? 정말? 왜?"

아차 싶었다. 이런 말을 하는 것이 아니었는데. 혼자 열심히 말하고 묻길 반복하던 이 이상한 아이는 기어이 울음까지 터뜨렸다. 황당할 노릇이었다. 멍하게 그냥 여자 아이를 쳐다만 보았다. 그러자 옆 자리의 키가 커다란 여자 아이가 의자를 밀치고 일어났다.

"야, 윤주영!! 니가 잘났으면 얼마나 잘났냐. 혼자 있는 척 잘난 척 그렇게 학교 다니더니 기어이 애까지 울리냐."

귀찮다는 듯이 쳐다보는 시선에 더 화가 났는지 일어선 여자 아이는 대놓고 고함을 질러대었다.

"그렇게 너네 집이 잘났으면 그냥 거기서 살지 학교는 왜 오냐. 너네 돈 많다며! 그럼 그 돈으로 뚱칠하고 선생이든 뭐든 데려다가 혼자 공부하면 되잖아. 왜 학교는 와가지고 여러 사람 주눅 들게 하고 순진한 애들 맘 조리게 하냐. 그렇게 잘나서 친구도 없냐. 얘가 괜히 너 걱정해 주는 줄 알아. 일 년 동안 지한테 눈길 한 번 안 주는 잘난 놈 때문에 속 끓이고 걱정하고 혼자 쇼하더니 오늘 기회라고 좋아라. 으이그, 바보천치. 온갖 무시란 무시는 다 당하고."

아무 말도 할 수가 없었다. 서서히 굳어가는 얼굴을 감출 수도 없었다. 평상시에도 차가운 인상은 이제는 주위까지 얼려버릴 만큼 차가워져 가고 있었다.

갑자기 소란이 일자 주위의 눈길이 집중되었고 일어서 있는 커다란 여자 아이의 흐느낌 섞인 큰 소리에 모두들 어쩔 줄 몰라 주영을 바라보았다. 그러나 주영은 여자 아이의 눈을 피하지 않고 그냥 지켜보고 있었다. 무안할 텐데, 창피할 텐데, 저렇게 욕먹으면 많이 속상하고 화가 날 텐데…… 주위의 걱정 어린 시선에도 아랑곳하지 않고 주영은 꼿꼿이 앉아 있었다.

제 감정에 취해 분에 못 이긴 아이는 주영을 한껏 째려보며 눈을 부릅뜨고 마저 말을 쏟아내었다. 그 말 한 마디 한 마디가 그대로 비수가 되어 주영에게 꽂히고 있었다.

"너 정말 그렇게 살지 마라. 너 가진 거 많다는 거 모르는 사람 없으니까 그렇게 온몸에 냄새 풀풀 풍기고 다니지 말라고!! 그래, 너 잘났다. 대단한 집안에 똑똑한 머리에 허여멀건하니 기집애처럼 생긴 낯짝에. 근데 난 싫으니 어쩌니. 난 더럽게 느껴지니 어쩌니. 더러우니까, 더러운 냄새가 진동하니까, 얘처럼 눈멀고 코 막힌 애들 꽃향기로 착각하고 덤비니까. 그러니까 너는 니가 사는 세계로 그만 가. 아무래도 여긴 니 세계가 아닌 것 같으니까. 제발 좀 가."

그렇게 쉬지 않고 쏟아내던 아이는 옆 자리에서 훌쩍이는 작은 아이의 손을 잡고 밖으로 나가 버렸다.

주영은 그대로 굳어버린 듯 앉아 있었다. 무슨 생각이라도 해야 했다. 그러나 멈춰 버린 생체기관은 숨 쉬기조차 거부하고 있었다. 숨이 막혀왔다. 주위의 시선이 걷어질 즈음, 자신의 적막함이 조금 줄어들 즈음 주영이 가만히 일어서서 술집을 나섰다.

다행히 시원한 바람이 불어주었다. 아무 생각도 하지 않고 주머니에 손을 찔러 넣은 채 걷고 또 걸었다. 오늘 차를 가지고 나서지 않았던 게 다행이라는 생각이 들었다. 만약 자동차 열쇠가 손에 쥐어져 있었다면 걸어서 지금 이 길을 벗어나는 것보다 빨리 벗어날 수도 있었겠지만 아마 그 끝이 어딘지도 모르게 차를 몰았을지도 몰랐다.

그 작은 여자 아이가 왜 울었는지 아직도 이해가 가지 않았다. 그러나 그 커다란 여자 아이가 자신에게 쏟아내었던 말들은 모질게도 전부 이해가 갔다. 어느덧 육교 위에 서 있는 자신을 발견했다.

'육교 아래 차들은 각자 목적지가 있는 것일까. 어딜 그렇게 가는 것일까. 저 아래 사람들은 모두들 자신들이 가야 할 방향과 가는 목적을 아는 걸까. 왜 나는 모르는 것일까…….'

오늘 지민을 생각하며 설레는 마음으로 집을 나섰던 것이 기억났다. 그 모든 것이 부질없게 느껴졌다. 언젠가는 돌아설 사람들, 지금이 아니라도 자신에게 등 돌릴 사람들이었다. 끝까지 변치 않는 사람이란 있을 수 없었다. 겉으로 웃음 짓고 따스한 눈빛으로 마주해도 그들 마음속에 어떤 생각들이 자리하고 있는지 무섭게 느껴졌다.

답답했다. 가슴이 터질 것같이 답답했다. 20년을 살면서 남에게 피해를 주고자 살아온 것은 아니었다. 모든 일들이 내가 원했던 일들은 아니었다. 내가 태어난 것조차 내가 바랐던 일은 아니었다.

'왜 나를 가만두지 않는 거야. 내가 뭘 그렇게 잘못했는데. 평범하게 태어나지 못해서? 사내라는 운명을 타고 태어나지 못해서? 그거야? 내가 이렇게 구질구질하게 살아가야 하는 모든 원인이 내가 사내가 아니기 때문이야? 나…… 난…… 만약 태어나기 전에 내가 선택할 수 있었다면 난 사내로 태어났을 거야. 내 의지대로 선택할 수 있었다면 난 이 집에서 태어나지 않았을 거야. 근데 어쩔 수 없잖아. 이미 벌어진 일 내가 어쩔 수 없는 거잖아. 왜 다들 나를 못 잡아먹어서 안달인 거야. 왜 단 며칠을 안심할 수 없게 만드는 거야. 나…… 나 이렇게 살면 안 되는 거야? 그런 거였어? 하늘아, 말 좀 해봐!! 내가 지금 누리고 있는 작은 행복이 그렇게 욕심이고 무리였던 거니? 잠시나마 이기적인 마음 먹으려 해서 일부러 벌준 거니? 그럼 나 이렇게 살면 안 되는 거니? 그런 거니? 이렇게 태어나는 운명을 니가 줬으니까, 잔말 말고 그냥 운명에 순응하고 쥐죽은 듯이 죽어 지내라는 거니? 나 그럼 죽을 거 같은데. 어쩌니, 죽을 거 같거든? 더 이상 살 수가 없을 것 같거든…… 나 힘들어. 힘들어 죽겠어. 이 말이 너무 하고 싶었어. 네가 알아주길 바라면서 이 말이 하고 싶었어. 근데 안 했었어. 자존심이 상했어. 나를 이렇게 만든 것도 넌데 너한테 죽기보다 더 말하기 싫었어. 근데 난 너의 적수가 안 되는가 보다. 내가 멍청했던 거야. 내가 너무 쉽게 생각했었던 거야. 이렇게 무릎 꿇고 빌면 들어줄 거니? 무리한 부탁 안 할게. 다른 사람처럼 살게 해달라거나, 여자로 당당하게 살 수 있게 해달라거나 그런 부탁 하지 않을게. 그 사람에게 여자로 남게 해달라 말하지 않을게. 이제부터 니 말 다 들을게…… 그러니 부탁 하나만 들어줘. 내 운명이 다른 사람을 위하는 삶이었다면, 그것이 태어난 목적이었다면 다시는…… 정말 다시는 나 때문에 누군가 상처받고, 아파하고, 울고 그러지 않게 해줘. 나 그냥 이렇게 살게. 말도 잘 듣고, 욕심 부리지도 않을게. 어떻게 살고 싶다거나, 누굴 가지고 싶다거나 하는 욕심 가지지 않을게. 그러니까 제발…… 오늘처럼 내가 원하지 않게 다른 사람에게 상처 주게 하지 마. 내가 혼자 끌어안는 건 얼마든지 할 수 있어. 근데 오늘 같은 일이 또다시 생기면 나 이젠 일어설 수 없을 것 같아. 살 수 없을 것 같아…… 오늘은 그냥 일어설래. 아직 주저앉지는 않을래. 더 해볼 거야. 니가 원하는 게 어떤 건지 해볼래. 해볼게. 지켜봐 줘. 그러니 나 때문에 다른 사람들을 혼내지는 말아줘…… 내 주위 사람 건드리지 말아줘. 내가 버릴게. 내가 떠날게.'

자동차 경적 소리만이 요란한 8차선 도로 위 육교 위에 서서히 무너지는 가녀린 그림자가 보였다. 그 모습을 지켜보던 또 다른 그림자는 섣불리 육교 위에 올라서지 못했다. 그림자를 어루만지듯 손을 올리고는 있었지만 다가서지 못하고 있었다. 버려두려고 한 것은 아니었다. 그냥 막혀 있었다. 다가서는 길이 차단되어 있었다. 어떤 요술을 부린 건지 손대면 터질 듯 방패막이 쳐져 있었다. 더 무너질 것 같아 다가갈 수 없었다.

지민이 주영에게 다가가려 했을 때 주영은 지민을 바라보지도 않고 가게를 뛰쳐나가 버렸다. 말없이 따라오던 지민은 육교 위에서 무너지는 주영을 보고 당장이라도 달려가서 안아주며 위로해 주고 싶었다. 그러나 쉽사리 다가갈 수가 없었다. 다가갈 수 없는 무언가가 있었다. 자신이 다스리지 못할 남모를 주영의 아픔이 있는 것만 같아 그냥 바라볼 수밖에 없었다. 오히려 자신이 존재가 방해만 될 것 같다는 생각이 들었다. 아무 것도 해줄 수 없는 자신이 초라하고 비참하게 느껴져 그저 애처로운 뒷모습을 바라볼 수밖에 없었다.

지민은 주영의 그림자를 쓰다듬던 손을 내려 주머니에 찔러 넣고 가만히 주먹을 모아쥐었다. 주영이 아픈 만큼 더 쓰려오는 자신의 가슴을 어쩌지 못해 그저 발 아래 돌만 쳐내었다.

한참의 시간이 흐른 뒤 거짓말처럼 주영이 다시 일어섰다. 어두워 표정이 잘 보이지는 않았으나 가볍게 미소 짓는 듯이 보였다. 안도의 한숨이 밀려들었다. 지민은 주영이 집으로 돌아가는 것을 확인하고서야 발길을 돌렸다. 유난히 까맣고 추운 밤이었다.

　그렇게 겨울 방학이 지나도록 주영에게서는 연락이 오질 않았다. 핸드폰도 연결되지 않았다. 민철과 지민의 졸업식 날에도 그리운 그림자 하나는 끝내 모습을 나타내지 않았다. 졸업식을 마치고 주영의 소식을 궁금해하던 민철을 뒤로 남겨둔 채 지민은 주영의 집으로 향했다.

　초인종을 누르고 자신의 이름을 밝히자 문이 열렸다. 불안한 마음에 두 개씩 계단을 오르자 어제 만난 벗을 반기는 듯 태연한 표정의 주영이 서 있었다. 조금 길어진 듯한 머리, 조금 야윈 듯한 모습. 그러나 변함없이 표정만은 한결같았다. 집 안으로 지민을 안내하고 차를 권하는 모습이 이상하게도 낯설게 느껴졌다.

　"걱정했다. 오늘 졸업식이었어. 알고 있었니?"

　녹차를 사이에 두고 두 사람의 눈빛이 마주쳤다. 담담한 표정, 자연스러운 손길과 눈길. 오히려 당황한 것은 지민이었다. 어딘가 모르게 주영의 분위기가 달라져 있었다. 그게 무엇인지 확실하게 찾아낼 수는 없었지만 분명 달랐다.

　"네, 알았어요. 못 가서 미안해요. 잘했지요?"

　달랐다. 말이 길어졌다. 자신에게 퉁명스럽게 대꾸하던 말투가 아닌 너무도 정중한 말투.

"으응. 무슨 일 있었어?"

"아니요. 그런 거 없어요. 그냥 미뤄두었던 일들을 하느라 바빴어요."

"무슨 일인데? 학교는 갈 거지?"

무슨 예감이었을까, 당연히 다녀야 할 학교를 갈 거냐고 묻는 자신의 어리석음. 그러나 물어야만 할 것 같았다.

"후훗. 선배, 나 유학 가요. 이제 본격적으로 아버지 일을 배울 거예요. 더 미뤄둘 수가 없어요."

"왜 갑자기?"

"갑자기가 아니에요. 어차피 오래 다니지 못할 형편이었어요. 대학 입학 전부터 기정화된 사실이었으니까요. 난 다른 사람하고 다르잖아요. 그걸 너무 늦게 깨달았어요."

잠시 말을 멈춘 주영의 눈빛이 쓸쓸해 보였다.

"더 이상 한가롭게 학교를 다닐 수가 없어요. 일 년이면 충분했어요. 만족해요. 이제 윤씨가문의 후계자 윤주영으로 돌아가려구요. 이게 제자리인데, 그동안 생각이 짧아서 주위 분들께 걱정만 끼쳤어요. 이제 철들어야죠."

어색하게 웃음 짓는다. 뭐가 어떻게 된 건지 모르겠다. 지금 무슨 말을 하는 건지. 당연한 건데, 지민 역시 학교를 떠나야 하는데 주영이 꼭 다시 못 올 곳으로 떠나 버릴 것만 같았다.

"결정된 거야? 그래서 그동안 연락이 없었던 거야?"

표정을 관리할 수가 없었다. 굳어지는 표정을 되돌리기엔 늦었다는 것을 알았다.

"일부러 그런 건 아니에요. 특별한 용건도 없었구요."

어떻게 저렇게 아무렇지도 않을 수가 있단 말인가.

"여태 우리가 특별한 용건으로 만난 건 아니었잖아. 서운하다."

지민의 말에 주영이 깃털 같은 웃음을 날렸다. 웃으라 한 말이 아니었는데 가벼운 투정쯤으로 받아들인 모양이었다. 그런 주영이 야속하고 서운한 지민이었다.

"서운하게 해서 미안해요. 민철 선배도, 선배도 저에게 너무 고마운 사람들이에요. 그렇지만 다르다는 것을 알았어요. 달리 살 사람들이라는 것을요. 저도 제자리 찾았으니 선배도 자리로 돌아가세요."

한 마디 한 마디 태연스레 뱉어내는 말들이 지민에게 비수가 되어 날카롭게 박히고 있었다. 점점 하얗게 변하는 지민의 낯빛을 애써 무시하며 주영이 찻잔을 집어 들었다.

"너한테 말하고 싶은 게 있었어, 나에 대해. 근데 지금은 너무 늦은 거 같다. 하나하나 말해 주고 싶었는데. 내가 어떻게 살았고, 어떤 일을 하고, 그리고 앞으로 어떻게 살아갈 건지. 너무 큰 욕심이었나 보다. 너와는 마음이 닿아 있었다고 생각했는데, 나 혼자만의 생각이었나 봐. 너는 이렇게 아무렇지 않은데 나는 지금 그렇지 못하니, 정말 못났다는 생각이 든다. 그래도 여전히 니가 잘살았으면 하는 바람은 변함이 없다. 유학을 가고 어디를 가도 잘살아라. 해줄 말이 이것밖에 없다. 달리 살아야 하는 다른 사람들이라도 삶의 고리는 하나로 연결되어 있다는 것을 잊지 말아라. 인연이 되면 어디에서든 다시 마주 서는 날이 있겠지."

필연적으로 다시 만나게 될 사람들처럼 말을 맺는 지민을 보며 주영이 고개를 흔들었다. 그러나 이내 마주친 지민의 쓸쓸한 눈빛이 주영의 가슴을 파고들었다. 그러나 버려야 한다. 이런 지긋지긋하고 구차한 미련의 찌꺼기는 버려야 한다. 철저하게 혼자가 되어야 한다. 그리고 이제는 예전의 그 어린아이 같은 반항은 하지 않을 것이다. 어른이 되는 거다, 혼자도 거뜬히 설 수 있는. 그럼 다시는 누군가에게 상처 주고 곱으로 돌려받는 일은 생기지 않을 것이다.

"고마웠어요. 진작에 연락 못해 미안해요. 선배도 잘사세요. 어떤 일을 하셔도 잘차실 거예요. 잘되시리라 믿어요. 행복하세요. 일 년 동안 너무 고마웠어요."

'너무 고맙고, 또 고마워서 아마 평생 가슴에 묻어둘 거예요. 잊지 못할 거예요. 잊지 않으려구요. 가끔 미치도록 누군가가 그리우면 그 주인공을 살며시 꺼내서 볼 거예요. 허락을 구하지 않아서 미안해요. 그리고 조금이라도 나 때문에 아파진다면 얼른 털어버리세요. 아직은 쉽잖아요. 우리 일 년뿐이었잖아요. 나라는 인간을 잊어버리기에 만났던 일 년의 인연은 아직은 거뜬하잖아요. 나에게 일 년을 선물해 줘서 고마워요. 그리

고 이런 말들 전하지 못해서 미안해요.'

　주영의 말을 듣자 지민은 이미 예전의 주영이 아니라는 것을 확실히 느낄 수 있었다. 자신과는 다른 사람이라 말하며 행복을 바란다는 주영은 이미 예전의 주영이 아니었다. 무엇이 이리 변하게 했는지, 정말 자신과는 인연이 닿지 않는 사람인지 지민은 혼란스러웠다. 지민에게 후배였고, 동생이었고, 그리고 어떤 마음인지는 몰라도 너무나 아끼고 아꼈던 사람이다. 그 인연이 이렇게 쉽게 끊어져 버릴 수 있다는 것이 못내 마음이 저렸다.

　"그래, 고맙다. 나도 너 덕에 마지막 학창 시절이 즐거웠다. 이만 가볼게. 유학 잘 가라."

　자리에서 일어서면서 주영을 바라보았다. 그리고 주영의 배웅을 받고 문을 나서면서 그제야 주영의 달라진 점이 무엇인지 알아차릴 수 있었다.

　예전에 자신을 보며 흔들리던 눈빛, 표정은 없었지만 눈빛만은 언제나 살아 있음을 느끼게 해주던, 그래서 더 아껴지던 그 눈빛이…… 이제는 꺼져 있었다. 무엇인가를 거부하며 활활 타오르던 눈빛이 철저하게 꺼져 있었다. 그 불안의 요소가 사라진 것인지, 이제는 거부할 것이 더 이상은 존재하지 않는지, 아니면 자신을 더 이상 그 눈빛으로 보지 않는 것인지 알 수는 없었지만 왠지 모르게 주영의 눈빛이 지민의 뇌리에서 떠나지 않았다. 검은 막으로 드리워진 투명하고 차가운 구슬을 연상케 하는…….

　'잘살아라, 윤주영. 아마 많이 그리울 거 같다, 엉뚱한 니 모
습이…….'

　그리고 며칠 후 예정대로 주영은 미국행 비행기에 올랐으며
지민은 자원 입대했다.

　지민의 제대 날. 지민을 마중 나온 사람은 민철뿐만이 아니
었다. 자신 이외에는 가족이 없는 지민이었는데 누군지 말끔한
정장을 갖춰 입은 사람들이 지민을 에워싸고 있었다. 그 사이
를 삐죽대며 지민을 쳐다보던 민철이었다. 다행히 지민과 눈이
마주쳤고 민철을 발견하자 얼굴 가득 웃음 지으며 민철에게 달
려드는 지민이었다.

　"민철아, 와줬구나. 다행이다."

　민철을 부둥켜안고 어깨에 얼굴을 묻은 채 지민이 말했다.

　"너야말로 어떻게 된 거야. 휴가도 안 나오고 이렇게 제대해
야 얼굴을 보여주니. 그나저나 이 사람들은 누구야? 혹시……."

　의혹이 가득한 민철의 눈을 마주 보며 지민이 가볍게 고개를
끄덕였다.

　"어쩌다가? 그리 싫다 하더니."

　"내가 달라져야만 할 것 같아서……."

　씁쓸한 듯 말을 맺은 지민의 눈빛이 왠지 모르게 쓸쓸해 보
였다.

'윤주영, 인연의 고리가 세상의 잣대로 이어진다면, 그래서 네가 나를 쳐낸 것이라면 그러지 않게 내가 해주마. 차가운 네 모습에 잠시 착각했지만 이제야 깨달았다. 차마 웃지 못하는 네 눈빛을……. 훗날 다시 만나자. 다시 내칠 수 없는 같은 곳에서…….'

뉴욕.

"도련님, 이번 방학에도 안 가십니까?"

민준이 방 안으로 들어서며 책상에 앉아 책을 읽고 있는 주영에게 말했다. 책상 뒤로 커다란 창이 자리하고 커튼 사이로 한줄기 햇살이 방으로 드리워지고 있었다. 읽고 있던 책에서 눈을 떼며 주영이 안경을 벗고 민준을 바라보았다. 괜한 걸 묻는다는 듯이 찡그려진 표정에 귀찮은 기색이 역력했다.

"알아서 둘러대 줘요."

미국에 온 지 햇수로 3년. 그간 한 번도 한국에 들어가지 않은 주영이었다. 미연과 민혁의 성화로 한 번쯤 들어갈 만도 한데 기어이 이번에도 이곳에 머물 참인 것 같았다.

"그래도 도련님께서 가시지 않으면 회장님이 들어오신다 고……."

두 손을 마주 잡고 물끄러미 민준을 바라보던 주영의 표정이 굳어졌다.

"김 비서님, 오시면 안 된다는 거 아시잖습니까?"

주영의 말이 무얼 뜻하는지 민준은 알고 있었다. 난처한 표 정으로 아무 말이 없는 민준을 바라보며 주영이 말을 이었다.

"김 비서님만 믿겠습니다. 여기서까지 그렇게 살고 싶진 않 네요."

3년 전 주영과 동행한 민준은 미국에서의 생활에 전권을 위 임받았다. 신명그룹에 입사한 후 처음 맞게 된 중차대한 임무 에 마냥 가슴이 설레던 민준이었다. 그러나 미국에 도착한 후 민준은 그것이 큰 착각이었음을 깨닫게 되었다. 도착한 첫날 샤워를 마친 후 가운을 입고 나온 주영과 마주치게 된 이후로 민준의 생활은 그야말로 외줄타기를 하듯 위태롭기만 했다. 늘 주영 주위에서 그림자처럼 따라붙는 네댓 명의 경호원들과 미 국에서조차 자유롭지 못하는 기자들의 눈을 피해 주영은 위험 한 도박을 하고 있었다. 만약 자신에게 들키지 않았다면 어떤 생활을 하셨을까, 그랬다면 자신은 조금 편할 수 있었겠지만 주영의 생활은 그야말로 철창에 갇혀 자유롭지 못한 새 한 마리 로 전락해 버렸을 것이다.

곰곰이 생각에 잠긴 민준을 바라보며 주영은 삼 년 전 자신이 한국을 떠나던 날을 회상했다.

뉴욕행 비행기 안.

멀어지는 조그만 땅덩어리를 바라보며 주영은 한 가지 결심을 했다. 이제는 자신을 찾아야겠다고. 어떤 방법으로든 자신의 모습을 되찾아가겠노라고. 그리고 옆 자리에 앉아 있는 민준을 바라보았다. 말끔한 인상이 마치 누군가를 떠올리게 했다. 거짓없는 눈동자와 정직한 성품. 이 사람이라면 자신을 이해해 주고 도와줄 것만 같았다. 한 사람이라도 자신을 도와준다면 아무에게도 피해를 주지 않은 채 완벽한 생활을 할 수 있을 것만 같았다. 완벽한 이중생활을. 그리고 도착한 숙소에서 일부러 민준을 부르고는 샤워를 했다. 미처 다 수습하지 못한 양 조금 벌어진 가운으로 가슴의 굴곡을 약간 보여주었을 뿐이 있다. 그러나 눈치가 빨랐던 민준이 그것을 지나칠 리가 없었고 그 이후로 모든 것이 순조로웠다. 사내로 살 수밖에 없었던 세월을 보상해 주기라도 하듯 민준은 주영의 모든 것에 적극적으로 협력했다.

"그럼 이번 방학에도?"

민준의 말에 주영의 얼굴에 서서히 웃음이 퍼졌다.

"아직 생각 중이에요. 또 김 비서님 애태우진 않을게요. 이제 시험 준비도 들어가야 하고 그렇게 되면 시간이 모자라긴 하죠. 가까운 곳으로 생각 중이에요, 길지 않게."

주영의 말에 민준이 짧은 한숨을 내쉬었다. 학기 중에는 평범한 도련님으로 학업에만 충실하다 방학이 되면 돌연 어딘가로 여행을 계획하곤 했다. 주위 사람들에게는 민준과 함께 하는 세미나로 알려져 있었지만 실상은 주영이 맘껏 활보할 수 있는 곳으로의 탈출이었던 셈이다. 그런 곳에서의 주영을 볼 때면 민준은 불안한 마음 한구석 안쓰러운 마음이 자리했다. 비록 긴 시간이 주어지는 것은 아니었지만 그 시간 동안의 주영은 빛을 내뿜은 듯 한없이 빛나 보였다. 그러나 현실로 돌아온 주영은 언제 그랬냐는 듯이 반듯하고 냉철한 도련님으로 바뀌어 있었다. 꽁꽁 싸맨 가슴처럼 자신을 닫아 걸고 가두어두었다.

"오늘 신문 브리핑 좀 해줘요."

주영의 말에 생각에서 빠져나온 민준이 허둥지둥 신문을 들고 왔다. 한국에서 발행되는 모든 신문을 민준이 먼저 확인한 후 중요한 부분만을 발췌하여 주영에게 보고하고 있었다.

"현재 한국의 주가는……."

정치와 경제면을 추려서 보고하던 민준이 재미있는 기사가 있다는 듯이 주영에게 말했다.

"재밌는 기사가 하나 있습니다. 경제계에 대단한 스캔들이 하나 터졌더군요. 정진그룹 아시죠? 그 그룹 권 회장에게 숨겨진 아들이 있었다는군요. 6개월 전 자신의 아들임을 공식적으로 발표한 권 회장이 이제는 자신의 후계자로 그 청년을 지목해서 화제가 되고 있습니다. 워낙 곧은 성품으로 알려진 터라 표면상 반대의 움직임은 보이지 않고 있지만 그래도 그 청년의 앞 길이 순탄치만은 않을 거라고 실려 있네요. 기사 한 대목을 보 시면 '국내 굴지의 반도체 기업인 정진그룹의 권명석 회장이 자신의 후계자로 얼마 전 스캔들의 주인공으로 알려진 권지민 실장을 지목해……'."

민준이 채 말을 맺기도 전에 주영이 기사를 낚아챘다. 기사 왼편으로 흑백의 남자 사진이 실려 있었다. 사람들에게 둘러싸 여 한 손을 올리고 찡그린 표정의 이 남자는 분명 지민이었다. 지민이 권 회장의 숨겨진 아들이라니……. 주영이 털썩 소파에 주저앉았다.

"너한테 말하고 싶은 게 있었어, 나에 대해. 근데 지금은 너 무 늦은 거 같다. 하나하나 말해 주고 싶었는데. 내가 어떻게 살 았고, 이떤 일을 히고, 그리고 앞으로 어떻게 살아갈 건지."

순간 마지막으로 만났던 그날 지민의 말이 떠올랐다. 자신에 게 말하고 싶다던 것이 이것이었나……. 무언가를 숨기고 있다 막연히 생각은 했었다. 평범하지 않은 사람일 거라, 깊은 슬픔 을 담은 듯한 눈동자를 보며 남들과는 다른 아픔을 지녔을 거란 생각도 했었다. 그러나 그 이유가 이런 것일 줄은 꿈에도 생각 지 못했었다. 주영은 불안한 듯 자신을 쳐다보는 민준의 눈길 도 무시한 채 떨리는 손을 들어 머리를 감싸 쥐었다.

"달리 살아야 하는 다른 사람들이라도 삶의 고리는 하나로 연결되어 있다는 것을 잊지 말아라. 인연이 되면 어디에서든 다시 마주 서는 날이 있겠지."

마지막 지민의 말. 애써 지민을 밀쳐 내며 지어내었던 핑계였는데 곧이곧대로 믿었던 지민이 야속했던 기억이 떠올랐다.

'그 말 때문이었나, 내내 조용히 평범하게 살다 이런 늪으로 발을 내디딘 것이 고작 그 말 때문이었나. 이럴려고 밀어버린 것이 아닌데, 그 끝이 벼랑인 줄 알았다면 밀어내지 않았을 텐데, 아니, 달리 말했을 텐데. 다른 방법을 찾았을 텐데. 왜 진작 말하지 않은 거지. 미리 알았다면, 내가 알았다면······.'

점점 하얗게 질려가는 주영의 얼굴을 보며 민준이 물 한 잔을 건네었다. 그러나 주영은 민준의 손을 뿌리친 채 그대로 일어서 술병을 꺼내 들었다. 대단한 충격이라도 받은 것일까, 덜덜거리는 손으로 한 잔을 겨우 따르고는 단숨에 들이키고 있었다.

'부질없었잖아. 내 주위에서 불행하지 말라 한 건데······. 모두 부질없었잖아.'

몇 잔을 연거푸 들이킨 주영이 비틀거리며 그대로 침대로 걸어갔다. 침대 곁에서 멍하니 서 있던 주영이 그대로 고꾸라졌다. 그런 주영의 모습을 물끄러미 바라보고만 있던 민준이 처음은 아닌 양 자연스레 주영을 안아 똑바로 눕히고는 이불을 덮어주었다. 가끔 못내 가슴이 저리면 술에 의지하고는 했었다. 그러나 오늘처럼 이렇듯 몰아친 적은 없었다. 민준은 바닥에 떨어진 기사를 손에 쥐어 들었다. 그리고는 사진 속의 권지민이라는 남자를 한참 동안 바라보았다.

'권지민, 윤주영. 무슨 관계일까? 남자 대 남자? 남자 대 여자?'

민준은 걱정스런 표정으로 다시 한 번 침대를 돌아본 후 조용히 문을 닫고 방을 나섰다.

그날 이후 주영은 다시 여행을 계획하지 않았다. 목숨이라도 건 듯 공부에만 매달렸고 불과 2년 만에 학위를 취득하고는 미국 생활을 정리했다. 불안한 듯 지켜보던 민준도 굳게 다물어 버린 주영에게 어떠한 말도 물을 수가 없었다. 그렇게 소망하던 여자로서의 삶을 한순간에 버려 버리게 한 이유를 막연히 추측할 뿐이었다.

뉴욕발 서울행.

눈 위를 살짝 덮은 앞머리와 귀까지 내려오는 까맣고 윤기있는 머리. 그리고 쌍꺼풀 없이 커다랗고 깊은 눈은 렌즈라도 낀 것일까, 유난히 깊고 까맸다. 스튜어디스들의 눈길을 한눈에 사로잡은 중성적인 이미지의 이 사내는 하얀색 니트와 파란빛의 바지를 무난히 소화해 내었다. 그러나 적당히 태운 듯한 피부에 도도하게 쭉 뻗은 콧날과 꽉 다문 입술은 쉽사리 주위 사람들의 접근을 허용하지 않았다. 긴 비행 시간이 피곤할 듯도 할 터인데 흐트러진 모습 하나 보이지 않았다.

서울 도착을 알리는 안내방송에 사내가 창밖을 바라보았다. 5년 만에 돌아온 한국이었다.

오랜만에 활기를 되찾은 집 안은 분주하게 이것저것을 준비하느라 바빴다. 갑작스런 귀국. 5년 동안 한 번도 한국에 나오지 않았던 주영이다. 연락조차 듣기 힘들어 미국에서 주영을 돌봐주던 김 비서를 통해서만이 간간이 소식이라도 들을 수 있었다. 세 시간 전 김 비서에게 걸려온 전화에 가족들은 그야말로 비상이 걸렸다.

—도련님께서 한국으로 가신 듯합니다. 학교 논문도 통과되고 시험 합격도 받아놓은 상태라 곧 들어가실 줄은 알았지만 이렇게 갑작스럽게……. 죄송합니다. 오늘도 도서관에 가신 줄 알았는데 연락이 안 되시길래 집으로 찾아갔더니 관리자에게 한국으로 가신다고 하셨다고 합니다. 진작 알아서 연락을 드렸어야 하는데……. 저도 다음 비행기로 바로 들어가도록 하겠습니다.

마른하늘에 날벼락이었다. 야속하고 또 야속하기만 했던 주영에 대한 마음은 잠시 저 멀리 뒤편으로 젖혀두었다. 그동안 첫째 주진이와 셋째 주미는 결혼을 했고, 둘째 주선이는 방송

작가로 데뷔하여 유명 드라마 작가가 되어 있었으며 넷째 주연이는 독일에서 유학 중이었다. 그동안 주영이에게 주진이와 주미의 결혼 소식을 알렸지만 공부에 전념하기 위해서라는 핑계만 메아리로 반복될 뿐이었다. 괘씸한 막내 동생이지만 그래도 5년 만의 귀국이었다. 각자 흩어져 살던 누나들과 매형까지 총출동하여 주영의 방을 재정비하고 귀국 파티 준비까지 하느라 눈코 뜰 새가 없었다. 공항에 마중을 나가고자 하는 마음은 굴뚝같았지만 주영이 원치 않을 것이다. 그래서 연락도 없이 비행기를 탄 것 같았다.

오랜만에 사람들로 꽉 찬 집 안에서 가장 바쁜 사람은 아무래도 미연이었다. 5년 만에 얼굴을 마주할 아들을 생각하니 저절로 힘이 솟는 것 같았다. 그동안 점점 안 좋아지는 건강으로 삼 일이 멀다 하고 의사가 다녀갔었다. 모질게 맘을 먹어도 이겨낼까 말까 한 병인데 몸이 점점 약해지고 힘들어질수록 주영에 대한 그리움과 미안함만이 커져 갔다. 쉽게 다가설 수 없었던 아들이다. 어미 자격도 운운할 수가 없었다. 표현하지 않는 아들에게 자신 또한 맘을 드러내 놓을 수 없었다. 미연보다 힘들 주영이었다.

"주선아!! 주선아!! 얘가 어딜 간 거야."

정말 오랜만에 듣는 엄마의 우렁찬 목소리에 절로 콧노래가 나오는 주선이었다. 아들이 좋긴 좋은가 보네. 32살이 되도록 시집도 안 가고 엄마 속 썩여서 아픈 거라고 주진과 주미의 타박이 심했지만 주선은 알고 있었다. 엄마가 어째서 병을 이겨 내지 못하는지, 왜 이렇게 자꾸 꺼져 가는지……. 아주 우연찮 게 들은 비밀이었지만, 그래서 자신의 방황이 이렇게 길어졌지 만 부모님을 원망할 수는 없었다. 그럴 자격이 없었다. 누구 때 문에 주영이 그렇게 된 것인지, 그리고 엄마의 마음이 어떤 것 인지 주선은 알고 있었다.

"엄마, 저 여기 있어요. 형부랑 같이 주영이 방 커튼 달고 있 어. 왜요?"

이층 계단에서 고개만 빼꼼이 내민 채 대답하는 주선을 보고 미연이 다시 종종걸음으로 부엌으로 사라졌다. 춘천 댁과 나름 대로 열심히 차린다고 차린 식탁이었다. 시간이 부족하여 맘껏 다 하지 못한 것이 아쉬울 뿐이었다. 주영이 만족하지 않을까, 오랜 외국 생활로 입맛에 맞지 않아 할까 조바심이 나는 미연이 었다.

"엄마, 내가 뭐 도와줄까?"

시집간 지 한 달 만에 임신을 하더니 이제는 제법 배가 불러 오는 주미가 부엌으로 들어섰다.

"그래, 이것 좀 볶고 있어. 엄마는 샐러드 준비할게."

"뭘 이렇게 많이 해? 우리 가족만 먹을 건데. 무지 많이 남겠 다. 싸가야지. 헤헤."

"시집가면 다 소용없다더니 그 말이 딱이네. 사모님 서운하 시겠어요."

춘천 댁의 뼈가 섞인 말을 듣고는 주미가 애교를 부렸다.

"아니야, 엄마. 아니야. 난 언제나 엄마, 아빠 생각뿐이야. 알지? 음식 남으면 버려야 하잖아. 먹다 남은 거 주영이 또 주기도 그렇고. 다 깊은 뜻이 있어서 한 말이야. 헤헤. 아줌마는 괜히 그러셔."

주미의 애교에 부엌은 활기가 넘쳤으나 거실에서 신문을 읽으며 일 분 일 초를 세던 민혁은 참지 못하고 현관을 나섰다.

"아버지 못 참으시겠나 부다, 직접 나가시기까지. 아들 얼굴이 얼마나 그리우셨을까. 오래 참으셨지. 난 아빠가 미국에 한 번이라도 가실 줄 알았어. 엄마나 아빠나 대단해."

미연이야말로 왜 가기 싫었겠는가. 주영이 떠나고 6개월 후 민혁과 미국행을 준비하던 어느 날 김 비서에게 연락이 왔다. 주영이 학교 입학 문제로 많이 힘들어한다고. 그래서 여유가 없다고 그렇게 미루고 미뤘던 미국행은 결국은 성사되지 못했었다. 무슨 시험이 그렇게 많고, 무슨 공부가 그렇게 많은 것인지 부부는 결국 바람을 이루지 못하고 미연은 그렇게 병을 얻었었다. 실제로 주영은 남들보다 2년이나 빨리 학업을 마치는 기염을 토해내었다.

현관에 나서긴 했지만 언제 도착할지 모르는 주영을 하염없이 기다려야 했다. 참지 못하는 성미에 앉아서 기다리는 것보다 시원한 바람이라도 쐴 겸해서 바깥으로 나선 것이다. 5년 만에 보는 아들은 변했을 것이다. 남자다워졌기를 바라는 것은 아니었다. 여자다워져도 좋았다. 그저 5년 전 잠시나마 보여주었던 그 표정을 잊지 않았기만을 바랄 뿐이었다. 어려서부터 참 많이 조숙했던 아이다. 중학교 시절 그 방황을 하면서도 실제로는 화 한 번 내지 않았었다. 혼자 끌어안고, 또 혼자 삭혔던 아이다. 그래서 더 맘이 아프고 더 많이 미안했었다. 남자인 자신은 이렇게라도 견디고 있지만 아이에게 못할 짓을 한 죄책감은 미연에게 버거웠을 것이다. 시들시들 말라가는 미연을 보며 민혁은 또 한 번 주영을 원망하기도 했었다. 그런 자신이 또한 못마땅하여 한참을 속상하기도 했었다. 아직도 정정하신 어머니. 천벌을 받겠지만 한때는 어머니의 존재를 부정하고 싶기도 했었다. 어머니만 없다면 주영은 자신의 인생을 살 수 있을 것이고, 미연은 더 이상 시들지도 않았을 것이다. 그러나 그렇게 모질고 모진 분이시지만 자신의 어머니였고 어머니의 뜻을 거역하는 법 또한 배우지 못한 민혁이었다.

한참을 생각에 빠져 있던 민혁이 벌떡 일어나서 대문을 뛰쳐나갔다. 저 멀리 자동차 불빛이 다가오고 있었다. 택시가 확실했다. 예감이 틀리지 않았다면 주영이 타고 있을 것이다.

눈에 익은 골목으로 택시가 들어서자 주영은 기대 있던 고개를 서서히 들었다. 피곤했다. 그러나 이제부터 시작이었다. 연극의 막은 올랐다. 비록 관객은 없지만 배우는 남았고 갖추어진 무대에 배우는 등장하였다.

“여기 세워주세요.”

낮은 저음, 사내 같기도 하고 기집 같기도 하였다. 내내 궁금했는데 목소리 또한 확실치 않았다. 가방을 내려주며 택시기사는 주영의 가슴을 힐끔 보았다. 사내였다.

“감사합니다.”

트렁크 하나. 5년 동안의 외국 생활이라고 하기에는 턱없이 적은 짐이었다. 가방을 끌고 초인종 앞에 다가서는 순간 갑자기 그림자 하나가 튀어나왔다.

“헉!”

너무 놀라 숨을 들이켰다. 남자였다, 아버지라고 불리던…….

“아버지.”

“주영아!”

많이 늙으신 것 같았다. 얼굴을 자세히 본 기억이 없어 확실치는 않지만 그래도 늙으신 것 같았다.

민혁은 주영의 가방을 얼른 받아 들고 아들을 힐끔힐끔 훔쳐보았다. 마주 서서 자세히 뜯어보고 싶었지만 주영은 벌써 대문을 열고 있었다. 머리가 조금 길었고 얼굴의 살이 빠져서일까, 눈과 코가 강조되어 한층 더 강하고 또 성숙된 분위기가 느껴졌다. 키가 컸을 리가 없는데 170인 자신보다 조금 더 큰 것도 같았다. 자신은 바라지 않았는데 훨씬 더 남자다워진 모습이었다. 그리고 분위기도 달라져 있었다. 자신을 보고 살짝 웃으며 인사를 건넸고 눈을 찌르는지 앞머리를 넘기는 손짓도 부드러워 보였다. 오랜만에 보는 아들이 상당히 만족스러운 민혁이었고 그 표정을 애써 감추지도 않았다.

"까아~ 주영아~"

"주영아!!"

"어서 와. 수고했어."

"어서 와, 처남. 처음 보는 거지? 반갑네."

나름대로 인사를 건넸다. 갑자기 많아진 식구들에 적응이 안 되었지만 그래도 기분이 썩 나쁘지는 않았다.

"어머니."

가슴에 손을 모으고 눈물이 맺힌 채 자신에게 다가서지도 못하고 멀찌감치 서 있는 미연을 발견하였다. 참 여리신 분인데 많이 여위신 것 같았다.

"주영아, 내 새끼."

주영이 자신을 알아보자 미연은 맘껏 눈물을 흘리며 주영의 품으로 뛰어들었다. 그런 엄마의 모습에 가족들은 하나둘 눈물을 훔치고 있었다.

저녁 식사를 마치고 거실에 모인 가족들은 달라진 주영의 모습에 놀라지 않을 수 없었다. 아직은 많이 부족하지만 그래도 예전에 비하면 말수도 많아지고 표정도 부드러워졌다. 머리를 길러서인가 분위기도 상당히 성숙하고 세련되어 보였다.

"우와, 우리 주영이 이제 나가면 킹카 소리 좀 듣겠다. 여자들이 많이 따르겠는걸."

주미가 농담을 꺼내자 하나둘 대화에 참여하기 시작했다.

"난 처남이 이렇게 잘생겼는 줄 몰랐어. 사진보다 훨씬 멋지잖아."

부부는 일심동체라고 하더니.

"원래 멋졌어. 내가 괜히 시집 못 간 줄 알아? 우리 아빠하고 주영이만 보고 자라니 눈이 보통 높겠냐고."

"하하. 죽어도 능력없어서 시집 못 갔다는 소리는 안 해요. 하하."

모두들 한바탕 웃는 가운데 미연이 주영의 손을 잡으며 가만히 쓸어 내렸다.

"고생했다, 고생했어. 이제 엄마는 여한이 없다. 정말이야. 너 봐서 이젠 됐어."

많이 약해지신 것 같았다. 예전에도 약하셨지만 이 정도는 아니셨다. 그러고 보니 안색도 창백하다. 어디가 편찮으신 듯했다.

"어머니, 어디 편찮으세요?"

"아니, 이제 다 낫다."

"정말야, 엄마 너 못 봐서 생긴 병이야. 너 왔으니까 이제 다 나으실 거야."

누나 주선의 말에 못내 가슴이 저린 주영이었다. 원망도 많이 했지만 그만큼 사랑한 부모님이었다. 그런 부모님을 위해 걸어온 길이 이제는 다시 부모님을 아프게 하고 있었다.

"이젠 괜찮으실 거예요. 제가 왔잖아요. 이제 여기서 안 떠날 게요."

26년을 주영을 곁에 두면서 처음 듣는 따뜻한 말이었다. 진짜 자식이 돌아온 것이었다. 하염없이 눈물만이 흐를 뿐이었다.

가족들이 돌아가고 방으로 올라온 주영은 예전보다 더 깔끔하고 세련된 자신의 방을 낯설게 바라보았다. 옷장에는 최신 유행인 듯한 옷들이 빼곡이 차 있었으며 책장에도 신간인 듯한 책들과 시사잡지들이 꽂혀져 있었다. 침대 커버와 커튼은 봄 분위기를 내려는 듯 밝은 색이었지만 화려한 걸 싫어하는 주영을 고려해서인지 단색으로 이루어져 있었다. 컴퓨터가 놓여진 책상에 가만히 앉았다. 책상 위에는 큰누나의 결혼 사진과 막내누나의 결혼 사진이 나란히 꽂혀 있었다. 행복해 보이는 가족들, 그리고 쓸쓸한 표정의 부모님. 그동안 공부에만 전념한다는 것이 부모님에게 적지 않은 상처를 준 것 같아 새삼 죄송스런 기분이 들었다.

샤워를 하고 잠자리에 들면서 아무 생각 없이 공부에만 전념하던 미국에서의 생활이 떠올랐다. 정말 한국에 돌아온 것인지 실감이 나질 않아 다시 한 번 감았던 눈을 떠보았다. 5년 동안 깨닫지 못했던 그리움이 채워지는 순간이었다.

시차가 적응되지 않아서일까, 새벽같이 일어난 주영이 정원으로 나섰다. 이제 제법 새싹이 돋아 푸르스름한 빛을 내고 있었다. 정원 한쪽의 벤치에 신문을 펼쳐 들고 앉았다. 정치, 경제면을 훑어보던 주영의 눈이 빛나기 시작했다. 원하던 기사가 실려 있었다. 정진그룹 권지민에 관한 기사.

또 한 번의 성공. 승승장구였다. 지민이 정진그룹 사람임을 알게 된 2년 전부터 지민은 하루가 멀다 하고 신문에 오르내리는 화제의 인물이 되어 있었다. 사업적인 성공면에서도, 그리고 심심치 않게 오르내리는 연예인들과의 스캔들면에서도 이 시대 최고의 화제의 인물로 부상되어 있었다. 기사를 훑어 내리던 주영이 가만히 신문을 접어 옆에 놓아두고는 등받이에 몸을 기대었다. 그리고 눈을 감았다. 상쾌한 새벽바람이 머리를 맑게 해주고 생기를 불어 넣어주는 것만 같았다. 이제 다시 시작이다.

그날 이침 주영은 다시 짐을 들고 집을 나섰다. 풀지도 않은 짐을 그대로 들고 나오기는 했지만 서운함을 감추지 못하는 미연과 민혁으로 인해 쉽사리 발이 떼어지지 않았다. 귀국하기 전 은밀히 오피스텔을 마련한 주영이었다. 넓지는 않아도 최대한 비밀이 보장되고 안전한 장소. 주영은 그곳에서 새로이 인생을 시작할 참이었다. 아직 시작도 하지 않은 인생은 26의 나이에 다시 걸음마를 떼고 있었다.

5대그룹 중에서 탄탄하기로 소문난 신명그룹의 아침은 이상하게 술렁거렸다. 새로 온다는 이사로 인해 벌써부터 초긴장 상태였던 것이다. 그룹의 외아들, 직속 후계자, 뿐만 아니라 예전부터 파다한 성격에 대한 소문. 매스컴조차 건드릴 수 없었던 대단한 카리스마. 어린 나이에 미국 유명 대학을 우수한 성적으로 졸업하고 그 어렵다는 시험을 한 번에 통과한 괴력의 소유자. 아침부터 여직원들은 남달리 신경 쓴 옷차림과 화장으로 분주했으며 남직원들 역시 편할 수 없는 마음에 연신 안절부절 못하였다. 아무리 뛰어난 후계자라고 하여도 26살의 상관을 어찌 모신단 말인가. 앞으로의 길이 막막하기만 하였다.

이사실.

새로 온다는 이사에 대한 소문과 신문과 시사 잡지에 심심치 않게 실리던 기사들. 오늘부터 이사실의 비서로 발령받은 주희는 다시 한 번 거울을 집어 들었다. 화려한 외모는 아니어도 엘리트로서 총명한 눈을 가진 깔끔하고 빈틈이 없는 그 모습 그대로였다. 비서실장과 이사를 한꺼번에 새로 모셔야 하는 부담은 컸지만 자신에게는 하늘이 내려주신 기회였다. 다른 사람도 아닌 그룹 총수의 아들이었던 것이다. 다른 욕심은 없었다. 자신의 능력을 한껏 발휘하고 싶을 뿐이었다.

아직 이른 시간, 9시 출근이면 아직 30분도 더 남은 시간이었다. 이사실을 정리하고 차를 준비해야 했다. 환기를 시켜야겠다는 생각에 이사실 문을 거침없이 열고 콧노래까지 부르며 들어섰다. 그리고 그 자리에서 더 이상 움직일 수가 없었다.

"이주희 씨, 노크하라는 기본적인 교육도 못 받았습니까?"

아무 말도 못하고 얼어붙은 듯 주희는 그렇게 문 앞에 동상처럼 서 있었다. 간신히 눈만 굴리며 앞의 두 남자를 쳐다보았다. 자신에게 버럭 소리를 지르는 저 사람은 몇 번 본 적이 있는 비서실장 김민준이었다. 날카롭게 생긴 외모에 무테 안경까지 씌워놓으니 남극시대가 따로 없는 듯했다. 그리고 그 중앙 소파에 앉아 자신을 쳐다보고 있는 사람은 아무래도 새로 온 이사일 것이다. 자연스럽게 흘러내린 앞머리와 약간은 검은 듯한 피부색이 강렬한 눈빛과 쭉 뻗은 콧날에 너무도 잘 어울리는 사람이었다. 깔끔한 수트와 약간 올라간 입꼬리까지 정말 매력적이었다. 이주희, 27년을 살아오면서 저런 사람은 처음 보거니와 그 사람과 동거동락까지 해야 하다니 올 한 해는 아무래도 행운의 여신이 자신에게 미소를 지어줄 것만 같았다.

"뭘 그렇게 멀뚱멀뚱 보고 있습니까? 이주희 씨!!"

'저 사람은 기차화통을 삶아 먹었나. 귀 안 먹으니까 제발 조용히 좀 하시죠!!'

이 말이 목구멍까지 차 올랐으나 명색이 직속 상관인데 그럴 수는 없었다.

"죄송합니다. 계신 줄 모르고 환기를 좀 시켜놓으려고……정말 죄송합니다."

"놀라게 해서 미안해요. 이주희 씬가요? 난 윤주영이에요. 잘 부탁해요."

'잘생긴 사람이 목소리까지 완벽하군. 비서실장은 저 옆에서 비교도 안 되네. 성질이라도 좋으면 그나마 낫지.'

조금 불쌍한 생각까지 들었다. 혼자 두 사람의 점수까지 마친 주희는 공손하게 주영에게 인사를 건네고 민준에게 고개만 까딱한 채 문을 닫고 나왔다.

"죄송합니다, 이사님. 평가가 좋은 비서여서 발령을 낸 것인데, 다른 사람을 알아보겠습니다."

"됐어요. 신경 쓰지 말아요. 좋은 눈을 가지고 있어서 맘에 들어요. 일도 잘할 거 같고, 김 실장이 잘 이끌면 충분할 거라 생각해요."

"네, 잘 알겠습니다."

'이주희, 직속상관의 힘을 보여주겠다.'

이런 민준의 생각도 모른 채 주희는 핑크빛 꿈을 꾸며 일을 시작하고 있었다.

그리고 한 달간, 주희는 자신의 생각이 잘못되었음을 뼈저리게 느낄 수 있었다. 다른 여직원에게 주영에 대해 열심히 자랑을 늘어놓는 것도 일주일, 그 이후로는 측은한 눈빛과 동정을 온몸에 받는 주희였다.

'오늘도 야근인가, 피곤해 죽겠네. 두 사람은 인간도 아닌가.'

벌써 한 달째 야근이었다. 언제 출근하는 것인지 자신보다 언제나 일찍 나와 있는 이사와 비서실장은 지치지도 않고 바쁘게 움직였다. 그 덕에 자료 준비하랴, 스케줄 조정하랴, 죽어나는 것은 주희였다. 지금도 8시가 넘은 시간이었음에도 저녁도 먹지 않고 틀어박혀 나올 생각을 하지 않았다. 일에 대한 열정도 어느 정도이지 이렇게 몰아치다가는 얼마 버티지도 못할 것 같았다.

"이주희 씨, 아직도 퇴근 안 했나? 이런, 깜빡했군. 퇴근해요. 낼 보자구요."

'정말 얄미운 비서실장이다. 아까 들어가면서 뻔히 보았을 텐데도 그렇게 말을 하다니. 퇴근하란다고 못할 줄 아는가. 가차없이 퇴근해 주지.'

"이주희 씨, 작년 매출현황자료 아직 안 됐나? 프로젝트 건은? 되는 대로 들고 들어와요. 아, 그리고 기획실 연락해서 내일 회의 잡아요."

"아, 네."

이르지도 않은 퇴근의 꿈은 오늘도 어김없이 산산이 부서지고 있었다. 어디서 저런 힘이 나오는 것일까. 미국에서 5년, 그리고 또 여기 옆 자리에서 벌써 6개월이었다. 하루도 쉬지 않고 몰아치고 있었다. 처음에는 멋모르는 열정이라 생각하였고, 그래서 한 달이면 지쳐 떨어지리라고 생각했었다. 그러나 벌써 6개월째, 때와 장소를 가리지 않은 채 일에만 매달리고 있었다. 덕분에 온갖 소문이 한 달 만에 잠재워진 것은 고맙지만 직속직원들의 원성은 나날이 높아지고 있었다. 특히 이주희 비서는 차마 눈 뜨고는 못 봐줄 정도였다. 꼬들꼬들 말라가는 모습이 차마 눈에 담을 수가 없었던 것이다. 그래도 독하게 버티고 있는 모습이 요즘은 기특하게 보이기도 했다.

"이사님, 드릴 말씀이 있습니다."

"해보세요."

서류에서 눈을 들지도 않았다. 주영은 민준이 아무 말이 없자 그제야 피곤한 듯 코를 누르며 고개를 들었다.

"하기 어려운 말입니까?"

"네."

"안 할 겁니까?"

"아니요."

"그럼 해보세요."

어리고 약해 보이는 몸. 그러나 함부로 할 수 없는 무언가가 있었다. 그 무언가로 인해 자신보다 한참은 어린 사람에게 6년을 매어 있었다.

"직원들 불만이 큽니다."

더 말을 하지 않아도 알리라 생각했다. 주영은 아무 말 없이 턱을 괴던 손을 머리 뒤에 끼고 소파에 기대었다.

"미처 생각을 못 했어요. 앞으로는 계획을 짜보도록 하세요. 미리 알리도록 하죠. 내가 그동안 적응하느라 몰아친 것이 많이 힘들었을 거예요. 당장 내일부터 시행해요. 그리고 될 수 있으면 김 실장님을 제외한 나머지 사람들은 시간에 맞추어 퇴근

시키도록 해요. 김 실장님이 안 계시면 전 아무것도 할 수 없다는 거 아시죠?"

민준이 속으로 한숨을 삭힐 때 주영은 편히 웃음 지었다. 일을 처리할 때에는 무섭게 냉철하고 과감했다. 그러나 이렇게 인간적인 면으로 자신을 대할 때는 상상할 수 없는 분위기를 발산하곤 했다. 갑자기 시간이 멈추고 주위의 모든 것이 그 사람을 중심으로 돌아가는 느낌, 지구의 중력에 끌리듯 자신도 모르는 사이 그 사람 주위에 붙어버리는 것. 타고난 것일까. 노력의 결실일까. 어느 경우라도 대단하다는 느낌은 지울 수가 없었다.

기획회의를 마치고 들어오면서도 의논을 하느라 자신에게는 눈길도 주지 않는 실장과 이사에게 주희는 이제 베테랑이 다 되어 있었다. 알아서 다음 서류와 스케줄을 들고 들어서고 있었다. 그동안 힘들어서 포기하려고 했던 적이 수십 번이었다. 그러나 자신의 자존심이 허락하지 않았다. 어떻게 올라온 자리인데, 이렇게 포기하기에는 아직은 젊었고 또 하나, 요즘은 그래도 조금 살맛이 났다. 저 얄미운 악당 같던 실장이 조금은 친절해진 것이다.

"그렇게 준비해 줘요. 오늘은 내가 모임이 있어서 지금 가봐야 해요. 두 사람 모두 일찍들 정리하고 퇴근들해요. 바람 쐬러 가기에는 더없이 좋은 날씨군요. 김 실장, 어떻게 될지 모르니까 전화나 한번 줘요."

"이사님, 그러실 필요 없습니다. 제가 모시고 가겠습니다."

"괜찮아요, 오늘은 개인적인 모임이라서 그럴 필요가 없어요. 혹시 모르니까 전화나 한번 줘요."

"네, 알겠습니다."

여전히 바쁜 걸음으로 재킷을 들고 나가는 주영의 뒷모습을 멍하니 쳐다보던 두 사람의 눈이 마주쳤다.

"흐음, 밥이나 먹으러 갈까?"

"배가 고프긴 하네요."

조금은 멋쩍지만 그래도 주영의 배려에 보답하기 위해서라고 애써 핑계를 대는 두 사람이었다.

다시 이어진 인연,
모진 운명으로 마주 서다

처음 소개되는 자리였다. 경영인 모임의 데뷔라며 옷차림에 유난히 신경 쓰던 미연과 주선으로 인해 주영은 오늘 정말 윤이 났다. 적당히 빗어 넘겨 자연스러운 머리와 약간 푸른빛이 나는 고급스런 양복이 주영의 매력을 한껏 발산시켜 주었다.

아버지 윤 회장과 나서는 첫 번째 공식적인 자리. 이 자리에서 주영이 정식으로 소개가 되면 앞으로 사업상의 위치는 보장받은 것이나 다름이 없었다. 윤 회장의 외아들이자 신명그룹의 후계자로서 처음 내딛는 발걸음이었다.

이름이 불리워진 주영이 천천히 나섰다. 주위의 눈들이 집중

되는 것이 느껴졌고 뜨거운 조명이 비추어져 새삼 긴장이 되었다. 이곳에는 신명과 더불어 10위권 내의 기업과 은행의 핵심 경영자들이 모두 모여 있었다. 모두들 소문으로만 들었던 신명의 실세를 직접 눈으로 확인하고 싶었는지 평소 모임보다 훨씬 높은 참석률을 기록하였다. 천천히 마이크 앞으로 다가가 수백 개의 눈을 고스란히 받아들인 주영이 천천히 숨을 들이쉬었다. 이제는 익숙해져야 할 자리였다. 이런 자리도, 이런 사람들도, 그리고 이런 자신도. 자신의 소개와 앞으로의 계획 등을 간단히 끝낸 주영이 윤 회장과 함께 한 사람 한 사람 소개를 받고 인사를 건네는 자리가 마련되고 있었다.

한참 동안 인사를 건네서 목이 타 들어갈 때쯤 윤 회장에게 양해를 구하고 잠시 화장실에 들렀다. 세수를 하고 다시 매무새를 가다듬었다. 입에서 단내가 나는 듯했다. 태어나서 이렇게 많은 사람들과 인사를 나눠본 적은 처음이었다. 수돗물에 입을 한 번 헹구고 고개를 들자 거울에 한 사내가 지나가는 것이 보였다. 어디서 많이 본 듯한 실루엣이었지만 뚜렷하게 기억이 나질 않았다. 얼굴과 손의 물기를 닦고 화장실을 나섰다. 주영이 나서자마자 화장실 안의 사내가 급히 문을 열고 나왔다. 뛰어오기라도 한 것인지 땀이 흥건한 얼굴을 씻어낸 사내는 한 번의 심호흡으로 들썩이는 가슴을 진정시키며 문을 나섰다.

오랜만에 참석한 경영인 모임. 그동안 사업에 참여하면서도 일 년에 한두 번 참석할까 말까 한 지민이었다. 그러나 오늘은 무슨 대단한 일이라도 있는 것일까, 꼭 참석하라는 그분의 말씀에 늦게라도 뛰어왔지만 그나마도 무리하게 짬을 낸 것이었다. 몸에서 땀내가 나는 듯해 급하게 세수를 하고 들어섰다. 다행히 모임은 끝나지 않았다. 보통 때와는 다른 분위기였다. 사람들도 많았고 분위기도 조금 들뜬 듯했다. 또 여느 귀한 집 도련님이 새로이 등장하신 모양이었다. 외국을 보내 삐까번쩍 광을 낸 후 커다란 이름표 하나를 달게 하여 이런 모임에서 후계자라고 소개를 시키곤 하니 대단한 집안의 자식들은 한국의 졸업장을 따서는 안 되는 규율이라도 있는 것일까. 지민 역시 6년 전 대학을 졸업하고 유학을 갔으면 하는 그분의 권유를 들은 적이 있다. 그러나 지민은 그러길 거부했다. 20년 넘게 평범한 일상에 젖어 있던 자신이 하루아침에 외국물을 배불리 먹기에는 아직 준비가 덜 되어 있었다. 제대 후 적지 않은 나이. 지민은 그때부터 전쟁터에 뛰어들었다. 그러길 2년. 이제야 흘끔거리던 주위의 눈들이 자신을 똑바로 보기 시작했다. 아직 길이 멀었다, 그곳에 닿으려면……

"죄송합니다. 늦었습니다."

누구를 찾는 듯 한참을 두리번거리던 지민이 이내 권 회장을 찾아내었다. 60이 넘은 나이에도 30대 못지 않은 위엄을 가지신 분이었다. 지민에게 등대인 동시에 태풍이기도 했던.

"오긴 왔구나."

뼈가 섞인 말. 생전 다른 말씀이 없으시던 분이 오늘은 두 번이나 직접 전화를 하셨었다. 자신의 그러한 당부에도 늦었다고 권 회장은 나름대로 꾸중을 하고 있었다.

오늘 같은 날에도 늦은 지민을 따끔하게 혼을 내주려는 생각을 가지고 있던 권 회장은 아직도 지민의 코끝에 송골송골 맺힌 땀을 보고는 더 이상 말을 할 수 없었다. 지민이 어떻게 지금의 위치에 설 수 있었는지 아는 권 회장이었다. 허튼짓을 하다가 늦을 그런 지민이 아닌 것을 알고 있었다.

"오늘은 많이들 참석하셨네요."

"그렇지. 모두들 눈들이 벌게서."

"오늘은 어느 집 도련님입니까? 여느 때와 다른 걸 보니 대단한 집안인가 보죠?"

"아까 인사가 끝났다. 그래서 일찍 오라고 한 것인데. 오 여사가 기억이 나느냐?"

"아아, 네. 오 여사님이라면 절친하신 그 할머님 말씀이십니까?"

"그래, 오늘이 바로 오 여사 손주가 소개되는 날이다."

"아아, 그러시군요. 아깝네요. 직접 인사라도 드려야 했는데."

"오늘 오 여사는 안 왔군. 일본에서 아직인 모양이야."

"그러시군요. 어느 분이 그분 손자시죠?"

지민이 호기심 어린 눈빛으로 권 회장에게 묻자 주위를 둘러보던 권 회장이 이내 한 사내를 가리켰다. 많이 본 실루엣이었다. 사람들에게 가려져 자세히 보이지는 않았지만 누군가를 생각나게 하는 가는 몸이었다. 눈을 모아 확실하게 보려 했지만 점점 많은 사람들이 모여 볼 수가 없었다. 다음에 또 기회가 있을 것이다.

"윤 회장!"

갑자기 권 회장이 지나가는 점잖게 생기신 노신사를 불러 세웠다. 이분이 윤 회장이었다. 낯설지 않은 인상. 지민이 서둘러 윤 회장 주위를 살펴보았다. 그러나 반가운 듯 종종걸음으로 달려오는 윤 회장 뒤에는 아무도 없었다.

"네, 권 회장님. 저희 어머님 안 오셔서 외로우시죠? 제가 말동무라도 되어 드려야 하는데 죄송합니다."

"아니네. 내 자네에게 소개시켜 줄 사람이 있어 이리 불렀네. 인사허리, 지민이. 오 여사 외아드님 되신다."

"아아, 네. 안녕하세요. 권지민입니다."

'오 여사의 아들이라면!! 그동안 권 회장의 입에 오르내리던 절친한 오 여사가 바로 윤 회장의 어머니였단 말인가. 그럼 오늘 소개된 손자는……'

지민이 윤 회장에게 깍듯이 인사를 건넸다.

"아아, 그래 아주 바르게 자랐구만."

민혁이 흐뭇한 미소를 지으며 지민을 바라보았다. 이런 반듯한 청년이 우리 주영이의 곁에 있어준다면 얼마나 좋을까, 문득 이런 생각이 스쳤다. 아마도 이 청년이 숨겨진 권 회장의 아들인 모양이었다. 힘들게 자랐고, 또한 이 자리까지 오기가 쉽지만은 않았을 텐데 얼굴에는 구김 하나 없었다. 어색한 표정 하나 없이 자신에게 웃으며 정중하게 말을 건네는 모습에서도 성품이 어떤지 알 수 있었다. 역시 권 회장이었다. 권 회장이라면 선도 안 보고 자식을 내준다는 얘기가 있다. 절대로 곁눈질을 하지 않는 곧은 성품과 사업 수완능력까지 내로라하는 집안에서는 서로들 사돈을 맺고 싶어 안달이었다. 그러나 무슨 연유에서인지 권 회장의 딸들은 각자 연애를 하여 집안에 상관없이 자유롭게 결혼식을 올렸다. 이 세계에서는 상상도 할 수 없는 일이었다. 결혼으로 사업이 흥하고 망한다는 얘기가 있을 정도로 결혼 또한 사업의 연장선이었던 것이다. 그리고 지금 뜨겁게 오르락내리락하는 소문의 주인공은 바로 눈앞의 훤칠한 청년이었다. 비록 하나밖에 없는 아들이 밖의 자식이긴 하나 권 회장이라면 그것도 상관없다는 듯이 딸 가진 집안에서는 벌써부터 난리들이었다. 윤 회장이 지민을 지그시 쳐다보았다. 아까운 마음 한편 씁쓸한 마음을 지울 수가 없었다.

처음부터 낯설지는 않았지만 자신을 따뜻하게 봐주는 눈길이 그렇게 부담스럽지는 않았다. 지민 역시 윤 회장과 따로 자리를 같이하기를 꺼려하지 않아 잠시 바람 좀 쐬고 오겠노라고 권 회장에게 양해를 구하고는 밖으로 향했다. 점잖아 보이는 노신사와 훤칠한 청년은 간간이 듣기 좋은 웃음을 흘리며 천천히 걷고 있었다.

"자네 얘기는 많이 들었네. 사업 수완이 그렇게 좋다고 하던데, 비결이 뭔가?"

"부족합니다. 아직 새끼 고양이일 뿐입니다."

"허허, 언젠가는 사자가 될 테지."

시원하게 불어주는 바람과 말이 통하는 사람과의 대화가 정말 환상적인 콤비를 이루는 밤이었다.

"키가 크군. 몇인가?"

"180이 조금 넘습니다."

"자네 아버님이 아주 든든하실 거네."

"회장님 아드님도 오늘 소개되셨다고 하시던데요."

지민의 눈이 대답을 재촉하며 윤 회장에게로 향했다.

"아마 지금쯤 안에서 상당히 곤혹스러워하고 있을 걸세. 이런 곳을 딱 싫어하거든. 허허."

"저도 그렇습니다, 이런 자리."

"그러고 보니 비슷한 면이 있는 것 같군. 정반대의 성격인데. 우리 아이도 얽매이는 것을 싫어하지."

"네, 그랬었죠."

지민의 대답에 윤 회장의 눈이 가늘어졌다.

"자네, 우리 아이를 아는가?"

지민의 얼굴에 싸늘한 바람이 훑고 지나갔다.

"아닙니다. 윤 회장님을 뵈니 왠지 친숙한 느낌이 들어서요.

하하.”

어색한 분위기를 웃음으로 무마시키려 소리를 내어 웃는 지민이었다.

“그러나 자네처럼 이렇게 시원스레 웃지는 않네.”

말을 하는 윤 회장의 눈빛이 왠지 쓸쓸해 보였다.

“점잖은 성격인 것 같군요. 저와 다르게.”

‘그 옛날과 변하지 않았단 말인가. 언제나 그렇듯 차가운 얼음 위에 집을 짓고 또 혼자 지키고 앉았단 말인가.’

지민의 가슴 한구석이 욱신거렸다.

“너무 점잖지. 그래서 위태롭네. 자네, 여자 친구는 있는가?”

언제 그랬냐는 듯 윤 회장의 눈에 웃음이 담겨져 있었다. 잘 감추는 것일까, 자기 조절이 완벽한 것일까. 점점 윤 회장에게 맘이 가는 지민이었다. 윤 회장의 질문의 의도가 무엇일까. 여자를 만날 기회는 얼마든지 있었다. 자신의 신분을 드러낸 그날부터 여자 복은 넘치고도 남았다. 그러나 아직 인연을 만나지 못했다고나 할까, 특별히 함께하고 싶은 여자를 만나지 못했다.

“없습니다. 대학을 졸업하고 여유가 없었습니다.”

그도 그럴 것이었다. 소문에 의하면 젊은이답지 않게 일에 대해서는 무엇보다 우선시 한다고 들었다. 신문상에 오르내리던 스캔들도 모두 뜬소문에 불과했다. 자기 자리를 되찾는 것이 어디 쉬웠겠는가. 그저 대견할 뿐이었다.

"허허. 그럼 내 부탁 하나만 함세. 아직 여자 친구가 없다고 하니 우리 아들과 친구가 되어줄 수 있겠나? 데이트하느라 바쁘다면 내 이런 부탁도 쉬 못할 터인데 아직 없다 하니 괜히 욕심이 나는구먼. 우리 아들에게 아주 좋은 벗이 될 것 같은데."

순간 지민의 눈에 한줄기 빛이 스치고 지나갔다. 그러나 이내 무심한 표정으로 가볍게 고개만 끄덕이는 지민이었다.

"고맙네. 아직 못 만났지? 저 안에 있을 거네."

홀 안을 눈짓하며 지민을 올려다보는 윤 회장의 눈빛이 이상하게 간절히 느껴지는 것은 왜일까. 지민이 인사를 건네고 홀 안으로 들어섰다.

윤 회장이 지민과 다정하게 담소를 나누고 있을 시각, 주영은 윤 회장을 찾느라 주위를 계속 두리번거려야만 했다. 자신을 붙잡고 이런저런 화제를 꺼내기 시작한 사람들은 쉽사리 놓아줄 생각들을 하지 않고 있었다. 생전 처음 보는 사람들과의 대화는 피곤을 재촉하고 있었다. 약간의 미소와 예의 바른 적절한 대답. 이런 격식을 갖춘 자리가 익숙지 않은 주영에게는 일 분 일 초가 고문이었다. 자신을 구제해 줄 사람은 윤 회장뿐임을 알기에 바삐 찾는 주영이었다. 어디를 가신 것인지 홀 안에서 윤 회장의 그림자조차 찾을 수 없었다.

"자네, 나 좀 보겠나?"

"아아, 네."

아까 잠깐 인사를 드렸던 분이다. 누군지 정확히 기억이 나진 않았지만 무슨 말씀을 또 하시려는 것인지 걱정부터 앞서는 주영이었다. 따라가는 자리 또한 내키지는 않으나 그래도 지금 이 자리를 벗어날 수 있다는 것만으로 저분에게 감사할 따름이었다.

"자네 아비는 내 아들 놈하고 잠시 할 얘기가 있다고 나갔네. 이런 자리가 불편하지?"

꼬장꼬장하실 것 같은 분위기와는 다른 다정한 말투였다. 이 제야 조금씩 긴장이 풀리기 시작하였다.

"익숙지 않습니다, 이런 자리가."

"그런 것 같구만. 우리 아들도 싫어한다네."

"아, 네."

"그러고 보니 자네하고 나이가 비슷할 게야. 친구 하면 되겠구먼."

"네."

"이런 세계에서 자란 자네들 같은 사람들은 특별히 맘을 터놓을 수 있는 친구를 만난다는 것이 쉽지만은 않을 걸세. 다행스럽게도 우리 아들 성품이 그리 못나지 않아 자네하고도 잘 어울릴 걸세."

"신경 써주셔서 감사합니다."

"아닐세, 나도 자네라면 믿을 수 있을 것 같구만. 자네 아비나 할머님을 보면 알지. 언제 한번 자리를 마련할 터이니 좋은 인연을 맺어봄세."

"네."

주영의 말은 진심이었다. 이 노신사와 얼마 나누지 않은 대화만으로도 가족들에 대한 믿음까지 생기는 주영이었다. 이런 분이라면 앞으로 자신의 인생에서도 많은 배움을 주실 것 같았다. 오늘 이 자리를 준비하시면서 아버지가 하신 말씀이 떠올랐다.

"오늘 가는 자리를 꺼려하여 많은 것을 놓쳐서는 안 된다. 참석하신 분들 모두 우리 나라를 움직이시는 분들이다. 그분들의 모든 것을 배우라는 것은 아니다. 하지만 어느 한 사람도 소홀히 봐서는 안 된다. 성품이 옳지 못한 사람도 그 자리에 서기까지 많은 노력이 있었을 것이다. 사람을 가려서 보지 말고 한 사람의 성품을 가려내거라. 백 개의 허물을 가진 사람도 니가 어찌 보느냐에 따라 백 개의 배울 점을 가진 사람이 될 수도 있는 것이다."

여태 얘기를 나눈 사람들에게서는 백 개의 허물을 배웠다. 이제는 백 개를 배울 차례였다. 그 가르침을 줄 수도 있을 것 같은 분이었다.

"앞으로 많이 가르쳐 주십시오."

"허허, 내가 뭘 가르치겠나. 자네의 눈과 마음이 자네를 가르치는 것이지."

권 회장은 약하게만 보이던 눈앞의 사내를 유심히 바라보았다. 오래전 오 여사가 몸이 약한 것만 빼고는 하나 나무랄 데 없다고 자랑했던 말이 떠올랐다. 사내자식답지 않게 가늘어 보이는 몸매와 골격을 가졌을 뿐 결코 약해 보이지는 않았다. 사내는 눈빛으로 이기는 것이 진정한 승리이다. 이 젊은이의 눈빛은 약하지 않았으며 오히려 상대방을 제압할 수 있을 만큼 강하고 깊었다. 저런 눈을 가진 사람들을 몇 번 본 적이 있었다. 모두들 뛰어난 능력을 가지고 태어나 사회에 큰 공헌을 한 사람들이었다. 이 젊은 사내는 눈뿐만이 아니라 얼굴 자체에서 사업가의 기질을 풍기고 있었다. 사람들로 하여금 쉽게 읽혀지지 않는 눈과 시원하게 뻗은 콧날의 대범함, 그리고 입술선의 고집까지. 지민이가 흔들리지 않는 든든한 나무라면 이 친구는 나무를 태울 불 같은 존재였다. 둘의 궁합이 맞기만 하다면 더없이 타오르겠지만 아니라면…… 나무를 태워 버릴 것이다.

"내 아들을 한 번 만나볼 텐가?"

주영이 고개 들어 권 회장을 바라보았다. 흔들림이 없는 눈빛. 어느 기업의 누구신지 기억해 내려 했지만 수백 명을 지나쳐 오며 도통 머리 속은 뒤엉켜 풀릴 줄을 몰랐다. 주영이 난처한 듯 고개를 한 번 끄덕이고는 다시 자리를 떠났다. 언젠가는 다시 뵐 날이 있을 것만 같았다. 이 정도 머물렀으면 어느 정도 예의는 차린 셈이었다. 윤 회장을 찾아 같이 자리를 뜨려 했으나 어디로 사라진 것일까, 눈앞에는 온통 모르는 그림자들뿐이었다.

　차가운 바람을 쐬고 앉아 잠시 머리를 식힌 후에 다시 윤 회장을 찾으려 맘을 먹은 주영은 홀을 빠져 나와 야외 후미진 곳에 벤치 하나를 찾아내었다. 넥타이를 조금 느슨히 풀어놓은 후에 깊이 숨을 들이마셨다. 고맙게도 서늘한 바람이 때마침 주영의 가슴으로 불어주었다. 잠시 눈을 감고 피로를 풀고자 머리를 기댄 주영에게 잔디를 가르는 발자국 소리가 들려왔다. 지나가는 사람이려니 무시하던 주영이었으나 발자국은 그대로 멈추어 서 있었다. 주영이 살며시 눈을 비비며 앞에 선 그림자를 쳐다보았다. 등 뒤에 빛을 품고 선 까만 그림자가 점점 또렷이 눈에 각인되기 시작했다. 순간 주영이 눈을 가리던 손을 떨구었다.

　"오랜만이다."

　그림자가 오른손을 내밀었다. 덜덜기리는 손을 들키고 싶지 않아 가쁜 숨만 몰아쉬는 주영이었다.

　"나 몰라 보는 건가? 서운한데."

　머쓱하니 내민 손을 다시 주머니에 찔러 넣던 그림자가 주영의 옆에 털썩 주저앉았다. 이제야 확실히 그림자를 볼 수 있었다. 말끔하게 빗어 넘긴 머리에 한 가닥 머리카락이 이마에 흘러나와 있었다. 조금 야윈 듯한 체격과 얼굴이 근접지 못할 위엄을 품고 있었다. 많이 변했다. 세월만큼, 그 풍파만큼.

　"정말 몰라 보는 거야, 모른 척하는 거야?"

비꼬는 듯한 싸늘한 말투가 낯설었다. 주영이 가만히 고개를 돌려 지민의 얼굴을 쳐다보았다. 깊고 깊은 눈은 지민의 것이었으나 살짝 비틀어진 입은 처음 보는 사람이었다.

"오랜만이네요. 그동안 얘기는 들었어요."

잠긴 듯 낮게 깔린 목소리. 어색한 듯 틈틈이 숨이 들이찬 말투.

"그랬나. 난 얼마 전에서야 네가 돌아왔다는 것을 알았는데."

잠시 대화가 끊기고 서로의 숨소리만이 허공을 맴돌았다. 숨이 막힐 듯한 이 공간에 더 이상 함께할 수 없었던 주영이 먼저 가겠노라 일어섰다. 따라 일어서려 했던 지민은 이내 다시 주저앉았다. 저만치 주영의 그림자가 멀어질 즈음 지민은 주먹을 내려치기 시작했다.

'이럴려고 한 것이 아니었는데, 이리 심통을 부리려고 한 것이 아니었는데. 어찌 볼까, 무슨 말을 할까. 그리 망설이고 고민했는데. 괜스레 멀쩡한 너를 보니 화가 났다.'

혼자만의 분풀이가 끝난 것일까. 지민이 머리를 뒤로 젖힌 후 하늘을 바라보았다. 까만 하늘에 별이 하나, 둘, 셋. 끝이 보이지 않는 벅찬 별들의 수만큼이나 가슴이 아려왔다.

'좋아 보여 다행이다. 혼자 상처를 끌어안기만 하다 어디가 고장은 나지 않았을까 걱정했는데……. 난 왜 아직도 너에게 벗어나지 못하는 것일까. 처음 이 길로 뛰어들었을 때는 보란 듯이 네 곁에 나란히 서주겠노라 결심했었는데, 막상 이 자리까지 오니 다 부질없음을 깨달았다. 이런다고 네 옆에 세워줄 너도 아니고, 설 수 있는 나도 아닌데. 왜 난 아직도 너를 버리지 못할까. 후배라서, 동생이라서…… 아니면 무엇이지. 나는 너에게…… 너는 나에게.'

셀 수보다 세어야 하는 남은 별들이 지민의 가슴에 하나둘 박히고 있었다.

"휴우."

하늘을 가르는 지민의 한숨이 그대로 별들을 삼키고 있었다. 까만 밤 그들은 그렇게 다시 만났다.

"한동안 잠잠하시더니 갑자기 웬일이시지. 헉헉."

민준은 갑작스런 주영의 호출을 받고 뛰어가고 있었다. 현재 민준이 머물고 있는 곳은 주영의 오피스텔에서 십 분 거리의 작은 원룸이었다. 독신전용인 이 원룸은 깨끗하고 편리한 현대식 건물로 언제든지 주영이 필요할 때면 도울 수 있도록 주영이 마련해 준 곳이었다. 현재 7시를 넘긴 시각, 얼마 전 모임 참석 이후 갑자기 식어버린 주영의 표정에서 뭔가 심상치 않은 일이 벌어지고 있음을 직감했지만 그 일이 오늘 터질 줄은 몰랐다. 간만에 느긋하게 소파에 누워 오래된 영화를 보고 있던 참이었다. 요새 너무 풀어졌나 싶게 주영의 전화에 허둥지둥 달려나오는 민준이었다. 경비원에게 신분 확인을 받은 후 감시 카메라에 얼굴을 들이밀고 주영의 허락에 따라 오피스텔에 들어섰다.

"이사님, 무슨 일……!"

민준이 말을 끝맺지도 못한 채 멍하니 주영을 쳐다보았다. 앞에 서 있는 사람은 주영이 아니었다. 아니, 주영이었다. 어딜 가는 것일까. 검은 원피스에 조금 짙은 듯한 화장을 마치고 주영이 민준을 맞이하고 있었다. 민준의 눈이 가늘어지며 미간에 잔주름이 잡히자 주영이 퉁명스레 말을 던졌다.

"왔음 들어와요. 뭘 그리 유심히 봐요?"

"네? 네."

더듬거리며 신발을 벗던 민준이 어색하게 주영을 지나 소파에 엉덩이를 가져갔다.

"앉지 마세요."

주영의 목소리에 화들짝 놀란 민준이 냉큼 일어섰다.

"네?"

눈을 동그랗게 뜨고 주영을 내려다보던 민준이 되물었다. 앞 뒤 설명도 없이 다짜고짜 민준을 끌고 나간 주영은 문을 잠그고 감시 카메라를 작동시켰다. 이곳은 한 층에 한 채의 오피스텔만 위치하고 있어 외출시에도 카메라를 작동시키면 누가 왔다 갔는지 돌아온 후 확인할 수가 있었다. 아무리 경비원이라도 아무 용건 없이 올라오는 건 규제하고 있었다.

"저기, 이사님, 어디 가시는지 알아야 제가 준비를……."

차에 올라타 운전을 하면서도 내내 주영의 굳어진 표정에 눈치만 살피던 민준이 기어이 입을 열었다. 그러자 주영이 가늘게 미소를 지으며 대답했다.

"무슨 준비를 하시려구요?"

언제나 꾸밈없는 민준의 모습에 주영은 금세 기분이 풀어지고 말았다.

"저기 마음의…… 아, 맞다. 마음의 준비요."

원하는 답을 찾았다는 듯이 기쁘게 대답하는 민준을 보고 주영이 쿡 하고 웃음을 터뜨렸다.

"김 실장님이 왜 마음의 준비를 하시는데요?"

"저, 저기…… 그게……."

대답을 찾지 못한 민준을 보며 주영이 머리를 뒤로 기대고는 창밖으로 시선을 돌렸다. 며칠 동안 가슴이 답답해 아무것도 하질 못했다. 지민과 마주친 그날 이후 주영은 정신을 차릴 수가 없었디. 술을 마시고 싶은 생각도, 어딘가로 바람을 쐬고 싶은 생각도, 즐기던 운동을 할 생각도 들지 않았다. 그저 회사에서도, 집에서도 멍하니 눈만 뜨고 있을 뿐이었다. 이러다가는 머리 속이 온통 지민에 대한 생각으로 들어차 버릴 것만 같았다. 무슨 방법이라도 써야 했다. 어떤 일이라도 해야 했다. 그래서 오늘의 외출을 계획한 것이다. 한국에 돌아온 이후 한 번도 여자의 모습으로 외출을 한 적이 없었다. 그래서 민준이 이렇듯 당황한 것인지도 몰랐다. 그러나 미국에서 답답해질 즈음 떠난 자유로운 여행은 그 이후 몇 개월 동안을 견디게 해주었다. 지금도 그 방법이 통할지는 확신할 수 없지만 그래도 생각나는 방법은 이것뿐이었다. 잠시나마 사내의 겉모습을 벗어던지는 방법……

차가 멈추어 선 곳은 예술의 전당이었다. 세계적인 오페라가 열리는 이곳에는 꽤 많은 사람들이 모여 있었다. 그중에는 유명인사를 비롯한 연예인도 몇몇 끼어 있어 민준의 가슴을 조리게 만들었다. 이 무슨 위험한 도박이란 말인가. 이러다가 아는 얼굴이라도 만난다면……! 민준의 등줄기에 한줄기 식어버린 땀이 흐르기 시작했다.

그러나 자연스레 민준의 팔짱을 끼고 들어선 주영은 너무도 당당하고 태연해 보였다. 가볍게 미소 지으며 또각또각 발을 내딛는 모습이 세련된 여성을 연상케 했고 늘 그래 왔던 것처럼 너무도 자연스러웠다. 그런 주영의 모습에 민준이 혀를 두르고 있을 즈음 입구 쪽에서 소란스런 웅성거림이 일기 시작했다. 무슨 일인가, 민준이 고개를 돌리고 살피자 주영이 가볍게 웃으며 화장실에 다녀온단 말을 전했다. 따라온다는 민준을 저지하고 주영은 입구를 지나 화장실로 향했다.

대단한 사람이라도 온 것일까. 주영이 입구를 힐끔거렸다. 한 무리의 군중 속에 눈만 보이는 남자와 잘 차려입은 듯한 세련된 여자가 서 있었다. 무리에 가려져 눈 아래를 볼 수 없었던 남자의 눈이 어딘지 낯이 익었다. 걸음을 멈추지 않은 채 지나치며 슬쩍 본 남자의 눈과 주영의 눈이 마주쳤다. 순간 감전을 당한 듯 두 사람의 눈이 허공에서 부딪쳤다. 그리고 몇 초의 시간이 영원인 것처럼 두 사람은 서로의 눈에서 헤어 나올 줄을 몰랐다. 당황한 주영이 먼저 고개를 돌리고 서둘러 화장실로 뛰어들어 갔다. 그러자 무리 속에 있던 남자가 군중을 헤치고 앞으로 뛰쳐나오기 시작했다. 허겁지겁 군중을 헤치며 뛰쳐나간 남자가 이리저리 누군가를 찾아 헤매자 민준은 재미난 구경거리라도 하는 듯 벽에 몸을 기대고 느긋이 지켜보기 시작했다. 어딘가 낯이 익었다. 어디선가 본 듯한 실루엣이었다. 이렇게 많은 사람들의 집중을 받는 사람이라면 연예인일 가능성이 짙었다. 언젠가 화면 속에서 본 사람이라 생각하며 민준이 화장실 쪽으로 걸음을 옮겼다. 한 발자국을 떼었을 때 순간 민준의 뇌리에 한 사람의 이름이 스치고 지나갔다. 권.지.민.

민준이 고개를 돌려 지민을 바라보았다. 아직도 지민은 누군가를 찾는 듯 이곳저곳을 살피고 있었다. 확실했다. 저 사람이 그 사진 속의 권지민이었다. 주영과 무슨 관계인지는 몰라도 언제나 지민과 관련된 기사가 나올 때면 주영의 얼굴이 창백해지곤 했었다. 이 무슨 우연이란 말인가. 주영이 지민을 발견하기 전에 서둘러 주영을 찾아야만 했다.

황급히 화장실로 들어선 주영은 거울 앞에서 섰다. 왜 이렇게 허둥거리는지, 무엇 때문에 도망치듯 자리를 피해야 했는지, 주영은 방금 전 자신의 행동이 우스워 핏 웃음을 터뜨렸다. 지금 자신이 있는 곳은 여자 화장실. 어색하고 또 어색하지 말아야 할 곳. 주위를 한 번 둘러본 후 주영이 가만히 거울을 들여다보았다. 거울 속에는 창백한 얼굴의 한 여자가 마주 보고 있었다. 그 모습이 너무도 낯설어 웃음 짓는 얼굴을 가만히 쓸어내렸다.

주영이 나오기만을 초조하게 기다리던 민준은 이내 지민이 홀 안으로 사라지자 안도의 한숨을 내쉬었다. 그러나 주영과 홀 안으로 들어가게 된다면 마주치게 될지도 몰랐다. 부디 자리가 멀리 떨어진 곳이기만을 바랄 뿐이었다. 민준이 두 손 모아 여자 화장실 앞을 서성일 때 주영이 밖으로 나왔다. 민준의 모습에 픽 웃음을 터뜨리며 팔짱을 끼고 서둘러 걸음을 옮기기 시작했다. 홀 안에는 빈 좌석이 보이지 않을 정도로 사람들이 가득 차 있었다. 민준은 주영이 들고 있는 좌석을 확인했다.

'B 7, 8이면 2층이군.'

다행히 2층은 중간중간 커튼이 드리워져 있었다. 비록 1층이 훤히 내려다보이긴 했지만 그래도 가깝지 않은 거리인지라 뚜렷이 보이지는 않을 것 같았다.

공연이 시작되자 객석에 어둠이 내려앉았다. 그제야 안심을 한 민준이 주위를 둘러보았다. 일부러 망원경을 사용하지 않고는 아래층에서 위층을, 그리고 위층에서 아래층 사람들을 알아볼 수는 없을 것 같았다. 음악이 시작되고 웅장한 세트에 배우가 등장하자 민준은 무대에 정신을 빼앗기고 말았다.

모처럼만의 외출. 지민은 오랜만에 좋은 공연이 있다며 자신

을 초대한 선영을 바라보았다. 자신의 이복누이. 비록 어머니
는 달랐지만 주위 시선에 아랑곳하지 않고 누구보다 자신을 위
해주는 사람이었다. 세련된 외모와 털털한 성격으로 영화계에
서도 좋은 평판을 얻고 있는 선영은 지민의 바로 위 누나였다.
연예인의 신분으로, 신예 경영인으로 한창 떠들썩한 이복동생
과의 외출이니 매스컴의 주목을 받는 것은 어쩌면 당연한 일인
지도 몰랐다. 그러나 지금 지민을 신경 쓰이게 하는 것은 따가
운 기자들의 시선이 아니었다. 방금 전 입구에서 잠시나마 마
주쳤던 여인, 처음 본 여인의 눈동자가 자꾸만 지민의 뇌리를
맴돌고 있었다. 낯익은 눈동자. 처음 본 여인인데 누구일까. 어
디에 앉아 있을까. 지민이 손에 들고 있던 망원경을 들어 주위
를 훑어보기 시작했다. 그러나 어두운 객석에서 사람을 분간하
기는 쉽지 않았다. 이내 포기한 지민이 무대로 고개를 돌리다
무심결에 2층을 올려다보았다. 거짓말처럼 그 자리에 그녀가
앉아 있었다. 지민이 서둘러 망원경을 들어 위를 올려다보았
다. 잠시 스쳐 지나갔지만 알 수 있었다. 그녀였다.

　왼편에서 연신 와우를 외치며 관람 중인 민준으로 인해 주영
은 무대에 집중할 수가 없었다. 다음부터는 민준과 함께 오지
않겠노라 다짐하며 고개를 돌려 객석을 내려다보았다. 까만 점
들이 수북이 박힌 객석은 나름대로 볼거리를 제공해 주었다.
한 줄 한 줄 신기한 듯 내려다보던 주영이 한 점과 마주쳤다. 자
세히 보이지는 않았지만 망원경을 들고 있는 남자가 자신을 올

려다보고 있는 것만 같았다. 망원경에 가려 남자의 얼굴을 볼 수는 없었지만 무엇 때문에 공연은 보지 않고 자신을 올려다보고 있는지 주영은 시선을 떼지 않았다.

'기자라도 되는 것일까? 아니면 파파라치?'

흠칫 놀란 주영이 애써 태연한 듯 무대로 시선을 돌렸다. 그러나 남자의 망원경은 끝내 거두어질 줄을 몰랐다. 불안한 마음에 공연의 휴식 시간만을 기다리던 주영이 마침내 불이 밝혀지자 민준을 잡아끌고 객석을 빠져나가기 시작했다.

"이사님??"

"기자인 것 같아요. 둘러보지 말고 그냥 가요. 태연히 행동해요."

놀란 민준이 흘끔흘끔 주위를 둘러보며 서둘러 걸음을 옮겼다. 그리고는 입구 어두운 곳에 주영을 세워두고는 주차장으로 뛰어가기 시작했다.

"젠장."

주영의 짧은 욕설이 허공을 갈랐다.

환해짐과 동시에 주위가 소란스러워지자 지민은 정신을 차릴 수가 없었다. 몇 번의 공연 경험도 아직은 익숙지 못한 것인지 갑자기 머리 속이 멍해지기 시작했다. 그런 지민을 보며 웃음 짓던 선영이 잠시 나가 바람을 쐬자 청했다. 선영을 따라 일어서던 지민이 무언가 생각난 듯 2층 객석을 올려다보았다. 그러나 자리는 비워져 있었다. 놓치지 말아야 할 것을 놓친 기분.

지민이 서둘러 밖으로 뛰쳐나갔다. 주위를 둘러보았지만 어디에도 그녀의 모습은 찾을 수가 없었다. 간 것일까. 출구를 향해 뛰어가기 시작했다. 어두운 계단을 한걸음에 내달려 한적한 거리를 둘러보았다. 스치는 사람들의 모습을 하나하나 확인하였으나 그녀가 아니었다. 허탈함에 돌아선 지민이 순간 구석진 곳에 몸을 숨기듯 서 있는 하나의 그림자에게로 다급히 시선을 돌렸다. 그리고는 앞뒤 생각할 겨를도 없이 어느샌가 그녀 뒤에 서 있는 자신을 발견하였다. 반가움에 그녀의 손을 잡아 돌려 세웠다. 놀란 듯 손을 빼려던 그녀가 자신을 올려다보았다. 커다래진 그녀의 눈동자가 그대로 멈춰 있었다. 미안한 마음에 손을 놓아주고는 지민이 멋쩍은 웃음을 지어 보였다.

'그가 서 있었다. 나를 알아본 것일까. 왜 여기 서 있는 것일까.'

냅다 집힌 손을 빼며 뒤돌아본 그 자리에 그 사람이 서 있었다. 무슨 짓이냐고 소리라도 질러야 하는데 너무 놀라 말문이 막혀 버린 것인지 아무 말도 할 수가 없었다. 공기의 흐름이 멈추어 버린 것처럼, 그렇게 바라볼 수밖에 없었다.

"죄송합니다, 너무 반가워서……."

어색한 듯 웃음 짓는 모습에 주영의 가슴이 요동치기 시작했다.

'왜…….'

"놀라셨나 보군요. 첫 대면에 무례를 범했습니다."

깍듯이 인사를 건네는 지민을 보며 주영은 남몰래 가슴을 쓸어 내렸다. 몰라보고 있었다. 덜덜거리는 손을 뒤로 감추고 주영이 간신히 입을 열었다.

"무슨……."

"오해하지 마십시오. 나쁜 사람은 아닙니다. 그냥……."

딱히 할 말을 찾지 못한 지민이었다. 자신이 왜 이 여자 앞에 서 있는 것일까.

"이상히 보지 마시고 들어주십시오. 그냥 따라와야 할 것 같았습니다. 무언가 놓쳐 버리면 굉장히 후회할 것 같다는 생각. 원래 이런 놈이라 생각지도 말아주십시오. 믿으실지 모르겠지만 이런 경우는 저도 처음이니까요. 이렇게 횡설수설하는 저도 어찌 말을 해야 될지 모르겠습니다. 단지……."

끼익—

지민은 다음 말을 잇지 못했다. 민준이 차를 세운 후 급하게 문을 박차고 나서고 있었다. 주영을 보호하겠다는 듯이 떡하니 앞을 가로막고 서는 민준을 보고 지민은 그만 입을 다물어 버리고 말았다. 가만히 서서 민준과 주영을 번갈아 보던 지민이 가볍게 고개를 숙였다.

"죄송합니다."

지민의 말에 불쾌한 듯 눈살을 찌푸리던 민준이 주영이 탈 수 있도록 차 문을 열어주었다. 그리고는 휙 하니 돌아서서 운전석에 올라탔다. 무언가 알 수 없는 허탈감에 가슴을 내리 쓸던 지민이 차에 올라타려는 주영을 보고는 다시 잡아 세웠다. 그리고는 주머니에서 무언가를 꺼내 주영의 손에 쥐어주었다.

"제 예상이 틀렸을 수도 있습니다. 그렇지만 지금 두 분은 제가 생각하는 그런 사이는 아닌 것 같군요. 제게도 가능성이 있을까요? 연락 기다리겠습니다."

운전석 문을 열고 다시 나오려는 민준을 보고는 주영이 서둘러 차에 올랐다. 지민이 뒷문을 닫아주고는 정중히 인사를 건넸다. 멀어지는 차가 보이지 않을 때까지 지민은 그 자리에 서 있었다. 무엇을 어찌해 보려던 것은 아니었다. 그냥 정신을 차리고 보니 그녀 뒤에 서 있었다. 바람에 흩날리는 머리카락에서 익숙하지 않은 듯, 그러나 아련한 향기가 났다. 그 향기에 취했던 것일까, 무작정 그녀를 돌려 세웠다. 생각보다 놀란 듯 그녀는 소리조차 지르지 못하고 불안한 눈동자로 바라보았다. 멋쩍은 웃음, 어리석은 말들. 그러나 그녀의 눈동자 어디에도 자신을 우습게 보는 듯한 표정은 보이지 않았다. 그 모습에 용기가 났다. 주저리주저리 횡설수설. 자신이 무슨 말을 했는지 뚜렷이 기억조차 나지 않는다. 고맙게도 그냥 자신을 바라봐 준 그녀가 더욱 맘에 담아졌다. 그 남자, 경계하는 듯한 눈빛의 남자를 보고는 그녀의 애인? 남편? 그리 오해했었다. 아니, 오해가 아닌지도 모른다. 그러나 너무도 정중하게 뒷좌석의 문을 열어주는 남자를 보자 자신도 모르게 안도의 숨이 흘러나왔다.

'연락을 줄까? 그냥 실없는 사람이려니 명함을 버리진 않을

까? 근데…… 그녤 보는 내 가슴이 왜 이리 안타까운 걸까.'

　손에 쥐어진 명함을 펼쳐 볼 용기도 내지 못하고 주영은 그저 덜덜거리는 가슴을 억누르고 있었다. 심상치 않은 분위기를 눈치 챈 것인지 민준 역시 아무 말 없이 운전대만 잡고 있었다.

　'왜, 왜, 왜 나에게. 왜 그렇게…… 내가 여자라서?

　꼭 쥐어진 주먹을 턱에 괴고 하염없이 창밖만 바라보던 주영이 갑자기 웃음을 터뜨렸다. 점점 가늘어지던 웃음소리가 어느덧 허탈한 신음 소리로 바뀌어 있었다. 주영의 눈치만 살피던 민준이 힐끔힐끔 주영을 바라보았다. 여전히 꼭 쥔 손을 이제는 가슴에 쥐고 가쁜 숨을 내뱉고 있었다.

　"하아. 하, 나를 알아보는 줄 알았어. 많이 놀라고 많이 불안했는데…… 나를 보는 게 아니었어. 근데…… 근데 왜 더 가슴이 아픈 거지."

　끊겨 버린 말을 온전히 알아들을 수는 없었지만 지금 주영의 목소리만으로도 충분히 가슴이 저려오는 민준이었다. 그대로 주저앉아 울지 않기만을 바라며 민준이 서서히 속력을 낮추어 갔다.

　그날 이후로 주영은 멍하니 창밖을 바라보는 일이 많아졌고 무언가를 보다가도 민준이 들어올 때면 서둘러 감추어 버리곤 했다. 남모를 비밀이라도 생긴 걸까, 서운한 마음 한편 주영이 빨리 제자리로 돌아와 주기만을 바랄 뿐이었다.

"**이**번 백화점 인수 건은 정말 잘하셨습니다. 회장님께서도 아주 흡족해하고 계십니다."

1층 백화점 매장을 둘러보며 지민의 옆에선 문 전무가 입을 열었다. 권 회장 시절 경영에 공헌이 컸던 문 전무는 현재에도 지민의 오른편에서 누구보다 큰 힘이 되어주고 있었다. 지금 두 사람은 백화점 내부를 둘러보며 이곳저곳 문제점과 앞으로의 개선방안에 대한 얘기를 나누고 있었다.

"현재 남성복 매장과 여성복 매장이 따로 분리가 되어 있군요."

"네. 여성복 매장이 2, 3층이고 남성복 매장이 4층입니다."

문 전무의 말에 지민이 발을 멈추고 남성복 매장을 둘러보았다.

　"세 개의 층에 여성복 매장과 남성복 매장을 섞어 배치할 수 있는 방안을 구상해 보도록 하세요. 주 소비자인 여성을 배제시킨 지금 배치는 별로 효율적이지 못할 것 같군요."

　지민의 말에 문 전무가 흐뭇한 미소로 고개를 끄덕였다. 현재 남성복 매장은 여성복과 따로 층이 나누어져 있어 충동구매와 아이쇼핑에 의한 구매를 기대할 수 없는 실정이었다. 문 전무 역시 썰렁한 남성복 매장들을 둘러보며 무언가 방법이 없을까 궁리를 하던 참이었다.

　"여성복 매장으로 내려가 보죠."

　"네."

　네 사람이 에스컬레이터에 올랐다.

　"이사님."

　"제가 이런 차림일 때는 그냥 아가씨라고 불러줄래요?"

　몇 번의 주의를 주어도 민준의 입에서는 여전히 이사님이라는 단어가 흘러나왔다. 민준에게 눈을 흘기며 단단히 주의를 주던 주영이 먼저 엘리베이터에서 내려섰다.

　"죄송합니다. 제가 그만 또 실수를 하고 말았군요. 그래도 오늘은 표정이 한결 나아 보이십니다."

　"나오니 좋긴 하네요. 김 실장님 덕분이에요."

진한 보라색 공단 원피스에 흰색 카디건을 걸치고 편안한 연두색 가방을 둘러멘 주영이 옆에 나란히 선 민준에게 잔잔한 미소를 보냈다.

　그동안 주영은 멍한 인형을 연상케 했었다. 눈만 깜빡이던 인형은 멍하니 창밖만 바라보다 아침이면 옅은 술 냄새를 풍기곤 했다. 답답한 마음을 그리밖에 풀 줄 몰랐던 것일까. 보다 못한 민준이 오늘 외출을 제의했다. 비서실 이주희와 민준의 누나들에 의해 수집한 정보에 따르면 쇼핑이나 친구들과 배꼽을 잡고 웃으며 수다를 떠는 것이 여자들에게는 가장 쉬운 기분전환의 방법 중 하나라고 했다. 그 방법이 주영에게도 통할지는 확신할 수 없었지만 그렇다고 딱히 다른 방법이 생각나지도 않았다. 여자 친구가 없는 주영에게는 쇼핑만이 민준이 기대하는 유일한 희망이었다. 그간 누나들에게 치여 여자들과는 절대로 쇼핑을 나서지 않겠노라 다짐했지만 주영을 위해 오늘 하루만 그 다짐을 잠시 보류해 두기로 한 민준이었다. 어딘가로의 여행도 불가능한 지금, 그대로 두고 보기에는 주영의 눈빛은 너무도 위태로웠다.

　주영은 보통 여자가 아닌 걸까, 아니면 보통 여자라면 모두 그럴 것이라는 민준의 생각이 틀린 걸까. 주영은 그저 산책을 하듯 두어 번 매장을 돌 뿐 도통 쇼핑에는 관심이 없어 보였다. 휘황찬란한 매장들이 즐비하게 늘어서 있는 이곳에서 물건은 관심이 없다는 듯 지나가는 사람들만을 물끄러미 바라보는 주영이었다.

"맘에 드는 옷이 없으십니까?"

"글쎄요, 익숙하지 않네요."

"흐음, 제가 보기에는 이사, 아니, 아가씨는 다 어울릴 것 같은데요."

"그리 봐주니 고맙네요. 그래도 딱히 내 것이라 생각이 드는 것은 없는데요."

엷은 웃음을 비치는 주영의 안색에 피곤이 엿보였다.

"커피 한 잔 하시겠어요? 7층에 아주 괜찮은 커피 전문점이 하나 있는데요."

"그래요."

간간이 매장의 옷들을 손가락질하며 주영에게 권유하는 민준과 그 모습에 고개를 설레설레 흔들던 주영은 코너를 돌아 엘리베이터로 향했다. 매장과 조금 떨어진 곳에 간이소파와 함께 위치한 엘리베이터는 아직도 지하를 맴돌고 있었다. 엘리베이터의 숫자만을 뚫어져라 바라보는 민준 뒤에 서 있던 주영이 고개를 돌려 주위를 둘러보았다. 그리고는 무언가에 이끌리듯 걸음을 옮기기 시작했다.

20대 여성을 위한 모던 의류 브랜드 샵. 디스플레이가 되어 있는 재킷 중앙에 무언가가 반짝이고 있었다. 가까이 다가선 주영이 고개를 빼고 그것을 들여다보았다. 진한 보라색의 투박한 타원형의 브로치에 작은 루비가 하나 박혀 있었다. 세련된 여성복을 취급하는 이런 매장에서 보기 드문 모양의 브로치였다. 손을 들어 손가락으로 한 번 훑어보던 주영이 아쉬운 듯 고개를 한번 저어내고 이내 손을 거두었다. 투박한 화려함. 많은 빛을 품고 있지 않아도 자체로 빛이 나는 정말 자연스러운 아름다움이 배어 있었다. 가지고 싶은 걸까. 주영이 물끄러미 브로치를 올려다보았다.

'내가 가지면 아마 빛을 보긴 힘들 거야. 좋은 주인 만나서 맘껏 자랑하고 다녀라.'

땡 하는 엘리베이터의 도착음이 들리자 주영이 몸을 돌렸다.

"아."

"또 놀라게 해드렸나 보군요."

너무 놀라면 말문이 막힌다는 공식이 여기서도 어김없이 작용하고 있었다. 눈을 동그랗게 뜬 주영은 아무 말도 하지 못하고 그저 입만 뻐끔거리고 있었다.

'이 사람이 왜 여기에 서 있는 거지?'

"아! 제가 어떻게 또 여기 있냐는 말씀을 하고 싶으신 거죠?"

뭐가 그리 신나는지 지민의 얼굴에 웃음이 가득했다.

"연락이 없으시길래 따라왔습니다. 하하."

지민의 웃음소리에 주영이 신경질적으로 머리를 쓸어 올리곤 눈썹을 찡그렸다.

'왜 자꾸 이런 상황이 벌어지는 거지…….'

이 자리를 피하고 싶었다. 아니, 피해야만 할 것 같았다. 멍한 머리 속은 이성적으로 생각을 할 수 없는 상태였다. 간신히 고개만 끄덕여 인사를 하고는 주영이 몸을 돌려 걸음을 옮겼다. 왜 민준이 데리러 오지 않는지 다급한 마음에 점점 걸음이 빨라지고 있었다.

"잠깐만요."

최대한 빨리 걷는다 생각했는데 이내 한 걸음에 지민의 손에 잡혀 버리고 말았다.

"놔줘요."

지민의 팔을 뿌리치고는 내달리기 시작했다. 엘리베이터가 이렇게 멀었던가. 한참을 뛰어온 것 같았는데 이제야 코너를 돌고 있었다. 기다리고 있는 민준의 뒤에 숨어 방패라도 삼을 작정이었는데 민준의 모습은 어디에도 보이지 않았고 엘리베이터는 아직도 지하에 머물러 있었다. 피해야 했다. 황급히 엘리베이터 버튼을 눌러대던 주영이 다시 몸을 돌려 왔던 길을 뛰어가려 했다. 그러나 그곳에는 벌써 지민이 서 있었다.

"잠깐만요. 잠시만 진정하세요."

지민이 이리저리 주위를 살피며 빠져나갈 곳만을 찾는 주영을 향해 두 손을 들어 진정하라는 행동을 취했다.

"제발……."

뒤쪽에 비상구 표시의 계단이 보였다. 다시 한 번 뒤를 돌아보며 지민을 확인한 주영이 그곳으로 뛰어가 문을 열고 계단에 내려섰다. 구두를 신은 발에 통증이 느껴졌으나 생각할 새도 없이 급한 걸음에 계단을 뛰어내려 갔다.

"아야."

헛디딘 발이 무너지며 딱 하는 소리가 들렸다. 동시에 주영의 몸이 밑으로 가라앉고 있었다. 이대로 가차없이 바닥에 뒹굴 거라 생각했는데 아직도 몸은 공중에 떠 있었다. 콩닥거리는 가슴을 부여잡고 숨을 몰아쉬며 가만히 눈을 떴다.

"하아. 하아."

조심스레 아래를 내려다보니 자신의 배를 둘러싸고 있는 팔이 보였다. 그리고 등 뒤에서는 가쁜 숨을 몰아쉬는 사람의 인기척도 느껴졌다. 안도의 숨을 내쉬며 감싸고 있던 팔을 밀쳐내고는 바닥에 발을 내디뎠다.

'도망…… 갈 수 없는 건가?'

괜한 짓을 했다는 듯이 흘끔 지민을 쳐다보고는 신발을 살펴보았다. 굽이 부러져 있었다.

"이제는 도망 안 가실 건가요? 하아."

주영을 내려놓고는 무릎을 짚은 채 숨을 몰아쉬던 지민이 고개를 들어 주영을 바라보았다. 전속력으로 달려와 넘어지려는 주영을 낚아챈 것이 나름대로 흡족한 모양인지 가쁜 숨에 한쪽 눈을 찌푸리면서도 자랑스레 땀을 훔치고 있었다. 못마땅한 주영의 시선에도 아랑곳하지 않고 지민이 입을 열었다.

"왜 도망을 가셨는지 물어도 되겠습니까?"

짓궂은 웃음을 보이는 지민을 한 번 흘끗 쳐다보기만 할 뿐

주영이 대꾸없이 계단에 주저앉았다. 아직도 가슴은 들썩이고 있었고 발의 통증으로 머리 속은 정신없이 울려대고 있었다. 지민을 피해 달린 것이 무리인 듯 모든 힘이 바닥난 것만 같다. 주영이 부러진 구두를 벗어 들고 발을 땅에 디뎠다. 통증이 밀려왔다. 아무래도 발목을 삐끗한 듯싶었다. 발을 내디디며 눈살을 찌푸리는 주영을 보고는 지민이 손을 내밀었다.

"잠시 제가 봐도 될까요?"

뒤로 물러나려는 주영의 발목을 잡아 지민이 이리저리 살펴보기 시작했다.

"제가 의학지식이 많은 편은 아니지만 아무래도 아까 넘어지면서 발을 약간 접질리신 것 같네요. 통증이 있을 텐데, 아프죠?"

손가락으로 발목을 눌러보며 진지한 표정으로 묻는 지민을 멍하니 쳐다보았다.

'어쩔 수 없는 건가.'

자신의 발 아래 무릎을 꿇고, 지금 자신의 발목에 손을 대고 걱정스러운 듯 자신에게 묻고 있는 사람은 다름 아닌 지민이었다.

'왜 자꾸 이 사람이어야만 하지.'

불안한 듯 떨리던 눈빛을 오해한 것일까. 지민이 걱정스러운 듯 많이 아프냐고 물어왔다.

"아니요."

퉁명스러운 목소리가 튕겨 나왔다. 지민에게 잡혀 있는 발목을 빼고는 주무르기 시작했다.

"잠시만 일어나 보세요."

지민이 재킷을 벗어 들고는 한쪽 팔로 주영을 끌어안다시피 일으켜 세운 후 난간에 기대게 했다. 갑작스런 지민의 행동에 당황한 주영은 가슴에 구두를 끌어안은 채 지민이 하는 양만을 바라보았다. 계단에 자신의 재킷을 벗어 펼친 지민이 다시 주영을 끌어당겼다. 앉지 않으려 고개를 저으며 팔을 밀어내던 주영이었으나 다리의 통증과 끌어당기는 지민의 힘에 의해 털썩 주저앉고 말았다.

"고맙지만 굳이 이럴 필요까지는……."

틈이 보이지 않는 단호한 주영의 말에 지민이 포기한 듯 옆자리에 털썩 주저앉았다.

"이제 그만 용서해 주시죠 저 때문에 이렇게 되셨으니 곱게 보이지 않으시리라는 거 압니다. 그래도 너그러이 용서만 해주시면 무엇이든 보답하겠습니다."

한껏 기대를 담아 바라보는 지민의 눈길을 피하고 말았다. 어떻게 해서라도 튕겨내려는 자신에게 너무도 해맑은 웃음을 건네고 있었다. 야속했다……. 지민을 외면한 채 난간에 몸을 기대었다.

"보답 필요 없어요. 그냥 가주시면 고맙겠어요."

손을 휘휘 저어내며 눈을 감아버렸다. 아무것도 모른 채 다가오는 지민을 내치며 더 이상 안타까워하고 싶지 않았다. 그렇게 혼자 애쓰며 버티기에도 이제는 지쳐 버렸다. 쉬고 싶었다. 지민이 옆에 있든 여기가 어디든 이제는 정말 쉬고 싶었다. 감정싸움. 혼자 하는 싸움에 진저리가 났다.

"제 얼굴이 그렇게 무섭나요? 저만 보면 굳어지고, 도망가고, 이제는 보려고도 하지 않으시는군요."

더 이상 지민에게 휘둘리지 않겠다 단단히 마음을 굳힌 듯 가라앉은 듯한 지민의 말투에도 주영은 여전히 눈을 감고 있었다.

"다짜고짜 잡아버린 첫 만남과 오늘의 만남, 평범하진 않군요. 제가 누군지도 모르는 상태에서 두 번이나 저에게 당하셨으니 불쾌하신 것 이해가 갑니다. 그러나 이것만은 알아주셨으면 합니다. 저도 제게 이런 성격이 있는 줄은 몰랐습니다. 제가 이렇게 누군가에게 용감할 수 있다는 사실도 얼마 전에야 알았으니까요. 그날 이후로 저도 많이 놀라고 있습니다. 제가 왜 이렇게까지 해야 하는지, 이해가 가지 않으시는 만큼 저 또한 제가 이해가 가지 않는군요. 그래도…… 자리를 뜰 수 없는데, 어쩌죠?"

참회의 고백을 하는 듯 진지한 지민의 말에 주영이 고개를 들었다. 이렇게까지 무안을 주고 마음을 상하게 할 생각은 없었다. 단지 그냥 이대로 물러나 주기만을 바랐다. 존재하지 않는 나. 존재할 수 없는 나. 더 이상 의미를 부여해 존재하고 싶은 구차함을 만들지 않기를 바랐는데…….

"기분 상하셨다면 죄송해요. 사과 드릴게요."

"아니요. 기분이 상한 건 아닙니다. 단지 오해를 풀어드리고 싶었을 뿐인데 다행히 그리 받아들이시진 않은 것 같아 안심이 되네요. 이제라도 인사를 드려도 될까요?"

옷을 툭툭 털어내며 일어선 지민이 주영의 앞에 섰다. 그리고는 넥타이와 셔츠를 바로 잡고는 오른손을 내밀었다.

"권지민입니다."

지민의 손과 얼굴을 번갈아 보던 주영이 꼭 쥐었던 손을 펴고 앞으로 내밀었다.

"윤, 이주희예요."

주영의 말에 만족스러운 듯 지민의 얼굴에 커다란 웃음이 걸렸다.

"다시 만나게 되어 얼마나 다행인지 모르겠습니다 그날 성함도 모르고 헤어진 것이 얼마나 후회가 되었는지……. 주희 씨 이름은 쉽게 잊혀질 것 같지 않네요."

이주희. 잊혀지지 않을 이름…….

'내가 가진 이름이? 아니면 이주희라는 이름을 가진 내가? 나는 이주희가 아닌데……. 기억되고 싶은 사람에게 기억될 수 없는 이름조차 불쌍하다, 윤주영.'

잡았던 손을 빼고는 주영이 팔짱을 끼고 몸을 움츠렸다. 갑자기 한기가 느껴졌다. 으슬거리는 것이 아무래도 갑작스런 상황에 몸이 충격을 받은 듯싶었다.

"몸이 불편하세요?"

무릎에 얼굴을 묻고 떨고 있는 주영을 보며 걱정스레 물었다.

"아니요. 괜찮아요. 이대로 조금만 있을게요."

"정말 괜찮으시겠어요?"

손을 올렸다 내렸다 안절부절못하는 지민을 안심시키려 고개를 들었다. 그 바람에 아침나절 귀 뒤로 깔끔하게 빗어 넘긴 머리카락이 이마로 흘러내려 왔다. 주영에게 다가가 무언가 말을 하려던 지민이 멈칫하며 주영의 얼굴을 찬찬히 바라보기 시작했다.

"……!"

가늘어진 지민의 눈과 마주친 주영이 황급히 고개를 돌렸다. 관찰하듯 뜯어보는 지민의 시선에 더 이상 마주볼 수가 없었다. 콩닥거리는 가슴은 젖혀두더라도 발가벗겨지는 듯한 지민의 눈빛에 자신의 모습이 모조리 드러나는 것만 같았다.

"저…… 우리 예전에 만난 적 있죠?"

확신을 하는 듯한 지민의 말투에 주영이 세차게 고개를 저었다. 그리고는 고개를 무릎에 파묻어 버렸다. 머리 속에서는 빨간 불이 커다란 소음을 내며 정신없이 돌아가기 시작했고 깨물어 버린 입술에서는 비릿한 피맛이 느껴졌다.

'들켜서는 안 된다. 나를 알아봐서는 안 된다.'

"우리 만난 적 있을 거예요. 정말 낯이 익는데, 주희 씨가 참 많이⋯⋯."

주영이 벌떡 일어났다.

"아."

내디딘 발에 다시금 극심한 통증이 밀려들었다. 그러나 통증에 아랑곳하지 않는다는 듯 발을 질질 끌며 주영이 걸어가기 시작했다. 놀란 지민이 서둘러 주영을 부축하려 나섰다.

"왜 그러세요?"

"가야겠어요. 일행이 있어요. 기다릴 거예요."

지민에게 잡혀 있던 팔을 빼며 주영이 다시 발을 내디뎠다. 그러나 채 몇 걸음도 떼지 못하고 다시 주저앉고 말았다. 눈물이 찔끔 날 만큼 극심한 고통이 밀려왔다. 그러나 정작 눈물의 원인은 부어오른 발이 아닌 가슴에서부터 전해지고 있었다.

"아."

오기를 부려 다시 디뎌보았다. 너무 만만히 보았던 걸까. 주저앉아 버린 발목에 힘이 들어가지 않았다. 혼자 일어서려 애쓰는 주영을 보다 못한 지민이 주영의 앞에 무릎을 꿇고 앉았다.

"업히세요. 모셔다 드릴게요."

"아니에요. 그러실 필요 없어요. 혼자 갈 수 있어요."

다시 일어서려 시도하는 주영을 단숨에 가슴에 안아 드는 지민이었다. 지민의 품에 갇혀 버린 주영이 발버둥을 쳤지만 어느새 지민은 계단을 내려서고 있었다.

"내려주세요. 정말 갈 수 있어요."

한 층을 내려서고도 아직도 뒤척이는 주영을 더욱 단단히 안아 드는 지민이었다. 조금씩 숨이 차 오르는 것이 느껴졌다.

"지하 몇 층이죠? 대답 안 하시면 더 힘듭니다. 가만히 계시는 게 아마 제게 덜 미안한 일일 것 같은데요."

지민의 가쁜 목소리에 주영이 포기한 듯 입을 열었다.

"2층이요."

중간중간 주영을 고쳐 안고는 지하 2층에 다다랐을 때 지민에게서 옅은 땀내가 풍겼다. 이제는 정말 어쩔 수가 없었다. 오히려 괜한 고집을 부려 더 힘들게 한 것은 아닌지 미안한 마음이 들었다. 고맙다 말을 해야 하는데 타이밍을 놓쳐 버린 것 같아 얌전한 고양이처럼 품에 가만히 안겨 있었다.

주차장에 내려서자 지민의 표정이 한결 편안해 보였다. 주영이 가르쳐 준 곳에 도착하자 운전석에 앉아 어딘가로 전화를 하던 민준이 문을 열고 나왔다. 놀란 듯 입만 뻐끔거리던 민준을 보며 주영이 입을 열었다.

"그리 서 있지만 말고 저 좀 부축해 주세요."

타박이 섞인 주영의 말에 민준이 당황한 듯 다가섰다.

"됐습니다. 차 문 좀 열어주세요. 발을 디딜 수 없을 거예요."

주영과 지민을 번갈아 쳐다보며 난처한 표정을 짓던 민준이 차 문을 열어주었다. 그리고는 어리둥절한 표정으로 지민에게 고개 숙여 감사를 표한 뒤 서둘러 운전석에 올라탔다.

차에 올라타 문이 닫힐 때까지 지민을 바라보지 않던 주영이 시동이 걸리자 고개를 들었다. 그때까지도 지민은 주영에게서 눈을 떼지 않고 있었다. 창을 내리고 살짝 얼굴을 내밀자 허리를 굽히고 다가서는 지민이 보였다.

"고마워요."

"다음에……."

주영의 말이 끝남과 동시에 차가 출발하였다. 말을 끝맺지도 못하고 멀어지는 차를 바라보고만 있던 지민이 씁쓸한 표정으로 돌아섰다. 그러나 몇 발짝도 떼지 못하고 다시 뒤를 돌아보았다.

'다음에 다시 언제 만나죠?'

"병원으로 바로 가겠습니다."

걱정스런 민준의 말에 잠시 통증도 잊고 창밖만 바라보던 주영이 민준에게로 고개를 돌렸다.

"아니요. 좀 쉬면 나을 거예요. 지금은 쉬고 싶어요."

"네."

민준은 더 이상 묻지 않았다. 무얼 아는 걸까. 민준은 지민과 연관된 일은 아무것도 묻지 않았다. 지민과 마주치는 날이면 어김없이 몇 번이고 전화를 걸어오는 민준이었지만 안부만 확인할 뿐 끝내 지민과 연관된 어떠한 말도 꺼내지 않았다.

"우연치고는 대단하죠……."

주영의 말에 민준이 보일 듯 말 듯 고개를 끄덕이는 것이 보였다. 의자에 깊숙이 몸을 묻고 는 주영이 눈을 감았다.

'정말 대단하죠. 이런 우연…… 어찌 받아들여야 할까요? 도망치려 할수록 깊어지는 이 인연을…….'

높다란 건물들 사이로 한껏 붉은빛을 발하던 해가 아쉬운 듯 자취를 감추고 있었다. 갑자기 어두워진 실내에 기다란 그림자가 드리워지자 주영이 안경을 벗고 창밖을 바라보았다. 며칠 전 일이 꿈이 아닌 듯 간간이 발의 통증이 주영을 깨우고 있었다. 어떻게 해서 그 장소에서 다시 지민과 마주치게 되었는지 주영은 방금 전 민준이 놓고 간 파일을 집어 들었다. 지민과 마주친 백화점은 얼마 전 정진그룹이 인수한 곳이었다. 정진그룹에 관한 기록이 빼곡이 적힌 파일을 덮어버리고는 주영이 자리에서 일어났다.

'왜 그날 하필 그 장소에…… 왜 내가 가게 되었고 왜 당신이 그 자리에 있어야 했는지…….'

주영이 세차게 고개를 흔들었다. 생각하면 할수록 이해가 가지 않았다. 엉켜 버린 인연과 꼬여 버린 운명. 어떻게 해도 풀리지 않을 질문을 눈앞에 두고 있는 것만 같았다.

'다시 마주치게 된다면? 다시 도망을 가야 하나?'

우연이라고 하기에는 너무도 모진 두 번의 마주침. 처음에는 외면했고, 두 번째는 도망쳤다. 어떻게 해도 만나질 운명이라면 어디로 도망을 간다고 해도 피할 수가 없을 것이다.

'여자로 살지 말아야 하나.'

여자의 인생을 포기하면 지금 이 고뇌는 필요가 없다. 그러나 그러기에는 너무 큰 안타까움. 내 인생에 대한 안타까움인가, 인연에 대한 안타까움인가. 주영이 가만히 머리를 쓸어 올렸다. 이제는 어느 정도 긴 머리카락이 손 안에 느껴졌다.

'잘라야겠지. 길어버린 만큼 자르고 또 잘라야겠지. 길어버리게 놔두면 안 되는 거겠지.'

한 올 한 올 머리카락을 쓸어 내리던 손을 내리고는 몸을 돌려 의자에 앉았다. 그리고는 검은 파일을 다시 집어 들어 펼쳤다.

'잘라도 길어버리는 머리. 세 번째 나시 낭신을 마주진나민 이제는 피하지 않겠어.'

파일 안의 정진그룹과 지민에 관한 보고서를 뚫어져라 바라보던 주영의 눈에 단호한 빛이 서려졌다. 그러나 잠시 잠깐 비춰졌던 빛은 다시금 점차 희미해져 갔다.

'끝이 보이는 낭떠러지를 그대로 걸어야 하나.'

주영은 둔탁한 소리가 나도록 파일을 덮어버리고는 그대로 책상에 엎드려 다시 창밖을 바라보았다. 어느새 붉은빛마저 사라지고 회색의 하늘이 주위를 감싸고 있었다. 어두운 극장 안에서 스크린을 보고 있는 것처럼 하늘 위에 지민과의 만남이 스쳐 지나갔다. 추억. 그리움과 안타까움이 서려진 잔상들. 그리고 하나의 의문.

'내가 물러서면 당신은 그 자리에 머물러 줄까, 아님 물러선 만큼 다가와 줄까.'

조각난 잔상들마저 지워 버리고는 주영이 두 팔에 얼굴을 묻었다.

『안 돼. 안 돼! 거긴 낭떠러지야. 가면 안 돼. 손 잡아. 잡아줄게. 미쳤어!』

손을 내밀고 있었다. 발은 땅에 붙은 듯 떨어지지 않았지만 분명 손을 내밀고 있었다. 왜 움직일 수 없는 걸까. 달려가 잡아채어 품에 안아버리면 될 것을. 빌어먹을 몸이 말을 들어주지 않았다. 제발…….

『니가 와. 니가 와서 잡아! 몸이 움직이질 않아. 말을 들어먹질 않아!』

소릴 질렀다. 몇 발자국 떨어지지 않은 곳에 서 있으니 분명 들렸을 것이다. 그래도 돌아보지 않는다. 한 발 한 발 발을 내디디며 똑바로 앞을 보고 걸어가고 있었다.

『제발 돌아봐 줘. 나를 좀 봐줘. 이렇게 소릴 지르고 손을 내밀고 있는데 왜 돌아보질 않는 거야. 돌아봐!』

이제 몇 걸음만 더 떼어내면 낭떠러지다. 그대로 걸어가면

저 깊은 곳에 몸이 부서져 버릴 것이 분명했다. 제길, 왜 앞만 보는 거야. 왜 그렇게 걸어가는 거야.

『가지 마. 더 이상 가지 마. 돌아보지 않아도 좋아. 손 잡지 않아도 좋아. 가지만 마. 걸어가지만 마.』

그래도 걸어간다. 똑바로 앞으로 한 발 한 발 내디딘다. 그리고 사라졌다. 거짓말처럼 눈앞에서 사라져 버렸다.

『하. 흑, 제기랄. 빌어먹을. 멍청이. 귀머거리. 도대체 왜! 왜! 내가 있는데, 눈앞에 내가 있는데, 왜 그렇게 가버리는 거야. 흑흑……. 잡았으면 좋았잖아. 돌아봤으면 좋았잖아. 왜 그렇게 가버리는 거야. 내게 오느니 몸을 던져 버리는 것이 나았니. 으아아아!! 왜 하필 내가 보는 데서!! 흑흑. 니가 사라지는 걸 내가 보길 원한 거니…….』

낭떠러지로 황량한 바람이 불었다. 그대로 주저앉아 절규하는 내 몸 위로 마른 모래가 불어왔다. 몸 위로 시시히 모래가 쌓이고 점점 굳어갔다. 목 아래까지 모래가 덮어버려도 움직일 수가 없었다.

『니가 사라지면 나도 사라져…….』

한차례 세찬 바람으로 모래는 얼굴을 덮어버렸다.

"헉헉……. 헉……."

악몽이었다. 평소에 꿈을 잘 꾸지도 않았고 꾼다 해도 깨고 나면 잊어버렸었다. 가쁜 숨을 몰아쉬며 아직도 넋이 나간 듯 멍하니 어두운 천장을 바라보던 지민이 몸을 일으켰다. 이마를 훔쳐 내니 땀이 흥건히 묻어났다. 베개를 세워 등에 받치고는 머리를 기대었다. 볼을 따라 무언가가 흘러내렸다. 손을 올리고 볼을 닦아내던 지민이 멈칫하며 눈가에 손을 가져다 대었다. 아직도 방울방울 맺혀진 눈물이 묻어났다. 지독한 슬픔이 가슴을 울리고 있었다.

'무슨 꿈이지. 왜 이런 꿈을 꾸는 거지. 무얼 뜻하는 거지.'

긴 머리를 가진 여자가 낭떠러지에 뛰어내리는 꿈은 아직도 생생하게 눈앞에 그려졌다. 분명 여자를 구하려 애썼는데 여자는 유유히 그대로 낭떠러지로 사라지고 말았다. 구하지 못했다는 죄책감과 사라진 여자에 대한 슬픔으로 절규하다 그대로 모래에 묻혀 버렸었다.

'누구였을까. 왜 구하려 했을까. 아니, 누구라도 구하려 했을 것이다. 근데 이 지독한 슬픔은 어디에서 오는 걸까. 그리고 꿈속에서 했던 말들과 독백들은 무슨 뜻이었을까. 나에게 소중한 사람이었을까. 그 사람은 왜 내 앞에서 몸을 던져야 했을까. 내가 보는 앞에서 사라져 버린 이유가 무엇이었을까.'

두 손으로 얼굴을 비벼대던 지민이 일어서 욕실로 향했다. 온몸이 땀에 젖어 다시 샤워를 해야만 할 것 같았다. 뼈가 으스러지듯 차가운 물줄기에 몸을 맡기고는 눈을 감았다. 잊으려 할수록 점점 선명해지는 장면들. 여자의 뒷모습과 절규하는 자신, 그리고 모래. 한기가 온몸을 감싸며 덜덜 떨리는 몸과 부딪치는 이가 느껴졌다. 그러나 덕분에 머리 속은 한결 맑아져 갔다. 분명 어딘가 익숙한 뒷모습이었다. 내딛는 발걸음까지도 낯이 익었다.

'분명 반말을 했는데 누구일까. 아는 사람이었을까. 아는 사람 중에 그러한 뒷모습을 가진 사람이 있었나. 누구길래 깨고 난 지금도 이리 가슴이 저리는 걸까.'

지민이 샤워기를 잠그고 타올을 들어 몸을 닦아내었다. 물이 뚝뚝 흐르는 머리를 털어내고는 그대로 옷장으로 걸어갔다. 이대로 다시 잠이 올 것 같지 않았다. 잔다고 해도 다시 꿈을 꿀 것만 같았다. 아직도 채 가시지 않은 꿈속의 잔상을 다시 느끼고 싶지 않았다. 지민은 옷장에서 양복을 꺼내어 침대에 걸쳐 놓았다. 창밖을 보니 아직 푸른 기운이 감돌기까지 시간이 걸릴 것 같았다. 출근을 하기에는 너무 이른 시각. 불을 켜고는 책상에 앉아 노트북을 켰다 검토해야 할 보고서가 저장된 파일을 클릭하고는 정신을 집중하려 애썼다. 그러나 꿈속의 감정에서 헤어나니 개운치 않은 무언가가 다시 지민의 뇌를 파고들었다. 마지막 흐느낌과 함께 가슴을 울리던 자신의 절규. 니가 사라지면 나도 사라져……

'비록 꿈속에서라도 목숨을 포기할 만큼 소중한 사람이 있었던가.'

눈앞의 보고서를 뚫어져라 바라보던 지민이 이내 포기한 듯 노트북을 닫아버리고는 자리에서 일어났다. 그리고는 침대 위에 놓여진 양복에도 아랑곳하지 않고 벌러덩 침대에 누워버렸다.

'여자. 내 목숨과 같은 여자. 그만큼 사랑하고 안타까운 여자. 여태 없었으니 이제 나타난다는 뜻일까. 꿈속에서와 같이 슬픈 사랑을 한다는 뜻일까. 혹시…… 여자라면 그 여자일까. 이주희라는…….'

이주희 세 글자에 괜스레 가슴이 떨려왔다. 두 번을 마주쳤을 뿐인데 이상하게 가슴 한구석은 오래전부터 그래 왔던 양 설레이기 시작했다. 아쉬운 첫 만남 이후로 다시 만나면 연락처라도 알아내리라 다짐했는데 두 번째 만남은 첫 만남보다 정신이 없었다. 생각보다 예민했던 그녀의 반응에 당황한 나머지미처 그 생각까지 하지 못했다. 지민은 주희와의 만남을 생각하며 천천히 눈을 감았다.

'그러고 보니 그녀가 누군가를 떠올리게 한다 생각했는데, 꿈을 꾸기 전이니 꿈속 여인은 아닐 테고 누구일까…….'

그 누군가에 대한 생각을 미처 끝내지 못하고 잠에 빠진 지민의 입가에 잔잔한 미소가 어려졌다.

*10*월의 마지막 주말. 오랜만에 민준이 주영에게 데이트 신청을 했다. 그동안 태연한 듯 일에만 매달리는 주영이 내내 마음이 쓰이던 민준이었으나 시간이 생길 때면 먼저 주희를 챙겨주곤 했었다. 지난 달 이후로 민준은 주희와 사귀고 있었다. 잦은 야근으로 부딪칠 일이 많았던 두 사람은 어느새 미운 정이 들었던지 서로에게 호감을 가지게 되었고 서서히 연인으로 발전하기 시작했다. 회사 일로 바쁜 두 사람이었지만 늦은 퇴근에도 데이트를 즐기느라 그간 주영에게 틈을 낼 수 없었던 민준이었다. 토요일이지만 오늘도 늦게까지 남아 있을 주영을 위해 민준은 주희를 먼저 보내고 자리에 남아 있었다. 5시. 슬슬 퇴

근을 준비하며 민준이 이사실 문을 노크했다.

"네."

언제나 짧은 대답. 들어오세요도 아닌 들어와요도 아닌 네라는 대답은 주영의 성격을 단적으로 보여주었다.

"이사님, 그만 나가시죠."

민준의 말에 주영이 고개를 들었다.

"아직 이른 시간인데 조금 더 있다 나가죠."

"5시면 이른 시간이 아닙니다. 그리고 먼저 집에 들르셔서 준비를 하셔야지요."

조심스레 말을 마치고는 민준이 주영의 눈치를 살피기 시작했다. 외출 전 먼저 집에 들러야 하는 이유는 하나뿐이었다. 민준의 말에 주영의 눈썹이 들썩였다.

"그냥 이대로 가죠. 내키지 않네요."

단칼에 잘라 버리곤 다시 고개를 숙이는 주영을 보며 민준이 한 걸음 앞으로 나섰다.

"오늘은 제가 데이트 신청을 한 건데 이런 모습이시면 제가 곤란합니다. 제 요청에 승낙해 주셨지 않습니까."

능글맞게 웃음을 흘리며 말하는 민준을 올려다보며 주영이 안경을 벗어 던졌다. 놀란 민준이 한 걸음 뒤로 물러섰다. 그러나 주영은 아무 말도 하지 않고 물끄러미 민준을 바라보기만 했다.

"그게…… 오랜만이시니 기분 전환이라도 하실 겸……."

더듬더듬 말을 하면서도 뜻을 굽히지 않는 민준을 보며 주영이 자리에서 일어나 재킷을 집어 들었다. 그제야 휴 하며 참았던 숨을 내쉬고 있는 민준이었다. 평소에는 그리 말려도 여자의 모습으로 외출을 감행하곤 했던 주영이었는데 10월에 들어서면서는 한 번도 민준에게 먼저 말을 꺼낸 적이 없었다. 다행이라 생각하면서도 왠지 불안한 마음이 들었던 건 마지막 외출에서의 사건 때문이었을까. 다시 마주칠 일은 없겠지라는 생각으로 민준은 오늘 외출을 제안한 것이다.

"오늘 여기서 와인 파티가 있다고 하더군요. 이사님이 와인을 좋아하셔서 이리로 모셨습니다. 괜찮으시죠?"

민준의 팔에 손을 얹고 바에 들어서던 주영이 내부를 둘러보며 의미심장한 미소를 보냈다. 주영의 얼굴을 보며 흐흠 하고 헛기침으로 무마하려던 민준이었으나 이내 이색한 웃음을 터뜨리고 말았다. 집에 들르는 길에 오늘 외출은 특별하니 특별하고 아름다운 옷을 고르라 당부하던 민준이었다. 이내 무심하게 넘겨 버렸지만 막상 옷장 앞에 서자 자신도 모르게 조금은 화려한 듯한 원피스에 손이 갔다. 옷을 갈아입고 차에 오르는 자신의 모습에 흐뭇한 웃음을 보이던 민준을 모른 척했었다. 그러나 막상 도착하고 보니 이곳은 이리 입고 오지 않았다면 들어설 수도 없는 파티장소였다. 물론 초대를 받아야 입장할 수 있는 곳은 아니었지만 그래도 참석한 사람들의 복장은 모두들 갖추어져 있었다.

"그냥 이곳에 올 거라 말했으면 나았겠네요. 만약 이리 입고 오지 않았다면 저는 문 앞에서 쫓겨났겠군요."

"하하하. 그래서 제가 좀 특별히…… 죄송합니다."

슬쩍 민준에게 눈을 흘기며 말하는 주영과 눈이 마주치자 난처한 웃음을 보이던 민준이 정색을 하고 사과를 했다.

"그래도 입구에 들어서면서부터 풍기는 와인 향은 마음에 드네요."

"아! 좋아하실 줄 알았습니다. 오늘은 좋은 와인만을 선별한다고 하더군요."

굳어진 얼굴을 펴고 자랑스레 말하는 민준을 보며 주영이 웃음을 터뜨렸다.

"후후. 이리 좋은 데를 저를 데리고 오시면 어떻게 해요. 주희 씨 알면 속상해하겠는데요."

"하하, 주희 씨야 벌써…… 아차!"

"아아, 그러시군요."

또 한 번의 실수에 이번에는 아예 손으로 입을 막고 선 민준이었다. 자리에 앉아서도 주영의 놀림을 받아야 했던 민준이었으나 애써 주희에 대한 마음을 감추지는 않았다. 그 모습이 보기 좋아 민준의 말에 귀를 기울이는 주영이었다.

"주희 씨는 아주 현명하고 이해심이 깊은 여자입니다. 아마 제가 이사님과 이렇게 몰래 데이트를 즐겼다고 해도 그냥 고개를 끄덕끄덕 해줄 겁니다."

"그럴까요. 원래 여자들의 질투는 때와 장소를 불문하고 사람도 가리지 않는다고 하던데요."

"아니요. 이사님도 아시잖습니까, 주희 씨가 어떤 사람인지? 아마 그런 좁은 마음을 가진 여자였다면 제가 사랑하지도 않았겠지요."

"무엇이 그런 마음을 가지게 했을까요? 두 사람은 내내 토닥거렸잖아요."

"원래 싸우다 드는 정이 더 무섭다고 하지 않습니까. 저흰 많이 싸운 만큼 더 깊죠."

"후후."

나란히 자리에 앉아 얘길 나누던 민준이 손을 들어 바텐더를 불렀다.

"이사님, 무슨 와인으로 하시겠습니까?"

"뽀이악으로 하죠."

바텐더가 와인을 준비하러 돌아서자 주영이 내부를 천천히 둘러보았다. 와인 바라고 하기에는 조금 어두운 실내에 열 명 남짓한 사람들이 두런두런 모여 와인 잔을 기울이고 있었다. 그중 대여섯 명이 모여 있는 저편은 아마도 가까운 친구들의 모임인 듯 떠들썩했다.

"저쪽은 나름대로 분위기가 무르익은 것 같은데요."

민준이 주영이 바라보던 곳에 시선을 두고 말했다.

"보기 좋은데요."

"분위기도 좋고 사람들도 좋고 금상첨화네요."

민준의 말에 가볍게 미소 짓던 주영이 바텐더가 가져다 준 와인을 들어 음미하며 천천히 한 모금을 삼켰다.

"어두워 와인 색을 잘 볼 수 없는 것이 아쉽네요."

"아!"

일반적으로 와인을 취급하는 바는 와인의 색까지 음미할 수 있게끔 이렇게 내부가 어둡지 않았다. 조금 아쉬운 듯 말을 하면서도 오랜만에 맛보는 와인의 맛에 주영의 표정이 한결 부드러운 빛을 띠고 있었다.

그때 무리의 누군가가 방금 들어선 듯 환영의 인사가 또다시 떠들썩하게 내부를 울려대었다.

"조용히 즐길 수 있으면 좋았을 텐데요. 제가 장소를 잘못 골랐나 봅니다."

"아니에요. 듣고 있으니 저까지 환영을 받는 것 같아 그리 나쁘진 않네요. 신경 쓰지 마세요."

주영의 말에 민준이 무리를 돌아보았다. 남녀가 적당히 섞여 있는 무리의 사람들은 유쾌하게 얘기를 나누며 와인 잔을 부딪치고 있었다. 방금 들어선 남자가 일어서 인사를 건네고 환하게 웃는 모습이 보였다. 어두운 내부로 인해 얼굴이 자세히 보이지는 않았지만 귓가에 작게 들리는 목소리가 깔끔한 인상을 짐작케 했다.

"부러우세요? 그만 보세요."

주영의 말에 민준이 고개를 돌렸다.

"정말 오랜만이다."

"그래, 근데 오늘은 웬일로 이런 곳에 자리를 잡았냐?"

"묻기 전에 안부부터 물어야 정상 아니냐?"

오랜만에 만난 친구를 장난스럽게 쳐다보며 어깨를 부딪쳐 오는 민철이었다.

"잘 지냈어?"

"나야 늘 그렇지. 그나저나 오늘은 어떻게 빠져나온 거야? 못 올지도 모른다고 하더니."

"오늘 안 오면 평생 재수씨 안 보여준다며? 그 협박을 듣고 어찌 안 나오겠냐? 하하."

"그럼 내 정식으로 인사시켜 줄게. 지지, 주목."

지민에게 윙크를 건네며 자리에서 일어선 민철이 와인 잔을 들어 주위의 시선을 모았다.

"여기 지각생 제 친구를 소개합니다. 아까 제가 간단히 말씀 드렸듯이 생김새만 보시고 판단은 말아달라 부탁한 친구입니다. 요즘 무지하게 바쁜 척을 해대서 이제야 인사시켜 드리네요."

민철의 말에 까르르 웃음이 터지자 지민이 일어서 한 사람 한 사람에게 인사를 건넸다.

"권지민입니다. 처음 뵙겠습니다."

사실 오늘 이 자리는 지민이 낄 자리는 아니었다. 그럼에도 불구하고 지민이 함께한 것은 민철의 약혼녀인 희정을 소개받기 위해서였다. 그간 바쁘다는 핑계로 만나자는 민철의 요구를 거절했던 지민이다. 민철과 희정은 이제 사귄 지 반년도 안 되는 사이였기에 두 사람의 사이가 조금 더 확실해진 후에 소개를 받아도 늦지 않을 것이라 생각했었다. 그러나 두 사람은 뭐가 그리 급한지 가족들만을 모아놓고 지난 주 약혼식을 올렸다. 그리고 지금 이 자리는 약혼식에 참석하지 못한 지민과 같은 친구들이 모여 두 사람의 약혼식을 축하하는 자리였다. 지민은 제일 친한 친구이면서도 미리 챙겨주지 못해 가족 하나 없이 쓸쓸한 약혼식을 치르게 했던 것이 미안하여 어색하게나마 자리를 함께했던 것이다.

"약혼식에 못 가서 미안했다."

"무슨, 내가 연락도 안 했잖아. 괜히 신경 쓰지 마."

"그래도 이 자식아, 미안함보다 서운함이 더 크다."

"바쁠 것 같아 그리한 건데, 서운하다면 미안하다. 희정 씨도 홀어머니뿐이기에 그냥 조촐히 식사만 했어."

민철의 말에 지민이 옆 자리에 조용히 앉아 두 사람의 얘길 듣고 있던 희정을 쳐다보았다. 쑥스러운 듯 웃는 희정을 보며 지민이 미안하다 고갯짓을 건넸다.

"그래, 희정 씨 보니까 맘이 놓인다. 사실 희정 씨가 조금 아깝다는 생각도 들고. 하하."

"뭐야? 이 자식이. 고마운 사람이야. 형수님으로 깍듯이 모셔라."

"말은 바로 해라. 생일은 내가 더 빠르다."

"그래, 말은 비로 하자. 결혼하기 전에는 모두 에들이라고 하더라. 하하."

"그럼 너보다 내가 결혼을 먼저 해야 하는 건가."

"어느 세월에. 하하."

두 사람이 손을 부여잡고 유쾌한 웃음을 터뜨렸다. 처음 샴페인으로 가볍게 시작했던 자리는 레드 와인으로 바뀌며 점차 분위기가 무르익어 가고 있었다. 민철의 가벼운 농담과 낯선 사람들의 웃음소리도 모두 기분 좋은 음악마냥 오랜만에 지민의 귀를 즐겁게 해주었다.

"이사님, 저기 피아노가 있네요."

"그래요?"

궁금한 듯 물으면서도 피아노 쪽으로는 눈길도 주지 않는 주영이었다.

"미국에 계실 때는 피아노 연주도 곧잘 하셨었잖아요."

"그랬나요?"

어느새 와인의 반 병이 비워져 있었다. 와인 잔의 부드러운 곡선을 손가락으로 훑어내던 주영이 민준의 물음에 언제 그랬나는 듯이 대답했다. 취한 것일까⋯⋯.

"많이 드셨나요?"

민준이 조심스레 주영의 안색을 살피며 물었다.

"아니요, 말짱해요. 나 술 잘하는 거 김 실장님도 아시잖아요."

생각보다 말짱한 주영의 모습에 민준이 의미심장한 미소를 띠며 말했다.

"안 그러신 거 같아서요. 뵙기에는 조금 취하신 듯한데요."

"아니라니까요."

고개를 숙이며 불쾌한 듯 눈살을 찌푸리는 주영을 보며 민준이 다시 입을 열었다.

"얼굴에 조금 붉은 기가 도는 것도 같고⋯⋯."

"아니라는데 자꾸 왜 그래요?"

휙 하고 민준을 돌아보며 말하는 주영에게 씨익 하고 웃음을 보내는 민준이었다.

"그러시면 피아노 연주 한 곡 부탁드려요. 오랜만에 이사님의 피아노 소리가 너무 듣고 싶네요. 취하셔서 건반을 못 누르시는 건 아니시죠?"

민준의 말에 어이가 없어 말을 잇지 못하던 주영이 한숨을 내쉬며 주섬주섬 자리에서 일어섰다.

"고맙습니다."

주영의 뒤에 넙죽 인사하는 민준을 돌아보지도 않고 주영이 말했다.

"한 곡이에요. 그리고 가죠."

성큼성큼 피아노를 향해 걸음을 옮기는 주영의 귀에 '네' 하는 우렁찬 민준의 목소리가 들렸다. 하얀색의 반짝이는 피아노에 혹여나 지문이라도 남을까 주영이 조심스레 건반을 열고 앉았다. 그리고는 천천히 차가운 건반에 온기를 데우듯 손가락을 가만히 대고는 눈을 감았다. 피아노 소리가 울렸다.

"저기 봐봐, 누가 피아노 치는데?"

일행 중 누군가가 신기한 듯 손가락으로 가리키며 말했다. 갑자기 떠들썩하던 실내가 조용해지며 피아노 소리에 귀를 기울이기 시작했다. 천천히, 그리고 서서히 피아노 소리가 주위를 감싸고 있었다. 민철과 정신없이 회사와 가족에 관한 이야기를 나누던 지민이 피아노 소리가 나는 곳으로 눈을 돌렸다. 피아노를 연주하는 가녀린 여자의 뒷모습이 보였다.

"꽤 치잖아."

"그런 거야?"

지민의 말에 민철이 속삭였다.

"쇼팽인데 상당히 감미롭네. 왠지 모르게 슬프기도 하고."

"그런 걸 느끼다니 역시 권지민인가. 난 이런 자리만 아니면 잠들기 딱 좋겠다는 생각을 하던 참이었는데. 크크."

민철이 숨죽여 웃자 앞자리의 앉은 사람들이 민철의 흘겨보며 눈치를 주기 시작했다. 황당하다는 표정으로 주위를 돌아본 민철이 지민을 쳐다보며 소리없는 웃음을 보냈다.

이렇게 모든 사람들이 집중하고 있는 것을 아는 것일까. 연주하는 여자는 자신만의 공간에 빠진 듯 묘한 슬픔을 자아내고 있었다. 여자의 뒷모습마저 슬퍼 보인다 생각하는 건 섣부른 판단일까. 지민이 가만히 여자의 뒷모습을 훑어보았다. 그리고 언뜻 보이는 여자의 옆얼굴을 보기 위해 자세를 바로잡았다. 보일 듯 말 듯, 알 듯 모를 듯 여자의 뒷모습과 얼굴이 누군가와 닮아 있었다.

'요 근래 뒷모습과 인연이 깊군.'

지민이 지난번 악몽을 떠올리며 쓸쓸한 웃음을 지었다. 꿈속의 여자가 현실에 존재한다면 저런 모습일 것 같았다. 드디어 피아노 연주가 끝이 나자 여기저기서 감동과 앵콜이라는 말들이 터져 나왔다. 연주를 마치고도 피아노 앞에 가만히 앉아 있던 여자가 사람들의 박수 소리에 흠칫 일어서는 것이 보였다. 붉은빛이 도는 원피스가 찰랑거리며 여자의 얼굴이 서서히 드러나기 시작했다. 가늘게 눈을 뜨고 유심히 쳐다보던 지민이 순간 사람들의 환호성에 놀라 주위를 둘러보았다. 조금 전까지 기대 가득한 눈빛들이 만족스럽게 빛나고 있었다. 지민이 피아노로 다시 고개를 돌렸다. 그리고는 여자를 바라보았다.

"아!"

고개 숙여 인사를 하곤 피아노에서 내려서던 여자가 무언가를 발견한 듯 다시 몸을 돌렸다.

세 번째 마주침.

내가 물러서면 당신은 그 자리에 머물러 줄까, 아님 물러선 만큼 다가와 줄까.

흔들리는 불빛과 흐르는 음악이 내부를 술렁이게 만들고 흥에 겨운 듯 일어선 사람들이 제각기 몸을 흔들어대고 있었다. 자유로운 분위기 속에서 두 사람 사이의 공기만이 멈춘 듯 적막한 침묵이 흘렀다. 한쪽에서 불안한 듯 지켜보는 민준과 의아하다는 눈길로 바라보는 민철의 시선을 받으며 주영과 지민이 마주 앉아 있었다. 조금 전 감동적인 피아노 연주의 주인공이 주영임을 알아본 지민이 믿기지 않는 상황에 어리둥절할 때 주영은 남몰래 가슴을 비워내고 있었다.

"이런 곳에서 마주칠 줄은 정말 몰랐습니다."

"네."

주영은 조금 전 감동적인 연주를 했다고는 믿어지지 않을 만큼 건조한 표정을 띠고 있었다.

"덕분에 아주 좋은 연주를 들었습니다. 쇼팽이죠? 이별의 곡."

"네."

그나마 대답이라도 들을 수 있다는 것에 고마운 마음이 드는 지민이었다. 차가운 표정과 짧은 대답. 지민이 가슴을 쓸어 내리며 소리없는 한숨을 내쉬었다.

"오늘로 세 번째네요. 예기치 않았던 만남. 의도하지 않은 마주침. 이제 어쩌죠?"

'정말 이제 어쩌죠?'

대답을 기대하며 바라보는 지민의 눈을 마주 보는 주영이었다.

'이렇게 마주 봐야 하는 건가?'

마주친 지민의 눈을 피하며 주영이 찰랑이는 와인 잔을 들어 한 모금 마셨다.

"다리는 이제 괜찮으신가요?"

"네, 덕분에요."

"이후에 고맙다는 인사라도 따로 들을 수 있을 거라 기대했는데 너무 큰 욕심이었더군요."

"고마웠어요."

"하하. 이렇게 엎드려 절 받기는 싫은데요. 한 턱 크게 내셔야겠습니다."

부서질 듯 환히 웃는 지민의 얼굴을 무심히 바라보던 주영이 고개를 끄덕였다.

"그럴게요."

주영의 대답에 지민의 눈이 빛나기 시작했다.

"약속하셨습니다."

고개를 낮추고는 주영과 눈을 맞춘 지민이 과장된 표정으로 재차 확인하자 주영의 입가에 미소가 번져 갔다. 가만히 그 모습을 바라보던 지민이 와인 잔을 들어 주영에게 내밀었다. 챙하고 두 사람의 잔이 부딪쳤다.

"다행이네요. 저를 안 보시면 어쩌나, 이 자리가 저물어지도록 미소 한 번 안 지으시면 어쩌나 걱정했는데 정말 다행이네요."

목을 타고 알싸하게 넘어가는 와인 때문일까, 주영의 가슴이 울렁거렸다.

"정말 바보 같지 않습니까. 두 번째 만남에서 연락처도 묻지 못하고 헤어진 것이 얼마나 후회가 됐었는지. 이렇게 다시 만나려고 그랬나 보네요. 이리 멋지게 만나려고 그랬나 보네요."

잔을 다시 채우며 지민이 낮은 음성으로 말을 이었다.

"세 번 스친 인연도 보통 인연은 아니라고 하더군요. 우린 스치기만 한 게 아니니 보통보다는 특별하겠죠?"

주영에게서 대답을 들을 수 없자 지민이 몸을 숙여 주영에게로 다가갔다. 주춤거리며 의자를 뒤로 빼는 주영을 보고는 씨익 웃음 지으며 다시 몸을 일으켰다.

"계속 이리 미워하실 건가요? 조금도 예쁘게 봐주실 마음은 없으신가요? 제가 미워죽겠다는 생각만 아니시라면 저는 다가가고 싶은데, 그냥 그 자리에 서 있어주기만 하면 되는데, 그것도 너무 무리한 부탁이라면 몇 발자국 정도는 물러나셔도 됩니다. 제가 다가갈 수 있으니까요. 그러나 뒤돌아 서지만은 말아주십시오. 허락해······ 주시겠어요?"

진지한 지민의 표정에 주영이 고개를 숙였다.

내가 물러서면 당신은 그 자리에 머물러 줄까, 아님 물러선 만큼 다가와 줄까. 백번도 넘게 되뇌었던 물음이다. 외침을 들었던 걸까. 주영이 가슴을 부여잡았다.

"내가 물러서면 다가와 준다구요?"

주영이 천천히 고개를 들었다. 촉촉한 눈빛이 불안한 듯 떨리며 지민을 똑바로 마주 보고 있었다. 순간 지민의 가슴이 철렁 내려앉았다. 갑자기 커다란 무언가가 가슴속에 생겨난 듯 생소한 기분이 들었다. 낯선 감정에 어리둥절하던 지민이 주영을 마주 보았다. 그리고는 천천히 고개를 끄덕였다. 이리저리 흔들리며 지민을 바라보던 주영의 눈동자가 멈춰 서자 따스한 무언가가 목을 타고 올라왔다. 지민의 입가에 미소가 번졌다.

"고마워요."

지민의 말에 주영의 얼굴에 서서히 웃음이 번졌다. 주체하지 못할 만큼 떨리는 가슴을 미소로 화답하던 두 사람의 소리없는 웃음이 서서히 주위를 에워싸고 있었다.

데려다 주겠노라 말하던 지민을 사양하곤 자리로 돌아온 주영을 멍하니 바라보기만 하는 민준이었다. 평소 기사 한 조각이라도 발견하면 며칠이고 기분이 다운되어 있던 사람이 아무렇지도 않게 와인 잔을 기울이다 웃음 지으며 돌아온 것이다. 고개를 갸우뚱거리며 이 상황을 어찌 해석해야 하나 고민하던 민준이 주영과 눈이 마주쳤다.

"제가 여쭈면 대답해 주실 겁니까?"

토라진 듯 퉁명스레 말을 건네는 민준을 보며 주영이 고개를 저었다.

"그럼 제 판단에 도움이라도 주십시오. 권지민 씨는 아군입니까, 적군입니까?"

민준의 말에 놀란 듯 쳐다보던 주영이 이내 미소를 머금으며 말했다.

"적군."

말을 마치고 일어서서 가방을 챙기는 주영을 따라 일어선 민준이 아직 의문이 풀리지 않은 눈길로 주영을 쳐다보았다. 가방을 메며 슬쩍 민준을 쳐다보고는 주영이 웃으며 입을 열었다.

"십 분 전까지는."

문을 열고 먼저 나서는 주영의 뒷모습을 멍하니 바라보던 민준이 고개를 절레절레 흔들며 주영을 따라나섰다. 여전히 음악이 출렁이는 바 안에서는 질문공세에 시달리다 두 손을 들고 행복한 웃음을 짓는 남자의 웃음소리가 경쾌하게 울리고 있었다.

'사람이 사람을 만나 한마디를 건네면 그 순간부터 그 사람과의 인연은 시작되는 것이다. 그 사람과의 만남이 지속되고 그 관계가 어떻게 규정되더라도 한 번 맺어진 인연은 쉽게 지워지지 않는다. 친구가 된다면 인생의 무기를 하나 얻은 것이고,

믿을 수 있는 동료를 만났다면 보증수표 한 장을 얻은 것이다.
그리고 사랑하는 사람을 만난다면…… 그것은 또 하나의 생명
을 얻은 것이다. 난…… 그렇게 생각한다.'

몇 번의 만남이 이어지고 주영과 지민은 여느 커플들과 다름없는 삶을 누리고 있었다. 처음 만난 나엽 떨어지던 계절이 이제는 어느덧 하얀 눈발이 날리고 어색한 손짓 눈짓 하나가 마주 보는 익숙한 눈길이 되어 있었다. 언제나 만남은 지민으로부터의 연락으로 인해 만들어졌다. 아직도 조심스런 마음에 쉽게 발을 내딛지 못하는 주영이 먼저 수화기를 드는 일이 없었고, 그것을 아는 듯 언제나 먼저 배려해 준 지민이었다. 크리스마스를 며칠 앞두고 거리는 캐럴과 현란한 불빛으로 온통 물들었고 들뜬 가슴으로 그날의 특별한 이벤트를 기다리는 사람 중에는 지민도 포함되어 있었다.

주영을 만나고 두 달이 넘었다. 그 기간 동안 바쁜 스케줄에 쫓겨 많이 만나지는 못했지만 매일매일 목소리로 안부를 주고 받았던 두 사람이다. 전화를 걸면 받아주는 고마운 사람이 있고 그 사람이 가슴 벅찬 상대라는 사실에 내내 행복하고 들뜨던 지민이었다. 일주일 만에 다시 만날 주영을 생각하자 절로 콧노래가 나오는 지민이 서둘러 책상을 정리하기 시작했다.

　오늘은 함박눈이 내릴지도 모른다는 일기예보가 있었다. 우산을 준비한 사람, 모자가 달린 파카를 입은 사람, 나름대로 눈맞을 준비들을 갖춘 사람들을 창밖으로 물끄러미 바라보고 있었다. 하얗게 입김이 불어지는 날씨에도 서로의 체온으로 모든 것이 감싸지는 듯 많은 커플들이 오가고 있었다. 뜨거운 커피 한 잔이 식어가는 줄도 모른 채 밖의 풍경에 넋이 나가 있던 주영의 눈에 저 멀리 익숙한 그림자 하나가 시계를 보며 뛰어오는 것이 보였다. 며칠 전 자른 머리가 너무 짧다며 자신에게 불평 섞인 목소리로 전화를 걸었던 사람이다. 갓 제대한 군인 같아 보였지만 깔끔해 보여서 좋다는 말로 대신했었다. 아침마다 잘 잤냐며 아직 채 목도 풀리지 않은 목소리로 전화를 걸어주고, 점심 식사는 무엇을 먹어야 좋다며 메시지를 보내주기도 했다. 업무에 지쳐 피곤한 어깨가 늘어질 즈음에는 듣기 좋은 음악을 선물하기도 했고, 자신도 많이 보지 못했다는 영화와 공연을 줄줄 외우고 있는 사람이었다. 겨울 바다는 이래서 좋다, 저래서 좋다며 만날 때마다 넌지시 얘기를 던져 나에게 눈치를 주며 이렇게 추운 날씨에는 반드시 따뜻한 커피를 주문하고 기다리라고 신신당부를 하기도 하는 사람이었다. 지금 저만치에서 따뜻한 커피를 생각하고 나를 생각하며 추위에도 아랑곳하지 않고 열심히 뛰어오는 저 사람이 오늘 내가 기다리는 사람이었다.

"미안해요. 내가 늦었죠? 길이 얼마나 막히던지, 오늘 눈이 온다는 소식에 너도나도 거리로 나오나 봐요. 우리가 그런 것처럼. 그죠?"

미안하다는 말을 이렇게 길게 할 수 있는 사람도 많지 않을 것이다. 두꺼운 회색 폴라 티셔츠를 코트 안에 받쳐 입고 검은색 코듀로이 바지가 짧은 머리와 상기된 얼굴을 더욱 앳되게 보이게 했다. 환하게 웃으며 멋쩍게 변명을 하는 지민을 보면 주영이 웃음 지었다.

"날을 잘못 잡았나 봐요. 오늘 같은 날은 피했어야 하는데."

"아니요. 이런 날은 이래야만 제맛이에요. 우리가 느끼는 걸 다른 사람도 같이 느낀다면 기쁨이 얼마나 커지겠어요. 슬픔은 나누면 반이 되고 기쁨은 나누면 배가된다. 아마 몇 만 배 기쁨을 누릴 수 있을 거예요. 언제 오려나, 반가운 손님은."

"후훗, 눈이 반가운 사람도 있고, 반갑지 않은 사람도 있는 거예요. 청소부 아저씨들은 어깨가 더 무거워질 것이고 운전하시는 분들은 피곤이 배가될 거예요."

"그런 사람들이 있기 때문에 눈이 이렇게 환영을 받는 거겠죠. 커피 다 식었네요? 다시 시킬까요?"

"아니요. 나가요."

두 사람은 꽁꽁 옷을 여미고 차가운 바람 속으로 발을 내디뎠다. 주차할 곳이 없어 멀리 떨어진 곳까지 걸어가야 한다며 커피숍 안에서 기다리라고 말리던 지민이었지만 시린 바람이라도 맞고 싶은 마음에 따라나선 주영이었다.

"춥죠?"

"아니요."

"나도 추운데, 주희 씨는 얼마나 춥겠어요. 그러게 제가 목도리하고 장갑하고 꼭 싸매고 나오라고 말했는데."

"저 추위 잘 안 타요."

"그래요? 그럼 더위 잘 타겠네요?"

"아니요, 더위도 잘 안 타요."

"신기하네, 보통 사람들은 추위 아니면 더위를 많이 타던데. 주희 씨는 *끄떡없는 사람*이군요."

"그런가 봐요. *끄떡없는 사람.*"

바람이 불어오는 방향으로 자신의 몸을 막아가며 길을 걸어가는 지민의 넓은 어깨가 못내 미덥게 느껴졌다. 바람이 차갑게 느껴지지 않는 이상한 겨울이었다.

차 안에 따뜻한 공기가 채워지자 두 사람은 오랜만에 도란도란 얘기가 한창이었다. 다음 주 크리스마스 날 회사에 행사가 있다며 크리스마스이브의 계획에 대해 이것저것 묻고 있는 지민이었다.

"크리스마스이브에 뭐 할까요?"

"글쎄요. 한 번도 그런 생각을 해본 적이 없어서."

"그럼 제가 준비할게요. 시간만 비워두세요."

"생각해 볼게요."

"에에, 그때 꼭 비워둬야 해요. 안 그럼 주희 씨 집에 쳐들어 갈 거예요."

"네?"

"농담이에요. 그렇게 놀라지 말아요. 하하."

농담이라며 웃는 지민의 옆모습을 편하게만 바라볼 수가 없었다. 그동안 만나면서 자신에게 아무것도 요구하지 않은 지민이었다. 심지어 집 앞까지 바래다주는 것이 왜 싫은 것인지 따져 묻지도 않았었다. 두 달을 넘게 만나오면서 먼저 얘기하지 않으면 가족에 대해서도 묻지 않았었다. 무엇을 알아서 그런 것은 아닌 것 같았다. 그저 나에 대한 자신의 배려이고 내가 먼저 다가서 주길 바라는 마음인지도 몰랐다. 하지만 쉽지만은 않은 주영에 반해 그간 지민은 자신에 대해 많은 이야기를 해주었다. 다시 지민을 만났을 때의 모습이 어째서 대학교 때와 달랐었는지, 여느 부잣집 도련님들과 달리 왜 그렇게 구식이고 촌스러운지 모든 것을 말해 주었다. 아픈 가슴일 텐데, 용케도 열어주었던 것이다.

아무 말 없이 창밖만 바라보는 주영을 보며 지민이 입을 열었다.

"저 서두르지 않아요. 주희 씨 원하지 않는 일 하지 않아요. 그렇게 불안한 눈동자 하지 말았으면 좋겠어요. 저를 만나면 그냥 너무도 편해서, 편하고 또 편한 느낌. 아, 이 사람과 있으면 하나 생각할 일도 고민할 일도 없구나, 이런 기분 들었으면 좋겠어요. 제가 아무것도 묻지 않고, 바라지 않는다고 제 마음까지 그런 건 아니라는 사실 하나만 알아줘요. 다 알고 싶은 마음 사실이지만 그래도 주희 씨의 흔들리는 눈동자를 바라진 않아요. 알죠, 나 구식인 거? 구식이고 촌스러워서 이렇게밖에 못해줘요. 더 맘 써주고 헤아려 주지 못해서 미안해요."

진심 어린 말. 이 말 한 마디 한 마디가 하나씩 촛불이 되어 가슴에 밝혀졌다. 언젠가는 자신의 몸을 태우고 또 태워 꺼져버릴지라도 너무도 예쁘고 따뜻하게 밝혀주고 있었다. 주영은 가만히 고개를 돌려 지민을 바라보았다. 막히는 도로에서 눈을 떼고 지민 역시 주영을 바라보았다. 지민의 눈 속에 하나 가득 채워진 자신의 모습이 보였다. 지민처럼 따뜻한 말 한마디 건네줄 수 없는 자신이기에……. 그저 자신의 눈 속에서 그만큼만, 지민이 나를 담은 그만큼만 지민이 찾아봐 주기를 바랄 뿐이었다.

"난 이대로가 좋아요."

"욕심이 없는 사람은 원하는 걸 가질 수가 없대요. 원하는 게 없어 욕심이 없는 사람은 일부러 원하는 걸 만들지 않는 사람이죠. 원하여 얻지 못하면 그만큼 더 잃어버리니까."

'나를 두고 한 말이리라.'

특별히 콕 집어서 말을 한 것은 아니었으나 묻지 않아도, 말해 주지 않아도 지민은 언제나 많은 것을 알고 있는 것 같았다. 얻을 수 없을까 봐 원하지 않는 것, 그것은 내 삶의 방식이었다.

"옛날얘기 하나 해줄까요? 대학 다닐 때 두 친구 녀석이 있었어요. 한 친구 녀석은 언젠가 말했을 거예요, 형 같기도 하고, 동생 같기도 한 서글서글한 눈매를 가진 녀석이라고. 저보다 가진 게 더 없었던 녀석이지만 언제나 저에게 더 주려고 했어요. 가진 게 하나도 없던 녀석이었는데 어디서 그 많은 것들이 생겼는지. 그 당시에는 그저 대견하다고만 생각했었는데 훗날 생각해 보니 가진 것만이 다가 아니더라구요. 얼마나 마음을 담아주는가에 따라 그 무게가 더해진다는 사실을 뒤늦게 깨달은 거죠. 지금도 만나면 저보다 더 많이 가진 사람처럼 느껴지곤 해요. 그렇게 많은 걸 가진 사람을 친구로 두었다는 걸 아주 자랑스럽게 만드는 친구죠."

'민철을 말하는 것이리라.'

언젠가 말한 적이 있었다. 분위기 좋은 식당을 예약해 놓고 자신을 데려갔던 날, 음식이 어떠냐며 불안한 듯 물었던 적이 있었다. 식사가 끝날 무렵 자신도 처음 온 식당이라며 친한 친구가 추천을 해준 곳이라고 멋쩍게 웃었다. 업무상 접대가 필요한 날 온다며 자신있게 추천해 주었지만 직접 먹어보지 못해 사실은 못내 불안했었다고 말했었다. 그 당시에 말했던 친구도 민철이었고, 지금 말하고 있는 친구도 민철이었다. 그 옛날 자신도 민철을 보며 배운 것이 많았었다. 언제나 밝고 강한 이미지로 기억나던 사람이다.

"가진 것이 얼마만큼인지는 중요하지 않아요. 하나를 주든 두 개를 주든 얼마만큼의 마음을 담아서 주는가가 중요한 거죠."

"……."

"그리고 또 한 녀석은 아무것도 바라지 않던 녀석이었어요. 가진 건 많아도 가지려 하지 않았죠. 그 당시 그냥 무작정 마음을 써주고 싶었던 녀석이에요."

"지금은 만나지 않나요?"

"네, 얼마 전 잠깐 마주치긴 했는데 제가 너무 못되게 굴었죠. 그냥 그 옛날 나를 밀쳐 내던 괘씸한 녀석의 모습이 떠올라 나도 모르게 퉁명스레 말이 나왔어요. 그 녀석 덕분에 얻은 게 참 많은데. 그 녀석은 항상 나를 당황스럽게 만들어요. 아무것도 담지 않은 듯한 눈을 가지고 있는데 지금 생각해 보면 너무 많이 담고 싶어 아무것도 담지 못했던 건 아닐까 하고 생각해요. 그때는 제가 몰라줬죠."

"많이 친했어요?"

"아니요. 후후, 그 녀석한테 물어보면 안 친하다고 말할걸요.

일방적으로 제가 아끼던 녀석이었으니까."

지민이 지금 말하는 사람이 자신을 두고 한 말임을 주영은 잘 알고 있었다. 너무 많은 상처를 가지고 있었던 시절, 그 시절 고스란히 그 상처를 내보이고 말았던 단 한 사람이었다. 한없이 보듬어주고, 또 보듬어주어 그 짧았던 대학 시절을 하나로만 기억나게 한 사람이었다. 아직도 자신을 추억하고 있었다. 그러나 추억 속의 자신이 한없이 불쌍하고 초라하여 주영은 더이상 추억 속의 자신을 끄집어낼 수 없었다.

"눈이 오네요."

"그러네요. 이제 곧 도착해요."

자신만만하게 지민이 데려간 곳은 한강이었다. 이 추운 날에도 많은 사람들이 나와 있었다. 작게 내리던 눈망울은 조금씩 크기를 더해 이제는 제법 옷 위에 흔적을 남기고 있었다. 하늘을 쳐다보니 어느 것이 눈이고 어느 것이 하늘인지 구분이 가질 않았다. 눈 속에도, 콧 속에도, 약간 벌어진 입속에도 눈이 하나 가득 차고 있었다.

"봐요."

까만 강 위에 하얀 눈이 숨고 있었다. 그 많은 하얀색은 어디로 간 것인지 섞어도, 섞어도 까만 물은 변할 줄을 몰랐다.

"이쁘다……."

"이뻐요……."

주영은 강을 보며, 지민은 눈썹 위까지 눈을 담은 주영을 보며 말을 하고 있었다. 손 위로 내려앉은 눈들이 하나둘 스며들어 벌겋게 자국을 내고 있었다. 영하의 날씨에 얼어붙은 주영의 물기 젖은 손이 너무도 시려 보였다. 가만히 강을 바라보던 두 사람 사이에 미묘한 움직임이 일었고 약간 움찔하는 주영이 느껴졌다. 저 멀리 서울의 화려한 야경 속에 까만 강이 흐르고 하얗게 덧입혀진 눈 속에 이미 하얗게 바래 버린 남자와 여자가 서 있었다. 아름답다는 이유로 차가움마저 용납되어 온 눈들이 더 이상 끼어들지 못하도록 그렇게 손을 맞잡고 한참을 서 있었다.

그렇게 기다리고 기다리던 크리스마스가 이틀 앞으로 다가왔다. 비록 연말이어서 회사 일은 눈코 뜰 새가 없이 바빴지만 지민은 손꼽아 크리스마스를 기다리고 있었다. 서로 만나 마음이 닿았고 이제야 같은 곳을 바라볼지도 모른다는 생각이 들었다. 그녀도 자신을 만나면서 많이 익숙해진 듯하고 자신을 바라보는 눈길 또한 낯설게 느껴지지 않았다. 크리스마스는 사랑이 가득 찬 날이다. 그날 마법과 같은 기적이 일어날 것이라고 사람들은 작은 희망을 하나씩 품어보기도 한다. 지민은 그녀에게 그 작은 희망을 품어보기로 마음먹었다. 이제껏 만나오면서 자신의 마음을 표현하기는 하였지만 직접 말로, 행동으로 보여준 적은 없었다. 그녀가 부담스러워 혹시나 뒷걸음치지는 않을까 노심초사 기다렸던 것이다. 하지만 이제는 기다릴 필요가 없다는 생각이 들었다. 확실하게 자신의 마음을 표현하고 다가서고 싶었다. 어떠한 관계를 규정 짓고 싶었고, 될 수만 있다면 내 사람으로 만들고도 싶었다. 아직은 이른 바람이지만 그녀가 이번 고백을 부정하지만 않는다면 언젠가는 실현될 수도 있는 일이었다.

내일의 이벤트를 위해 우선 그녀와 약속을 정하였고, 적당한 장소와 선물까지 마련한 상태였다. 무슨 선물을 골라야 하나 많이 고민을 하다 문득 예전 만남이 생각났다. 아직도 그 자리에 있어줄까 급한 마음에 달려가니 다행히 본사에 연락하면 구할 수가 있다고 했다. 친구 민철이 녀석은 이 소식을 듣고 당장 보고 싶다고 전화를 걸어왔었다. 그리고는 대뜸 드디어 니 맘속에도 꽃이 피는구나라는 말로 축하를 전하기도 했다. 무슨 선물을 준비할지 몰라 도움을 받으려 걸었던 전화가 전혀 도움이 되지 않았던 것이다. 확 잡으려고 그냥 반지를 채워주라는 민철의 말은 가볍게 무시하기로 마음먹었다. 반지를 주면 많이 부담스러워할 것 같았다. 안타까운 눈길로 바라보았던 것이 마음에 걸리긴 했으나 그녀와의 인연에 큰 도움을 준 그것을 선물로 정하기로 마음먹었다. 이제 남은 건 자신의 마음을 표현하는 방법이었다. 근사하게 식사를 하고, 이벤트를 열고, 선물을 건네주며 고백을 한다는 것이 마음에 차질 않았던 것이다. 지민에게는 더없이 특별한 날이고, 더없이 특별한 사람이기에 좀 더 특별하게 하고 싶었다. 이런저런 생각으로 더디게 업무를 처리하던 지민은 오늘도 기쁜 마음으로 야근을 준비하고 있었다.

많은 사람들의 기대와 설렘이 하늘에 닿아 더없이 축복스런 크리스마스 전날. 조금은 특별한 마음에 옷차림에 한 번 더 손길이 가는 주영이었다. 그렇게 바다에 가고 싶다는 지민에게 딱 잘라 거절을 표한 후 정한 장소가 선상 레스토랑이었다. 1층은 보통 레스토랑과 같이 오픈되어 시끌벅적한 분위기가 한창이었으나 2층에 올라서니 각각이 룸으로 이루어져 빈곳이 없음에도 조용한 분위기를 느낄 수가 있었다. 웨이터의 안내를 받아 룸으로 들어서니 먼저 도착한 지민이 앉아 있었다.

"일찍 왔네요."

"아니, 금방 왔어요. 앉아요."

아직 이른 저녁이기에 식사가 바로 주문되어 나오지는 않았다. 간단한 와인이 준비되자 지민이 건배를 청하였다. 두 사람의 잔이 맑은 종소리와 함께 부딪치자 지민이 들뜬 목소리로 말했다.

"준비한 게 있어요."

"……?"

동그랗게 눈을 뜨고 쳐다보는 주영을 향해 지민이 창밖으로 손짓을 해 보였다. 영문을 몰라 어리둥절 창밖을 바라보던 주영의 눈이 휘둥그레졌다. 창밖에는 요술처럼 색색의 불꽃이 하늘을 수놓고 있었다. 펑펑거리며 노랗고 빨갛고 파란 불꽃들이 까만 하늘 위에서 꽃이 되었다 불꽃이 되었다 사라졌다. 그 모습에 넋이 나가 쳐다보던 주영이 순간 피부에 닿는 차가운 금속에 몸을 움츠리며 고개를 돌렸다. 손 안에 놓여진 작은 물체로 주영의 손을 두드린 지민이 가만히 손을 내밀고 있었다. 위아래로 지민과 손을 번갈아 바라보던 주영이 움켜쥐고 있던 손을 가만히 돌려 펼쳐 주었다. 톡, 무언가가 떨어져 손 안에 한아름 담겨졌다. 포개어 있는 지민의 손이 가리고 있어 그 모양새는 보이지 않았으나 작고 차가운 감촉이 무언가를 연상케 했다. 주영이 가만히 손을 올려 그것을 펼쳐 보았다.

"아아! 이건……."

놀란 눈으로 묻는 주영을 향해 으쓱 지민이 딴청을 부리며 말했다.

"어때요? 맘에 안 들어요?"

소중한 것이라도 되는 양 조심히 손가락으로 훑어보던 주영이 감격스러운 듯 지민을 바라보았다.

"어떻게……?"

대단한 것도 아닌데 저리 귀한 물건인 듯 대하는 주영을 보자 지민은 괜스레 가슴 한구석이 울컥해 왔다. 촉촉하게 빛나는 눈으로 올려다보는 주영의 눈을 맞추며 지민이 한쪽 무릎을 꿇고 그것을 집어 들어 왼쪽 목덜미 옆에 꽂아주었다.

"잘 어울리는데요. 흠흠. 내 안목이 틀리지 않았군요."

짐짓 과장된 지민의 말에 주영이 가만히 손을 포개었다.

"어떻게 알았어요?"

"그때 봤어요, 안타까운 듯 하염없이 바라보는 당신을."

아직도 피용 소리 내며 올라 몽우리진 꽃망울을 쉴 새 없이 터뜨려 대는 창밖으로부터 색색의 빛이 파고들었다. 마주 보는 두 사람의 눈 속에도, 홍조 띤 볼 위에도 붉은빛, 초록빛이 비춰 주었다.

"고마워요."

"그런 말 말아요. 더 좋은 걸 해주고 싶었지만 나중에 해줄래요. 천천히 의미를 담아서 선물할 거예요. 지금은 이걸로 만족해 줘요. 당신이 좋아해 줘서, 감격해 줘서 내가 고마워요."

"난 아무것도 준비 못했는데."

지민이 주영의 손을 맞잡고 무릎을 꿇은 그 자세로 눈을 맞추며 진지하게 입을 열었다.

"괜찮아요. 내 선물은 지금 내가 부탁할게요. 이 브로치 항상 간직해 주었으면 해요. 물론 어울리지 않는 옷에는 하지 않아도 좋아요. 고이 서랍 속에 간직해 주어도 좋아요. 그래도 기억해 주었으면 해요. 지금 이 브로치에 내 마음 담아 주희 씨 옷깃에 달아준 것이니 늘 곁에 두어달라구요. 그랬으면 좋겠어요. 그거예요, 내 선물은……. 들어줄 거죠?"

자신의 마음을 받아달라는 은근한 돌림. 감격스러운 한편 주영은 대놓고 고백을 받는 어색함은 피하게 되어 다행이라는 생각이 들었다. 가만히 고개를 끄덕여 주었다. 백 마디 말로도 표현할 수 없는 고마움을 듬뿍 담아 눈을 맞추어주었다. 지민의 입가에 걸리는 웃음 그 하나로 주영의 가슴은 벅차올랐다.

"이렇게 큰 선물 줘서 너무 고마워요. 내 눈앞에 이제라도 나타나 줘서 고마워요. 이렇게밖에 말하지 못하는 나를 받아주어서 정말 고마워요. 이럴 줄 알았다면 멋있는 말 몇 마디라도 배워둘 걸. 서툰 내가 너무 촌스럽죠?"

쑥스러운 듯 말을 하면서도 흐뭇한 미소를 숨기지 않는 지민을 보며 주영의 눈이 촉촉이 젖어들었다.

'억울하지 않을까. 온전히 이렇게 마음을 주고 바라지 않으면 많이 억울하지 않을까. 사람이라면 본전이 생각나기 마련이라는데 이 사람은 왜 이리 미련한 것일까……. 이렇게 다 내어주고 나중에 하나도 남지 않으면 그때 가서 어찌하려고 그러는 것일까. 이 브로치를 평생 간직할 수는 있지만 이 사람 곁에 평생 머문다고는 자신할 수는 없는데…….'

순간 주영의 눈빛에 반짝이는 물기는 잘못 본 것일까. 미처 지민이 알아채기도 전에 주영이 벌떡 일어섰다. 크리스마스의 밤을 맘껏 향연하기라도 하는 듯 화려한 불꽃은 끊임없이 솟아오르고 있었다. 저리 화려하게 밝히다 꺼져 버리면 더없이 아쉬울 텐데, 이리 마음 주고 보듬어주다 알아버리면 더 많이 속상할 텐데. 주영이 고개를 돌려 지민을 바라보았다. 알 수 없는 눈망울. 마냥 행복해하다 순간 불안해지는 눈빛을 하는 주영을 지민은 이해할 수가 없었다. 무엇이 그리 불안한 것인지, 왜 그런 눈빛으로 자신을 바라보는 것인지. 눈앞에 있어도 금방이라도 사라져 버릴 것 같은 불안감은 또 한 차례 지민의 가슴에 찬바람을 몰고 왔다.

"불안해하지 말아요. 사람은 행복하면 다음 불행을 두려워한다는데…… 그러지 말아요. 언제나 내가 있어줄게요. 이렇게 고개를 돌리면 볼 수 있는 곳에 내가 서 있을게요. 그러니 그런 눈빛은 하지 말아요."

지민이 손을 올려 주영의 볼을 쓰다듬었다. 부드러운 곡선을 따라 어루만지던 손길에 따스한 기운이 감돌았다. 주영이 가만히 고개를 기대어 눈을 감았다. 따스한 기운이 가슴을 감싸고, 휘몰아치던 감정이 순식간에 평정을 되찾은 듯했다. 누군가의 손길만으로도 안심할 수 있다는 것. 느껴보지 못했던 달콤한 순간이었다.

"당신을 어쩌면 좋아……."

주영의 말은 끝맺지 못한 채 입 안을 맴돌고 있었다. 막아선 지민의 입술에 말을 끝맺지 못하고 그만 입을 다물어 버린 것이다. 당혹함과 함께 찾아온 어색함에 어쩔 줄 모르던 주영이 부드러운 감촉에 서서히 입을 열었다. 그리고는 본능의 이끌림에, 너무도 고마운 마음에 입으로 내뱉지 못하는 감정 하나까지 모두 실어 지민에게 되돌려 주었다.

굳어 있던 주영의 입술이 녹아들자 지민은 뒤로 손을 감아 가만히 주영을 감싸 안았다. 그리고 수줍은 듯 소박한 주영의 입술을 과감히 받아들였다. 부드럽고 향긋하게 입 안에 퍼지는 주영의 내음이 지민을 휘감고 있었다. 정신없이 취해 헤어날 수 없을 만큼 온몸을 마비시키는 향기에 두 사람의 몸짓은 서로를 찾아 그렇게 다가서고 있었다. 하늘을 수놓았던 불꽃들은 그렇게 과감하고 화려하게 불을 태웠다가 가만히 내려앉았다.

　내년을 기약하며 한 해를 정리하는 연말이 되자 사람들의 발걸음은 더욱더 분주해지기 시작했다. 여전히 바쁜 업무에 치이는 일상에서도 흥겨운 모임의 손길은 기분 좋은 설레임을 가지게 만들었다. 그러나 들뜬 연말의 분위기로 인한 순조롭지 않은 회사 업무에 주영은 정신없는 새해를 맞이하였다. 모처럼 가족들이 모이는 자리. 온 가족이 모이니 늘어버린 식구들은 족히 열 명이 넘을 것 같았다. 그리스마스조차도 가족들과 보내지 못한 미안함에 주영은 작은 선물이나마 두 손 가득 들고 갈 참이었다. 직접 선물을 고를 시간조차 내지 못해 민준에게 부탁을 하였지만 그래도 간만에 가족들과 함께하는 새해에 작은 설레임마저 느껴졌다. 어제 늦게까지 회사에 있다 일찌감치 집을 나서니 피곤함이 노곤하게 밀려들었지만 총총걸음 한복 차림에 지나치는 사람들이 보자 어느새 발걸음은 가벼워져 있었다. 아직 이른 아침임에도 집 안에는 사람들의 온기가 가득했다. 어린 조카들의 칭얼거림과 토닥이는 누나들의 목소리,

분주히 주방을 오가는 발걸음에 주영은 한참을 현관 앞에 서 있었다.

"삼촌 왔다."

현관문을 열고 반갑게 인사를 건네자 어린 조카들이 두 손을 벌리며 안겨들었다. 주진의 딸과 주미의 아들이 제일 먼저 주영을 반겨주었다.

"왔어? 아버지, 어머니, 주영이 왔어요."

신발을 벗고 거실에 올라서기가 무섭게 여기저기 문이 열리며 가족들이 튕겨져 나왔다. 신기하면서도 정신없는 모습에 얼이 나간 주영이었으나 가슴 한구석에 따스한 기운은 어쩔 수가 없었다.

"저 왔습니다."

"그래, 춥다. 얼른 들어와서 몸 좀 녹여라. 차 좀 준비해 오마."

안쓰러운 애정을 담아 주영을 바라보곤 이내 주방으로 바쁘게 걸음을 옮기는 미연의 모습에 죄송한 마음이 드는 주영이었다. 멀지도 않은 거리지만 쉽사리 떨어지지 않는 발걸음에 애써 외면하려 했던 자신의 부질없음에 새삼 죄스런 마음이 들었던 것이다.

차례상을 물리고 세배를 드리기 위해 민혁과 미연 앞에 병풍처럼 늘어서자 먼저 주진 부부가 앞으로 나섰다. 시댁이 구정을 지내 다행히 자리를 함께할 수 있었던 주진이가 딸을 앞세워 먼저 세배를 드리자 다음 주미 부부가 나섰다. 아직 결혼을 하지 않은 주선이는 저만치 한걸음 물러나 다음 차례를 기다리고 있었다. 주선이 자리에서 일어서자 주영이 앞으로 나섰다. 세배를 드리고 무릎을 꿇고 앉자 민혁이 입을 열었다.

"회사 일은 힘들지 않느냐?"

"괜찮습니다. 많은 분들이 도와주고 계십니다."

"그래, 그럼 다행이지. 회사에서나마 자주 들르려무나."

"네, 그러겠습니다."

"야윈 것 같은데 몸이 안 좋니?"

걱정스러운 듯 미연이 물었다.

"아니요. 겨울이라서 그런가 봐요."

"집이 아니라 잘 챙겨 먹기나 하는지 모르겠다."

한숨을 내쉬며 말하는 미연을 보며 안심하라는 듯 주영이 웃어 보였다.

"그럼 다들 식사들하고 주영이는 잠시 나 좀 보자."

가족들을 둘러보며 말을 하던 민혁이 주영을 보며 나직이 말했다. 신경 쓰지 않는 듯 주방으로 몰려간 가족들과 걱정스레 돌아보던 미연을 보며 주영이 민혁을 따라 서재로 들어섰다.

벽을 가득 채우고 있는 알싸한 책 냄새가 주영의 코끝에 파고들었다. 변함없는 모습을 둘러보며 주영이 책상 앞에 놓여진 의자에 앉았다. 책상을 사이에 두고 한참을 생각에 잠긴 듯 말이 없던 민혁이 입을 열었다. 무슨 말인데 이리 뜸을 들이시는 것일까, 차츰 주영의 가슴 안에 자리 잡은 불안이 스멀스멀 기어올랐다.

"이제 내가 물러나야 할 것 같구나."

"무슨 말씀이세요?"

어렵게 입을 열곤 지그시 바라보기만 하는 민혁에게 주영이 되물었다.

"더 늦기 전에 너에게 물려주려고 한다. 이제 어느 정도 적응도 되었고 회사 업무에도 무리가 없을 듯하니 네가 맡아도 될 것 같구나."

"하지만 아직 아버지……."

주영이 무슨 말을 할지 안다는 듯이 민혁이 가만히 한 손을 올려 말을 막았다.

"아직 내가 정정하니 못할 것도 없다만 이대로 지체할 시간이 없을 것 같구나."

"시간이 없다니요?"

이해하지 못하겠다는 주영의 물음에 그저 가만히 바라보기만 하는 민혁이었다. 무언가 하고 싶은 말은 많아 보이는데 쉽사리 입이 떨어지지 않는 것일까, 아님 말을 해주지 않으려는 것일까. 망설이는 듯한 민혁의 눈빛에 주영이 재촉하며 말했다.

"무슨 이유인지 말씀을 해주셔야 알지요. 아직 버거운 제가 회사를 맡아야 하는 이유를 말씀해 주세요."

회환에 잠긴 민혁의 눈빛이 흔들렸다. 쓸쓸한 얼굴만큼 낮게 깔린 목소리가 주영의 가슴에 파고들었다.

"그동안 네게 짊어주어서는 안 될 짐을 짊어준 거 같아 많이 미안했다. 그러나 그때는 그것만이 최선이라 생각했다. 너를 덜 사랑해서, 덜 아껴서 그런 것은 아니었다. 너를 이렇게 만들고 평생을 한숨으로 지새는 네 어미를 보고 있자니 후회가 밀려오는구나."

가슴을 들썩이며 큰 한숨을 내쉬던 민혁이 똑바로 주영을 바라보았다.

"아슬아슬한 외줄타기를 하는 기분으로 평생을 살아왔다. 네 모습이 들킬까 두려운 마음은 아니었다. 네가 견디지 못할까, 혹여나 잘못되지는 않을까 그런 마음이었다. 이것만은 알아주길 바란다."

간절한 마음을 담아 주영에게 보내고는 민혁이 서랍 속에서 무언가를 꺼내 책상 위에 올려놓았다. 작은 봉투 안에 담긴 그것을 주영에게 밀어주고는 펼쳐 보라 손짓했다. 주영이 가만히 그것을 들어 봉투를 열었다.

"이것은⋯⋯!"

놀라 커다래진 눈을 들어 민혁을 바라보았다. 다섯 장의 사진. 집을 나서는 다양한 주영의 모습이 클로즈업으로 찍혀 있었다. 한 장 한 장 모두 자신이었다. 그러나 양복을 입지 않은 또 다른 모습. 여자의 모습을 하고 있었다. 다행히 다른 사람의 모습이 함께 찍히지 않는 것으로 보아 누군가 집 앞에서 주영을 감시하고 있었던 것이 분명했다. 애써 태연하려 마음을 다잡은 주영이었으나 덜덜 떨리는 손은 주체할 수가 없었다. 어째서? 누가? 머리 속은 수많은 의문으로 뒤엉키고 있었다.

"언제부터였느냐?"

주영이 민혁을 바라보았다. 두 사람의 눈빛이 허공에서 잠시 머물렀다 내려앉았다.

"미국에서요."

간신히 말을 뱉어내곤 주영이 고개를 숙였다. 흔들리는 모습을 보여서는 안 될 것 같았다. 후회하는 표정도, 원망하는 눈빛도 모두 감춰야 했다.

"왜 진작 말하지 않았느냐. 그리했으면 이리 당황하지도 않았을 터인데……. 그래서 집을 나간 것이냐?"

입술을 꽉 깨물고 주영이 고개를 끄덕였다. 민혁의 한숨이 귓가를 파고들었다.

"그랬구나. 그래서 그런 것이구나. 짐작은 했었지만 이런 상황까지는 예상치 못했었다. 집에서조차 자유롭지 못해 그저 편안히 살고 싶어한다 생각했었다."

보지 않아도 민혁의 눈빛은 안쓰러움과 안타까움으로 뒤덮여 있을 것이다. 마주 보면 더 가슴 아픈 눈빛을 차마 볼 수 없었다. 여전히 고개를 숙이고 민혁을 외면한 채 주영이 다음 말을 기다렸다.

"어려서부터 많은 사람들의 시선에서 자유로울 수 없던 너였다. 신명의 유일한 후계자이기도 하지만 너의 능력과 외모가 주위의 시선을 끌었던 게지. 미국에서 돌아와 너에 대한 관심이 줄어든 줄 알았는데 누군가 너를 감시하고 있었더구나. 그는 사진 속 여자가 너인 줄은 모른다. 다만 너와 연관된 여인이라 막연히 짐작하고 있는 거겠지. 신문사로 넘어가기 전에 다행히 우리가 가져올 수는 있었다."

민혁의 말에 주영이 번쩍 고개를 들었다. 다행이었다. 사진이 공개되어 가족들에게 피해를 주지 않아 다행이었다. 조심성 없이 행동한 자신을 책망하며 주영이 다부지게 고개를 끄덕였다. 앞으로는 조심하겠노라고……

"그러나…… 앞으로 다시 너를 찍지 않겠다는 확답은 받지 못했다."

주영의 손에 있던 사진들이 스르륵 떨어졌다. 굳어진 듯 아무 말도 하지 못하고 멍하니 민혁만을 바라보던 주영의 눈이 흐려졌다.

"무슨…… 아버지……?"

"미안하다."

주영의 눈에 가득한 물기를 외면하며 민혁이 말을 이었다.

"미안하다. 그러나 어쩔 수가 없구나. 앞으로 너에게 여자의 삶을 살지 말라 말을 할 수도 없구나. 모질게 너를 혼낼 수도, 너그러이 감쌀 수도 없구나. 못난 아비를 용서해라. 자유로운 삶을 주지는 못할망정 그나마도 잘라 버려라 말하는 아빌 원망해라. 그러나 주영아, 아직은 때가 아니지 않느냐. 조금만 참아주면 안 되겠느냐. 오 년, 아니, 삼 년, 아니, 일 년만이라도 참아주면 안 되겠느냐. 네가 자리를 잡고 신명에서 더 이상 너를 거부할 수 없을 때, 그때까지 네가 조금만 더 견뎌주면 안 되겠느냐. 미안하다. 다시 한 번 너를 아프게 해서 정말 미안하다. 하지만 네가 신명의 주인으로 확실히 자리만 잡으면 아무도 너를 무어라 할 수 없을 게다. 원래 여자인 네가 해내었으니 네 모습이 달라진다 해도 누구도 손가락질하지 않을 게다. 그때가 되면 이 아비도 아무 말 하지 않으마. 네가 어찌 산다 해도, 어떤 선택을 한다 해도 네 운명에 간섭하지 않으마, 주영아……."

힘겹게 걸려 있던 한 방울이 또르르 굴러 떨어졌다. 처마에 맺혀 있던 빗방울이 떨어지듯 표정없는 주영의 얼굴에 똑똑 비가 흘렀다. 굳어진 듯 자리에 앉아 있던 주영이 떨어진 사진을 주워 책상 위에 올려놓았다. 그리고는 애원하며 두 손을 맞잡고 자신을 쳐다보는 민혁을 바라보았다.

"아버지……."

"그래."

한마디를 뱉어내었지만 목에 걸린 말들은 쉽사리 뱉어낼 수 없었다. 왜 그래야만 하나요? 아직도 모자른가요? 전 언제까지 가족들의 버팀목이 되어야 하나요? 신명의 허울이 되어야 하나요? 그냥 가만히 두면 안 되나요? 내 바람막이가 되어주실 순

없는 건가요? 치밀어 오르는 말들을 그대로 삼켜 버렸다.

"조금만 시간을 주세요. 정리해야 할 일들이 있어요. 얼마 걸리진 않을 거예요. 그때까지, 그때까지 바람막이가 되어주세요. 이건 들어주실 수 있으시죠?"

가슴속 설움을 눌러눌러 답답한 심정은 차가운 표정으로 바뀌어 드러났다. 표정없는 주영의 얼굴을 보며 민혁이 고개를 끄덕였다. 주영의 눈빛 하나 표정 하나가 그대로 비수가 되어 가슴을 후벼 파고 있었다.

'아빌 용서해라. 이리 말하지 않으면, 이리 사정하지 않으면 네게 말할 용기가 생기지 않을 것 같구나. 많이 원망해라. 많이 미워해라. 너를 위한다, 회사를 위한다 말하는 나를 비겁하다 말해도 좋다. 그러나 주영아, 지금은 때가 아니다. 그러기엔 네가 너무 약하구나. 세상에 맞서기엔 네가 아직 어리구나. 조금만 너 견디자. 조금민 디 강해지지. 그리고 그때 네 삶을 갉아먹은 죗값은 내가 치르마. 미안하다.'

차갑게 돌아서는 주영을 바라보며 민혁의 눈이 젖어들었다. 들을 수 없는 가슴속 울부짖음은 더욱 애절한 눈길로 주영의 뒷모습에 달라붙었다. 손을 들어 주영을 잡으려 했으나 이내 주먹을 움켜쥐고 마는 민혁이었다. 이대로 잡아버리면 더 큰 상처를 줄 것만 같았다. 아비라는 이름으로 더 큰 올가미를 씌울 것만 같았다. 문을 여는 주영의 모습에 민혁은 두 손에 얼굴을 묻어버렸다. 주영이 나가고 나면 통곡이라도 할 수 있을 것만 같았다. 맘 놓고 아파하며 자식에 대한 미안함을 풀 수 있을 것만 같았다. 그러나 뒤이어 들려온 주영의 싸늘한 말은 민혁에게 통곡조차 하지 못하게 만들었다.

"아버지의 바람대로 강해지겠습니다. 신명의 주인이 되겠습니다. 그러나 그 다음에는 제 인생에서…… 사라져 주십시오."

찬바람이 불어왔다. 사시나무처럼 힘없이 그대로 꺾여 버렸다. 대롱대롱 죽지도 않고 매달려 있었다. 넋이 나간 민혁의 얼굴에 빗방울이 떨어졌다.

문을 닫고 거실로 나온 주영은 가족들이 모인 주방으로 발길을 돌리지 않았다. 그대로 현관을 박차고 나온 주영은 급하게 차를 몰아 집을 벗어났다. 다행히 한적한 도로에서 맘껏 속력을 낼 수가 있었다. 신호를 무시하고 뚫린 길로 무작정 핸들을 꺾었다. 앞을 가리는 물기를 손등으로 모질게 훔쳐 내었다.

'너무하잖아. 너무…… 속상하잖아.'

훔쳐 내고, 또 훔쳐 내어도 여전히 눈앞은 뿌연 안개 속을 헤매고 있었다.

'시간이 없다고? 더 이상 지체할 수가 없다고? 뭐가 그리 조급해서, 뭐가 그리 불안해서!!'

끼익 하며 급브레이크를 밟아 갓길에 차를 세운 주영이 핸들을 내려쳤다. 주먹으로 내려치고 발을 걷어찼다. 죄없는 차가 흔들거리며 통증을 호소해도 아랑곳하지 않고 걷어차고 또 걷어찼다.

'내가 여자인 것이 그리 불안한 건가. 지금도 이리 철없이 밝혀져 버린 진실 앞에 그저 앞으로의 일들이 두려운 건가. 조금만 더 견뎌달라고? 언제까지, 도대체 언제까지! 신명이 내 것이 될 때까지? 늙어 꼬부라져 아무도 나를 신경 쓰지 않을 때까지?'

힘이 빠져 버린 듯 주영이 털썩 의자에 몸을 묻었다.

'그럼 나는? 다시 내가 아닌 모습으로 무언가를 얻기 위해 싸워야 하는 건가? 얻을 때까지? 만족할 때까지? 온전히 여자로 돌아가길 원한 건 아니었는데, 언젠가는 버려야 할 걸 알지만 지금은 아니었는데.'

"아버지, 나도 지금은 아니었어요. 여자를 버리고 사내로만 살기에 지금은 내가 너무 많이 알아버렸어요. 자유로운 기분을, 그리고 그 느낌을……. 아직 하고 싶은 게 너무 많은데, 해보시 못한 세 너무 많은데, 지금이 아니면 못할 것들이 많은데…… 지금은 아니니 버려야겠죠? 더 강해지고 완벽해질 때까지 참아야겠죠? 그리고 나서 다시 돌아가야겠죠? 기다려 줄까요? 그 사람이, 그리고 이 느낌이……. 그때가 언제죠?"

핸들에 몸을 묻어버렸다. 들썩이는 어깨와 새어 나오는 흐느낌을 잠재우려 했다. 목놓아 울어버리면 너무 초라하고 보잘것없어 보여 참으려 했다. 그러나 그것마저 마음대로 되어주지 않았다. 내 맘대로 되지 않는 것들이 너무 많아 비참했다. 그래서 더욱 속상했다.

갓길에 세워진 차 한 대는 그대로 해가 저물 때까지 머물러 있었다. 그리고 뉘엿뉘엿 하늘에 붉은빛이 물들어갈 즈음 부릉거리며 힘차게 땅을 박차고 움직였다. 세상을 향해 다시 움직였다.

10 싸늘한 바람에
옷깃을 여미다

코를 베어가도 모를 만큼 바쁜 날들이 지나고 나니 어느
덧 새해는 서난지 물러나 있었다. 이렇게 창밖을 내다볼 여유
가 생긴 것도 2주 만이었다. 서울이 한눈에 내려다보이는 전망
이 유일한 장점인 이곳에서 오늘의 여유를 축하라도 하는 듯 햇
살 한줄기가 기분 좋게 내려앉고 있었다. 연말과 새해는 가족
들과 함께라고 하던가. 벌써 7년째지만 아직도 어색함의 찌꺼
기가 남아 있는 가족들을 위해 그동안 시간을 할애했었다. 덕
분에 그녀와는 차 한 잔의 여유도 사치인 듯 회사 일에 쫓겨야
만 했다. 이렇게 햇살을 맞으며 눈을 감아보는 시간을 만끽하
니 제일 먼저 생각나는 것은 아무래도 그녀였다. 알지 못하던

시절에는 이 시간들을 어찌 보냈는지 조금의 짬이라도 생길 때면 어김없이 그녀의 얼굴이 떠올랐다. 맛있는 음식을 먹을 때면 다음 약속 장소로 미리 점찍어두고 향기로운 꽃다발에 괜히 두근거리기도 했다. 친구 녀석은 사랑이라고 말한다. 사람들은 감출 수 없는 것이 세 가지 있다고 하던가. 기침, 가난, 사랑……. 지금 내 모습이 마냥 신기하다고 놀림을 받아도 기분이 상하거나 하질 않았다. 변했다고, 이상하다고 주위 사람들이 물어오면 웃고 말았지만 그 뒤의 한결같은 '연애하나?' 라는 사람들의 반응에 변하긴 한 것 같았다. 그러나 굳이 그 모습을, 마음을 숨기거나 일부러 감추고 싶지는 않았다. 할 수만 있다면 자랑이라도 하고 싶은 마음이었다.

"뭐 해요?"

─근무 시간이에요.

하나의 생각이 꼬리를 물고 늘어질 때면 언제나 참지 못하고 다이얼을 누르고 있는 나를 발견한다. 많이 피곤한 듯 건조한 목소리로 그녀가 전화를 받았다.

"늦어요?"

─야근할 것 같아요.

"제가 그쪽으로 갈까요?"

─……아니요. 내일 봬요.

더 이상 수화기를 들고 있기에는 너무도 힘겨운 목소리였다.

"그럼 내일 봐요. 너무 무리하지 말아요."

—네……. 끊어요.

　전화 통화는 언제나 이렇게 이루어진다. 이 내용을 누군가 듣게 된다면 절대로 연인들의 통화라고는 생각지 않을 것이다. 하지만 워낙에 말수가 적은 편인 그녀와 자신 또한 주저리주저리 아무 말이라도 해서 분위기를 띄울 수 있는 성격이 아니기에 이렇게 김치도 익어 맛들 시간이 흘렀음에도 간단한 통화만이 이루어졌다. 요 근래 얼마나 바쁜 것일까, 간단한 통화마저 버거워하는 기분이 문득문득 들곤 했다. 아무래도 너무 오래 만나지 못한 것 같았다.

　지민은 또다시 주영에 대한 생각을 끝없이 펼쳐 놓으며 하루를 마감했다. 언제부턴가 일상의 모든 것에 기준이 되어버린 그녀. 지민의 입가에 함박웃음이 걸렸다.

　몸서리치는 영하의 날씨와는 상관없이 봄인 줄 착가하여 내려온 햇살이 간만에 사람들의 머리를 간지럽히고 있었다. 용케도 알아채고 하나둘 모여드는 사람들로 인해 오랜만에 공원은 활기를 띠고 있었다. 분수대에서 뿜어져 나오는 물줄기가 공중에서 부서지며 오로라를 만들고 한 방울, 두 방울의 물은 주위에 모여든 사람들에게로 다가가 연신 노크를 해대고 있었다.

　톡 하고 물 한 방울이 뺨에 와서 튀었다. 그림 같은 주위 풍경에 연신 눈을 떼지 못하고 있던 주영은 한 방울의 물로 인해 소름이 돋아났다. 사실은 이토록 추운 겨울이었던 것이다. 차가운 물 한 방울에도 오금이 저려지고 얼굴을 반쯤은 가려야 길을 나설 수 있는 그런 날씨였다. 그러나 오랜만의 햇살은 그 겨울을 착각하게 만들어 분수의 유혹에 빠지게 만들었다. 분수를 둘러싸고 있는 테두리에 자리를 잡고 앉아 있던 주영은 얼굴의 물기를 닦아내고 다시금 주위로 눈을 돌렸다. 모처럼 쉬는 휴일 날, 어제의 전화 통화가 마음에 걸렸던 것일까. 꼭 해야 할 일이 있다며 지민이 공원으로 불러내었다. 아침에 문득 눈을 떠 머리맡의 창문을 멍하니 바라보다 한줄기 햇살의 공격을 이겨내지 못하고 일찌감치 길을 나섰다. 창문 안에서의 느낌과는 사뭇 다른 추운 날씨였지만 굳이 다시 돌아가서 차를 가지고 나오지 않았다. 족히 30분은 걸어야 하는 거리였지만 오랜만에 마주한 하늘을 외면하고 싶지 않았다.

아직도 정리가 되지 않은 머리 속. 뒤엉켜서 답답하기만 한 가슴속. 그러나 주영은 담담히 오늘 만남을 정리했다. 민혁에게서 걸려온 전화. 다음 주로 내정된 취임식. 아마도 지민과는 이번 만남이 자유로운 마지막 만남이 될 것 같았다. 그 만남을 마음껏 만끽하여 소중히 간직하고 싶었다.

"솜사탕 사세요."

"네?"

올려다본 곳에는 커다란 핑크 색 솜사탕이 덩그러니 놓여져 있었고, 미처 무어라 대답하기도 전에 손을 잡아 쥐어주고 있었다. 그리고 솜사탕이 내려진 그곳에는 지민이 서 있었다. 같은 크기에 같은 색깔의 솜사탕을 쥐고 지민이 옆 자리에 털썩 주저앉았다.

"놀랐잖아요."

"무슨 생각을 그리 골똘히 해요. 불러도 대답이 없길래 그냥 쥐어준 거예요."

열심히 엄지와 검지를 이용하여 한 귀퉁이를 뜯어 돌돌 말아 입 안에 넣고는 지민이 말했다. 어린아이와 같은 모습에 미소 짓던 주영도 지민이 하는 양을 따라 솜사탕을 먹어보았다. 입 안에서 녹는 솜사탕이 가슴까지 달콤하게 만들어주는 것 같았다.

"오늘 날씨 정말 좋지 않아요? 제가 날을 잘 잡은 거 같네요. 이렇게 가만히 앉아만 있어도 좋은 기분이 들다니."

눈을 감고 하늘을 향해 고개를 치켜든 지민을 그대로 따라해 보았다. 그 모습을 그대로 가슴에 새겨두고 기억하고 싶었다. 왜 이런 행동을 할까? 기분이 어떨까? 한 움큼의 햇살이 얼굴을 완전히 감싸고 있었다. 그동안 비스듬히 올려다본 하늘과는 비교도 되지 않을 만큼 완연한 따스함이 온몸을 감싸고 있었다. 문득 이 사람으로 인해 참 여러 가지를 배우고, 느낀다는 생각이 들었다. 고개를 돌려 지민을 바라보았다. 여전히 지민의 눈동자는 주영을 향하고 있었다.

"왜요?"

"아니에요."

메말랐던 전화 통화와는 달리 주영의 부드러운 표정에 남몰래 안심하고 있던 지민이었다. 아무리 전화 통화라고 하여도 그간 그나마 조금이라도 느껴졌던 감정이 느껴지지 않았던 것이다. 묻는 말에 간신히 대답만 할 뿐, 어떠한 다른 수식어구도 허용하지 않는 주영이었다. 그러나 직접 만나서 얼굴을 마주하니 변한 것이 없었다. 여전히 지민을 따스한 눈길로 봐주고 살며시 보일 듯 말 듯 미소 짓고 있었다. 지민은 지금 이 순간 이렇게 눈을 마주하며 맞잡은 손에 전해지는 온기를 느끼며 전화 통화는 기우에 불과할 뿐이었다고 생각했다.

'전화 통화여서 그렇다고, 전화는 전화일 뿐이라고.'

"우리 오늘 할 거 있는데."

"……?"

손을 잡은 채 먼저 일어난 지민이 영차 하고 주영을 일으켰다. 그리고는 조금 빠른 듯한 걸음으로 어딘가를 향해 걸어가기 시작했다. 한참을 종종걸음으로 걸어가다 문득 멈춰 선 곳은 가로수가 나란히 줄지어 있는 모습의 길가였다. 영화에서나 나옴직한 풍경에 주영의 입에서 절로 감탄이 흘러나왔다. 비록 메마른 가지가 앙상하게 헐벗고는 있었지만, 줄을 맞추어놓은 듯 일렬로 끝이 보이지 않는 길이 상당히 아름다웠다. 나무 사이를 그대로 통과하는 몇 줄기 햇살이 더 빛을 발하였고, 간간이 자전거를 타고 지나가는 사람들의 웃음소리 또한 상쾌한 기분을 더해주었다.

"어때요?"

"멋있어요."

"그렇죠? 얼마 전 신문에서 소개하더라구요. 그래서 와봐야지 벼르고 별러서 온 거예요."

"후후."

한결같은 사람이었다. 나에게 무엇을 그리 해주고 싶을까, 해주어도 돌려받을 수도 없을 텐데. 그래도 지금 이 순간만큼은 지민의 기분에 맞춰주고 싶은 주영이었다. 한 시간 후의 일은, 또 내일 일은 그때 생각하기로 했다. 지금은 나에게 최선을 다해주고 있는 지민의 마음이 한없이 고맙고, 또 고마워 마냥 웃어주고 싶을 뿐이었다.

"우리도 자전거 타요."

"나 못 타는데."

"괜찮아요. 2인용도 있으니까."

기다란 2인용 사선서의 앞좌식과 뒷좌식에 올라다고 이제막 페달을 밟으려는 순간 기우뚱거리며 삐그덕 소리와 함께 자전거가 출발하였다.

"꽉 잡아요. 출발!"

"하아."

순간 비행기를 탄 듯 가슴이 울렁거리는 기분을 느꼈지만 이내 상쾌한 바람과 열심히 페달을 밟는 든든한 어깨에 더할 나위 없는 새로운 기분이 자리를 잡았다. 도와준답시고 페달을 이리저리 돌려보지만 방향을 잡는 데 더 방해만 될 뿐 하나 도움이 되질 않았다. 그저 다리를 걸치고 있는 꼴밖에 되지 않았지만, 그래도 손잡이를 잡고 페달의 움직임도 느껴지자 배우지도 못한 자전거를 모는 기분이 들었다.

"내가 운전하는 것 같아요."

바람을 가르는 소리에 조금 크게 소리를 내어 말을 전했다.

"다음에는 꼭 배워서 자리 바꿔서 타요. 앞자리가 얼마나 좋은데요. 하하."

주영의 용기있는 목소리에 화답이라도 하듯 더 큰 목소리로 농담을 하며 커다란 웃음을 짓는 지민이었다.

30분 정도 열심히 자전거를 타고는 지친 다리를 이끌고 매점 의자에 자리를 잡고 앉았다. 무언가 생각이라도 난 듯 가게 안으로 뛰어간 지민이 일회용 사진기를 들고 돌아왔다. 그리고는 여기저기 풍경을 네모난 렌즈 안에 담아보더니 이내 고개를 돌려 주영을 향해 카메라를 들이밀었다.

"찍지 말아요."

주영이 두 손을 올려 얼굴을 가렸다.

"이렇게 좋은 날, 사진 한 장도 남기지 않으면 그만큼 억울한 게 어디 있겠어요. 사진으로 남길 만큼 너무 눈부셔서 그냥 넘어갈 수가 없어요. 나 좀 봐줄래요?"

말을 마친 지민이 주영의 손을 잡아 탁자 위에 올려놓았다. 어떠한 소원이라도 들어준다 마음먹었는데 거절할 수가 없었다. 주영은 지민이 하는 대로 순순히 손을 거두었다. 몇 장을 이

리저리 찍던 지민이 옆 자리의 커플에게로 뛰어가는 것이 보였
고 무어라 부탁을 하는 듯한 몸짓을 취하고는 이내 주영에게로
돌아왔다.

"우리 같이 찍을 거예요. 한 장만 찍을 거니까 이쁘게 나와야
해요."

귓가에 소곤소곤 속삭이곤 어깨로 팔을 둘러 가만히 주영을
끌어당겼다. 지민의 품에 안기는 모양새로 어색한 표정을 지어
보이는 주영을 향해 카메라를 들고 있는 남자가 웃으라는 제스
처를 지어 보였다. 갑작스런 상황에 아무 말도 하지 못하고 허
무한 웃음이 터지는 순간 셔터가 눌러졌다.

"굉장히 잘 나올 거예요. 기대되네요. 오늘 돌아가서 현상하
고 나오는 대로 바로 보여줄게요."

돌아오는 내내 카메라를 만지작거리며 흐뭇한 표정을 하고
있는 지민에게 주영은 아무 말도 하지 못했다. 자신의 흔적을
남기지 않으려 했는데 이제는 소용없게 되어버렸다. 두고두고
보아가며 가슴 아파할 텐데…… 차마 안 된다고 모질게 거절
하지 못했다. 너무도 좋아하며 들떠 있는 지민의 모습이 그랬
으며 사진 몇 장쯤은 남기고 싶은 자신의 이기적인 마음 한 자
락이 그랬다.

"오늘은 피곤할 텐데 집까지 바래다줄게요."

"괜찮아요. 늘 세워주던 곳에 세워주세요."

공원에서 꿈같은 하루를 보내고 뜨겁게 가슴을 데워주는 저녁 식사를 마친 후 지민의 차에 올라탔다. 비록 길지 않은 시간이었지만 평소 즐기지 않는 자전거를 탄 탓이었을까. 피곤한 기색이 역력한 두 사람이었다. 해는 벌써 자취를 감추어 버렸고 구름 한 점 없었던 오늘 날씨가 거짓말이었던 듯 별 하나 없는 하늘이 드러났다. 운전을 하면서도 내내 기분 좋은 노래를 흥얼대며 말을 걸어오던 지민이 주영의 대답에 웃음기가 사라진 표정으로 앞을 응시하고 있었다.

"아직도 그렇게 부담돼요? 내가 데려다 주는 거요. 아니면 가족들 눈에라도 띄일까 염려하는 건가요?"

"미안해요. 아직은 그러고 싶어요."

경악하는 자신의 마음과는 달리 주영은 너무도 태연하게 대답을 하고 있었다. 애써 표정 관리를 하며 실망에 무너져 가는 마음을 달래는 자신과는 너무도 다른 그녀였다. 그래도 다행이었다. 아직은 아니라고, 그렇게 말은 하지만 안 된다고는 하지 않았다.

"그래요. 그럼 사진이 나오면 아무리 바쁘더라도 평일에 만나요. 그건 괜찮죠?"

확연히 굳어진 표정에 애써 주영을 보며 어색하게 구겨진 웃음을 보이는 지민에게 딱히 해줄 말이 없었다. 긍정도, 부정도.

"그래 볼게요."

주영의 허락 한마디에 가라앉았던 마음이 다시 떠오르는 지민이었다. 주말에만 간신히 시간 내어 얼굴을 마주한 사람이었는데 비록 사진을 빌미로 만나는 것일지라도 일주일을 더 기다리지 않아도 된다는 것에 기분이 한결 나아지고 있었다.

"빨리 현상해야겠네요. 오늘 같이 놀아줘서 고마워요. 오늘 같은 날씨에 혼자 노는 건 정말 하기 싫거든요. 다른 친구 녀석도, 가족들도 아닌 주희 씨가 함께해 줘서 정말 고마워요. 너무 벅차서 일찍 잠들긴 그른 것 같네요."

"아니요, 저도 정말 즐거웠어요. 꿈을 꾼다고 해도 오늘보다 즐겁진 않았을 거 같아요."

주영의 대답에 아까의 상했던 마음이 완전히 회복되고 있었다. 새록새록 비쳐 나오는 불안은 정말 기우에 불과했던 것이다. 시간이 필요할 뿐이었다. 비록 더디게 내딛는 발걸음이지만 그래도 한 발짝 한 발짝 내디딘다면 언젠가는 닿을 수 있을 것 같았다. 희망찬 내일이 눈앞에 펼쳐지고 있었다. 깜깜한 하늘이 왜 이리 밝게만 보이는지. 친구 녀석 말대로 사랑은 감출 수가 없는 것 같았다. 이다지도 벅찬 가슴은 도저히 감출 수 있는 크기가 아닌 것이다.

"잘 가요."

인사와 함께 언제나처럼 굿바이 키스를 나누는 두 사람이었다. 짧은 키스의 여운에 아쉬워하는 지민을 놓아버리고는 주영이 차 문을 열었다. 그러나 차에서 내려선 주영은 금세 걸음을 옮기지 않고 지민을 바라보고 있었다. 무슨 할 말이 있는 걸까,

지민이 물으려 하자 주영은 희미한 웃음만을 남기고 어둠 속으로 사라져 갔다. 무얼 의미하는 것일까, 저 미소는.

행복한 하루와 사랑하는 사람의 미소가 왜 이리 개운치 못한 것인지. 지민은 또다시 쓸데없이 불안한 마음을 누르며 시동을 걸었다. 만남이 반복될수록, 아니, 하루하루 그녀 생각에 시간이 흐를수록 급속도로 빠져드는 자신을 발견하는 지민이었다. 이제는 어떠한 백신도 자신의 바이러스를 퇴치할 수 없을 것 같았다. 이미 감염되어 버린 바이러스는 그녀라는 백신이 아니면 죽을 수밖에 없을 것 같았다. 그녀가 아니면 죽는다……. 푸~ 하고 갑자기 웃음이 터져 나왔다. 이렇게까지 극단적인 생각이 드는 것은 아무래도 여느 시인들이 늘상 노래하는 '그녀가 존재하기에 나도 존재합니다. 같은 하늘 아래에 숨 쉬고 있다는 것만으로도 감사합니다. 나의 심장인 사람이 없는데 어찌 살아갈 수 있겠습니까' 이런 류의 마음인 것 같았다. 읽어도, 읽어도 이해가 가지 않았던 시귀가 절절하게 가슴에 와 닿는다는 것이 비로소 그녀에 대한 마음을 실감나게 만들어주었다.

신명그룹 윤주영 사장 취임식.

"너무 어린 거 아냐?"

"그러게. 윤민혁 회장이 왜 이렇게 서두르는지 모르겠네."

"우리 나라는 이래서 문제라니까. 제 자식한테 넘기기에 급급하지."

"그래도 윤주영은 능력을 인정받았잖아. 윤민혁 회장이 물러나도 물러나는 게 아니지. 뒤에서 떡하니 버티고 있는데 누가 뭐라고 하겠어. 윤주영이 얼마나 실력을 발휘할지는 몰라도 지켜보면 알겠지. 아, 시작하나 보다."

노트북을 펼쳐 든 네댓 명의 기자들이 수군거림을 멈추고 앞을 향했다. 오늘 이 자리는 국내 굴지의 기업의 경영인들과 주요 신문사의 기자들만을 모아놓고 신명의 젊은 새주인을 알리는 자리였다. 윤주영 사장 취임식이라는 커다랗게 쓰여진 플래카드를 등지고 민준이 앞으로 나섰다. 먼저 취임식에 앞서 간단한 인사와 함께 신명그룹의 향후 계획과 사업분야에 관한 프레젠테이션이 이루어졌다. 앞 자리에 자리를 잡고 앉아 있는 민혁과 주영 또한 준비된 스크린으로 고개를 돌렸다.

"여기까지 향후 신명에 관한 프레젠테이션을 마치겠습니다. 그럼 취임식에 앞서 윤민혁 회장님의 말씀이 있겠습니다."

박수와 함께 민혁이 일어서 단상에 올랐다. 희끗희끗한 머리색과는 달리 강렬한 눈빛이 인상적인 민혁이 마이크 앞에서 목을 가다듬었다.

"오늘 이 자리는 우리 신명에 젊은 새주인을 맞이하는 자리입니다. 여기 초대되신 분들은 아마도 많은 염려의 마음으로 걸음을 해주셨으리라 생각됩니다. 하지만 제 자식이기 전에 저 또한 경영인입니다. 혈육에 관한 애정보다는 경영인의 한 사람으로 제 결정에 동의해 주시길 부탁드립니다. 앞으로 신명그룹의 새바람의 주역이 될 만한 충분한 자질과 능력을 갖추고 있기에 저 또한 이른 결정을 내리게 된 것입니다. 국내 경제가 불황을 벗어나지 못하는 상황에서 무엇이 올바른 길이고, 무엇이 신명을 위한 길인가를 곰곰이 생각해 보았습니다. 앞으로 우리 신명은 젊은 주인을 맞아 젊은 생각과 젊은 바람을 일으킬 것입니다. 여기 모이신 분들에게 앞으로 많은 격려와 채찍 부탁드리며 윤주영 사장을 소개하겠습니다."

직접 민혁의 소개를 받으며 주영이 자리에서 일어났다. 생각보다 젊고 약해 보이는 주영에게 사람들의 의혹 어린 시선이 모아졌다.

"부족한 저에게 이런 큰 자리를 내어주신 윤 회장님께 감사드립니다. 한국의 경제를 걱정하시는 여러분들에게 저는 너무도 작은 존재로 비추어질 수 있습니다. 그러나 제 외모만을 가지고 그런 판단을 내리지는 말아달라 말씀드리고 싶습니다. 제 가슴속에 내재되어 있는 꿈과 포부는 누구에게도 뒤지지 않으며 앞으로 제게 주어진 역할과 임무에 부족함이 없이 최선을 다할 것입니다. 저는 이제 한 사람이 아닙니다. 거대한 신명의 식구들을 책임진 사람입니다. 앞으로 저는 신명과 신명의 가족들을 위해 헌신할 것입니다. 저를 믿어주신 분들과 여기 참석해 주신 분들께 다시 한 번 감사의 말씀을 전하며 따스한 눈길로 지켜봐 주시길 부탁드립니다."

길지 않은 인사말에도 사람들은 주영에게서 눈을 떼지 못했다. 아직 어린 나이임이 분명함에도 하나 흔들리지 않는 눈빛으로 한 사람 한 사람에게 눈을 맞추며 말을 하고 있었다. 눈이 마주칠 때면 으레 앉아 있는 사람들은 긴장하여 낯을 붉히고 먼저 주영의 눈빛을 피하였다. 자신보다 한참은 어린 사람에게 압도당했다는 사실이 창피하기도 하였지만, 무엇보다 주영의 말 한 마디 한 마디가 확신이 되어 가슴에 새겨지고 있었기 때문이다. 주영이 단상에서 내려오자 아까와는 다른 눈빛으로 주영을 바라보던 사람들이 하나둘 박수를 치기 시작했고, 진심으로 신명의 새주인을 환영해 주었다.

많이 긴장을 한 것도 아닌데 많은 사람들과 인사를 나누다 보니 어느새 뒷목이 뻣뻣해져 있었다. 잠시 화장실에 다녀오겠다 실례를 청하고 주영이 홀을 빠져나갔다. 주인공인 자신이 오래 자리를 비울 수는 없지만 사람들이 없는 곳에서 잠시나마 눈을 감고 쉬고 싶었다. 호텔 로비로 나와 이리저리 둘러보며 앉을 곳을 찾던 주영이 구석진 곳에 화분에 가려진 의자를 하나 발견하곤 서둘러 걸음을 옮겼다.

"어이쿠."

동시에 두 사람의 입에서 신음 소리가 흘러나왔다. 의자만 바라보다 뛰어오는 앞 사람과 부딪친 주영은 그대로 엉덩방아를 찧었고 나머지 한 사람은 손을 짚은 채 무릎을 꿇고 있었다. 넘어지다 다리를 삐끗한 것일까, 통증이 느껴졌다. 한껏 인상을 찌푸리며 앞 사람을 밀쳐 낸 주영이 몸을 일으켰다.

"죄송합니다. 제가 급해서 미처……."

고개 숙여 사과를 청하고 손을 내밀던 지민이 놀란 눈으로 주영을 바라보았다. 바닥에서 일어서며 손을 털고 있는 주영은 앞 사람은 쳐다볼 생각도 하지 않고 다시 걸음을 옮기려 하고 있었다.

"주영아."

몇 걸음을 옮기던 주영이 흠칫하며 뒤를 돌아보았다. 방금 자신과 부딪친 사람을 알아보곤 놀라 입을 벌린 채였다.

"선배."

"그래. 어쨰 사람을 쳐다보지도 않고 그냥 가냐. 여전하구나. 괜찮니? 아파 보이던데."

"괜찮아요. 선배는요?"

"나야 말짱한데, 어딜 가는데 그리 급하게 가는 거야?"

지민이 한 걸음 다가와 주영의 여기저기를 훑어보며 말했다.

"피곤해서 사람 없는 곳에서 조금 쉬었다 들어가려구요. 선배는요?"

"아! 하하. 난 너 취임식하는 데 가는 거지. 오늘도 늦어서 아버지께 꾸지람 들을까 봐 뛰어가던 중이었어. 저쪽에 앉을까? 너 다리가 불편해 보인다."

절룩거리는 주영을 부축하곤 지민이 한적한 곳에 마련된 의자로 걸음을 옮겼다. 자리에 앉고서도 다리를 주물럭거리는 주영을 보곤 걱정스런 목소리로 지민이 물었다.

"괜찮아? 많이 안 좋은 거 아냐? 약 사 올까?"

"아니에요. 몇 달 전에 계단에서 헛디딘 곳이라…… 흡."

말을 하다가 손으로 입을 막아버리는 주영을 보며 지민이 미소 지었다.

"윤주영이 그새 많이 변했네. 예전에는 빈틈 하나 보이지 않았었는데. 언제 다쳤던 건데? 한 번 다친 다리는 계속 다친다고 하던데."

지민의 눈치를 살피던 주영이 남몰래 가슴을 쓸어 내리곤 대수롭지 않다는 듯 말했다.

"별거 아니에요. 조금 있으면 괜찮을 거예요. 많이 바쁜가 봐요? 오늘도 늦고."

"어? 응, 조금. 아직 능력이 부족한 건지 시간이 모자라."

그동안 주영을 만날 때면 언제든 괜찮다고 말하던 지민이 떠올랐디.

"그래요? 그럼 사람들 만날 시간도 없겠네요?"

"그렇지 뭐. 너도 그렇잖아. 누굴 만날 때면 전날은 무조건 야근이지."

그러고 보니 지민의 얼굴이 조금 야위어 보였다.

"안 좋아 보여요."

"내 얼굴? 요즘 계속 야근을 해서 그래. 누군가를 언제 만날지 몰라서 미리 해놓으려구."

지민의 말에 주영의 입가에 씁쓸한 미소가 떠올랐다.

"그래도 기분은 좋아 보이네요. 좋은 일 있어요?"

"그래 보여? 하하, 숨길 수가 없나 보군."

궁금하다는 듯이 지민을 뚫어져라 바라보는 주영을 향해 멋쩍은 웃음을 보이고 마는 지민이었다.

"좋아하는 사람이 생겼어."

지민의 말에 놀라는 기색 하나 없이 주영이 말을 받았다.

"어. 안 놀라네? 짐작한 건가."

"선배 얼굴 보면서 대충요. 누군데요?"

"궁금은 한가 보네. 선배가 좋은 사람이 생겼다고 하면 축하 먼저 해줘야지."

한껏 밝은 표정으로 자랑스레 말하는 지민을 보며 주영이 축하한단 말을 전하곤 자리에서 일어섰다.

"왜, 벌써?"

"너무 오래 자릴 비운 것 같아서요. 들어가죠?"

"조금 더 쉬어야 하는 거 아닌가."

"괜찮아요. 가요."

아직도 불편해 보이는 주영을 향해 지민이 손을 뻗었다. 그러나 주영은 거절한 채 앞서 걷기 시작했다. 지민을 스치고 지나가는 주영에게서 왠지 모를 익숙한 향기가 맡아졌다.

"흔한 향수인가."

고개를 갸우뚱거리며 지민이 주영을 따라 걸음을 옮겼다.

홀 안에 들어서자 저 멀리서 권 회장이 지민을 향해 손을 들며 걸어왔다. 옆에 나란히 서 있던 주영이 가볍게 고개를 끄덕이며 돌아섰다.

"주영 군."

권 회장의 부름에 주영이 다시 돌아섰다. 영문을 몰라 권 회장과 지민을 번갈아 바라보는 주영의 눈이 순간 번뜩였다.

'설마……'

"아까는 인사도 못했네그려. 내 아들 녀석이 오면 소개를 시켜주려 했는데 이 녀석이 이제야 왔구만. 인사하게. 내 아들 녀석일세."

예전 모임 때 권 회장임을 알아보지 못하고 애길 나눈 적이 있었다. 자신의 아들과 또래라며 꼭 한 번 자리를 마련하자 하셨던 분이다. 그분이 지민의 아버지일 거라고는 상상치 못했던 주영이었다. 놀란 눈으로 권 회장을 마주 보자 지민이 웃으며 말했다.

"아버지, 주영이와 저는 대학 동문이에요."

"아아, 그래? 그런 줄도 모르고 예전에 소개를 시켜주마 했었네."

"아아, 네."

어색하게 웃음 지으며 주영이 간신히 대답했다. 하늘이 무슨 장난을 하려는 거지? 거짓말 같은 우연의 반복. 주영이 지민을 올려다보았다.

"주영이가 놀랐나 보네요. 제가 주영이한테는 아직 아무 말

도 하지 않았거든요. 한창 신문에 오르내릴 때도 아마 외국에
있었을걸요."

"그런가? 그럼 잘되었네. 오늘 아예 자리를 마련함세. 내가
윤 회장에게 물어보지."

"무슨……?"

자신과는 상관없이 이루어지는 두 사람의 대화에 아직도 정
신을 차릴 수가 없는 주영이었다. 지민의 아버지를 만나 인사
를 나누었을 뿐인데, 그 아버지가 예전 마주했던 노신사라는
사실을 알았을 뿐인데 가슴은 주책맞게 날뛰고 있었다.

"이 자리를 마치고 두 사람이 조금 더 많은 이야기를 나누었
으면 좋겠네. 그간 지민의 얘기도 듣고 앞으로 젊은 경영인으
로서의 사업 얘기도 나누고. 어떤가?"

"아…… 네."

얼떨결에 대답을 하고 만 주영의 눈빛이 순간 땅으로 추락하
였다. 잊었었다, 내가 사내라는 사실을. 고개를 숙이고 있는 주
영을 내려다보던 지민이 걱정스레 물었다.

"피곤하지 않겠어? 아버지께서 워낙 급하셔서."

"아니, 상관없어. 어차피 물어볼 것도 있고."

"그래, 그럼."

한편에서는 윤 회장과 권 회장이 두 사람을 가리키며 열심히
대화를 나누고 있었다. 무엇이 그리 즐거운지 내내 흐뭇하게
미소 지으며 두 사람을 향해 고개를 끄덕이고 있었다.

'아버지, 즐거우세요?'

윤 회장을 바라보는 주영의 눈빛이 흐려졌다.

취임식을 마치고 레스토랑으로 자리를 옮긴 지민과 주영은 저녁 식사를 마친 후 가벼운 와인을 마시고 있었다. 식사 내내 말이 없는 주영을 걱정스레 바라보던 지민이 입을 열었다.

"내가 너무 말이 많았나. 피곤해 보인다."

"아니요."

또다시 간단한 대답이 흘러나오자 포기한 듯 지민이 고개를 숙였다. 대학 이후 군대 얘기며 다시 만난 가족들과 회사 얘기를 쉴 새 없이 뱉어내던 지민은 이미 다 안다는 듯 고개만 끄덕이는 주영을 보고는 오늘 이 자리를 후회하고 있었다.

"마저 얘기해 줘요."

자리를 옮기고 처음 주영의 입에서 먼저 말이 터져 나왔다. 기쁨도 잠시 고개를 들어 바라본 주영의 눈빛은 어둡기만 했다.

"무슨 얘기?"

"좋아하는 사람."

"아아."

주영이 흥미를 보이자 새삼 흥분이 되는 지민이었다. 좋아하는 사람이라는 단어만으로도 지민의 가슴은 벅차올랐다.

"그 사람 만난 지는 얼마 안 됐어. 근데 너무 오래 알았던 사람 같은 기분이야. 인연이라 그런 건가."

인연을 말하며 반짝이는 지민의 눈을 바라보는 주영의 가슴에 찬바람이 불어왔다. 시리고 시린 기분.

"아마 내가 말하면 믿지 않을 거야. 첫눈에 반해서 내가 쫓아갔어. 도망가려던 사람을 내가 붙잡았지. 사실 나 역시 지금도 믿기지 않아, 어디에서 그런 용기가 생겼는지. 근데 너무 웃기는 건 그러길 잘했다고 내내 나를 칭찬하고 있는 나 자신을 발견한 거지."

그녀와의 만남을 회상하며 아련해지는 지민의 눈을 바라보다 주영이 고개를 돌렸다. 창밖에 하나둘 한 여자와 한 남자의 만남이 그려지고 있었다.

"신기한 사람이야. 어디서 그런 힘이 생기는지 요즘은 마구마구 힘이 솟아. 아무리 바쁘고 피곤해도 그녀만 생각하면 금세 말짱해지거든. 거짓말 같고, 꿈같고, 이런 게 사랑인가."

와인 몇 잔에 취하기라도 한 것일까. 생전 하지 않는 말을 쉽게 털어놓는 자신을 발견하곤 지민이 어색한 웃음을 지어 보였다.

"그 사람 어디가 좋아요?"

주영이 지민을 돌아보며 물었다. 떨리는 음성이 갈라져 새어나왔다.

"글쎄, 어디가 좋다라고 말하기보다는 그 사람 자체가 좋아. 퉁명스레 말하는 것도, 언뜻언뜻 알 수 없는 눈빛도, 조심스런 손길도 그 사람이기에 좋아. 쑥스럽다."

쑥스럽다 말하며 두 손으로 얼굴을 비벼 붉은 기를 감추려 하는 지민의 귀에 주영의 말이 흘러들었다.

"다 알아요, 그 사람에 관해?"

순간 멈칫하며 주영을 바라보다 지민이 자신없다는 듯 머뭇머뭇 입을 열었다.

"아니, 아직 다 알지는 못해. 집이 어딘지도, 심지어 집 전화번호도. 근데 궁금해 미칠 것 같은데 묻진 않아."

"왜요?"

"먼저 말해 주길 기다리고 있어. 아직 나에게 온전히 마음을 열지 않아 조심스러운 거겠지. 기다릴 거야. 언젠가는 말해 주겠지, 변치 않는 나를 보면."

"마음을 열지 않는다 생각해요?"

무심결에 튀어나온 차가운 말투에 수영이 와인을 들어 한 모금을 들이켰다.

"모르겠어, 왜 말해 주지 않는 건지. 아마도 무슨 사정이 있는 것 같은데…… 내가 그리 편한 사람이 되어주질 못하나 봐."

지민의 말끝에 서운함이 묻어났다.

"그게 사랑인가요, 기다리는 것만이? 그러다 그녀가 사라져 버리면 찾을 수도 없잖아요."

주영의 말에 지민이 놀란 듯 고개를 번쩍 들었다. 불안한 듯 흔들리는 눈동자가 주영을 쏘아보고 있었다.

"왜 그런 생각을 하지? 나에게 아직 맘을 열어주진 않았어도 그럴 사람은 아냐. 그러진 않을 사람이야. 가슴속에 조금이라도 나에 대한 사랑을 품고 있다면 그러진 않을 거야."

벌컥벌컥 와인을 들이키고는 지민이 불쾌한 듯 주영을 바라보았다.

"사랑이라면서요? 근데 사랑하는 사람에 대해 확신조차 하지 못하잖아요."

"많이 모른다고 확신이 없다는 건 아니야."

"그녀의 사랑을 확신해요?"

"그건……."

딱히 할 말을 찾지 못한 지민이 주영의 눈을 피하며 얼버무렸다. 날카로운 주영의 말이 그대로 표적에 꽂히고 있었다.

"선배는 지금 아무것도 모르잖아요. 그 사람의 신상에 관한 것도, 심지어는 마음속까지. 선배가 사랑이라 확신하면서 어떻게 그럴 수 있죠?"

또박또박 말을 꽂아대는 주영을 향해 지민이 야속한 눈빛으로 쳐다보았다. 정곡을 찌르는 말들이 마치 안일한 자신을 비웃고 있는 듯했다.

"이제 알아갈 거야. 차츰 알아갈 거야. 내 마음이 확실하다는 걸 보여줄 거야. 그럼 그녀도 보여주겠지."

"하아, 그럴까요?"

조롱 섞인 주영의 웃음에 지민의 입가가 비틀어졌다.

"내가 그렇게 한심해 보이니? 너한테 자랑하고 싶었는데 비웃음만 샀구나."

"내가 심했다면 미안해요."

주영이 지민을 외면한 채 창으로 고개를 돌렸다. 자신도 모르게 날카로운 비수가 되어 튀어나온 말들. 답답한 가슴에 터져 버린 응어리들.

'사랑인가요? 그 사람을 앞에 두고 사랑을 얘기하는 게 사랑인가요? 난 잘 모르겠네요, 어떤 게 사랑인지. 알아봐 달라 말하는 건 아니지만 내 눈을 똑바로 바라보고 사랑을 얘기하는 선배를 믿지 못하겠어요.'

"나도 미안하다. 내가 서툴러서 그래. 사랑에 관한 것도, 사람에 관한 것도. 너한테 많이 배우는구나. 덕분에 앞으로 해야 할 일이 많이 생겨 버렸네."

귀를 디고 흐르는 지민의 목소리에 가슴이 아파왔다. 상처를 주려고 한 것도, 자책하게 만들려 한 것도 아니었다. 그저 화가 나고 억울해서……. 와인 몇 잔에 격해진 감정이 부질없게 느껴졌다.

"근데 그녀 앞에만 서면 나는 너무 작아져 버려. 속 시원히 말해 달라, 나를 봐달라 하질 못하겠어. 조심스럽기만 해. 안쓰러워 보이기도 하고, 아파 보이기도 해. 내가 상처를 건드려 버리면 터져 버릴 것만 같아서."

"선배…… 나를 봐요."

지민의 말을 끊어버리고는 주영이 말했다. 무슨 말을 하는 것인지 모르겠다는 듯 지민이 하염없이 깊고 깊은 눈동자를 마주했다. 무언가 보일 듯 말 듯, 생각날 듯 말 듯. 예전 언젠가 이런 기분을 느꼈던 적이 있었다. 서서히 가늘어지는 눈으로 주영을 바라보던 지민이 고개를 저어냈다. 억지로 무언가를 털어내려는 듯 지민이 황당한 웃음을 지었다.

"하아, 여전히 나는 너를 모르겠다."

지민의 말에 주영의 입가에 미소가 지어졌다. 쓸쓸함을 넘어선 공허함.

"난 선배를 모르겠어요. 모르는 선배를 모르겠어요. 먼저 갈게요."

일어서서 걸어나가는 주영의 뒷모습을 멍하니 바라보던 지민이 세차게 한 번 더 고개를 저었다. 그리고는 병에 남은 와인을 모두 따라 들이켰다.

"윤주영, 무얼 보라는 거야? 도대체 무얼 보라는 거야? 왜 그런 이상한 말을 하는 거지? 왜 그런 눈을 하는 거지? 내가 뭘 잘못했는데? 왜 나는 너만 보면 당황하는 거지?"

혼잣말을 중얼거리던 지민이 다시 고개를 들어 주영의 뒷모습을 바라보았다. 또각또각 걸어가는 뒷모습. 짧은 머리, 길고 하얀 뒷목. 주머니에 손을 찔러 넣은 익숙한 모습.

"그래, 넌 윤주영이야. 그저 기억 속의……. 근데, 근데 왜 내가 너에게 죄를 지은 것만 같지? 왜 이렇게 가슴이 아픈 거지?"

돌이 된 것만 같다. 혼자 남겨진 채 돌아서는 니 모습에 바보 같은 돌이 되어버린 것 같다.

혼잣말을 중얼거리다 끝내 입 안을 맴돌던 말을 뱉어내지 못하던 지민이 번쩍 고개를 들었다. 주영을 찾으려 했으나 보이지 않았다. 사라져 버렸다. 눈앞에서 잡지 못하고 사라져 버리게 만든 것만 같았다. 굳어버린 채 움직이지 못하고 혼자 가슴만 쥐어뜯는 꼴이 아픈 기억을 떠올리게 했다. 꼭 오늘과 같은 기분을 느끼게 만들었던 그날의 악몽을……

호텔을 빠져나와 시원한 바람을 맞고 선 주영이 주머니에서 손을 빼어 머리를 쓸어 넘겼다. 쉽사리 걸음을 옮기지 못하고 뒤를 돌아보고는 이내 체념한 듯 고개를 떨구었다. 작아져 버린 어깨 위로 쓸쓸한 바람이 내려앉았다.

'나 기회를 줬어요, 선배에게……. 그 기회를 차버린 건 선배였어요. 자신이 없네요. 나를 마주한 채 나를 말하는 선배를 바라볼 자신이 없네요. 이기적인 거겠죠? 모르는 것이 당연한데, 몰라야 정상인데. 나 피하고 싶은 건지도 몰라요, 점점 커져 버리는 선배를 향한 마음을. 몰라준다 생각하는 야속한 마음을, 잘라야 하는데 자르지 못해 애써 변명거리를 찾고 있는 내게서 도망가고 싶은가 봐요. 언젠가 알아버릴 선배의 눈동자가 보기 싫어서……. 더 늦기 전에 가야겠어요.'

11 사라지다,
　　　사라지지 않다
　‥‥‥‥‥‥‥‥‥‥‥‥‥‥‥‥

평일 저녁임에도 종로의 거리는 무언가를 찾아 헤매는
사람들로 가득 차 있었다. 이쪽저쪽을 바삐 살피며 누군가를
기다리는 사람들 틈에서 지민 역시 오늘 약속의 주인공을 기다
리고 있었다. 오랜만에 나선 종로에 아직 익숙하지 못한 지민
이 가볍게 어지럼증을 느꼈다. 아무래도 뒤쪽으로 한참 물러나
있어야 할 것 같았다. 패스트푸드 뒤쪽 골목은 비교적 한산했
으며 의자는 아니었지만 엉덩이를 붙이고 앉을 만한 장소도 눈
에 띄었다. 지끈지끈 쑤셔오는 머리를 부여잡고 얼른 주저앉았
다. 차를 주차시키고 걸어오는 내내 현란한 네온사인과 시끄러
운 음악 소리가 혼을 빼어놓았다. 약속 장소로 얼른 도망가고

싶은 마음에 바삐 걸음을 옮겨 도착한 이곳은 지민이 생각하던 편안한 안식처가 될 만한 장소는 아니었다. 갖가지 화음으로 일 초도 쉬지 않고 울려대는 핸드폰 벨소리와 통화하는 사람들의 목소리가 귀를 웅웅대며 연신 울려대고 있었다. 하필 이런 곳에서 만나자고 하다니……. 목을 조이는 넥타이를 풀어 손에 들고는 단추를 하나 끌렀다. 조금 숨통이 트이는 기분이 들자 이번에는 지민의 핸드폰이 울려대기 시작했다. 진동으로 해놓아서 다행이라는 생각이 들었다. 아마 자신의 핸드폰까지 요란한 소리로 울어댔다면 핸드폰의 운명이 어찌 됐을지 지민 역시 장담하지 못했을 것이다.

"여보세요."

—야! 너 어디 있어? 도통 찾을 수가 없네.

"진정해라. 뒤쪽으로 돌아와. 너무 복잡해서 여기 앉아 있으니까."

—어? 알았어. 5초만 기다려라. 날아간다. 슝~ 하하.

폴더를 닫으며 싱거운 자식이라고 혼자 중얼거리고는 자리를 털고 일어났다. 저만치에서 날아온다던 민철이 헐레벌떡 뛰어오며 손을 흔들어대고 있었다.

"어이~ 권 사장. 크크."

"헤헤거리지 마라. 입에 파리 들어갈라."

"이 겨울에 파리가 어디 있냐? 있음 종말이 가까워온 게지. 껄껄."

노상 웃어 젖히는 민철에게 타박을 주면서도 오랜만에 만난 친구가 마냥 반가울 뿐이었다.

종로 골목, 골목에 위치한 피맛골 중에서도 비교적 오래된 주점 구석에 자리를 잡고 앉았다. 바쁘다는 핑계로 대학 졸업 이후에는 맘 편히 술잔 한번 기울여 보지 못했었다. 문득 생각이 났었던 옛친구 녀석과 맘이 통했던 것일까, 술 생각이 난다며 오랜만에 종로를 제안한 민철이었다. 겨우 한 사람만이 지나다닐 정도의 통로와 4인용 나무 탁자였지만 아득한 포근함이 느껴지는 곳이었다. 이제부터 시작이라며 큰소리치고 재킷을 벗어 민철에게 건네고 지민이 먼저 손을 씻으러 자리에서 일어났다. 오랜만에 만나도, 이렇게 어른이 되어 만나도 언제나 한결같은 친구였다. 함께하면 즐겁고 입맛도, 술맛도 절로 살아나는 친구였다. 지민의 재킷을 받아 들고 자신의 것과 함께 뒷자리의 옷걸이에 걸려는 찰나 지민의 안 주머니에서 뭉치 하나가 떨어졌다. 서둘러 옷을 걸어두고 뭉치를 들고 탁자에 앉자 꺼내보았다. 금방 현상한 듯한 사진이 필름과 함께 쏟아져 나왔다. 지민이 돌아오기 전에 얼른 보고 넣어두려는 심사로 뭉치를 탁탁 탁자에 두드려 정리를 하고는 한 장 한 장 넘기기 시작했다.

"야, 이 자식이 형님 허락도 없이 사진을 보다니. 벌이다. 이얍~"

손으로 칼 모양을 만들어 민철의 어깨를 한 방 내려치고는 장난스런 웃음을 짓고 자리에 앉았다. 짐짓 심각한 표정으로 사진을 뚫어져라 바라보던 민철이 고개를 들었다. 알 수 없다는 눈빛과 의혹에 찬 눈빛. 지민은 피식 웃음을 지어 보이며 술잔을 들어 건배를 청했다.

"그렇게 보지 마. 보여주려고 가져온 거니까. 어때?"

이제야 보여준다고 질책하는 듯, 이 사진의 인물이 지금까지 말해 왔던 그녀가 맞느냐는 듯, 민철은 입 밖으로 말을 내뱉지 않고 그렇게 눈으로 물었다.

"잘 어울린다."

예상 밖의 너무도 얌전한 대답이었다. 야, 이 자식아, 이제야 보여주냐, 실물이 보고 싶다라는 호들갑스런 반응을 기대했던 지민은 뜻밖의 민철의 대답에 무언가 잘못되었나 사진을 받아 다시 살펴보았다. 달리 이상한 점은 발견할 수가 없었다. 어색하게 웃는 그녀 옆에는 혼자 무엇이 그리 좋은지 함박웃음을 짓고 브이 자를 그리고 있는 자신이 보였다. 짧은 머리의 그녀는 여성스러워 보이는 외모는 아닐지라도 사진 속에서도 뚜렷한 이목구비가 상당한 미인으로 보였을 것이다.

흐뭇한 표정으로 사진을 넘겨 보고 있는 지민을 묵묵히 바라보던 민철이 술잔에 술을 따라 입 안에 털어 넣었다. 이제야 보게 되는 친구의 여자는 너무도 많은 생각이 들게 하였다. 그날 피아노 사건 이후로 자세히 본 것은 처음이었다. 그날도 무언가 개운치 못한 기분이 들었는데 사진 속의 인물은 누군가와 너무도 닮아 있었다. 순간 그 녀석으로 착각하게 할 만큼……. 그러나 여자였다. 이 사진 속의 사람은 여자였다. 그것도 지민 의 여자…….

"맘에 안 드냐? 떨떠름한 표정이 영 아닌데?"

걱정스런 눈빛으로 고개를 숙여 살피는 지민을 향해 주먹을 날려 보이고는 특유의 웃음을 지어 보였다.

"임마, 맘에 안 들긴 왜 안 드냐. 니가 좋다는데. 그럼 나도 좋아."

"큭큭. 그럼 그렇지. 나중에 자리 만들어서 직접 보여줄게. 반하지는 말아라."

"그렇게 자신있냐?"

"응."

대답을 하며 세차게 고개를 위아래로 흔들어대는 지민을 보 고는 민철은 자신의 의혹을 말끔히 털어버렸다. 기우였다. 지 민이 몰랐을 리가 없었다. 여자라고는 몰랐던 지민이 이렇게 눈까지 빛내며 환한 웃음을 짓고 있었다. 너무 벅차 도저히 감 출 수가 없다는 듯 온몸으로 빛을 뿌려대고 있었다. 눈이 부신 친구 녀석의 몸짓이 까만 불안을 삼켜 버렸다.

"슬슬 풀어놔 봐."

취기에 몸이 젖어들기 시작할 무렵, 뺨에 약간의 홍조를 띤 민철이 머리를 헝클어뜨리며 지민을 재촉했다.

"그럴까."

"뭐가 그렇게 비싸냐. 양가 부모님들한테 인사는 한 상태야?"

"아니, 아직."

대답하는 지민의 눈에 언뜻 어두운 기색이 비추어졌지만 이내 사라졌다. 그러나 그것을 놓치지 않은 민철이었다.

"아직은 아냐. 집 근처에도 못 가봤어. 만난 지 얼마 되지도 않았잖아."

"니 마음은?"

"내 마음? 내 마음이 중요한가."

"대학 졸업하고 니가 이렇게 밝은 모습인 건 처음이었다. 갑자기 달라진 환경에서 애써 태연한 척 애쓰는 모습이 얼마나 위태로워 보였는지 모른다. 작년에 니가 흥분해서 전화 걸었던 것 기억나냐? 누군가를 만났는데 가슴이 떨린다면서. 훗, 그날 밤 나도 잠을 설쳤었다. 점섬 메말라만 가던 니 가슴이 다시 살아나고 있다는 사실에 나도 얼마나 들떴었는데, 그런 모습은 처음 봤다. 지금 니 마음이 어떤지 듣지 않아도 충분히 알 수 있어. 이렇게 확실한데 뭘 망설이는 거야?"

"뭘 그렇게 잘 아는데?"

튕기는 듯 말을 받아쳤지만 지민은 알 수 있었다. 민철보다 자신을 더 많이 아는 사람은 없었다.

7살, 세상이 마냥 신기하게만 보여야 하는 그 나이에 두 사람은 칠흑 같은 어두운 눈빛을 하고 처음 만났다. 민철은 갓난 아이 때 버려져 고아원에서 꿋꿋하게 자라온 듬직한 아이였고, 지민은 하나뿐인 가족을 잃고 한순간에 혼자가 되어버린 상처 입은 아이였다. 말이 없고 혼자 있기를 좋아하는 눈이 슬펐던 아이를 형처럼, 친구처럼 보듬어준 사람이 민철이었다. 두 눈 가득 눈물을 머금고 누군가 건드리기만 하면 머리를 들이밀고 주먹부터 휘두르던 지민을 묵묵히 막아주었다. 그리고 일 년이 지난 어느 날 지민은 민철이 부모의 얼굴조차 모른다는 사실을 듣게 되었다. 자신보다 불행한 사람은 없을 거라고…… 더 슬픈 사람은 없을 거라고…… 그렇게 생각했었다. 철없던 시절 작은 가슴에는 상처 하나만이 덩그러니 남아 그렇게 세상을 미워하고 원망했었다. 그런 자신에게 따뜻한 손을 내밀어준 사람이 민철이었다. 힘들어하는 자신을 보며 부러워했다며, 자신은 가져본 적이 없어 잃어버리는 것이 무엇인지도 모른다며, 그래서 아파할 수도, 울 수도 없다며 머리를 긁적거리며 머쓱하게 웃으며 손을 내밀었었다. 그 이후로 두 사람은 무엇을 하든 함께했고, 같은 학교에 다니기 위해 앞서 나가지도, 뒤처지지도 않았었다. 친구라고 불리기엔 아깝고 형제라 불리기엔 모자른…… 두 사람은 그런 사이였다.

"내가 너를 몰라주면 누가 알아주겠냐? 난 니 목소리만 들어도 기분이 어떤지, 무슨 일이 있었는지 안다."

"큭큭. 그래, 너밖에 없다. 마시자. 오늘 한 번 죽어보자."

술잔을 높게 치켜들고는 건배를 청하는 지민의 눈에 무언가 아픔이 느껴졌다.

"나 안 망설여. 이젠 안 망설일 거야."

평소보다 과했던 탓인지 말끔하게 속을 게워낸 지민을 부축하여 겨우 택시에 올라탔다. 가물가물 정신을 잃어가는 지민의 머리를 의자 뒤편에 기대어주고는 민철 역시 취기가 올라 눈을 감고 있었다. 잠든 줄만 알았던 지민이 입을 연 건 그때였다.

"그 사람도 나처럼 서툴러. 어떻게 사랑해야 하는지, 어떻게 표현해야 하는지 많이 서툴러. 다가오기만을 기다리지 않을 거야. 내가 더 많이 다가갈 거야⋯⋯."

눈을 떠 지민을 돌아보았으나 여전히 눈을 감은 그대로였다. 취중진담이라고 했던가. 술이 약하지만은 않은 친구 녀석은 맨정신에 못하던 말들을 술을 빌어 내뱉고 있었다. 자신의 마음을 말하고 싶었던 것이다. 혹여나 온전히 밀해 주지 않아 자신이 서운해할까, 이렇게라도 말을 해주고 있는 것이었다. 작정을 하고 취한 술이었다.

"놓치면 다시는 그런 사람 못 만날 것 같다. 그런 사람 없을 것 같아⋯⋯. 아니, 벌써 그 사람이 아니면 안 되게 돼버렸어."

지민의 말 한 마디 한 마디가 얼마나 큰사랑을 품고 있는지 너무도 투명하게 비춰주고 있었다. 다시금 눈을 감고 지민과 똑같은 자세로 의자에 머리를 기대었다. 용기를 주고 싶었다. 힘을 주고 싶었다. 가만히 손을 꾹 잡아주었다.

"그래, 놓치지 마라. 난 언제나 니 편이다. 그러니까 이제 눈 좀 붙여. 정신을 차려야 집에 들어가지."

걱정스런 민철의 말투에 슬그머니 입가에 미소를 띠며 맞잡은 손에 힘을 주었다.

"너한테는 말해야 할 것 같았어. 너는 내가 잘못했다 말하지 않을 거 같았어. 누구라도 나에게 잘하고 있다 말해 주길 바랐어."

민철의 입가에도 서서히 미소가 퍼지기 시작했다.

사랑을 말하는 사람들은 모두 아플까······.

오랜만에 민철과 만나 너무 과음을 한 탓일까. 쓰린 속을 달래가며 커피 한 잔을 들고 지민이 창문 앞에 섰다. 요 근래 바쁘다며 만남을 피하던 그녀가 갑작스레 여행을 제안했다. 어떻게 받아들여야 하는 건지. 더 가까워졌다 생각이 들다가도 한편으로 석연치 않은 기분을 지울 수가 없었다. 그동안 바빠 피곤하다며 바람을 쐬고 싶다 말하는 그녀의 말을 그대로 받아들여야 하는 건가. 지민이 들고 있던 식어버린 커피를 한 모금 마셨다. 블랙의 차가운 커피가 쓰린 속을 더욱 쓰리게 만들었다. 단순히 바람을 쐬고 싶어 바다가 보고 싶은 것이라면 문제될 것이 없지만 보통 사람들은 주변에 변화가 있거나 복잡한 무언가를 정리하고자 할 때 바다를 찾곤 한다. 만약 그녀가 그런 생각을 가지고 있는 거라면······.

지민이 세차게 고개를 저었다. 문득 너무 앞서 간다는 생각이 들었다. 며칠 전 주영의 말 때문인가. 지민이 다시 서류를 펼쳐 들며 불안한 생각을 떨쳐 내었다. 오늘 오후의 여행을 위해서는 이런 쓸데없는 생각을 할 시간이 없었다. 그리고 이런 마음은 아직 내 사람이 아니기에 생기는 연인에 대한 지극히 정상적인 불안함이라 여겼다.

시린 바람이 몸을 에이고 파란 하늘을 기대했던 바람은 너무 큰 욕심이었을까, 은회색 빛의 하늘이 왠지 모르게 쓸쓸해 보였다. 쇼윈도에 진열된 너무도 멋스러운 옷들을 멍하니 바라보던 주영이 그 속에 자신을 바라보았다. 목도리가 차가운 바람을 완전히 막아버리기라도 하려는 듯 얼굴의 반을 가리고 있었다. 너무도 안 어울리는 모양새. 풀어버릴까?

손을 올려 목도리를 쓰다듬어 보았다. 너무도 부드럽고 따뜻한 감촉, 이내 손을 움켜쥐고는 다시금 주머니에 쑤셔 넣었다. 바람에 날려 원래의 모양을 짐작할 수 없게끔 헝클어진 머리카락이 눈을 찌르고 있었지만 주머니 속에서 얼어버린 손은 나올 생각을 하지 않았다. 이 계절과 너무도 닮아버린 눈빛과 메마른 입술, 그리고 추위로 인해 상기된 얼굴……. 혀를 내밀어 입술을 적시고는 쇼윈도로 눈을 돌릴 찰나 저만치서 살금살금 자신에게 다가오는 지민이 눈에 보였다. 자신이 보고 있다는 걸 모르는 것일까. 코트 주머니에 두 손을 찔러 넣고 잔뜩 움츠린 채 뒤꿈치로 소리를 내지 않기 위하여 애쓰는 모습이 너무도 우스웠다. 모른 척해주려는 마음과는 달리 그만 픽 하고 웃음이 새어 나와 버렸다.

몇 걸음을 남겨두고 잔뜩 기대에 부풀어 다가오던 지민이 고개를 숙이고 어깨를 들썩이는 주영을 보자 그 자리에 멈추어 섰다. 괜스레 미안한 마음에 쉽사리 돌아서지도 못하고 웃음을 거두려 숨을 가다듬었다.

"돌아서요. 다 보고 있었잖아요."

애써 아무렇지 않은 표정으로 돌아서자 지민이 허탈한 듯한 표정으로 두 손을 올렸다가 툭 하고 털어버렸다.

"미안해요. 여기가 너무 잘 보여서."

손가락으로 쇼윈도를 가리키며 너무 깨끗하다고 탓하고 있었다. 기가 막히다는 표정으로 주영을 바라보던 지민의 표정이 이내 굳어졌다. 며칠 새 너무도 수척해진 얼굴. 핏기가 가신 창백한 얼굴에는 덩그라니 눈, 코, 입이라고 불리는 것들이 색깔을 잃어버린 채 자리하고 있었다. 애써 털어내려 했던 불안감이 어느새 가슴을 짓누르고 있었다.

"멍청한 내 탓이죠. 뻔히 보일 텐데. 정말 단순하지 않아요? 내가 생각해도 어딘가 조금 모자란 거 같아요. 춥죠? 얼굴이 말이 아니에요. 얼른 가요. 이러다 쓰러지겠어요."

"⋯⋯?"

무슨 말이냐는 듯이 쳐다보는 주영의 눈빛을 무시한 채 손을 잡고 서둘러 걷기 시작했다. 주머니 속에 얌전히 있었을 법한 손은 꽁꽁 얼어 있었다. 커다랗고 투박한 자신의 손에 딱 들어 맞는 작은 손을 온전히 감싸고는 코트 주머니에 함께 쑤셔 넣었 다. 그 행동이 부드럽지만은 않아 살짝 눈살을 찌푸리고 있는 주영이었다. 이렇게 서두를 만큼 바람이 세찬 것도 아니었고, 쓰러질 만큼 떨고 있지도 않았다.

"나 별로 안 추워요."

"말도 하지 마요. 바람 들어가요."

그대로 굳어진 얼굴로 차를 향해 돌진하는 지민에게 더 이상 의 어떠한 말도 용납되지 않을 것만 같았다. 목도리에 얼굴을 더 깊숙이 묻어버리고는 총총 발을 맞추었다. 오늘따라 유난스 러운 날씨였다…….

"어때요? 따뜻해요? 조금 더 가야 따뜻해질 거예요. 이럴 줄 알았으면 끄지 않고 내리는 건데."

"나 하나도 안 추워요. 지민 씨야말로 얼굴이 얼었는데요."

얼음처럼 차갑고 가느다란 손가락이 뺨에 와 부딪쳤다. 가만 히 한 번 쓰다듬고는 이내 사라졌지만 그 감촉만은 어떤 고급 실크보다도 부드러웠다.

"휴우~ 화도 못 내겠네요, 이렇게 한 방에 날려 버리니. 왜 그렇게 미련해요? 일찍 도착하면 무조건 따뜻한 커피랑 기다리 라고 한 말 잊었어요? 아무리 거기서 만나기로 약속했어도 근처에 들어가서 메시지 한 번이면 되는데. 정말 미련해요."

툭툭 내뱉는 지민의 말투에 이제야 따뜻한 기운이 몸을 감싸고 돌았다.

"나 그렇게 약하지 않아요. 이 정도 추위에는 끄떡도 안 한다구요. 그러니까 걱정하지 말아요."

'그리 말하는 그녀가 왜 이리 미덥지 못한 것일까.'

따뜻해진 차 안 공기에 목도리를 풀어 무릎에 올려놓는 주영을 힐끔 보았다. 아슬아슬하게 머리를 받치고 있는 가느다란 목이 너무도 위태로워 보였다. 짧은 머리에 드러난 얼굴 윤곽은 더욱 선명해져 있었고, 까만 피부가 매력적이었던 얼굴빛은 하얗게 바래져 있었다.

"어디 아팠어요?"

"안 아팠는데, 상했어요?"

"많이요. 밥은 먹고 다니는 거예요?"

지민의 말에 손을 올려 얼굴을 쓰다듬어 보았다. 그런 건 잊은 지 오래였다. 일상적인 생각은 포기한 채 일에만 매달렸다. 조금 더 강해지기 위해, 더 올라서기 위해. 취임식 이후 지민과는 연락을 끊을 생각이었다. 그러나 어느새 음성 메시지를 확인하며 잊지 않고 매일매일 전화를 걸어주는 지민의 목소리에 안도하고 있는 자신을 발견했다. 다시 한 번 마주하고 싶었다. 마지막 만남이라 거창하게 규정 지었지만 이기적인 마음 한 번 더 이기적이 되기로 마음을 먹었다. 겨울잠에 들어가기 전 추억이라 불리는 양식을 저축해야만 할 것 같았다. 비록 지민에겐 독이 될지라도…….

"그동안 회사 일로 무리를 좀 했나 봐요. 아프지 않아요."

"사장을 한 번 만나야겠어요. 직원을 이렇게 혹사시키고 얼마나 성공했는지 한 번 봐야겠어요."

억지스런 지민의 말에 그저 희미한 웃음만 지을 뿐이었다.

"아니면 우리 회사로 와요. 난 그런 사장 아니니까."

"피～"

"농담 아니에요. 한 번 생각해 봐요. 그리고 이제부터는 내 맘대로 하게 해줘요."

"……?"

"집 앞까지 데려다 줄 거고, 평소에도 보고 싶으면 전화해서 만나자고 할 거예요. 제 친구한테 주희 씨 자랑하며 보여주고, 부모님께 인사도 드릴 거예요. 너 이상 이렇게 머뭇거리며 속상해하지 않을 거예요."

"……."

그런 귀찮은 일들을 못하는 것이 왜 속상한 것일까. 주영은 아무것도 모르는 것이 사랑이냐 물었던 자신을 떠올렸다. 마음에 두고 있는 것일까. 지민을 바라보며 주영이 고개를 끄덕였다. 사내의 모습으로 마주할 자신은 없지만 여자인 자신으로서는 지민의 바람을 들어주고 싶었다. 생떼를 쓰는 어린아이처럼 눈 가리고 아웅하는 지민을 원망했으나 이젠 그럴 필요도, 이유도 사라져 버린 것이다. 다만 언제 들어줄 수 있다고는 말해 줄 수가 없다. 그건 허락해 주는 나조차도 모른다. 그저 평생 중 들어줄 수 있는 날이 돌아오기만을 바랄 뿐……

"이제 속상해하지 말아요. 지민 씨가 하자는 대로 다 할게요."

기대하지 않았던 말들이 쏟아져 나오자 내심 자신없어 불안했던 마음이 싹 사라져 버렸다. 이렇게도 쉬운 일인 걸, 그동안 소심하게 끙끙거렸던 자신이 정말 한심하게 느껴졌다. 진작에 용기를 내어볼 걸 하는 후회가 밀려들기 시작했다.

"이럴 줄 알았으면 진작 말할 걸."

또다시 툴툴거리는 지민의 목소리를 들으며 주영은 의자에 머리를 기대고 살며시 눈을 감았다. 피곤한 듯 금세 잠에 빠져 드는 주영을 바라보며 지민이 흐뭇한 미소를 지었다.

이제 아무도 나에게 그녀의 사랑에 관한 자격을 운운하지 못하게 만들 것이다. 그녀에 관해 다 알아갈 것이고, 뭐든 함께할 것이다. 이제는 더 이상 막힐 곳이 없었다. 막아설 무엇도 없었다. 주영의 마음을 허물었으니 더 이상 무서울 것이 없었다. 이 세상 어느 것도 백만대군을 얻은 듯한 자신감 앞에서는 맥없이 무너질 것 같았다. 이런 기분에는 속력을 최대한으로 끌어올려 고동치는 엔진 소리와 창으로 세차게 치고 들어오는 바람을 맞고 싶었지만, 혹여나 잠든 주영이 깰까 오히려 속력을 늦추고 있었다. 이런 자신의 변화에 새삼 놀라면서도 이제부터는 당연한 일처럼 태연해져야 한다고 당부하는 지민이었다.

평일 저녁 고속도로에 빠른 속력으로 지나쳐 가는 다른 차들과는 달리 소풍이라도 나온 양 차선 한 번 바꾸지 않고 유유히 달리는 한 대의 차가 있었다. 추월하는 뒷차의 욕지거리가 들려와도 태연하던 운전자는 화가 났다는 것을 보이려는 듯 빵빵거리는 옆 차를 보며 다급히 검지 손가락을 곧게 펴 입에 대고는 맘 좋은 웃음을 보였다.

"쉿~"

코끝에 바다 내음이 걸릴 즈음 주영이 가느다랗게 눈을 뜨며 고개를 들었다. 3시간 동안 너무도 편히 잠이 들었었다. 차 안에서 어찌 그렇게 잠들 수 있는지 자신도 신기해하며 눈을 비비고는 지민을 바라보았다. 운전자 옆에서 자는 건 실례라는데…… 염치가 없었다.

"내가 잤나 봐요. 미안해요. 심심했죠?"

지민은 아직 잠이 덜 깬 채로 반쯤 눈을 감은 채 자신에게 말을 건네는 주영을 한 번 쳐다볼 뿐이었다. 목이 채 풀리지 않은 코맹맹이 소리가 낯설었지만 꽤나 귀엽게 느껴졌다. 혼자 외롭게 운전한 보람이 있었다.

"아니요. 주희 씨 코 고는 소리에 심심한 줄 몰랐어요."

"네?"

잠이 확 깨는지 번쩍 뜨여진 눈을 보고는 웃음을 참지 못했다.

"하하."

"농담이죠?"

웃는 지민을 보면서도 아직 불안이 채 가시지 않아 한 번 더 확인하는 주영이 너무도 맑아 보여 더 이상 입을 다물고만은 있을 수가 없었다.

"네. 나 혼자 두고 잘 벌이에요. 큭큭."

움켜진 한 손으로 입을 가리고 아직도 웃고 있는 지민을 한 번 흘겨보고는 창밖으로 시선을 던졌다. 바다 내음이 살포시 맡아진다 했더니 창밖에는 어느새 하나 가득 바다가 담겨져 있었다. 해가 질 무렵 홍시와 같은 붉은색을 품고는 잔잔히 일렁이고 있었다.

바다에 도착하고 보니 아슬아슬하게 걸려 있던 해가 어느덧 자취도 없이 사라져 버렸다. 붉게 물들어 장관을 연출했던 바다는 이제 점점 그 색을 잃어가고 있었다. 아쉬운 마음에 쉽사리 자리를 뜨지 못하던 두 사람은 모래를 깔고 주저앉았다. 눈앞의 하늘은 점점 바다에 묻혀 하나의 흑빛을 띨 뿐 특별히 감상할 것도 없었다. 그래도 두 사람은 그렇게 한참을 앉아 있었다. 별 하나 뵈지 않는 밤이었다. 물기가 묻어나는 바닷바람에 한참을 몸을 내어놓고 앉아 있었다. 발끝에서부터 한기가 느껴졌다. 주영은 점점 심해지는 떨림을 멈추고자 두 손을 올려 어깨를 감싸 안았다. 다리에 쥐가 날 만큼 떨렸지만 아무리 바람이 차갑고 눈앞이 캄캄해도 자리를 떠나고 싶지는 않았다. 심하게 떨리는 주영의 몸짓을 느낀 지민이 한쪽 팔을 들어 재킷 안으로 주영을 끌어당겼다. 상체만 지민에게로 안겨 불편한 자세가 되고 말았지만 가슴까지 녹여주는 따뜻한 기운을 밀쳐 내기 싫어 아무 말 없이 고개를 기대는 주영이었다.

"바다에 왜 오고 싶었어요?"

철썩거리는 파도 소리만이 주위를 가득 메우고 있는 고요함을 지민이 먼저 깨버리고 입을 열었다. 내내 궁금했던 이유를 기어이 묻고 말았다.

"으레 사람들은 무언가를 날려 버리고 싶을 때 바다를 찾는다고 하잖아요. 바다 색깔은 그래서 깊은 거래요. 사람들의 그리움과 한숨이 가득해서."

"슬프네요, 한없이 푸르고 맑아 보이는 바다조차 그런 사연을 지니고 있으니."

"설마 나를 데리고 와서 바다에 묻어버리려는 것은 아니죠?"

지민의 웃음 섞인 가벼운 말 한마디에 가슴이 주저앉았다. 흔들리는 눈을 보이지 않으려 깜깜한 허공에 눈을 돌렸다. 그러나 허공에는 별 하나 보이지 않았다.

"그런 것만 아니라면 상관없어요. 무슨 일인지 물어보고 싶지만 먼저 말해 줄 때까지 기다릴래요. 그런 건 얼마든지 기다릴 수 있어요. 옆에 있기만 하면."

말을 마치고는 주영을 감싸고 있던 손에 힘을 주어 더욱 끌어당겼다. 주영의 떨림인지, 자신의 떨림인지 구분이 안 되었지만 이제는 둘이 감싸 안아도 추위가 가시질 않았다. 안 그래도 안색이 좋아 보이지 않는 주영이 혹여 감기라도 걸리지는 않을까 걱정이 되었다.

"배 안 고파요? 따뜻한 곳에 가서 밥 먹어요."

감싸 안은 채로 주영을 번쩍 일으켜 세우고는 그대로 차를 향해 걸음을 옮겼다. 아무 말 없이 지민이 하는 대로 몸을 맡기던 주영이 고개를 들어 지민을 바라보았다. 지민은 오직 차를 향해 눈을 고정시키고 자신을 감싼 손에 힘을 주었다 뺐다를 반복하고 있었다.

'이렇게 당신의 턱을 바라볼 수 있는 날이 언제 다시 올까요? 기다려 줄래요? 일 년, 아니, 십 년, 아니, 그보다 길 수도 있는데…… 기다려 줄 수만 있다면 나 나쁜 년 소리 들으면서 당신 잡을 수 있어. 근데 겁이 나요. 당신 지치고 힘들어 나 미워할까, 당신 견디지 못하고 주저앉을까 그게 겁이 나요. 나…… 처음부터 없었던 사람이에요. 이주희는 처음부터 없었던 사람이에요. 윤주영은 이주희가 될 수 없잖아요. 윤주영을 사랑할 수는 없잖아요. 지금처럼 고개 들고 세상을 그렇게 바라보면서 잠시 꿈을 꾸었다고 생각해 버려요. 더 큰 상처가 자리하기 전에, 치유될 수 없는 상처로 다른 사랑 놓쳐 버리기 전에……. 꿈을 꾸었다고, 지독한 꿈을 꾸었다고, 깨고 나면 잊혀질 거라고 그렇게 생각해요. 없었던 사람이니까, 난 원래 없었던 사람이니까 없어져도 찾지 말아요…….'

또르르 흘러내린 눈물 한 방울을 보이지 않으려 아무것도 보이지 않는 하늘로 또다시 고개를 돌리는 주영이었다. 매정한 밤하늘은 여전히 아무것도 보여주질 않았다.

　뜨거운 매운탕으로 만족스럽게 배를 채운 두 사람은 너무 늦게 서울에 도착할 것을 염려하는 지민으로 인해 서둘러 차에 올랐다. 여기 오길 잘했다며 식사 내내 너무도 좋아하던 지민이었다. 비록 입맛이 없어 내키지는 않았지만 그런 지민을 앞에 두고 도저히 수저를 놓을 수가 없었다. 그 탓에 꾸역꾸역 밀어넣은 밥은 내려갈 생각을 하지 않고 주영의 가슴을 누르고 있었다. 체기가 느껴지는 가슴을 움켜잡고 주영은 굳이 거짓말을 하지 않아도 되는 상황에 안도하고 있었다.
　"조금만 쉬었다 가요."
　간신히 말을 뱉는 주영을 보며 지민이 놀란 듯 차를 세웠다. 창백한 얼굴로 가슴을 움켜잡고는 고통스러운 듯 몸을 구부리고 있었다. 이미 꽤 많은 땀들이 얼굴에 맺혀 있었다.
　"왜 그래요? 어디 아파요?"
　대답을 재촉하며 이마의 땀을 닦아주는 지민의 눈은 벌써 당황함과 걱정스러움이 엉켜 있었다.
　"괜찮아요. 속이 좀 불편해요. 어디 들어가서 누웠으면 좋겠어요."
　주영의 말이 끝나기가 무섭게 지민이 다시 시동을 걸었다.

다행히 근처에는 제법 큰 호텔들이 많이 보였고, 제일 가까운 곳은 금방 도착할 수 있을 것 같았다. 점점 거칠어지는 주영의 숨소리에 지민은 점점 속력을 올리고 있었다. 급브레이크를 밟으며 차를 세우고는 정신없이 뛰어들어 갔던 지민이 키를 하나 손에 들고는 다시 차로 돌아왔다. 그리고는 주영을 부축하며 호텔로 들어섰다.

어떻게 여기까지 주영을 데리고 왔는지, 무슨 정신으로 약을 찾아 뛰어다녔는지 지민은 기억이 나질 않았다. 단지 고른 숨소리로 침대에 누워 잠에 빠진 주영을 보고는 안도하고 있을 뿐이었다. 여기까지 들어오게 될 줄은 꿈에도 생각지 못했었다. 정신을 차리고 보니 호텔방 안이었고, 기진맥진하여 침대 곁에 기대앉아 있는 자신을 발견하였다.

아까 먹은 매운탕이 잘못된 것인지 주영은 방 안에 들어서자마자 화장실로 뛰어들어 가 전부를 게워내었다. 들어가 등이라도 두들겨 주고 싶었지만 만류하는 주영으로 인해 그마저도 해 줄 수가 없었다. 한참을 그렇게 게워내고는 씻는 듯한 소리가 들렸다.

쓰러지지나 않을까 지민이 문 앞을 떠나지 못한 채 안절부절 못하고 있을 때 주영이 문을 열고 나왔다. 핏기라고는 찾아볼 수 없는 하얀 얼굴로 지민을 바라보고는 멋쩍은 듯 희미한 미소를 짓고 있었다. 그 모습이 너무 아파, 너무 가슴이 아려와 지민은 아무 말도 해줄 수가 없었다. 그저 한쪽 팔을 내어주어 간신히 침대로 옮겨 눕혀주었다. 손가락 하나 움직일 힘이 없는 듯, 돌아보고 괜찮다고 말해 줄 힘조차 소멸해 버린 듯 눈을 감아버리는 주영을 보고는 지민이 그대로 뛰쳐나갔다. 프런트에 물어 약을 구하고 돌아오니 주영은 잠들어 있었다. 이제야 서서히 홍조를 띠며 숨을 몰아쉬는 주영을 깨울 수가 없어 지민은 그 옆에 그대로 주저앉았다. 아픈 주영보다 더 아플 리 없지만 그래도 한참을 앓고 일어난 듯 다리의 힘이 풀려 일어설 수가 없었다. 이렇게 한동안은 잠들어 있을 주영을 보며 지민이 가만히 주영의 손을 잡았다. 조금만 힘을 주면 부서질 듯 가녀린 손마디에 가슴이 저려왔다. 그 손을 가슴에 품고 가만히 머리를 기대었다.

속이 쓰렸지만 그래도 어지럼증은 많이 가신 것 같았다. 주영은 억지로 눈을 떠 주위를 둘러보았다. 어찌 된 영문인지 생각하려 머리를 한 번 흔들어 정신을 차리고 보니 손을 잡고 침대에 엎드려 잠들어 있는 지민이 보였다. 주영은 자신으로 인해 놀라 허둥대던 지민이 떠올라 잠시 웃음 지었지만 이내 미안한 마음이 더 크게 자리했다. 자신이 원했던 상황이지만 마지막까지 편히 해주지 못한 것 같아 못내 가슴이 쓰려왔다. 바다로 떠나올 생각을 했을 때 주영은 지민과의 하룻밤을 미리 계획하고 있었다. 마지막 추억만은 아무것도 감추지 않고 보내고 싶었다. 모든 걸 주는 자신으로 인해 마음만은 거짓이 아니었음을 지민이 알아주길 바랐다. 지민에게는 씻을 수 없는 상처로 남는다고 해도 자신에게는 평생을 지탱해 줄 힘이 될 것 같았다. 그냥 이대로 돌아서기에는 너무 초라했다. 그냥 잊혀지기엔 너무 비참했다. 훗날, 아주 먼 훗날이라도 지민이 생각해 준다면…… 아주 잠깐이라도 지금의 추억을 그려준다면 더 이상 바랄 것이 없었다. 아직 온전히 힘이 돌아오지 않은 팔을 억지로 올려 지민의 머리를 가만히 쓸어 올려보았다. 까칠까칠한 느낌의 머리카락이 손 안에서 흩어져 빠져나가고 있었다. 그 느낌을 간직하려 몇 번이고 머리를 쓸어보았다. 그리고는 이마를 따라 콧등으로 손가락을 움직여 보았다. 가만히 입술 선을 그려보고 턱 선을 쓰다듬어 보았다. 이렇게 생긴 사람이었구나…… 이렇게 반듯하게 생긴 사람이었구나……. 형태를 띠지 않고 가슴으로만 그려졌던 모습이 그렇게 하나하나 새겨지고 있었다. 잊지 않기 위해…… 평생 가슴에 묻을 얼굴 하나를 그렇게 만지고 또 만졌다.

바보 같은 사람. 세상의 그 많은 사람 중에 왜 나를 만나서, 왜 나를 또 만나서……. 옛날 어린 나를 만나 너무도 많은 것을 주었던 당신인데 난 아무것도 주지 못했어. 사내에서 여자로 다시 만난 당신에게 난 또한 아무것도 주지 못해. 그 옛날이 나았어. 아무것도 줄 수 없었던 그 옛날이 나았어. 지금 난 당신에게 너무도 깊은 상처를 주게 될 것 같은데. 미안해서 어쩌지, 받은 만큼이라도 주고 싶은데 줄 수 없어 어쩌지. 여자로 살면 더 행복할 줄 알았어. 그렇게 마주하면 모든 게 제자리일 줄 알았어. 이럴 줄 알았다면 그냥 사내로 살 걸, 그 모습 그대로 마주할 걸. 몰라준다 야속해하지 않고 그냥 나 혼자만 아플 걸.'

아이를 보듬는 손길처럼 부드러운 손길이 지민의 머리를 스치고 있었다. 그 손길이 못내 그리워 살며시 웃음 짓는 지민이었다.

'당신을 위해서야. 모든 이유를 떠넘겨서 미안해. 이렇게라도 하지 않으면 떠날 이유를 찾지 못하겠어. 비겁한 나를 용서 못하겠어. 많이 아프겠지, 조금 힘들 거야. 두 계절만 지나면…… 나를 만난 그만큼만 지나면 나을 수 있을 거야. 나를 만나게 한 모진 운명이 여기서 끝나면 그냥 잔잔히 살아. 착한 여자 만나서 그냥 물처럼 살아.'

어느새 가득 차버린 눈물이 또르르 볼을 타고 떨어졌다. 떨리는 손을 거두어 가슴에 쥐고는 북받치는 설움을 토해냈다. 꽉 물어버린 입술에서 비릿한 피맛이 느껴졌지민 소리 내이 울 수 없었다.

'……아파는 해줄 거니? 내가 이렇게 아픈 만큼 아파는 해줄 거니?'

가슴 깊은 곳에서부터 치밀어 오르는 울분을 터뜨린 채 그대로 쓰러졌다. 앉은 자세 그대로 엎드려 한없이 눈물만 쏟아내고 있었다. 방울방울 사이로 지민의 모습이 보였다. 손을 뻗으면 닿을 곳에 있었다. 가슴에 묻어야 할 사람이 눈앞에 있었다. 살아오며 많은 것을 포기해야만 했기에 너무도 쉬울 줄 알았다. 잘못 살아왔다. 좀 더 강하게 살 것을, 한 사람을 보내지 못해 깨지는 가슴을 움켜잡고 이렇게 간절할 줄 알았다면 좀 더 모질게 살 것을.

'당신 눈빛, 당신 가슴 어느 하나 의심해 본 적이 없었는데. 너무 치사하고, 초라하게 변해 버린 내 모습이 견딜 수 없을 만큼 속상해⋯⋯.'

목이 뻐근했다. 아마도 침대에 엎드린 그대로 잠이 들어버린 듯했다. 어느 정도 시간이 지난 것일까, 지민이 머리를 받치고 있던 손을 빼내어 목을 주물렀다. 막혀 있던 혈관에 피가 돌자 손마디가 저려왔다. 찌릿하는 아픔에 아직 채 가시지 않은 졸음의 그림자가 사라졌다. 무심결에 손을 주무르려 다른 한 손을 들어 올리자 작고 부드러운 무언가가 딸려 올라왔다. 멍한 표정으로 손을 바라보던 지민의 눈앞에 엎드려 잠든 주영의 모습이 보였다. 누워 잠든 모습을 확인했었는데 자신이 잠든 사이 어느새 일어난 것 같았다. 어디가 또 아팠을까. 고꾸라진 모습 그대로 눈을 감은 채 자신의 손을 잡고 있었다. 살그머니 손을 뺀 후 똑바로 뉘어주려 가만히 어깨를 잡고 일으켰다. 헝겊 인형처럼 늘어진 채 딸려오는 몸을 푹신한 베개에 묻어주었다. 엎드려 있던 탓에 헝클어진 머리를 쓸어 올려주었다. 또르르. 무언가가 볼을 타고 흘러내리고 있었다. 눈을 가늘게 뜨고는 가까이 다가가 자세히 살펴보았다. 곳곳의 눈물 자국. 채 마르지 않은 한 방울이 제 무게를 감당하지 못하고 흘러내리고 있었다. 아팠던 것일까. 잠든 후에도 눈물을 흘릴 정도면 많이 아팠을 텐데. 지민은 인기척 하나 느끼지 못하고 잠에 빠져 있던 자신을 책망했다.

잠에서 깨면 목이 마를 것 같았다. 이불을 끌어 올려 목께까지 덮어주고는 살그머니 일어섰다. 생수 한 병을 챙기며 문득 커피 한 잔이 생각난 지민이 주방에 걸터앉았다. 김이 모락모락 나는 가벼운 인스턴트 커피 향에 찌뿌둥하던 머리가 개운해지는 느낌이 들었다. 헉, 외박이었다. 까맣게 잊고 있었다. 회사에서 하루가 멀다 하고 야근하는 자신은 아무런 문제가 되질 않았다. 그러나 집안이 엄해 집 근처에는 오지도 못하게 하던 주영은 큰 호통을 맞을 게 뻔한 일이었다. 지금이라도 전화를 걸어야 하는 것인지, 남자인 자신이 건다면 어떤 반응을 보이실지 마구잡이로 생각들이 밀려들었다. 순간 주영의 집 전화번호에 생각이 미치자 소파에 걸쳐 있던 외투를 들어 핸드폰을 꺼내 들었다.

『7번 이주희.』

역시나 핸드폰 번호 하나만이 달랑 저장되어 있었다. 아직 모르는 것이 너무 많았다. 그녀의 가족도, 집도, 어린 시절도, 친구들도, 집 전화번호조차도 몰랐다. 앞으로는 그녈 알아가는 것에만 시간을 투자해야 할 것 같았다. 당장 내일, 야단맞을 그녀를 대신해 가족들에게 용서를 구하고 든든한 방패로서의 모습을 보여줄 것이다. 만약 첫 대면에 무릎을 꿇어야 하는 상황이 벌어진다면 첫인상은 나쁘게 비춰지겠지만 시간은 무궁무진했다. 언젠가는 진심을 알아줄 것이고 그것은 시간이 해결해 줄 것이다.

　얼굴 가득 찬 자신감으로 무심결에 열고 들어간 문 안에는 주영이 침대에 앉아 있었다. 주영이 일어나 있을 거라는 생각은 전혀 하지 못한 지민이 순간 놀라 훅 하고 숨을 들이마셨다. 들고 들어간 주전자와 컵을 내려놓고 지민이 만면에 미소를 머금고 주영에게 다가섰다.

　"목 마르지 않아요? 온몸의 물이란 물은 모조리 쏟아냈으니 힘이 하나도 없을 거예요. 우선 물부터 마시고 뭐 좀 먹어야겠어요. 먹을 수 있겠어요? 당분간은 생각이 없을지도 몰라요. 그래도 먹고 약 먹으면 힘이 좀 날 거예요."

　컵에 물을 따르며 잔소리를 해대던 지민이 주영을 바라보았다. 깜박임조차 멎어버린 눈동자가 자신을 똑바로 응시하고 있었다. 마론 인형의 그 멈춘 표정과도 같이 굳어버린 얼굴은 미세하게 흔들리는 눈동자로 인하여 그나마 간신히 생명을 느낄 수 있었다. 한없이 안쓰러운 사람……. 시간이 멈춘 듯 마주한 두 사람의 눈동자는 그렇게 한참을 허공에서 부딪쳤다.

　지민이 눈을 돌린 건 주영의 손이 올라가고 나서였다. 왼손을 뻗어 자신에게 손을 벌리고 있었다. 아이를 부르는 여느 엄마의 손과 같은 모양새로 그렇게 자신을 부르고 있었다. 공중에 방치된 그 손이 외로워 시간을 지체할 수 없었다. 빠르지만 급하지 않게, 서두르면서 당황하지 않고 그렇게 다가가 마주 앉았다. 주영이 내민 손을 꼭 잡아 가슴에 품고 물을 내밀었다.

"목 말랐죠? 그래서 빨리 오라 재촉한 거죠?"

한 모금 마시고 한 번 바라보고.

"탈수증이 아닌 게 다행이에요. 깨워서라도 먹여야 하나 망설였는데."

또 한 모금, 또 한 번.

"다 마셔요. 더 마실 수 있으면 더 마시구요."

마지막 한 모금, 마지막 한 번.

"더 마실래요?"

더 보고 싶어 더 마셔야 하나……. 그러나 이내 고개를 젓고 말았다.

"어때요? 이젠 좀 괜찮아요?"

대답없이 주영이 고개를 끄덕였다.

"후훗. 이뻐요."

어린아이 대하듯 볼을 두 번 툭툭 치고는 지민이 함박웃음을 지어 보였다.

"다시 잘래요?"

주영이 다시 고개를 가로저었다.

"잠이 안 와요? 그럼 어쩌지? 지금 갈래요? 안 그래도 외박한 것 때문에 걱정 많이 하실 텐데. 내일 들어가면 많이 혼나는 거 아니에요?"

피식 웃고 마는 주영이었다.

"걱정하지 말아요. 내가 같이 들어가서 막아줄게요. 아버님이 혼내시면 내가 다 받고 빌게요."

힘주어 말하는 한 마디 한 마디에도 주영의 얼굴에서 어둠이 가시지 않자 조금 풀이 죽은 듯 지민이 말을 이어갔다.

"그렇게 무서우세요? 큰일이네. 그럼 지금 갈까요? 에이, 너무 비굴하다."

지민의 말에 한결 가벼워진 기분이 들었다. 이렇게 애써주는데 모른 척 혼자만의 세계에 빠져 있을 수는 없었다. 깜깜한 절벽 같은 모습만 보여주긴 싫었다.

"여기서 자고 가요."

"그래야겠죠. 그럼 음, 주희 씨는 여기서 자요. 난 거실에서 잘게요. 다시 아프면 불러요. 바로 문 앞에 있을게요. 알았죠?"

주영이 다급하게 고개를 저었다.

"……?"

"여기서 자요."

"왜요? 무서워요? 옆에 있어줄까요? 그럼 여기 밑에서 잘게요. 걱정 말아요. 어른이 그렇게 겁이 많아서 이 험한 세상 어떻게 살아요. 하하."

한 점 의심도 없이 자기 생각대로 믿어버리고 있었다. 맑은 사람. 그래서 좋았다.

"같이 자요."

일어서려는 움직임을 그대로 멈춘 채 지민이 주영을 돌아보았다. 한 치의 흔들림도 없는 눈동자. 헛말을 하고 있는 것은 아니었다. 농담을 하는 것도, 자신을 놀리고 있는 것도 아니었다. 마저 일어서려는 몸짓을 멈추고는 털썩 앉아버렸다. 그 반동을 못 이겨 출렁이는 침대의 움직임에 주영이 흔들리고 있었다.

"왜 그래요? 옆에 있어줄게요."

가만히 손을 올려 볼을 쓰다듬어 주며 어르고 있었다. 두어 번 쓰다듬던 손이 머뭇거렸다. 아무 표정 없어 보이던 얼굴, 굳어 있어 담담해 보였던 얼굴이 떨리고 있었다. 미간으로는 감지할 수 없었던 미세한 움직임이 손끝으로 전달되고 있었다. 안쓰러웠다.

"나 괜찮아요. 후훗, 남자는 다 늑대라구요. 옆에 두었다가 무슨 변을 당할지 몰라요. 아무것도 모르네요, 아직."

애써 모른 척 지민이 주영에게 농담을 건넸다. 그런 말을 할 거라면 이렇게 뻣뻣하게 긴장하지는 말았어야죠. 공허한 웃음만이 입가로 흘러나왔다.

"잠들 때까지 옆에 있어줄게요."

눈을 피한 채 다시 일어서려는 지민의 팔을 서둘러 잡아당겼다. 오늘뿐이다. 다음은 없다. 놀란 듯 팔을 한 번 쳐다보던 지민이 이내 고개를 돌려 주영을 바라보았다. 그리고는 손마디가 하얗게 드러나도록 소매를 잡고 있는 손을 감싸주었다. 작은 손 어디에 그런 힘이 내재되어 있는 것일까. 단호하게 쥐어진 팔에 아픔이 느껴졌지만 왠지 버거워 보이는 손 마디를 자근자근 주물러 주는 지민이었다. 지금 주영의 눈빛은 불안과 공포로 가득 차 있었다. 아니, 더 복잡한 간절함이 엉켜 있었다. 무언가 대단한 결심을 한 듯한 확고함에는 애절함과 안타까움이 서려 있었다. 왜 이런 눈빛을 하고 있는 것인지 지민의 가슴 한 구석에 차가운 바람이 쓸고 지나갔다. 스르륵 풀려 버리는 손을 돌려 마주 잡아보았다. 눈을 맞추고 입을 맞추었다. 그렇게 서로를 보듬고 또 보듬었다. 이제 내 여자라는 생각, 이젠 내 남자가 아니라는 생각이 엉키고 엉켜 더욱 간절하게 부딪쳤다. 온몸을 훑고 지나가는 서로의 손길을 느끼며 묘한 아픔과 애절한 손길은 그렇게 하얗게 밤을 걷어가고 있었다.

  한쪽 팔을 둘러 자신을 감싸 안은 채 잠든 지민을 바라보다 주영은 무심코 올라가던 손을 이내 거두었다. 열정이 채 가시지 않은 자신의 몸이 거짓인 듯 만지면 이내 사라질 것만 같았다. 뜨거운 흥분과 다급한 몸짓으로 서로를 탐했던 순간, 영원일 것만 같았던 입맞춤, 그리고 발끝에서부터 전해져 오던 생소한 아픔과 전율. 이 모든 것이 꿈만 같았다. 너무도 단순하게 지민과의 기억의 한 부분으로만 여겼던 자신의 무지함이 후회되기 시작했다. 서로를 추억하고자, 서로의 향기를 남기고자 했던 의도와는 달리 더 깊은 아픔으로 남을 것만 같았다. 완전한 사랑. 그것을 맛본 후에는 어떠한 것도 대신할 수 없을 것이다. 치졸한 오기로 인한 마지막 치명타는 쉽사리 치유될 수 없을 것만 같았다. 나 이제 뜰 것이니 얼른 떠나시오. 머리를 반쯤 내민 태양빛이 주영에게 속삭이고 있었다. 조심스레 일어나 옷을 챙겨 입을 때만 해도 어슴프레 창백했던 하늘이 어느덧 붉은 기운을 한껏 내뿜고 있었다. 곧 날이 환하게 밝을 것이다. 더 이상 지체할 시간이 남아 있지 않았다. 주영은 침대 곁에 무릎을 꿇고 앉아 엎드려 잠든 지민을 바라보았다. 부드러워 보이는 저 머리카락이라도 맘껏 만져 볼 걸. 구차한 미련만이 한가득 남았다. 한참을 눈에 새기려는 듯 지민만을 바라보던 주영이 냉정하게 돌아섰다. 그러나 돌아서고도 쉽사리 발을 떼지 못하고 그 자리에 주먹을 꼭 쥐고 서 있었다. 다시는 눈물 같은 거 용납히지 않아. 주영은 마지막이라 용서하며 떨어지는 눈물을 손등으로 모질게 훔쳐 내고는 방을 나섰다. 아무런 메모도, 흔적도 남기지 않고 그렇게 돌아섰다. 몸에 밴 아련한 향기만을 안고 그렇게 돌아섰다.

차가운 새벽 공기가 몸을 꿰뚫었지만 손에 든 목도리를 감을 생각은 없었다. 얼려주길, 뒤엉켜 버린 머리와 뜨거운 가슴을 그대로 얼려주길 바랐다. 호텔 정문에 대기하고 있던 택시에 올라타기 전에 주영은 주머니에 잡히는 무언가를 꺼내 들었다. 그리고는 한 치의 망설임도 없이 쓰레기통에 던져 버리고 택시에 올랐다. 힘차게 출발하는 자동차의 엔진 소리를 뒤로하고 깜빡깜빡 열심히 시간을 비춰주는 핸드폰은 그렇게 주인의 뒷모습을 멍하니 바라보고 있었다.

　―오늘의 날씨를 알려 드리겠습니다. 출근길 무척 추우시죠? 입춘을 맞이하여 날씨가 심술을 부리고 있나 봅니다. 마지막 발걸음이 차마 떼어지지 않아 오기를 부리는지 오늘 역시 영하의 기온으로 떨어지겠습니다. 현재 기온 영하 3도, 낮 최고 기온 영상 1도로 매서운 추위가 한 번 더 찾아오겠습니다. 예년보다 긴 추위에 방심하시지 마시고 건강 유의하십시오. 날씨였습니다.

가쁜 숨마저
              멈추다

"이게 뭡니까? 이걸 기획서라고 올린 겁니까? 다시 올리세요. 지점 검토하시고 회의 소집히세요!"

여기저기 흩어진 서류들을 정리하며 아무 말도 하지 못하고 나서는 이 실장을 비서실 사람들이 안타깝게 바라보고 있었다. 2주째, 평소 밝고 예의 바르기로 소문난 권지민 사장이 변해 버렸다. 처음에는 불안한 듯 여기저기 전화를 해대고 외출이 잦아지더니 이제는 사무실에서 밤을 새며 직원들을 닦달하고 있었다. 살랑살랑 봄바람 같은 얼굴이 매서운 겨울바람이 되어버린 것이다. 애인과 무슨 일이라도 있는 것인지 어렴풋이 짐작은 하고 있었지만 이렇게 오래갈 줄은 몰랐다. 이러다가 헤어지기라도 한다면…… 축 처진 어깨를 뒤로하고 힘없이 문을 열고 나가는 이 실장을 긴 한숨으로 배웅하고 있었다.

　도대체 어떻게 된 거란 말인가……. 벌써 2주째이다. 바다에서 돌아온 후, 아니, 그날 아침 혼자 일어나 그녀의 빈자리를 본 이후 거짓말처럼 그녀의 존재가 사라져 버렸다. 휑하니 비어버린 침대를 바라보며 느꼈던 말로 형용할 수 없었던 그 불안함이 현실로 다가온 것이다. 그 하룻밤으로 불안할 것 없다고 애써 모른 척했던 바보 같은 자신이 한없이 한심하게 느껴졌다. 꺼져 있는 핸드폰. 진작에 알아놓지 못했던 그녀의 집 전화번호. 그렇게 며칠이 지나 불안한 마음은 걱정으로 돌아섰고, 망설임 끝에 그녀가 일하던 대성그룹으로 전화를 걸었다. 그러나 이주희라는 인물은 존재하지 않았고 입사한 기록조차 없었다. 거짓말. 그녀가 했던 말들이 거짓말임을 깨달은 순간, 오늘은 이미 정해져 있었다. 그날이 마지막임을 그녀는 알고 있었던 것이다. 작정하고 사라진 사람처럼 아무것도 남은 게 없었다. 주영은 그녀가 사라질 것을 알았을까. 그래서 그날 그리도 야속한 말을 했던 것일까. 주영에게 전화를 걸려 들었던 수화기를 다시 내려놓았다. 오늘만 벌써 수차례. 주영에게 묻고 싶었으나 그럴 줄 알았다는 주영의 매몰찬 음성만이 들려올 것 같았다. 그녀를 알 리가 없었다. 답답한 마음에 지푸라기라도 잡고 싶은 심정일 뿐이었다.

　피곤한 듯 지민이 손을 올려 눈을 가리고 있었다. 괜한 화풀이를 직원들에게 한 것 같아 미안한 마음이 들었다. 그러나 지금은 다른 어떤 것도 너그러이 보여지지 않았다. 화가 나서, 자신에게 너무 화가 나서. 멍청이, 팔푼이 같은 눈뜬 장님에게 화가 나서. 그밤이 마지막인 걸 왜 못 느꼈을까, 이별을 준비하고 나선 길임을 왜 눈치 채지 못했을까. 달랐는데, 그리 달랐는데. 바라보던 눈빛도, 어루만지던 손길도, 너무 쉽게 열어준 마음도 너무 달랐는데. 바보 같았다. 뻔히 눈뜨고 마냥 좋아했던 자신이 용서가 되지 않았다. 그런 자신을 보고 무슨 생각을 했던 것일까, 이별을 준비하며 무슨 생각을 했을까. 책상 위에 겹겹이 쌓여 있는 서류들을 뒤로한 채 또다시 자신만의 공간으로 빠져들고 있는 지민이었다. 밤낮을 가리지 않고 생각하고 또 생각했었다. 무지한 자신을 탓하며 학대하고 또 학대했다. 구겨진 와이셔츠, 깎지 않아 텁수룩한 수염, 퀭하니 충혈되어 버린 눈. 슬금슬금 자신을 피하는 직원들을 신경 쓸 겨를도 없었다. 지금은 다른 것에 마음을 둘 여유가 없었다.

"야, 이 자식아, 웬일이냐, 날 부를 생각을 다 하고? 하하. 야, 무슨 술을 이렇게 원수진 것처럼 마시냐?"

벌써 반쯤은 비워져 있는 양주병을 뒤늦게 발견한 민철이 놀란 듯 지민을 바라보았다. 지민은 반갑게 인사를 건넨 것은 싸그리 무시한 채 연달아 술을 비워내고 있었다. 몇 주 만에 너무도 초췌해져 버린 친구 녀석. 사랑을 시작하고 반짝반짝 빛났던 모습은 온데간데없고, 슬픈 듯 화가 난 듯 싸늘한 기운만이 감돌고 있었다.

"사람 불러놓고 이렇게 무시하냐? 나도 한 잔 주라."

민철이 옆 자리에 털썩 앉아 한 잔을 단숨에 들이켰다. 아무래도 제정신으로 이 녀석의 주정을 받아줄 수는 없을 것 같았다.

"뭐가 이렇게 힘들게 하냐?"

"후후. 크크. 하하하."

흡사 정신을 놓아버린 사람처럼 고개까지 떨구고 혼자서 웃기에 정신이 없었다. 낯설은 그 모습에 연거푸 몇 잔을 더 비워내는 민철이었다.

"없네. 술이 없네…… 그녀도 없네……."

주정하는 듯 흐느적대는 말투가 쉽사리 각인되지 않았지만 알아들을 수는 있었다. 그녀가 없다고? 싸움이라도 한 것일까. 단순한 말다툼은 아니기에 이렇듯 취해 버렸을 것이다. 처음 사랑을 해본 친구 녀석이라 아마도 더 힘든 것이리라 생각했다.

"싸웠냐?"

"싸워? 크크. 우린 안 싸워. 절대 안 싸워."

"그럼 왜 그래?"

"싸울 수가 없어. 밉지 않은데 어떻게 싸워. 이렇게 사라져 버려도 밉지 않은데……."

"무슨 소리야? 사라져 버리다니?"

낮은 재즈 선율. 애절한 빌리 할리데이의 목소리가 어두운 주위를 감싸고 있었다.

"마법같이 사라져 버렸어. 한마디 말도 남기지 않고 펑 하고 사라져 버렸어. 찾을 수가 없어. 도저히 찾을 수가 없어."

토막토막 끊겨 흘러나오는 말소리에 툭 하고 무언가가 민철의 머리 속에 던져졌다.

"자세히 말 좀 해봐. 알아들을 수가 없잖아. 말이 되냐? 사라져 버리다니?"

"말이 안 돼. 말이 안 되는 거 나도 잘 알아. 근데 지금 그 상황이 벌어져 버렸어. 나도 미치겠어. 그래서 미치겠다구!!"

격해진 감정을 이기지 못해 탕 하고 잔을 내려놓는 지민으로 인해 주위의 시선이 집중되었지만 이내 흩어졌다.

"연락은 될 거 아냐?"

"연락이 돼야 맞는 거지? 그래야 되는 거지? 근데 멍청하고 바보 같은 나는 그것도 못하고 있다. 꿈같다, 이 모든 상황이."

민철은 벌컥벌컥 단숨에 술잔을 비우고는 한 병 더 주문하는 지민을 멍하니 바라보았다.

'연락이 안 되다니 그건 또 무슨 말인가. 그렇게 만나왔으면서 어떻게 이런 상황이 벌어질 수 있단 말인가.'

"회사는? 집은?"

"하하, 멍청한 자식. 칠푼이, 팔푼이 같은 자식. 미친 자식."

자신에게 학대하는 듯 욕을 해대는 지민을 보며 술에 취한 헛말이 아님을 실감했다. 예전부터 괜히 석연치 않았던 마음이 현실로 다가온 것 같았다.

"아무것도 모르고 헬렐레. 뭐가 그렇게 자신있는데, 뭐가 그렇게 잘났는데……."

머리를 감싸 쥐고 내뱉는 말끝에 물기가 묻어났다.

"네가 잘못한 거냐? 사라진 이유가 있을 것 아냐?"

"그것도 모른다. 왜 사라졌는지, 왜 사라져야만 했는지……."

"괴로운 마음은 알겠는데, 왜 네 자신을 학대해? 잘못한 건 사라진 장본인인데."

안타까웠다. 아무 말도 없이 사라진 사람을 욕하지 못하고 자신을 탓하고 있는 지민이 너무도 안타까웠다.

"누가 잘못한 걸까. 그 사람이? 아니야, 내가 잘못한 거야. 아무 말도 못하고 사라질 만큼 내가 미덥지 못했던 거야. 흔적조차 남기지 않을 만큼 내게 기대지 못했던 거야. 난 아무것도 몰라. 그녀 집도, 전화번호도. 너무 바보 같아서 미칠 것 같아."

"이유가 있었겠지. 니가 느낀 마음만 거짓이 아니라면 방법이 있을 거야. 그러니까 그만 자책해. 이러는 니 모습은 나도 못 미더워."

따뜻한 위로의 말보다 야속한 말 한마디가 더 정신을 차리게 만들 것 같았다.

"회사도 거짓이었어. 솔직히 이름도 진짜일까란 생각이 들어. 그만큼 내게 보여주지 않았어. 난 다 보여줬는데, 숨김없이

다 드러냈는데 그녀는 그러지 않았어. 마음? 그래, 그건 진실인 걸 알아. 눈빛 하나, 말 하나 어느 하나 거짓이 아니었어. 그래서 더 미치겠는 거 아냐? 그래서 더 억울한 거 알아? 마음을 준 거면 다 준 건데 왜 나에게 이런 짓을 했을까. 아무리 생각해도 해답이 없어. 피치 못할 사정이었다면 말 못할 사정이었다면 내가 먼저 나서줘야 하는데. 난 아무것도 몰라서 해줄 수가 없어. 그래서 너무 억울해. 그래서 가슴이 터질 거 같아."

손으로 가슴을 움켜쥐며 끝내 눈물을 보이고 마는 지민의 어깨를 가만히 두드려 주었다. 피치 못할 사정? 말 못할 사정? 그래서 사라져야 했다고? 마음은 주었는데 어느 하나 신상을 알 수 없다는 말에 민철의 눈빛이 굳어버렸다. 그러나 머리 속은 온통 엉켜 버린 생각들로 혼미해져 가고 있었다.

"민철아, 그거 아냐? 동화 속에 나오는 양철 나무꾼. 텅 빈 가슴을 채우기 위해 신장을 찾아 떠나는 나무꾼. 원래 비워져 있던 가슴도 허전함을 느끼는데 가득 차 있다 비워져 버린 가슴은…… 나무꾼은 그렇게 살 수 있지만 나는 그렇게 살 수 없다."

끝내 무너지며 고개를 묻어버리는 지민을 부여잡고 민철은 자신조차 확신이 서지 않는 말들을 무작정 뱉어내었다. 살 수 없다는 말이 너무도 진심으로 가슴에 닿아 무슨 말이라도 해야 할 것 같았다.

"지민아, 혹시 주영이 만난 적 있어?"

흐느적대던 지민이 번쩍 고개를 들었다.

"그 녀석 얘기가 갑자기 왜 나와?"

"아니, 그냥 궁금해서."

"취임식 때 만났어. 잘살더라. 나한테 충고도 할 만큼……."

지금 자신의 모습에 민철이 화제를 돌린다 생각하는 지민이었다.

"만났구나. 그럼 아니네."

"뭐가?"

"아니야. 그만 마셔."

주영을 다시 만났었다면 그녀가 주영일 리 없었다. 민철은 자신의 생각이 터무니없어 고개를 흔들어 털어내고는 지민을 잡아 일으켰다. 삶을 놓아버린 듯 늘어진 지민을 들쳐 메고 바를 나섰다. 민철에게 기대 걸음을 옮기던 지민이 고개를 들었다. 말짱한 정신과는 달리 몸이 말을 들어먹지 않았다. I'm a fool to want you의 빌리 할리데이의 목소리가 주위를 메우고 가슴을 메우고 있었다. 애절한 그 목소리가, 그 노랫말이 너무 슬퍼 또다시 눈가가 젖어들고 있었다. 못난 자신을 붙잡고 조심스레 걸음을 옮기는 친구 녀석이 고마워, 그러나 눈물로 얼룩진 자신의 초라한 얼굴을 보이지 못해 끝내 말로 내뱉지 못하고 얼굴을 묻어버렸다. 노랫말이 슬퍼, 그래서 너무 가슴 아파 눈물짓는 거라고 애써 변명하며 하염없이 흐르는 눈물을 내버려 두었다.

13 너를 위한 만남,
돌아서다

번쩍거리는 도로가 무척이나 어색했다. 오랜만에 직접 운전대를 잡았고, 오랜만에 여자의 모습으로 거리에 나섰다. 차창 밖으로 세찬 바람이 밀고 들어왔다. 답답한 마음에 창문을 조금 열고 한 손으로 운전대를 잡고 있었다. 한 손에 쥐어진 브로치. 하마터면 가슴에 간직한 그 모습 그대로 마주할 뻔했다. 지금 가는 길이 가슴 한구석에 꽁꽁 숨겨놓은 그리움을 보여주는 자리가 아닌데. 긴장했던 것일까, 화장을 하는 내내 떨리는 손마디를 움켜잡아야 했고, 지금도 마른침을 계속 삼켜주어야만 했다. 주영이 브로치를 보조석에 놓아두고 신문을 집어들었다. 경제면.

『 '정진그룹 권지민 일어설 수 있나.'

　　그동안 정진그룹의 숨겨진 아들로 알려져 왔던 권지민 씨(사진)가 또다시 의외의 모습을 보여 언론의 주목을 받고 있습니다. 어제저녁 청담동 모 술집에서 귀가를 거부하며 난동을 피웠던 그는 결국 종업원의 신고로 경찰서로 이송되었습니다. 얼굴과 손등의 타박상으로 미루어보아 만취 상태에서 다툼이 있었던 것으로 예상되며 간단한 조사를 받은 후 오늘 새벽 귀가했습니다. 국내 젊은 후계자들과는 달리 바른 생활로 그간 좋은 평가를 받아왔던 그는 요 근래 많은 돌출행동을 보였던 것으로 알려졌습니다. 이번 사건은 얼마전 음주 운전 적발 이후 일주일 만에 벌어진 사건이라 그 결과가 더욱 주목되는 가운데 조만간 정진그룹에 변화가 일것으로 예측되고 있습니다.』

　　신호가 바뀌어 신문에서 눈을 돌린 주영이 낮은 한숨을 내쉬었다. 며칠 전 실린 기사는 주영의 가슴을 멍들게 만들었다. 서서히 사라질 것이라 생각되었던 멍은 더욱 커지고 커져 주체할 수 없는 통증을 몰고 왔다. 지민을 위한 헤어짐. 더 이상은 지민에 관한 어떤 것도 생각하지 않으려 했다. 설사 무슨 일이 벌어진다 해도 모른 척하리라 맘먹었다. 그러나 신문 한구석 작게 실린 지민의 기사는 더 이상 강 건너 불 구경조차 하지 못하게 만들어 버렸다. 며칠 동안 아무 일도 할 수 없게 만들어 버린 기사를 손에 쥐고 무작정 집을 나섰다. 그리고 잊었다 생각한 그 번호를 눌렀다. 아무 말도 없이 막연한 기다림을 주듯이 그렇게 떠나온 것이 애초에 잘못된 것이었는지도 모른다. 모질게 끊었더라면 한때 더 아프다고 느꼈을지라도 아마 지금쯤은 그저 희미하게 기억 속에 묻혀졌을지도 몰랐다. 잘못된 만남과 잘못된 이별, 어느 걸 탓할 수 있을까.

어느덧 약속 장소에 도착했다. 차를 주차하고는 거울을 꺼내 흐트러진 머리를 매만졌다.

'깔끔하게…… 되도록 흩트러지지 않게…… 강해 보이겠지. 독해 보이겠지.'

손끝에서부터 전해져 오는 긴장감으로 사정없이 뛰어대는 가슴을 지그시 눌러주었다. 열이 오른 얼굴과 젖어드는 눈동자를 잠시 가라앉히고 차 문을 열었다.

땡그랑 소리가 경쾌하게 커피숍 인을 올리고 있었다. 문을 열고 홀을 둘러보던 주영은 내내 문에 고정되었던 듯한 눈동자와 마주쳤다. 마치 어제 만나 헤어진 친구인 양 주영이 손을 흔들어 보였다. 허깨비라도 본 듯 멍하니 쳐다보는 지민에게 웃으며 다가선 주영이 손을 내리고 주먹을 움켜쥐었다.

'멀어서 보이진 않았을 거야. 떨고 있는 걸 보진 않았을 거야.'

멍한 눈으로 주영을 바라보기만 하던 지민이 마른침을 삼켰다. 너무도 태연히, 정말 너무도 태연히 자신에게 걸어오고 있었다. 꿈을 꾸는 줄 알았다. 몇 백 번, 아니, 몇 만 번 그려본 모습임에도 믿을 수가 없었다. 햇살을 등지고 보랏빛으로 다가오고 있었다. 이리도 눈이 부신데, 이리도 눈이 시린데 저리도 아무렇지 않을 수 있다니. 마냥 반가워야 하는데, 마냥 기뻐야 하는데. 마음 한구석이 싸늘해져 왔다.

"일찍 오셨네요."

이렇듯 환하게 웃어주었던 기억이 없는데, 보라색 옷만큼 보랏빛 웃음을 지어준다.

"네."

목이 메어 겨우 한마디를 내뱉었다. 얼마나 바보 같아 보일까.

"아직 주문 안 하셨네요. 커피 드실래요?"

간신히 고개를 끄덕이고는 주문하는 모습을 바라보았다. 무언가 바뀌었다. 언제나 자신이 먼저 묻고 주문을 했었다.

"아무 말이 없으시네요."

달콤한 커피 향과 뜨거운 맛을 느낄 수가 없었다. 무언가 잘못되었다는 경종이 머리를 시끄럽게 울려대고 정신을 앗아가고 있었다.

"제 말보다 주희 씨 말을 듣고 싶습니다."

아무 말도 못하고 불안한 듯 눈동자만 굴려대는 지민의 모습에 주영은 가슴을 움켜쥐었다. 독하게 먹은 마음이 그대로 녹아버릴까, 애써 미소를 보였다. 자신있고 당당하게, 그리고 아무렇지 않게 보이려 했는데 너무도 까칠해 보이는 모습에 가슴이 울렁거렸다. 그러나 주희라는 한마디, 너무 듣고 싶었던 목소리에 불려지는 주희라는 이름은 꿈에서 헤어 나올 통로를 만들어주었다. 그렇게 되고 싶었지만 될 수 없었던 이름. 아련하면서도 악몽 같은 봉롱한 한때의 나.

"먼저 만나자는 전화를 드린 건 아무래도 찜찜해서, 확실히 해야 할 거 같아서요. 저도 한때 지민 씨 좋아했어요. 잘생기고, 자상하고, 집안 좋고. 후후, 너무도 완벽한 조건이었죠. 근데 그게 다가 아니었던 것 같아요. 제가 착각하고 있었던 거죠. 그 조건에 가리워져 제 마음이 사랑인 줄 알았어요. 그건 지민 씨에게도 별로 좋지 못하다고 생각했어요. 그럼 빨리 헤어지는 것이 낫겠다, 더 이상 진전되면 더 많은 상처를 주겠다, 이렇게 생각했어요. 물론 쉽지 않은 결정이었지만 헤어진 후에 확실히 깨달았어요. 사랑이 아니었구나."

잠시 말을 멈추고 커피를 한 모금 마시는 주영의 모습을 물끄러미 바라보던 지민이었다. 한 치의 망설임도 없이 뱉어내는 말들은 한 조각 한 조각 유리가 되어 지민의 심장에 박히고 있었다. 서서히 밀려드는 가슴의 통증에 지민의 얼굴이 서서히 구겨지고 있었다.

"한마디 말도 없이 사라져서 미안해요. 그렇지만 나도 이해해 줘요. 정리할 시간이 필요했어요. 정말 그 당시에는 지민 씨에게 할 말이 없었어요. 힘들어한다는 얘기 들었어요. 그러지 말았으면 좋겠어요. 그만 나 잊고 다른 사람 만나요. 난 다른 사람을 사랑해요. 미워해도 좋으니 그만 잊어줘요. 나를 위해 잊어줘요. 지민 씨 이러는 거 솔직히 부담돼요."

쐐기를 박아버렸다. 내내 불안한 듯 쳐다보는 눈동자를 외면하며 말을 이어가고 있었지만 주영의 마음도 젖어들고 있었다. 시켜놓은 커피가 식어가도록 한 모금도 마시지 못하고 자신만 뚫어져라 바라보는 그 눈동자가 너무 시려, 너무 아파 똑바로 바라보지 못했다. 모질게 말하면서도, 못되게 말하면서도 애써 태연한 척 겨우 웃음 짓는데 그 눈동자에 무너질 순 없었다.

"부담돼요? 그냥 이렇게 바라보는 것도?"

예상치 못한 침착한 말투에 주영이 놀라 바라보았다. 실수였다. 보아서는 안 될 것을 보았다. 물기 가득한 눈동자가 자신을 꿰뚫을 듯 바라보고 있었다.

'그렇게 슬프게 바라보면 어떻게 해요. 그렇게 죽을 것 같은 표정 지으면 어떻게 해요.'

말을 잇지 못했다. 애꿎은 커피 잔만 돌려대고 있었다. 침착해야 하는데…… 한 번 무너진 장벽은 다시금 세울 수가 없었다. 흔들리는 눈동자가 들킬까, 떨리는 입술이 들킬까, 잔을 들어 커피를 마셨다.

"바라보기만 할게요. 원하지 않으면 나서지도 않을게요. 그러니 사라지지만 말아요."

'애원하지 말아요. 나 그럴 만한 사람 아니에요. 제발 그렇게

바라보지 말아요.'

애써 외면하며 태연한 듯 쓴웃음을 지어 보이는 주영이었다. 헛된 희망을 품게 하면 여태껏 힘들었던 과정은 모두 물거품이 되고 마는 것이다. 이렇게 무너질 거였으면 다시 나타나지도 않았다.

"그러지 말아요. 나도 힘드네요. 지민 씨 이러는 거 나도 힘들어요. 그만 해요. 그만 해줘요. 이제 만나는 일 없었으면 해요. 나 잘살 거예요. 그러니 지민 씨도 나 보란 듯이 잘살아요. 언젠가는 웃으며 만날 날이 있겠지요. 그런 날이 없으면 우리 다시는 만나지 마요. 미안해요. 먼저 일어날게요."

말을 마친 주영이 냉정하게 일어섰다. 혹여나 흔들리는 눈동자를 들킬까, 가슴 저 깊은 곳에서 치밀어 오르는 설움을 들킬까, 서둘러 자리에서 일어나는 주영이었다. 문을 나서면서도 주영은 뒤를 돌아보지 않았다. 어떤 모습일지, 어떤 눈동자를 하고 있을지 보지 않아도 느낄 수 있었다.

'내가 죽을 만큼 가슴이 미어지는데 당신은 얼마나 아플 까……'

서둘러 자리를 떠나는 그녀를 그냥 보낼 수밖에 없었다. 사랑하지 않는다는 사람을 무슨 명분으로 잡을 수 있을까, 자신이 없었다. 내가 사랑하니 내 옆에 있어달라 말할 수 없었다. 그냥 다른 핑계를 대었다면 이렇게 보내지는 않았을 것이다. 그러나 못내 미안한 듯 고개를 떨구며 한껏 불안한 눈동자로 자신에게 말하는 그녀를 외면할 수가 없었다. 더 못되게 굴었다면, 더 모질게 굴었다면 맘껏 미워할 수 있었을 텐데, 너무도 착하게 자신을 버렸다.

지민은 아직 주영의 온기가 남아 있는 자리를 멍한 눈으로 바라보았다. 그 흔한 눈물 한 방울이 나와주질 않았다. 눈물조차 기가 막혔던 것일까. 한참을 뚫어져라 주영의 자리만 바라보던 지민이 벌떡 자리에서 일어섰다. 그리고는 무언가를 발견한 듯 반대 편으로 걸음을 옮겨 아직 채 온기가 가시지 않은 물건을 집어 들었다. 갑자기 지민이 물건을 내동댕이치고 카페를 뛰쳐나갔다.

'아직 가지 않았기를, 그 자리에 있어주기를!'

서둘러 뛰어나간 그곳에는 주영이 서 있었다. 멍한 뒷모습. 차 문을 열지도 못하고 그대로 서 있었다. 그 뒷모습을 바라보던 지민이 서서히 다가섰다. 인기척을 느꼈는지 주영이 서둘러 차 문을 열고 있었다. 성큼 다가선 지민이 팔을 낚아채자 놀란 듯 주영이 뒤를 돌아보았다. 커다란 눈에 그렁그렁 맺힌 것은 분명 눈물이었다. 이를 꽉 깨물며 애써 눈물을 참던 주영의 눈에서 한 방울이 끝내 떨어져 내렸다. 그 모습을 지켜보던 지민의 가슴이 그대로 무너져 내렸다. 주영의 팔을 잡은 손에 힘이 들어가고 참았던 설움이 그대로 튕겨져 나왔다.

"뭡니까? 뭐가 이렇게 주희 씨를 힘들게 하는데요? 내가 알면 안 됩니까, 그런 거예요? 왜 이렇게 참으면서 나를 떠나려고 하는데요, 왜 이렇게 나 아프게 하면서 떠나려고 하는데요. 도대체 왜! 왜!"

그동안 참아왔던 울분을 토해내듯 지민이 소리쳤다. 그렁그렁 눈물이 맺힌 놀란 두 눈으로 주영은 아무 말도 하지 못하고 지민을 바라보기만 했다. 눈물과 원망, 그리고 안쓰러움과 분노가 가득한 지민의 얼굴을 그저 하염없이 바라보고만 있었다.

"왜 아무 말도 못하는데요, 왜 이렇게 울고만 있는데요? 그렇게 모질게 말할 거면, 그렇게 말해서 나 떼어놓을 거면 제대로 하지 그랬어요. 제대로 못되게 굴지 그랬어요. 이런 눈을 하고, 이렇게 떨면서 한참이 지나도 손자국이 없어지지 않을 만큼 찻잔을 움켜쥘 거면서, 이렇게 귀찮은 남자 하나 제대로 떼어내지도 못할 만큼 독하지도 못하면서 왜 그래요. 도대체 왜 그래요……."

어느새 분노는 애원으로 비껴어 있었다. 도대체 무슨 이유인지, 무엇 때문에 이러는지 이유를 말해 주지 않을 거라면, 그대로 떠날 거라면 조금 더 태연했어야 했다. 그랬더라면 조금은 미심쩍더라도 보내줄 수 있었다. 지민은 주영이 떠난 자리에서 아직도 촉촉히 땀이 배어 있는 찻잔을 발견할 수 있었다. 어느 정도로 꽉 움켜잡아야 검은색 찻잔에 물기가 맺혀 손자국이 지워지지 않는 것일까. 순간 가슴이 그대로 꺼져 버리는 줄 알았다. 이대로 미워하는 줄 알았다. 그대로 가버린 줄 알았다.

"가지 말아요. 제발 가지 말아요. 아무것도 묻지 않을게요.

아무 말도 하지 않을게요. 주희 씨가 하자는 대로 뭐든 다 할게요. 가지만 말아요. 이대로 돌아서지만 말아요. 나 보이죠? 지금 눈앞에 서 있는 나 보이죠? 엉망이죠? 이 봐요, 밥도 못 먹고 술만 마셔요. 아무것도 못하고 그냥 멍하기만 해요. 가끔 혼자 울기도 해요. 이렇게 지금처럼 그냥 멍하니 울기만 해요. 구겨진 내 얼굴 보이죠? 주희 씨가 알던 그 권지민이 아닌 거 같죠? 그러니 제발 나 좀 불쌍히 여겨줘요. 나 좀 동정해 줘요. 나 사랑하지 않아도 돼요. 그런 거 바라지도 않을게요. 아무것도 바라지 않을게요. 그러니 그냥 곁에만 있어줘요. 눈앞에 보이기만 해줘요 제발…… 흑흑……."

끝내 무너지고 말았다. 설움에 복받쳐 울부짖음을 못 이기고 그대로 무릎을 꿇고 말았다. 한 손은 장승처럼 서 있는 주영을 붙잡고 한 손은 두 눈을 가린 채 지민이 울고 있었다. 남자가 얼마만큼의 울분을 가슴에 담아야 저리 서럽게 울 수 있을까, 과연 올바른 선택을 한 것일까.

벼랑 끝에 몰린 순간에 점점 정신이 맑아져 오고 있었다. 주영이 손으로 눈물을 닦아내곤 냉정하게 지민을 바라보았다. 이상하게도 머리 속이 점점 또렷해지고 있었다. 지금 제정신으로 지민을 바라보고 있다는 것이 신기하기만 했다. 지민이 꿇어앉은 그 앞에 주영도 무릎을 모았다. 그리고는 가만히 지민의 한 손을 얼굴에서 걷어내었다. 눈물로 범벅된 얼굴을 가만히 쓸어내리고는 지민의 두 눈을 똑바로 바라보며 입을 열었다.

"지민 씨, 내 말 잘 들어요. 지금부터 내가 하는 말 잘 들어요. 내 옆에 있으면 안 돼요. 내 옆에 있으면 안 된다구요. 알아들어요? 두 눈 똑바로 뜨고 나를 봐요, 정신 차리고 나를 봐요. 내 옆에 있으면 지민 씨 절대 안 행복해요. 훗날 알게 될 거예요, 내가 왜 이러는지 언젠가는 알게 될 기라예요…… 그럼 나를 더 미워하게 될지도 몰라요. 더 원망할지도 몰라요. 그래도 좋아요. 그러니 지금은 내 옆에 있지 마요. 있으면 안 돼요……. 그럼 훨씬 불행할 거예요. 확실해요. 지민 씨 불행할 거라구요. 그러니 이번만큼은 제발 내 말 들어줘요. 내 말 들어야 해요. 왜이러는지 묻지도 말고, 생각도 하지 말아요. 나를 위해서 그렇게 해줘요. 정말 나를 사랑한다면 그렇게 해줘요. 그게 지금은 가장 나를 위하는 방법이에요. 들어요? 내가 말하잖아요. 나를 위하는 최선이 무엇인지 내가 말하잖아요. 내 눈 똑바로 봐요. 나 이기적이라서 지민 씨가 내 옆에 있으면 더 힘들 거 같아요. 그리고 싶지 않아요. 그러지 않았으면 좋겠어요. 그러니 이런 모습 제발 보이지 말아요. 지민 씨 이러지 않아도 나 충분히 힘들어요. 죽을 만큼 힘들어요. 그러니 얼른 일어나요. 그리고 다신 내 앞에 나타나지 말아요. 내 생각도 하지 말아요. 다시…… 정말 다시 지민 씨 이러면…… 나 죽을지도 몰라요."

한 치의 흔들림도 없었다. 이렇게 날카로운 화살을 가슴에 꽂아대면서도 눈동자는 그대로 얼어 있었다. 주영의 말에 넋이 나간 지민은 그대로 굳어버린 듯 움직일 줄 몰랐다. 그런 지민

의 손을 뿌리치고 주영이 일어섰다. 하얀 바짓자락이 눈앞에
한 번 왔다 가자 다시금 하얀 물체가 눈앞을 스치고 지나갔다.
부릉거리는 소음을 내며 멀리 사라지는 차를 지민은 그제야 천
천히 돌아보았다. 가고 있었다. 이렇게 가고 있었다. 나타나지
말아달라 말하고 있었다. 다른 말은 기억이 나질 않는다. 오로
지 다시는 나타나지 말아달라고, 죽을지도 모른다고, 그 말만
이 귓속을 맴돌고 있었다. 웅웅거리는 귀를 틀어막고 그대로
지민이 꼬꾸라졌다. 두 손으로 귀를 막은 채, 지나가던 행인들
이 걸음을 멈춰 자신을 둘러싸는 것도 모른 채 그대로 무너져
울부짖고 있었다.

'이게 꿈이라고 말해 줘, 다시 만났다는 것 자체가 꿈이라고
말해 줘, 눈물 맺힌 그녈 믿으라고 말해 줘, 그녀가 했던 말들은
거짓이라고 말해 줘. 누가 좀 말해 줘. 제발 이 웅웅거리는 소리
좀 멈춰줘……. 제발…… 그녀 좀 잡아줘.'

8차선 도로가 펼쳐진 화려한 거리 안에 그 명성과 어울리지
않는 남자의 흐느낌은 모여든 사람들을 한없이 안타깝게 만들
었다.

"하아하아…… 하……. 흑흑……."

차를 가득 메운 흐느낌은 어느새 울부짖음으로 변해 있었다.
갓길에 세워진 한 대의 승용차 안에서 애처로운 여자의 흐느낌
이 간간이 밖으로 새어 나오고 있었다. 주영은 끝내 가슴을 달

래지 못하고 차를 세우고야 말았다. 태연한 듯 말하던 순간에
도 몇 번이나 가슴을 끌어안을 뻔했다. 이렇게 힘들 바에야 그
냥 도망이라도 가자고, 그냥 움켜잡고 나 좀 어떻게 해달라고
소리칠 뻔했다. 그러나 잘 참아왔고 잘 견뎌왔었다. 한순간에
모든 걸 엉망으로 만들어 버릴 수는 없었다. 자신이 대견했다.
너무도 대견했다. 그러나 남은 것이 없었다. 뻥 뚫려 버린 가슴
이외에 남은 것이 없었다. 억울했다. 억울해서 미칠 것 같았다.
울부짖는 그 사람을 그대로 버려두고 돌아서는 자신이 대견해
서 너무도 억울했다. 그 설움이 넘어와 차 문을 여는 순간부터
넘쳐흘렀다. 주체할 수가 없었다.

'이제 됐겠지요, 그 사람 이제 잊겠지요, 그리 모질게 했으니
다시는 보고 싶지도 않겠지요. 사랑하는 사람 앞에서 못난 꼴
보였으니 창피해서 고개도 들지 못하겠지요, 다시는 생각하기
도 싫을 거예요, 지가 넬틸 거예요, 나란 사람 기억해도 웃음 짓
진 않겠지요. 근데…… 왜 이리 가슴이 아플까요, 왜 이리 북받
칠까요. 억울해서 미칠 거 같아요. 이렇게까지 해서, 그 사람
나 잊게 만들어서 가슴이 부서질 거 같아요. 잊어야겠죠, 그 사
람 나 잊어야겠죠. 그냥 기억하면 안 되나요? 기억 좀 하면 안
되나요? 조금 망가져도, 조금 힘들어도 그냥 버텨주었더라면
나 모질어도 기억 속에 남았을 텐데. 그 사람한테만은 미움받
고 싶지 않았는데, 미움은 받기 싫었는데……. 그것도 안 되네
요. 그것조차 사치였네요. 이렇게 가슴이 찢어질 것 같은데, 답

답해서 미칠 것 같은데, 미움도 받아야 하나요?

물어도, 물어도 허공은 메아리만 되돌릴 뿐 대답이 없었다. 무채색으로 저물어가는 창밖을 그저 멍하니 바라보다, 흐르는 눈물에 속이 상해 울먹이다 그렇게 잠들어가고 있었다.

주희는 잠들고 있었다.

저 가녀린 몸 어디서 저런 힘이 솟아나는지 도저히 알 수가 없었다. 운동으로 다져진 자신의 몸으로도 이제는 한계에 다다 랐는데 지친 기색 하나 없이 오늘도 몰아붙이고 있었다. 민준은 해의 자취가 한참 전에 사라진 시각에도 미동조차 하지 않고, 책상에 코를 박고 앉아 있는 주영을 바라보았다. 눈이 침침하고 목이 뻐근해 도저히 오늘은 앉아 있을 수가 없을 것 같았다. 그렇다고 주영을 두고 혼자 퇴근할 수는 없는 일이었다. 무슨 일이라도 있는 것일까. 두 달 동안 자신보다 먼저 퇴근하는 주영의 모습을 볼 수가 없었다. 하지만 무슨 일이 있어 일에만 전념하는 사람치고는 너무도 담담해 보였다. 화를 내거나 인상을 찌푸리는 일 없이 예전처럼 그렇게 무심하게 일에만 매달리고 있었다. 예전처럼? 주영을 곁에 두고 모셔온 지 어느덧 8년 해에 접어들었다. 미국지사로 발령을 받아 5년을 미국에서 모시고 귀국한 후에도 줄곧 곁에서 지켜봐 왔다. 한국에 돌아온 후 얼마 지나지 않아 적응을 한 탓인지, 아니면 누군가를 만난 탓인지 한결 밝아진 모습과 당당하던 모습을 보여주던 주영이었다. 미국에서의 상처받고 버려진 듯한 미운 오리 새끼의 오기는 어디에도 찾아볼 수가 없었다. 자신보다 한참은 어린 상사가 아니꼽고 치사한 적이 한두 번이 아니었다. 그러나 그런 마음조차 쉽사리 먹지 못하게 했던 사람 또한 주영이었다. 그 힘들다는 공부를 척척 해내면서도 5년을 미국에 머물며 한 번도 한국에 들어간 적이 없었던 사람이다. 가족들에게 연락이 올 때면 언제나 자신이 대신했으며 미국에 한 번 오겠노라 말하던 부모님도 자신을 시켜 거절하게 했었다. 정말 독하구나라는 생각도 잠시, 가족들의 소식을 전하고 돌아서던 민준이 열쇠를 두고 간 사실을 깨닫고 다시 문을 열었을 때 책상 앞에 무릎을 모으고 주먹을 입에 문 채로 숨죽여 울고 있는 주영을 발견하였다. 힘들면 힘들다고 말하면 될 것을, 충분히 용서받을 나이임에도 그러지 않았던 사람이다. 그날 끝내 열쇠를 들고 나오지 못한 자신이었지만 그 이후로 주영의 어떠한 행동에도 어떠한 요구에도 이유를 묻지 않았었고, 어린 상사를 무시하는 마음도 갖지 않았다. 이런 재벌가의 후계자로 살아야 한다는 사실이 마냥 부러운 것만은 아님을, 그리고 하늘이 내려준다는 경영자의 자리가 쉽지만은 않은 것임을 깨달았기 때문이었다. 그런 주영이 한국에 돌아온 이후 달라졌다. 먼 이국에서 외롭게 혼자 그리워하던 가족을 만났던 때문일까. 처음 몇 달을 제외하고는 내내 너무도 밝고 생기있어 보이는 모습이었다. 가끔 저녁 식사와 함께 술잔도 기울이고, 이주희 비서와 웃으며 가벼운 농담을 주고받기도 하던 사람이었다. 그런 사람이 두 달 동안을 한 치의 틈도 보여주지 않으며 자신을 몰아붙이고 있었다. 가끔하는 외출도 이제는 단념한 듯했다. 왜소한 주영의 모습에 혹여나 쓰러지지는 않을까 걱정하는 주위 사람들을 싸그리 무시한 채 자신만의 공간을 묵묵히 지켜내고 있었다. 회사를 책임져야 할 사람이라면 당연한 이 모습이 왜 이리 위태로워 보이는지 이유는 알 수 없었지만 더 이상은 안 될 것 같았다. 아무리 정신력이 강하다고 해도, 하늘이 정해준 후계자라고 해도 더 이상은 무리일 것 같았다.

"사장님."

"말씀하세요."

고개도 들지 않고 여전히 무언가를 적어가며 건성으로 대답하는 주영을 다시 한 번 불렀다.

"사장님."

그제야 펜을 멈추고 고개만 들어 주영이 민준을 쳐다보았다. 빛 한줄기 보이지 않는 눈동자, 원래 저렇게 까만 눈동자였던 것일까. 사람 눈동자가 저런 색깔을 띨 수 있을까. 민준은 잠시 딴생각에 빠져들고 말았다.

"말씀하세요."

완전히 펜을 놓은 채 피곤함을 느꼈던 것일까, 불러놓고 쳐다만 보는 자신에게 짜증이 났던 것일까. 주영이 미간을 살짝 찌푸리며 손을 들어 목에 가져다 대고 있었다.

"오늘은 이만 하시죠."

"아, 미안해요. 벌써 11시군요. 저 때문에 집에도 일찍 못 들어가고 데이트도 못하네요. 후후."

소리만 웃음소리일 뿐 표정 하나, 눈빛 하나 변하지 않고 말을 뱉어내고 있었다. 기이한 모습에 민준 역시 살짝 미간을 좁히고 있었다.

"그런 건 아닙니다. 단지 요 근래 너무 무리를 하신 것 같아 드리는 말씀입니다. 솔직히 저도 피곤함을 느끼는데 사장님이 아무렇지 않다는 말씀은 믿기 어렵습니다. 오늘은 이만 들어가시는 게……."

"그러죠. 사실은 나도 많이 피곤했어요. 김 실장, 고생시켜서 미안해요. 아참, 김 비서한테도 데이트 시간까지 뺏어서 미안하다고 전해줘요. 하하."

목을 젖혀가며 웃고 있지만 주위에까지 전염되는 웃음이 아니었다. 진정 즐거워 마음에서 우러나지 않는 웃음은 주위를 동화시키지 못한다. 갑작스런 주영의 농담에 귀까지 빨개진 민준이 주춤거리며 일어섰다.

"오랜만에 술 한잔할까요?"

민준은 푹신한 침대를 요구하며 아우성치는 몸 마디마디를 무시하며 주영을 따라나섰다.

"미안해요. 오늘은 그만 들어가서 쉬라 하고 싶은데 갑자기 술 한잔이 생각났어요. 딱히 기울여 줄 사람도 없고, 혼자 마시는 건 처량맞고. 후후."

"괜찮습니다. 피곤할 때 술 한잔이 약이 될 수도 있으니까요."

어두운 실내에 까만 테이블과 까만 의자가 공간의 선을 없애며 천장에 달려 있는 할로겐 불빛이 술잔이 놓여 있는 테이블 위를 비추고 있었다. 불빛 사이로 술잔을 들 때마다 아른거리는 주영의 야윈 손마디가 눈에 거슬렸다.

"많이 무리하셨어요."

"내가요? 아니요, 김 실장이 나 때문에 고생 많이 했지요."

"많이 야위셨습니다. 취임식 이후 그렇게 몰아붙이시니 그럴 수밖에요. 이번 유럽과의 합작 건도 성공했고, 모두들 사장님을 인정하는데 뭐가 그리 급하십니까? 좀 천천히 하셨으면 좋겠습니다."

"신경 쓰지 말아요. 아직 올라야 할 산이 남아 있는데 쉴 순 없죠."

말없이 술 한 잔, 또 한 잔을 들이키던 두 사람은 누가 먼저랄 것도 없이 또 한 병을 주문하였다.

"무슨 걱정이라도 있으십니까?"

물어봐도 돌아올 대답을 알지만 술 한잔의 기운으로 괜한 오기를 부려보았다.

"아니요, 내가 걱정이 어디 있겠습니까."

마시려고 들었던 술잔을 그대로 이마에 가져다 대고 아무것도 보이지 않는 어두운 구석을 응시한 채 말을 이어가는 주영의 눈빛이 평소보다 더 탁하게 느껴졌다.

　"나 같은 사람이 무슨 걱정이 있겠습니까. 모자라지 않는 집안에 건강하신 부모님, 내가 할 일이 있고 내가 돌아갈 집이 있는데. 모두들 부러워하는 자리지 않습니까. 김 실장도 그렇게 생각하나요?"

　약간의 홍조를 띠고 술기운에 처져 있는 목소리로 물어오는 주영을 가만히 쳐다보았다.

　"글쎄요, 얼마만큼을 가지고 있는지는 중요하지 않다고 생각하는데요. 백억을 가지고도 만족하지 못하는 사람은 행복을 느낄 수가 없을 테죠. 언제나 부족함을 느끼며 현실에 끌려 조급하게 살아갈 테니까요. 반면에 붕어빵 장사를 하면서도 하루하루 끼니를 거르시 않는 깃에 감사하며 천 원이 남든 이천 원이 남든 저축하는 재미로 만족하는 사람이 있다면 그 사람은 행복한 거죠. 어떤 삶을 살 것인지 물어온다면 저는 주저없이 붕어빵을 굽겠다고 할 겁니다. 비록 고달픈 몸이라 할지라도 마음만은 백만장자보다 행복할 테니까요. 하루하루를 행복을 느끼며 산다는 것이 얼마나 힘든 것인지 저도 알 만한 나이니까요."

　긴 얘기를 천천히 시를 읊듯 쏟아내는 민준을 물끄러미 바라보던 주영이 단숨에 술을 털어 넣었다.

　"무엇을 가졌느냐가 중요하다. 후, 행복하다고 느끼는 게 중요한가요? 그런 느낌 없이 살아간다는 게 불행한 건가요?"

거칠게 술잔을 내려놓고 언성을 높이며 물어오는 주영의 갑작스런 반응에 당황한 민준이 멀뚱히 주영을 바라보았다.

"그렇게 동물원 짐승 보듯 하진 말아요. 가진 자의 여유라고 하나, 배부른 자의 투정이라고 하나 뭐 그런 거니까. 살아가면서 누구나 한 번쯤은 허무하다고 느낄 수 있으니까. 나도 사람이잖습니까. 한잔하지요."

먼저 술잔을 치켜들며 건배를 청하던 주영이 머뭇거리는 민준을 기다리지 못하고 술잔을 털어 넣었다. 뜨거운 액체가 목을 타고 가슴께에 다다라 몸을 뜨겁게 달구어 정신을 혼미하게 만들고 있었다. 아파오는 머리와 터질 것 같은 심장의 느낌이 싫지만은 않아 스트레이트로 몇 잔을 더 마셔 버리는 주영을 보곤 놀란 민준이 잔을 뺏어 들었다.

"사장님, 이러시다 체하십니다. 술에 체하면 약도 없습니다. 그만 드시는 게……."

술잔을 잡고 말리는 민준의 손을 쳐내며 주영이 입을 열었다.

"이제 외출하지 않을 거예요. 남몰래 여장을 하며 숨죽여 나서지 않을 거예요. 김 실장, 알아요? 그동안 내가 어떤 마음으로 살았는지? 아마 모를걸요. 짐작도 못할걸요."

주영의 낮고 아득한 목소리에 괜스레 민준의 코끝이 시려왔다.

"여장이라니요. 사장님의 본모습인데요."

민준의 말에 주영이 픽 웃음을 터뜨리며 민준을 돌아보았다.

"내 본모습이라구요? 난 모르겠어요, 어떤 게 내 본모습인지. 여자여야 하는지, 사내여야 하는지 나도 헷갈려요. 여자로 살고 싶은지, 사내로 살고 싶은지 내 마음도 헷갈려요."

할 말을 찾지 못해 대꾸도 못하고 민준은 그렇게 위태로운 주영을 바라보기만 했다. 술이 많이 취한 듯 몸을 지탱 못하고 주영의 고개가 점점 아래로 가라앉았다.

"사장님, 일어나세요."

"김 실장, 나 떠났어요. 그 사람한테서……."

그 사람? 민준이 주영의 다음 말을 기다렸다.

"그 사람 아마 날 많이 찾을 거예요. 보지 않아도 알 수 있어요. 아마 이주희라는 여자를 찾겠죠."

갑자기 튀어나온 주희의 이름에 민준이 영문을 몰라 주영을 재촉했다.

"주희라니요?"

"미안해요. 졸지에 김 실장 애인이 되어버렸네요. 후후, 딱히 생각나는 이름이 없었어요. 윤주영이라는 이름으로 두 사람이 될 순 없잖아요. 그 사람한테 여자가 되고 싶었는데 될 수 없었어요."

"권지민 씨를 말씀하시는 겁니까?"

지민의 이름이 들리자 주영이 고개를 들어 민준을 바라보았다. 한없이 깊은 슬픔이 묻어났다.

"권지민…… 그 사람을 위한다 떠났지만 사실은 나를 위한 것일지도. 나를 알아버리면 혹시나 도망가지 않을까 미리 도망친 걸 수도…… 나 정말 비겁하죠?"

민준에게 동의를 구하면서도 시선은 다른 곳에 두듯 아득해 보였다.

"좋아하시면 왜 떠나십니까?"

"후후…… 안 된대요. 안 된다고 하네요. 웃기죠? 내 인생도 맘대로 못하는 어른이라니. 난 윤주영이고 신명의 주인이니까…… 너무 잘나고 잘나서…… 살기 싫은 인생."

"그런 이유 때문이라면 변명이 안 되십니다. 그분도 사회적 지위가 있으시고 사장님도……하여튼 두 분이 함께면 못할 것도 없지 않습니까?"

화가 난 듯 민준의 목소리가 높아졌다. 답답하고 바보 같아서 괜스레 울화가 치밀었다.

"그렇죠, 못할 것도 없죠. 근데 그러기 싫어요. 그 사람 힘들어하는 거 보기 싫어요. 뻔하죠. 무지 힘들 텐데, 내 인생 혼자도 이리 힘든데……. 힘들다 지쳐 나 미워할까 겁이 나요."

"사장님, 힘든 만큼 그분이 옆에 있으면……."

주영이 오른손을 들어 민준의 말을 막았다.

"옆에 있으면 너무 좋겠죠. 근데 꼴에 나도 여자라고 예쁜 이주희로 남고 싶네요. 먼 훗날 추억이라도 해준다면 고맙겠는데, 한때나마 사랑했었던 여자가 있었노라 기억해 주면 좋겠는데. 너무 욕심이 큰가요? 후후."

물기가 묻어나는 공허한 웃음에 민준의 가슴이 저려왔다. 사랑한다면서 너무 많은 걸 생각하는 주영이 안쓰러웠다. 이것이 주영의 사랑 방법인가⋯⋯. 이번에는 민준이 술잔을 들이켰다.

"난 알 수 있어요. 비록 사내의 모습을 하고 있지만 그 사람은 옛날 이 모습인 나를 많이 좋아해 줬어요. 그리고⋯⋯ 여자인 날 많이 사랑해 줬어요. 참 고마운데, 정말 고마워해야 하는데⋯⋯ 나를 몰라보는 것이 왜 이리 억울할까요. 돌아서는 나를 알아주지 않는 것이 왜 자꾸 원망스러울까요⋯⋯."

또르르 주영의 눈에 힘겹게 걸려 있던 눈물이 떨어졌다. 처음 본 주영의 눈물에 어쩔 줄을 몰라 하는 민준이었으나 미처 다음 행동을 생각할 새도 없이 주영은 앞으로 고꾸라져 버렸다. 손에 술잔을 는 재로 레이블에 머리를 박고 있는 주영을 일으켜 세우고는 손에서 술잔을 빼려 했다. 그러나 괴로운 듯 눈을 감고 숨을 몰아쉬면서도 주영은 손에서 술잔을 놓지 않았다.

"술잔 좀 놓으세요. 그만 가셔야죠. 많이 취하셨어요. 제가 모셔다 드리겠습니다."

무슨 힘이 이렇게 센 거야라고 중얼거리며 아직도 술잔과의 한판을 벌이고 있던 민준이 이내 술잔을 포기하곤 주영을 일으켰다. 온몸의 힘이 빠져 그대로 늘어진 주영의 몸을 힘겹게 부축하며 카페를 나섰다. 동그랗게 눈을 뜨며 자신들의 모습을 지켜보던 바텐더에게 한 손을 들어 양해를 구하고는 한쪽 눈을 찡그려 이해의 제스처를 보내었다. 손을 들고 윙크하는 민준과 늘어진 주영을 번갈아 보던 바텐더가 아직도 주영의 손 안에 잡혀 있는 잔을 발견하고는 이내 미소로 답해주었다.

대리운전을 불러 차를 맡기고는 뒷자석에 나란히 앉은 두 사람이었다. 주영은 이내 정신을 잃어 민준의 어깨에 기대 잠들었고, 주영을 부축하느라 진땀을 뺀 민준은 창을 조금 열어놓고 바람을 쐬고 있었다. 어느새 바람이 그렇게 차지만은 않은 계절이 돌아왔다. 눈을 감고 바람을 들이마시던 민준이 고개를 돌려 잠든 주영을 바라보았다. 어느 누구에게도 쉽게 마음을 보여주지 않는 만큼 술자리에서도 빈틈이 없던 주영이었다. 이렇게 취하여 정신을 놓아버린 주영의 모습이 낯설고 어색하여 당황하는 민준이었다. 그러나 그런 마음 한구석에 주영의 마음을 느낄 수가 있었다. 애절한 사랑. 아마도 너무 사랑해서 곁에 있지 못하는 심정인 것 같았다. 전부를 이해할 수는 없지만 주영의 곁에는 권지민이라는 사람이 있어야 할 것 같았다. 주영을 이주희로 알고 있는 바보 같은 남자, 사랑하는 여자를 알아보지 못해 눈물 흘리게 만드는 남자. 맘에 들진 않았지만 그 사람이어야만 한다면 아마도 주영은 힘든 인생을 조금은 가볍게 걸어갈 수 있을 것 같았다.

민준이 큰 한숨을 내쉬자 들썩거리는 어깨로 인해 주영이 뒤

척였다. 손을 올려 고개를 바로잡아 의자에 기대어주자 주영의
입에서 한숨과 같은 말이 흘러나왔다.

"미안해……."

답답스러울 만큼 자신의 공간에 어떠한 침입도 허용치 않았
던 어린 상사가 사랑에 울고 있었다. 많이 안쓰럽고, 그래서 안
타까웠던 무뚝뚝한 상사가 이렇게 아파하고 힘들어하고 있었
다. 순탄치 않은 인생. 언제까지 이렇게 가슴을 쥐어뜯으며 살
아야 하나. 민준의 눈빛에 한줄기 빛이 드리워졌다.

주영은 부서질 듯 쑤셔오는 머리를 부여잡고 간신히 눈을 떴
다. 그것도 잠시, 다시금 쏟아지는 햇살에 눈을 감고 말았다.
저 정도의 햇살이면 벌써 아침은 한참 전에 일어났을 것 같았
다. 눈을 감은 채 뒤뚱대며 창가로 다가섰다. 햇살을 정면으로
받으며 올려다보니 어느새 해는 중천에 걸려 있었고, 파란 하
늘에 둥근 구름만이 영화에서나 볼 수 있는 장면을 연출하고 있
었다. 시원한 물줄기가 쪼개질 듯 쑤셔오던 머리를 마비시키며
온전히 눈을 뜨고 세상을 바라볼 수 있게 해주었다. 아직 추위
가 가시지 않았음에도 찬물로 온몸을 뒤집어쓴 주영은 어느새
입 밖으로 새어 나오는 하얀 입김과 발끝에서부터 저려오는 떨
림을 모른 척 내내 샤워기 앞을 떠날 줄을 몰랐다. 그동안 이렇
게 수양을 하는 듯이 몸부림을 쳐왔다. 그러고 나면 꿈에서 온
전히 깨어 현실로 돌아올 수가 있었다. 가끔 극심한 추위로 고

통이 밀려올 때면 그대로 침대에 쓰러져 잠들곤 했지만 이빨이 부딪쳐 혀를 깨물 정도로 추위에 떨어도 이상하게 감기에는 걸리지 않았다. 심한 독감이라도 걸려 지독하게 앓고 난 후 훌훌 털고 일어난다면 조금은 편할 것 같았다. 그러나 그마저도 허락되지 않은 듯 멀쩡한 정신은 내내 주영을 괴롭히고 있었다.

'아무것도 생각하지 않을 거야. 이제는 생각하지 않을 거야. 그냥 앞만 보고 갈 거야. 끝이 낭떠러지라도……. 당신이 어떻게 사는지 안 궁금해할 거야. 혹시나 아프지는 않는지, 나를 찾아 헤매다가 사고나 나진 않았는지 그런 거 상관하지 않을 거야. 나처럼 몸을 가누지 못할 만큼 술을 마시고는 길거리에 쓰러지진 않을까, 나를 원망하는 마음에 자신을 학대하지는 않을까 그런 생각도 하지 않을 거야. 바보 같은 당신이 아직도 음성 메시지를 남길까 확인하는 일도, 늘 만났던 그 커피숍을 피해 돌아가는 짓도 더 이상은 없을 거야. 당신과 연관된 어떠한 것도, 당신에게서 연상되던 그 모든 것들도 이제는 모두 버릴 거야. 타인처럼…… 없었던 사람인 것처럼…… 내가 지우면 당신도 지워질까…….'

한 해가 지나고 또다시 반년이 흐른 늦가을. 저물어가는
난풍에 추위를 재촉히듯 아침부터 내린 비가 거짓말처럼 개어
있었다. 점심 무렵 뒤늦게 얼굴을 내민 해를 반기듯 거리는 사
람들로 붐비고 있었다. 토요일 이른 점심을 먹는 사람들, 퇴근
길 어딘가로 걸음을 재촉하는 사람들, 결혼식에 참석하려는 듯
정장을 말끔히 받쳐 입은 사람들. 물끄러미 창밖을 바라보던
지민이 한 장의 하얀 봉투를 꺼내 들었다. 거짓말처럼 사라져
버린 그녀. 다시 나타나 모질게 돌아선 그녀. 잊으려 몸부림친
지난 세월이 무의미한 듯 그의 가슴속의 상처가 다시금 욱신거
리기 시작했다. 1년 6개월 전. 너무도 차갑게 돌아선 그녀였다.

그러나 세월이 흐르면서 그때 그녀를 만난 것이 차라리 잘된 일
이라 생각되었다. 그랬기에 마음을 되돌릴 수 있었고, 원래의
자리로 돌아올 수 있었다. 잊었다 생각했는데, 아니, 이제는 잊
겠다 생각했는데 어찌 이리 모질 수가 있는가. 지민이 손 안에
구겨진 봉투를 열어 종이를 펼쳐 보았다. 현실에는 존재하지
않는다 생각했던 그녀의 이름 세 글자가 마술처럼 그려져 있었
다. 뚫어져라 검은색 글씨를 바라보던 지민이 종이를 구겨 쓰
레기통에 던져 버렸다.

　'어떻게 나에게 이걸 보낼 수가 있는 거지. 내 존재가 그렇게
하찮았던가.'

　기억해 내려 하지 않은 종이 속 글자는 이미 지민의 머리 속
에 선명히 자리 잡고 있었다. 신부 이주희……. 지민이 두 손으
로 머리를 움켜잡았다. 괴로움에 몸부림칠수록 지난날의 노력
은 허사가 되는 듯했다. 그녀의 모습, 눈빛, 손길. 마치 어제 만
난 사람인 양 모든 것이 선명하기만 했다.

　'정말 이젠 잊으라 보낸 거니. 와서 너의 앞길에 축복이라도
해주라 하는 거니.'

　째깍째깍. 시계 소리가 머리를 파고들었다. 무시하려 할수록
일 분 일 초가 더욱 잔인하게 지민을 옭아매고 있었다. 어느새
멍하니 시계를 바라보던 지민이 자리에서 벌떡 일어났다. 그리
고는 쓰레기통 속의 종이를 다시 꺼내어 책상 위에 펼쳐 놓았
다.

'그래, 봐줄게. 그렇게 원한다면 가서 봐줄게. 그리고 이젠 정말 놓아줄게.'

청첩장 속의 시간은 이미 지나 있었지만 서두르면 얼굴이나마 잠시 볼 수도 있을 것 같았다. 지민이 재킷을 집어 들고 사무실을 뛰쳐나갔다. 서둘러 엘리베이터 버튼을 눌렀으나 아직 한참을 기다려야만 할 것 같았다. 지민이 다시 방향을 바꿔 비상구로 달려가기 시작했다. 헐레벌떡 계단을 뛰어내려 가는 지민의 입에 주문과 같은 중얼거림이 새어 나왔다.

'잔인하다. 잔인하다. 정말…… 잔인하다.'

주차장에서 전속력으로 차를 몰고 나왔으나 도로는 이미 빽빽이 들어차 있었다. 초조하게 손목을 들춰보던 지민이 갓길로 핸들을 꺾고는 도로로 뛰어들었다. 달리고 달렸다. 숨이 목까지 차 올랐지만 숨을 고를 시간이 없었다. 마지막 가는 길이라도 봐야 한다. 신호등을 기다리지 못하고 지민이 자동차 사이를 곡예하듯 가로질렀다. 부딪치고 넘어졌지만 지민은 계속 달렸다.

"잘 다녀와. 너무 무리하지 말고."

친구들과 가족들의 배웅을 받으며 주희가 차에 올랐다. 부모님께 마지막 인사를 건네며 차에 오르려던 민준이 다시 주위를 둘러보았다. 누군가를 찾는 듯 도로의 자동차를 확인하고 지나가는 사람들을 쳐다보던 민준이 주희의 재촉에 차에 올랐다.

그러나 이내 다시 차 문을 열고 예식장 쪽으로 뛰어가기 시작했다. 놀란 사람들과 주희의 부름에 잠시 돌아보곤 누군가를 쫓듯 바삐 계단을 뛰어오르는 민준이었다.

"권지민 씨!"

민준이 헉헉대며 홀을 서성이는 지민을 향해 소리쳤다. 놀란 지민이 휙 하고 몸을 돌려 민준을 바라보았다. 이내 자신을 부른 사람을 알아본 지민의 눈에 당혹감이 스치고 지나갔다.

"놀라지 마세요. 당신을 아니까요."

숨이 차 올라 가슴에 통증이 느껴졌다. 지민이 가슴을 움켜잡고 걸어오는 민준을 바라보았다.

"오실 줄 알았습니다."

마주 선 민준의 눈을 피하며 지민이 심호흡을 하고 있었다.

"하아. 죄송합니다."

헛기침과 함께 말을 뱉어내던 지민이 목을 가다듬으며 이마에 흐르는 땀을 닦아내었다. 다가선 민준이 지민에게 손수건을 내밀었다.

"아니요. 괜찮습니다."

"닦으세요."

다정한 민준의 말에 지민이 손수건을 받아 들고 얼굴에 땀을 훔쳐 내었다.

"여기까지 뛰어오신 것 같군요. 많이 늦으셨네요. 가시죠."

"어딜 말씀이십니까?"

경계하는 지민의 차가운 말투에 민준이 미소 지으며 말했다.

"보고 싶은 사람이 있어서 오신 것 아닙니까. 만나야죠. 저도 곧 가야 하니까요. 기다리고 있어요. 얼른 가시죠."

말을 마치고 앞서 걸음을 내딛는 민준을 멍하니 바라보다 지민이 힘없이 뒤따랐다.

"잠깐만요. 전 이만 돌아가겠습니다. 안 봐도 될 거 같군요. 실례가 많았습니다."

정중하게 인사를 건네고는 지민이 손을 내밀었다. 손 위에는 반듯하게 접힌 손수건이 놓여 있었다. 손수건을 받아 들고 지민을 물끄러미 바라보던 민준이 한숨과 함께 고개를 내저으며 입을 열었다.

"어쩔 수 없는 사람이군요, 당신. 그냥 이대로 돌아가시면 평생을 후회할 겁니다."

꾸짖는 듯한 민준의 말투에 지민의 입가에 허무한 미소가 퍼졌다.

"아니요, 안 그럴 겁니다. 멀리서나마 축복해 주려 온 겁니다. 그녀를 당황하게 만들고 싶진 않습니다……. 행복하게 해 주십시오."

고개를 숙이며 발을 돌리는 지민의 뒤통수에 통쾌한 웃음이 내리꽂혔다.

"하하하하. 두 사람은 정말 똑같네요. 그렇게 서로를 위하기만 하다가는 그 사람 곁에 있을 수 없어요. 그럼 멀리서 지켜보세요. 문 앞에서도 얼굴은 볼 수 있을 거예요. 나오세요. 먼저 갈게요. 아참, 저도 이 말은 드려야겠네요. 행복하게 해주세요."

말을 마치고 뛰어나가는 민준을 멍하니 바라보다 지민이 조심스레 발을 옮겼다. 세상을 얻은 듯 모든 것에 너그러운 민준을 생각하며 지민의 입가에 쓸쓸한 미소가 퍼졌다. 자신이라면 신부의 옛애인을 가만두지 않았을 텐데, 지민은 다행이라 여기며 민준이 뛰어간 곳으로 고개를 돌렸다. 차 앞에 서 있던 민준이 무슨 말을 하더니 문을 열고 신부를 끌어내고 있었다. 차 밖으로 나온 신부는 눈처럼 하얀 투피스를 받쳐입고 선녀처럼 머리를 틀어 올리고 있었다. 고개를 돌린 신부의 고운 얼굴에는 정성스런 화장이······.

"헉."

신부의 얼굴을 확인한 지민이 숨을 들이키며 민준을 향해 달려갔다. 지민과 눈이 마주치자 민준이 신부와 함께 한 걸음 앞으로 나섰다.

"인사하시죠. 제 아내예요. 인사해, 권지민 씨라고. 늦게 오셨어."

민준의 소개에 주희가 웃으며 인사를 건넸다.

"늦게라도 와주셔서 고마워요. 이주희예요. 식사도 못하시고 어쩌죠? 돌아와서 초대할게요."

상냥하게 말을 건넨 주희가 지민을 바라보았다. 넋이 나간 듯 눈을 부릅뜬 모습이 정상인으로 보이지 않았다.

"어떻게 된 겁니까?"

어렵사리 말을 꺼낸 지민이 민준을 바라보았다.

"보시는 그대로입니다. 제 아내 이주희는 이 사람이고 저희는 신명그룹 사장님을 모시고 있습니다. 지금부터는 권지민 씨의 몫입니다. 잘 생각해 보세요."

멍한 지민을 남겨두고 차에 오른 민준이 다시 창을 내리고 지민을 향해 말했다.

"아! 힌트 하나 드릴게요. 그녀는 사라지지 않았습니다. 눈을 감고 생각해 보세요. 그럼 행운을 빌어요."

손을 흔들며 멀어지는 자동차를 바라보다 지민이 터벅터벅 걸음을 옮겼다. 생각할 장소가 필요했다. 너무 갑작스러워 일시정지가 되어버린 머리 속을 다시 재생시켜야 했다. 무심코 올려다본 건물에 카페가 하나 보였다. 무작정 들어가 커피를 주문하고는 지민이 구석진 곳에 자리를 잡고 앉았다.

이주희, 아니, 이주희가 아닌 그녀. 어디서부터 잘못된 것일까. 방금 전 신부는 이주희라 말했다. 남자는 이주희가 자신의 신부라 말했다. 분명 기억 속 그녀와 함께했던 남자. 연인은 아니라 생각했다. 언제나 정중하게 그녀를 대했으며 말을 놓지도 않았었다. 마치 직장의 상사를 모시는 것처럼…… 신명그룹 사장님을 모시고 있다고? 신명그룹 사장이라면…….

불연듯 민철의 말이 떠올랐다. 사라진 그녀를 끌어안고 울부짖던 날 갑작스레 주영의 안부를 묻던 민철. 무슨 연관이란 말인가. 주영과 그녀가 무슨 관계라는 것인가.

"그게 사랑인가요? 기다리는 것만이. 그러다 그녀가 사라져 버리면 찾을 수도 없잖아요."

"그녀의 사랑을 확신해요?"

"선배는 지금 아무것도 모르잖아요. 그 사람의 신상에 관한 것도, 심지어는 마음속까지. 선배가 사랑이라 확신하면서 어떻게 그럴 수 있죠?"

예전 주영과 만날 날 알 수 없는 말들을 내뱉던 주영이 떠올랐다.

"선배……나를 봐요."

주영의 눈빛을 보며 무언가가 생각나려 했던 자신을 떠올렸다. 마치 죄인이 된 양 마주 볼 수가 없었다. 왜? 주영의 말과 눈빛이 무얼 의미하는 것인지. 풀릴 듯, 풀려 버릴 듯하면서 더 엉켜 버리는 머리 속을 세차게 가로저었다. 종업원인 듯한 남자가 커피를 들고 지민 앞에 섰다. 김이 모락모락나는 커피 잔을 내려놓으며 남자가 미소 지었다.

"실례지만……."

남자의 말에 지민이 고개를 들어 바라보았다. 한동안 지민을 살펴보던 남자의 얼굴에 반가움이 스쳤다.

"아, 맞네요. 한참 전인데 기억 안 나세요? 언젠가 늦은 밤에 찾아와 커피를 마시고 가셨잖아요. 그때 다른 남자 분하고."

"네."

남자의 말에 지민이 퉁명스레 대답했다. 언젠가 누군가와 함께 왔던 곳이라 생각했다.

"그날이 아직도 기억에 남아서⋯⋯. 문 닫을 시간이 지나도 두 분의 모습이 슬퍼 보여 기다렸었죠. 다행히 웃으며 나가시는 모습에 저도 아주 흐뭇했었습니다."

"네?"

누구를 말하는지 모르겠다는 지민의 물음에 주인이 눈을 빛내며 말을 이어갔다.

"있잖아요. 그때 예쁘장한 남자 분과 오셨었잖아요. 기억 안 나세요?"

"아, 기억력 좋으시네요."

예전 주영과 함께 들렀던 카페가 여기라니. 아버지를 만나 방황하던 시절 무작정 주영을 찾아가 기대었던 지민이었다. 그 시절 지민에게 주영은 누구보다 절실한 사람이었다. 쓸쓸한 웃음과 함께 황량한 바람이 가슴을 훑고 지나갔다.

"그럼요. 그때 두 분 모습이 인상적이라 제가 스케치해 두었었죠. 인테리어를 바꾸기 전까지는 액자에 넣어서 여기에 걸어두기도 했었습니다. 그래서인지 아직도 두 분 모습은 잊혀지지 않네요. 그분은 잘 계세요? 그분이 정말 기억에 남았었는데. 그때는 남자 분이라 생각했는데 점점 시간이 흐를수록 아닐 수도 있다는 생각이…… 죄송해요. 하하, 제가 괜히 쓸데없는 말을……."

"무슨 말씀이시죠?"

남자의 말에 지민이 번쩍 고개를 들며 물었다. 이유를 알 수 없는 가슴이 요동치고 있었다.

"기분 나쁘셨다면 사과드릴게요. 근데 훗날 다시 그림을 보니 마치 제가 그분을 여자 분이라 생각하고 그린 것 같더군요. 생각해 보니 그분이 여자 분일 수도 있었다는…… 그때 두 분의 분위기도 그랬고, 그분의 눈빛이며 외모도……."

남자가 말을 끝맺기도 전에 지민이 자리를 박차고 일어섰다. 놀란 남자의 눈빛을 쳐다보고는 지민이 커피 값과 함께 악수를 청했다.

"고마워요."

"네?"

영문을 몰라 어리둥절한 남자만을 남겨두고 지민이 카페를 뛰쳐나갔다. 또다시 달리고 있었다. 달리고 또 달렸다. 그날 주영의 마지막 말이 뇌리를 파고들었다.

"난 선배를 모르겠어요. 모르는 선배를 모르겠어요."

차 오르는 숨만큼 쿵쾅대는 심장을 어쩌지 못해 지민은 있는 힘껏 달렸다. 얼굴에 한가득 묻어나는 물기가 땀이라 생각하며 눈가를 훔쳐 내었다.

'뭐야, 바보 자식. 얼간이 자식. 그리 끊임없이 말하고 있었는데, 그리 알아달라 바라보았는데, 넌 어딜 보고 있었던 거냐. 어색한 웃음, 조심스런 손길, 그리고 익숙한 눈빛. 무얼 보았던 거냐. 그 옛날 아련한 기억 속에 너에 대한 이름 모를 감정들. 그게 사랑이라, 그리움이라 인정하고 싶지 않았다. 너는 알고 있었잖아. 그 집을 나서며 가슴으로 울었던 너는 알고 있었잖아. 근데 왜 눈이 멀었을까…… 조금만 더 신경 썼더라면 너무도 익숙한 향기에 알 수도 있었을 텐데. 아니, 몰랐을까? 변해버린 네 모습에 어찌해도 난 몰랐을까? 바보야, 말하지 그랬니? 네 눈이 멀어도 귀는 멀지 않았잖니? 바보같이 그리 혼자 애태우고 가슴 저리며 그리 살았니? 그리 내 곁에 있었니? 난 몰랐잖아. 내 곁에서 남몰래 눈물짓고 움켜쥔 가슴 나는 몰랐잖아. 왜 놀라지 않았겠니. 네가 그녀라는데, 그녀가 너라는데, 믿을 수가 없다. 어린 그때, 시린 가슴속 그대로 묻어두었던 네가 지금의 불꽃 같은 나의 그녀라는 게 믿을 수가 없다. 곁에 두고도 몰라 보고, 찾지 못해 허둥대던 내가 미련스러워 믿고 싶지 않다. 내 등 뒤에 서 있었니? 내 뒷모습을 바라보고 있었니? 얼마나 울었니? 몰라주는 날 보고 얼마나 속상했니? 또다시 나를 떠나란 현실에 얼마나 억울했니? 그래서 그리 모질게 굴었니? 무릎 꿇은 내게 가슴 한 번 안 빌려줬니? 참 못됐다. 참 밉다. 무엇이 나를 위한 거니? 너를 떠나 못내 그리워하다 다른 사람 만나 행복하길 바란 거니? 그럼 너는? 못난 너는 어찌 살려 했니? 훗날 알 거라고? 너를 이해할 거라고? 가슴이 아프다. 네 눈물 방울방울이 그대로 가슴에 사무친다. 너가 아니면 아무것도 의미없는데, 너 없는 삶은 내게 삶이 아닌데, 왜 모르니? 바보. 어리석은 나도, 미련한 너도 우린 너무 바보 같다. 그래서 눈물이 난다.'

하늘에 구름이 차 올랐다. 해를 먹어버린 구름이 비를 준비하고 있었다. 대로변에도, 도로 위에도 지독한 어둠이 내려앉았다. 지민의 발과 심장은 멈출 줄 모르고 그렇게 내달리고 있었다.

쾅!

커다란 소리를 내며 열려진 문을 바라보며 주영이 놀란 가슴을 진정시키고 있었다. 바람이라도 불었던 것일까. 주영이 문을 닫으려 일어나 걸음을 옮겼다. 한 발 한 발 가까워질수록 흐느낌과 같은 사람의 숨소리가 들려왔다. 긴장한 가슴을 부여잡고 조심스레 주영이 문에 다가섰다. 순간 발끝에서부터 전율이 타고 오르기 시작했다. 머리에 전달된 그 기분 나쁜 느낌은 어느새 심장을 향하고 있었다. 쿵쾅쿵쾅. 정신없이 뛰어대는 심장이 뒤늦게 반응하는 뇌를 비웃고 있는 듯했다. 즉각 반응하는 몸과는 달리 주영은 아무 말도 하지 못했다.

'그 사람⋯⋯.'

문에 기대어 무릎을 꿇은 채 헉헉대며 기진맥진 앉아 있는 사람은 다름 아닌 지민이었다. 주영이 놀라 다시 책상으로 몸을 돌렸다.

'정신을 모아야 했다. 정신을 차려야 했다.'

일어서는 듯한 부시럭대는 소리와 자근자근 발자국 소리가 들렸다. 눈을 감고 늘 추억하던 그 발자국 소리가 들렸다. 작은 가슴, 차마 용기가 없어 쉽사리 눈을 뜨지 못하던 주영이 숨을 몰아쉬고 지민을 돌아보았다. 태연히 마주하며 악수를 청할 생각에 몰아쉰 숨이었다. 그러나 지민의 모습은 그런 한숨마저도 모두 삼켜 버렸다. 땀으로 뒤범벅되어 색이 바뀌어 버린 와이셔츠아 헝클어진 머리, 그리고 충혈된 눈빛이 주영에게 꽂혀 있었다.

"선배, 어쩐 일이에요? 무슨 일 있어요? 연락도 없이 이렇게⋯⋯."

태연하게 웃으며 지민을 향해 말하는 주영을 물끄러미 바라보던 지민이 성큼성큼 주영에게 다가섰다. 당황한 주영이 한 걸음 뒤로 물러서자 지민은 그제야 그 자리에 멈춰 섰다. 그대로 돌진해 덤비기라도 할 듯한 지민의 기세에 주영의 눈빛이 흔들리고 있었다. 작은 사내. 예전에는 그런 줄만 알았다, 하나

의심 없이. 지민은 눈앞의 주영을 천천히 훑어보며 자신의 의지와는 상관없이 앞으로 나가려 하는 손을 꼭 움켜쥐었다. 한 발짝 한 발짝 다가설수록 익숙한 향기에 자신도 모르게 또다시 눈앞이 흐려져 왔다. 분명 사내의 모습이었다. 양복을 말끔히 차려입고, 넥타이도 매고 있었다. 언제나 자연스레 눈을 스쳤던 머리는 깔끔하게 뒤로 넘겨져 있었고, 화장기 하나 없는 까맣고 매끄러운 피부를 하고 있었다.

'너무도 닮아 있는 사내. 예전 주영, 그리고 그녀와. 왜 몰랐을까. 어찌 몰랐을까.'

"나 좀 봐."

지민을 외면한 채 고개를 돌린 주영을 향해 지민이 낮게 속삭였다.

'알고 왔으리라. 알고 왔으리라.'

한 걸음, 한 걸음 지민이 다가서고 있었다. 주영의 앞에 선 지민이 힘겹게 떨리는 손을 올려 주영의 얼굴을 감싸 쥐고는 자신을 향하게 하고 있었다.

"나 좀 봐."

억지로 눈을 부릅뜬 주영의 모습에 지민의 가슴이 무너져 내렸다.

'무엇이 너를 이토록 애쓰게 만드니……'

"선배, 왜 그래요. 이거 놔요."

지민의 손을 뿌리치며 자신도 모르게 흘러나온 떨리는 음성에 당황하여 고개를 돌려 버리는 주영이었다.

"맞구나. 네가…… 맞구나."

지민의 말에 흠칫 놀라며 주영이 돌아섰다.

"뭐가 맞아요. 아니, 틀렸어요. 가세요."

돌아선 뒷모습이 떨리고 있었다.

"미안하다."

지민의 말에 주영의 어깨가 잠시 흔들렸다.

"미안하다고 말하면 제가 그래요 하며 안기기라도 할 줄 알았나요. 오래전에 끝난 일이에요. 이제 와서…… 그냥 가주세요. 전 벌써 다 정리했어요. 선배는 그저 선배일 뿐이에요."

하얗게 주먹을 움켜쥔 주영의 뒤에 허무한 웃음소리가 들려왔다.

"후후, 그럴 줄 알았어. 쉽게 용서 안 해줄 줄 알았어. 나 못기."

"가요. 제발 가요."

격해진 음성으로 주영이 돌아서서 지민을 쳐다보았다. 먹구름으로 뒤덮인 하늘보다 더 스산해진 눈빛이 지민의 가슴에 비수가 되어 날아들었다. 스르륵. 지민이 무릎을 꿇고 앉았다.

"선배, 뭐 하는 거예요!"

"나 용서해 주라. 그동안 너 힘들게 하고 아프게 한 것, 몰라주고 혼자 눈물짓게 한 것 내가 다 갚을게. 미워해도, 원망해도 다 받을게. 가라고는 하지 마."

무릎에 두 손을 올리고 주영을 올려다보는 지민의 눈빛이 흐려져 있었다. 그 모습이 아파, 흔들리는 어깨가 속상해 주영은 입술을 깨물었다. 약해지면 안 된다 수백 번 되뇌었지만 이렇듯 허무하게 무너지고 말았다. 마주하면 뱉어버리려 했던 모진 변명들도 이제는 모두 소용없게 되어버렸다. 어찌해야 하나. 이제는 어찌해야 하나……. 참을 수 없는 막연함이 설움이 되어 북받쳤다.

　"모른 척해주면 안 돼요?"

　주영의 입에서 잠긴 듯 탁해진 목소리가 흘러나왔다.

　"나 모른 척해주면 안 돼요? 나 이렇게 애쓰는데 그냥 가주면 안 돼요? 그렇게 멋지게 돌아섰는데 지금 내 모습 너무 웃기잖아요. 버려 버린 마음 이제야 청소하려 하는데 다시 어지럽혀지면 허무하잖아요. 나 그냥 버려두면 안 돼요? 그냥 우리 헤어지면 안 돼요?"

　조용히 지민을 바라보며 주영이 애원하고 있었다. 그런 주영을 굳어버린 듯 슬픈 눈빛도, 원망의 눈빛도 아닌 그저 투명하게 마주하는 지민이었다. 꿰뚫어 보는 듯한 지민의 눈빛에 슬그머니 고개를 돌리며 주영이 마른 입술을 적시고는 입을 열었다.

　"그냥 가줘요. 그리고 오늘 만남은 기억에서 지워 버려요. 우린 그 카페에서 헤어진 거예요. 예쁜 옷을 입고 곱게 화장한 이주희라는 여자와 그날 그 장소에서 이별한 거예요."

시린 눈빛만큼 차가운 말투로 지민을 향해 말을 건네고는 다시는 보고 싶지 않다는 듯이 등을 돌려 버리는 주영이었다. 창문을 향해 또각또각 몇 걸음을 뗀 주영이 돌아보지도 않고 나머지 말을 뱉어내었다.

　"이주희와 이별한 당신이에요. 당신이 말했잖아요. 난……윤주영이라고."

　주영은 여전히 등을 보인 채 그대로 창을 향해 있었다. 투명한 창밖의 비가 주영의 어깨에 쏟아져 내리고 있었다.

　"아니야. 넌 처음부터 주영이었고, 그때도 주영이었어. 바보 같은 내가 깨닫지 못했을 뿐이야."

　어깨 선을 따라 흘러내릴 것만 같은 빗줄기는 그대로 주영의 곡선 안에 스며들고 있었다. 그러나 곡선없는 지민의 목소리는 그대로 주영의 가슴에 꽂혀 날아들었다. 흐린 먹구름에 어두운 뒷모습은 개일 줄을 몰랐다.

　"네가 아니면 아무 의미가 없어. 이주희라는 사람은 너였기에 나에게 의미가 된 거야."

　잠시 잠깐 흔들린다 생각한 어두운 어깨는 쏟아지는 빗물의 환각이었을까……. 더 작아지고, 더 움츠려 보이는 어깨는 아직도 돌아설 기미가 없어 보였다.

　"이별했다 하지 마. 멋대로 돌아서고 그런 말 하지 마. 널 보내고 내가 그리워한 건 이주희라는 여자가 아니야."

　순간 주영의 어깨가 한번 움찔거렸다. 그러나 두두두 내려치는 빗방울에 아파 보일 뿐 더 이상의 움직임은 찾아볼 수 없었다.

"너야……. 정신없이 뛰어오며 깨달았어. 내가 그리워한 건 너야. 그 옛날도, 그때도, 그리고 지금도……."

창백하게 바래진 지민의 눈빛이 똑바로 주영의 뒷모습에 고정되어 있었다. 움직임 없는, 흡사 사내와 같은 무정한 뒷모습을 꽉 쥔 주먹으로 다잡고 있었다.

두두두둑두두. 두두둑.

창을 내리꽂는 물줄기는 한없이 고이고 또 고여 온 세상을 잠기게 만들 것만 같았다. 한 방울 한 방울이 세찬 바람을 타고 저리 세상을 삼키고 어딘가에 부딪치면 힘없이 흐를 것을 알면서도 어리석게 온몸을 내던지고 있었다. 눈앞을 흐리게 만드는 방울이 야속하고 불쌍하여 더 이상 눈을 뜨고 있을 수가 없었다. 하염없이 창을 바라보던 주영이 눈을 감고 힘겹게 입을 열었다.

"그래도 가줘요. 나에겐 지난 일이에요."

빠른 걸음으로 책상으로 다가간 주영이 서류를 집어 들었다. 나가달라는 무언의 행동에도 지민은 꿈쩍도 하지 않은 채 동상처럼 서 있었다. 아랑곳하지 않고 서류를 뒤적이던 주영이 깊은 한숨을 내쉬자 저벅거리는 발소리가 들리기 시작했다. 서류를 펼쳐 든 채 발소리에 귀를 기울이며 눈을 꼭 감아버리고 마는 주영이었다. 그러자 기다렸다는 듯이 덜컹거리며 문을 여는 소리와 쾅 하며 닫히는 소리가 연속해서 울렸다.

　털썩—

　서류를 움켜쥔 그대로 주영이 책상 앞에 주저앉아 버렸다.
마른 줄만 알았던 눈물이 어딘가에 꼭꼭 숨어 있었다는 듯이 그
모습을 드러내며 흘러나오기 시작했다. 첫 번째 헤어짐보다 가
슴 아픈 일은 없을 거라 생각했는데 작은 기대마저 앗아가 버린
가슴은 죽을 만큼 아파왔다.

　'예쁜 모습으로 남고 싶었는데…… 화사한 보랏빛으로나마
남고 싶었는데 당신은 그럴 기회도 주지 않는군요.'

　"하아. 하아."

　숨가쁜 설움이 목을 타고 쉴 새 없이 흘러나오자 주영이 아
픈 가슴을 움켜쥐었다. 기뻤다. 이제라도 나를 사랑한다, 그립
다 말하는 당신이 너무 고마웠다. 무릎 꿇은 그 모습이 아파, 가
지 않겠다 버티는 당신을 그냥 안아주었으면 했다. 작은 가슴
그대로 주저앉아 차마 올리지 못한 손이었지만 마음만은 따뜻
하게 안아주었다. 알아주길 바랐다. 이런 내 마음 알아주길 바
랐다. 알아주지 않아도 오해하지 않기를, 더 힘들지 않게 돌아
선 나를 원망하지 않기를 바랐다. 너무 큰 욕심이었을까, 너무
터무니없는 바람이었을까? 후회가 밀려왔다. 볼품없는 비좁은
용기에 후회가 밀려왔다. 무엇이 당신을 위하는 길이고 나를
위하는 길인가. 이제 가면 다시 마주할 수 없을 텐데, 나를 불러
주는 목소리를 들을 수 없을 텐데, 한없는 그리움을 가슴에 품

어주지 않을 텐데. 잡아야 했다. 가는 걸음 다리라도 잡아 용서를 빌어야 했다. 이런 나라도 한 번쯤 안아달라 사정했어야 했다.

갑자기 고개를 치켜든 주영이 책상 위로 서류를 던지고는 자리에서 벌떡 일어섰다. 후들거리는 다리를 한 번 꽉 잡아 힘을 모은 후 뒤돌아섰다. 그리고는 뛰쳐나가려던 모습 그대로 멈추어 섰다. 그대로 시간이 정지한 듯 공간도 멈추어 섰다.

"이럴려고 나를 가라고 했니?"

여전히 문고리를 손에 쥔 채 지민이 우뚝 서 있었다. 처음부터 보고 있었다는 듯이 입가에 잔잔한 미소를 띠고는 주영을 바라보고 있었다. 바보라 욕하며 한없는 애정을 담고 주영을 향해 천천히 가슴을 벌리고 있었다. 두 팔을 벌려 맘껏 뛰어오라 허락을 하며 그렇게 주영을 마주하고 있었다.

"흐흐흑."

눈빛만으로 얼어버린 주영을 녹여 버린 듯 주영의 눈에 뜨거운 눈물이 솟구치기 시작했다. 그리고는 주영의 발이 공중에 띄워졌다. 그대로 달려가 온몸을 내던진 주영이 지민의 가슴에 퍽 하고 안겨들었다. 엉엉거리며 울음을 터뜨린 주영을 가득 품에 안고 지민이 말없이 주영의 등을 토닥여 주었다. 한 손으로 머리를 감싸 안고 주영을 꼬옥 품에 안은 채 어린아이를 달래듯 그렇게 등을 두드려 주었다. 봇물 터진 듯 한번 터져 버린 주영의 울음은 그렇게 지민의 가슴에 홍수가 되어 넘치고 있었다. 어느새 미소가 함박웃음이 되어버린 지민의 눈에도 한가득 물기가 젖어들고 있었다.

"나 잘했지? 안 가고 기다리길 정말 잘했지?"

연신 주영의 머리를 쓰다듬으며 웃음과 울음이 동시에 섞인 가슴 벅찬 말을 내뱉는 지민의 가슴에서 주영이 고개를 끄덕이고 있었다.

"나는 말이지, 갈 생각이 전혀 없었어. 네가 어떤 모습을 하고 있든, 또 어떤 말로 내 가슴을 도려내든 상관하지 않아. 네가 아무리 가라고 떠밀어도, 내가 싫다 말해도 네 곁을 떠나지 않아. 받아주지 않아도, 돌아보지 않아도 네가 있는 자리 그 언저리쯤 서 있을 거야."

젖어든 지민의 가슴이 두근거리며 주영의 귀를 두드리고 있었다.

"내가 알았다면, 그때 내가 알았다면 이렇게 오래 너를 혼자 두진 않았을 거야. 그 밤 그렇게 가슴을 부여잡고 울던 이유를, 돌아서는 내 뒷모습에 울던 너를 알았다면 절대로 혼자 두진 않았을 거야. 너를 숨겨 나를 떠났다고 탓할 생각도 없어. 그저…… 내가 미안해. 내가 많이 미안해. 미련하고, 눈치도 없고, 용기도 없었어. 왜 너를 알아보지 못했을까. 아니, 그렇게 너를 보내기 싫었으면서 왜 그렇게 돌아섰을까. 어렸던 그 시절 나는 내가 원하는 것만 보고, 듣고 싶은 것만 들으려 했어. 뭐가 그리 꼬였었는지, 비뚤어졌어도 그런 자존심이 나를 지탱해 주는 힘이라 생각했어. 돌아서는 사람을 잡지 말자, 나를 원하지 않는 사람에게 미련 두지 말자, 피붙이도 버리고 돌아서는 세상, 아무것도 바라지 말자. 그렇게 생각했어. 지금 생각하면 참 많이 어리석었어. 돌아섰던 사람도 다 이유가 있고 사연이 있는데, 세상 아픔 혼자 끌어안은 양 구겨진 마음으로 보려고도, 들으려고도 하지 않았어. 아버지가 그랬고, 또 네가 그랬어."

조용히 이어지는 지민의 고백에 주영이 고개를 들었다. 손을 뻗어 주영의 볼을 어루만지던 지민이 가만히 주영의 눈을 응시했다. 들이칠 것 같은 비를 걷어내듯 두 사람의 눈빛에는 반짝이는 햇살이 한껏 담겨 있었다.

"그거 아니? 아마 넌 모를 거야. 창백한 눈빛으로 세상을 향해 무언의 시위를 하듯 모든 걸 튕겨내기만 하는 어린 후배 녀석이 있었어. 처음에는 호기심이었고, 그 다음에는 안타까움, 그리고 방황하는 녀석의 모습은 나에게 아픔이었어. 왜 내가 그런 아픔을 느끼고 있는지도 모른 채 그 녀석과 헤어졌어. 근데 한참이 지나도 잊혀지지 않고 여기에서 예의 그 눈빛으로 나를 바라보고 있는 거야."

지민이 자신의 가슴 한곳을 툭툭 치며 말을 이어갔다.

"쉽사리 지워지지 않더라. 그래서 그냥 꾹 눌러두었었어. 그리고는 참 많이 독해졌었어. 다른 사람을 품으면 혹시 숨겨두었던 녀석이 치고 올라올까 맘 조리며 그리 살았어. 그러다 한 여자를 만났어."

한없는 그리움을 담은 지민의 눈이 주영을 향해 있었다. 꼭 쥔 손을 가슴에 끌어안고 지민이 살며시 이마를 기대왔다.

"차마 바라볼 수 없어 언제나 곁눈질로 한 번을 더 보고자 나를 치사하게 만들던 그 여자는 너무도 순식간에 나를 지배했어. 밥 먹는 것도, 잠 자는 것도, 심지어 숨 쉬는 것조차 감사하게 만들었고 지금까지 포기하지 않고 살아온 세월을 다행이라 여기게 만들었어. 진공 상태에서도 언제나 숨을 쉬게 해주던 그녀는…… 나에게 삶의 의미이자 이유가 되어버렸어. 좌회전도, 우회전도 없이 직진만을 고집하게 만들던 그녀가 사라지자 나는 순식간에 방향을 상실해 버렸었어. 아니, 여기저기 부딪치고 망가져서 더 이상은 앞으로 나아가지 못했어. 그 여자가 그렇게 만들었어. 나를 살 수 없게 만들었어. 더는 살 수 없어, 네가 없이는."

흔들린다 생각했던 어깨가 잠잠해지고 성난 빗줄기가 얌전해졌다. 다소곳이 내려앉는 빗방울이 어여뻐 보듬으려 다가섰다. 부드럽게 쓸어 내리자 이슬을 머금은 입술이 살포시 벌어졌다. 지민이 벌어진 주영의 입술을 한아름 베어 물었다. 먹구름이 서둘러 발걸음을 재촉하고 수줍은 듯 한줄기 달빛이 스며들어 지민의 가슴을 파고드는 주영의 뒷모습을 감싸고 있었다. 이제 더 이상의 방황은 필요치 않았다. 지름길을 놔두고 험난한 길을 돌고 돌아왔다. 너무 힘들어 포기하고 싶었지만 길을 인도해 주는 손길은 끊이지 않았고, 마침내 목적지에 다다를 수 있도록 마지막까지 손을 뻗어주었다. 지금 잡고 있는 이 손이 고마워 눈물짓는 주영이었고, 잡아준 손이 고마워 한참을 어루만지는 지민이었다.

'잡아줘서 고마워. 우리 이제 더 이상 눈물은…… 그만.'

달빛이 한 뼘 한 뼘 세상을 점령하며 먹구름을 몰아내고 있었다. 천둥같이 들렸던 세찬 빗소리가 물러나자 더욱 짙은 고요함이 몰려왔다. 영원히 몰아낼 수는 없지만 그래도 지금은 달빛의 승리였다. 이기고 지는 싸움을 반복해야 하는 하늘은 지치지도 않고 달빛의 승리에 환한 웃음을 보여주었다.

어느새 성큼 다가온 겨울은 사람들의 코트깃을 여미며 발걸음을 재촉하고 있었다. 주영이 피곤한 얼굴을 쓰다듬으며 책상을 정리하고 일어섰다. 한창 신혼의 단꿈에 빠져 엉덩이가 들썩이던 민준은 주영의 재촉에 퇴근도 하지 못하고 눈치만 보고 있던 참이었다. 주영이 일어서자 따라 일어선 민준이 슬그머니 코트를 집어 들었다. 그러나 퇴근을 준비한다 생각한 주영은 다시 창문을 바라보고 서 있었다. 사실 지민과의 일이 잘 해결된 탓인지 그간 주영의 표정은 한결 편안해 보였다. 억눌려 있던 무뚝뚝함은 어느새 자연스럽게 바뀌어 있었고 메마른 눈빛 또한 촉촉한 물기를 머금고 있었다. 그러나 회사 일과는 무관한 것인지 더욱 일에 매진하는 주영이었다. 지민과 좀 더 많은 시간을 보낼 만도 한데 그러지 않는 것이 이상하게 여겨졌다. 민준은 지민으로 인해 좀 더 여유로워질 것이라 생각한 자신의 생각이 틀렸음을 인정했다. 오늘도 집에서 시계만 쳐다보며 자신을 기다릴 주희를 생각하며 민준이 소리없는 한숨을 내뱉었다.

"사장님."

"먼저 퇴근하세요."

뒤에도 눈이 달린 것일까. 주영은 돌아보지도 않고 민준에게 말했다. 듣던 중 반가운 소리였으나 심상치 않은 주영의 분위기에 민준은 쉽게 자리를 뜨지 못했다.

"미안해요, 좀 생각할 게 있는데. 먼저 가세요."

"네, 그럼 먼저 들어가 보겠습니다."

주영의 말끝에 묻어나는 귀찮음을 읽은 민준이 더 이상 묻지 않고 문을 나섰다. 창밖을 바라보던 주영이 문소리에 돌아서 소파로 향했다. 한 달 동안 지민과 꿈같은 시간을 보내고 있는 주영이었다. 그동안 표현하지 못한 감정을 맘껏 내보이며 일분 일 초가 아쉬운 듯 만남이 잦아지고 있었다. 회사 일이 끝나는 야심한 시각에 만나니 주영의 차림새는 여전히 사내의 모습이었다. 신경 쓰지 않는다 말하는 지민이었으나 두 사람이 나설 때면 주위의 눈을 의식하지 않을 수가 없었다. 묵묵히 따로 떨어져 걷다가도 오가는 따스한 눈빛에 당황하길 수십 번. 주영은 자꾸만 커져 가는 지민에 대한 미안함을 떨쳐 버릴 수가 없었다. 회사를 오가며 여자의 모습으로 지민을 만나는 것은 더욱 불가능했다. 앞으로의 일을 생각하면 회사 일에 느긋할 수 없는 주영이었다. 자신이 여자임이 밝혀지기 전에 좀 더 확고하게 입지를 다져 놓을 필요가 있었다. 주영은 그것만이 자신이 할 수 있는 가족에 대한 배려이며, 회사에 대한 최소한의 의무라 생각했다. 훗날 만약 이 자리에서 물러나야 한다면 자신으로 인해 회사가 흔들린다는 소리는 듣고 싶지 않았다. 무능력하기 때문에, 여자이기 때문에…….

주영의 입가에 쓴웃음이 자리했다. 이제는 더 이상 미룰 수가 없었다. 진행 중이던 중요한 몇 가지 업무도 어느 정도 마무리가 되어가고 있었다. 만약 자신이 자리를 비운 게 된다고 해도 크게 영향을 미치진 않을 것 같았다. 무엇보다 언제까지 지민과 아슬아슬한 곡예를 할 수는 없었다. 아무리 조심을 한다고 해도 만남이 잦아지다 보면 이상히 생각하는 사람들이 늘어날 것이고, 그로 인한 소문들 또한 무성해질 것이다. 더 이상 상처받고 싶지 않았다. 또다시 지민을 아프게 만들고 싶지 않았다. 주영이 자리에서 일어나 코트를 집어 들었다. 그리고 성큼성큼 걸음을 떼며 단호한 눈빛으로 문을 나섰다.

"어디 가는데요?"
퇴근하는 주영의 지친 얼굴을 물끄러미 바라보던 지민이 갑자기 주영의 손을 잡고 어딘가로 성큼성큼 걸어가기 시작했다. 천근만근 무거운 몸으로 발을 옮기던 주영이 끝내 참지 못하고 짜증 섞인 목소리로 지민에게 물었다.

"아무래도 안 되겠어. 못 봐주겠잖아."

지민의 말에 주영이 손을 잡아당기며 발을 멈추었다.

"뭘요? 뭐가 안 되고, 뭘 못 봐주겠는데요?"

한 손으로 머리를 쓸어 올리며 묻는 주영의 목소리에 피곤이 잔뜩 묻어났다. 그런 주영을 유심히 바라보던 지민이 갑자기 무언가를 깨달았다는 듯이 손바닥으로 이마를 한 번 내려쳤다. 그리고는 무엇이 그리 좋은지 호탕하게 웃기 시작했다. 황당한 눈빛으로 지민을 바라보던 주영이 두 손을 허리에 올리고는 짐짓 화난 목소리로 말했다.

"나 피곤한 거 알죠? 이 시간이면 손가락 하나 움직일 힘도 없는 것 알잖아요. 그런 사람이 이유도 설명하지 않고 여기까지 끌고 오더니 이제는 실없이 웃고 있어요?"

토라진 주영을 아랑곳하지 않고 지민은 무릎을 짚으며 힘겹게 웃음을 삭히려 노력하고 있었다. 그러길 몇 분, 두 손을 올려 항복을 표시한 지민이 허리를 펴고 주영 앞에 마주 섰다.

"미안해. 화났어? 근데 난 이것도 너무 좋은 거 있지. 좋아서 참을 수가 없는데 어떻게 하냐? 지금도 웃음이 나오는 걸 참느라 가슴이 따가워. 아까 나한테 짜증 낸 거 맞지? 미안해하지도 않고, 어려워하지도 않고 여느 연인들처럼 나한테 투정 부린

거 맞지? 하하. 그것만으로도 이렇게 감격스러운데 지금 나한
테 나무라기까지 하다니. 오늘은 정말 운이 좋은 날인가 봐.”

　주영을 얼싸안고 이리저리 흔들던 지민이 주영의 어깨 위에
서 웃음을 터뜨리고 있었다. 할 말을 잃고 멍하니 지민의 가슴
에 묻혀 기분 좋은 들썩임을 느끼던 주영의 얼굴에도 어느덧 부
드러운 미소가 번지고 있었다.

　“지금 보니 정말 실없는 사람이군요.”

　“그런가? 그럼 어때, 좋음 그만이지.”

　넉살 좋은 지민의 말에 눈을 흘기던 주영이 어이없다는 웃음
을 보였다.

　“오늘은 너무 늦었네요. 할 말이 있는데 차에서 얘기 좀 할래
요?”

　“어? 안 되는데, 오늘 어디 갈 데 있는데. 무슨 말인데? 갔다
기 들으면 안 될까?”

　“어디요?”

　“가보면 알아. 가자. 늦겠다.”

　주영의 손을 잡아끌고 지민이 서둘러 걷기 시작했다.

　“선배, 이거.”

　주영이 지민을 향해 손을 가리켰다. 당황한 듯 주위를 살펴
보던 지민이 가만히 손을 놓아주었다.

　“아쉽다. 이렇게 추운 날은 꼭 잡고 가야 하는데…….”

　애써 웃음을 보이는 지민의 모습에 주영이 남몰래 가슴을 쓸

어 내렸다.

"미안해요."

"아니야. 난 이것만으로도 감사해. 미안해하지 마, 그럼 내가 더 미안해지니까. 춥다. 얼른 가자."

이번에는 손대신 어깨동무를 하며 지민이 발을 재촉했다. 그 모습에 주영의 입가에 쓸쓸한 웃음이 번졌다.

지민이 끌고 간 곳은 대학로 어느 소극장이었다. 한창 공연 중인 연극은 화장실을 배경으로 한 시대 풍자극이었다. 처음 와보는 소극장을 이리저리 둘러보기에 정신없는 주영의 손을 잡아끌어 딱딱하고 좁은 의자에 앉히고는 지민이 연극에 대해 설명하기 시작했다. 크지도 않은 내부는 평일이라 그런지 듬성 듬성 빈자리가 눈에 띄었다. 작은 공간에 빽빽이 들어찬 객석 과 더 작은 무대가 소박하게 펼쳐져 있었다. 연극이 시작되자 처음 마주하는 신기한 경험에 넋이 나간 주영이었다. 지민은 연극은 관심이 없는 듯 연신 그런 주영을 돌아보며 웃기에 바빴 다.

불이 꺼진 소극장을 벗어나며 어깨를 맞잡은 두 사람의 발걸 음은 어느새 깃털처럼 가벼워져 있었다. 기분 좋은 한숨을 내 쉬며 주영이 웃음 섞인 목소리로 입을 열었다.

"연극을 어떻게 봤는지 기억이 안 나요. 너무 웃어서 아직도 배가 아파요."

"그래, 재밌더라. 오랜만에 맘껏 웃었어. 나는 연극보다 네 얼굴 보느라 정신없었지만."

"왜요?"

"어린아이마냥 좋아하는데 웃겨서 참을 수가 있어야지. 아마 내 웃음소리가 제일 컸을걸. 하하."

"너무한다, 난 너무 신기했는데. 이런 것도 있는데 왜 모르고 살았을까, 얼마나 심오하게 생각했는데요. 후후."

얼굴 한가득 웃음이 번진 주영을 바라보던 지민이 발을 멈추고 주영을 돌려 세웠다.

"그래, 이런 것도 있어. 지치고 힘들면 이렇게 좋은 약들이 세상에는 많아. 알면서도 혼자 끌어안고 삭히는 사람은 어리석은 사람이고, 모르는 사람은 불쌍한 사람이야. 이제부터는 불쌍하지 않게 내가 다 가르쳐 줄게. 억울하지 않게 내가 다 알려 줄게."

짐짓 심각하게 말을 이어가는 지민의 얼굴을 마주하고는 주영이 미간을 찌푸렸다.

"알았어요. 억울하지 않게 다 가르쳐 줘요. 매일매일 웃고만 살게요. 근데……."

구겨진 미간을 펴지 않고 주영이 지민을 올려다보았다. 심각하게 쳐다보던 지민의 눈에 걱정이 들어찼다.

"근데 꼭 이렇게 심각해야 해요? 선배는 다 좋은데 갑자기 이렇게 분위기 잡는 게 문제예요."

눈썹까지 꿈틀대며 주영이 나무라자 당황한 지민은 할 말을 찾지 못하고 머쓱해했다. 그 모습에 더 이상 웃음을 참을 수가 없어 고개를 숙이는 주영이었다. 그러나 비집고 나오는 웃음을 꾹 참는 탓에 어깨가 들썩이고 있었다.

"뭐야? 지금 나 놀린 거야?"

주영에게 속은 것을 눈치 챈 지민이 어이없는 웃음을 지으며 주영을 잡아채려 했다. 그러나 이미 한 발짝 물러난 주영은 통쾌하다는 듯이 함박웃음을 짓고 있었다.

"보기보다 순진하네요. 아, 기분 좋다. 정말 여러 가지를 많이 알려줘서 고마워요. 하하."

"괘씸하다, 선생을 가르치려 하다니. 잡히면 가만두지 않겠다."

영화 속 한 장면처럼 도망가는 자와 쫓는 자. 그러나 긴박함 대신에 기분 좋은 웃음소리가 청량하게 울려 퍼졌다.

"곧 할머니를 뵈려구요."

"그래? 건강하시지?"

지민이 대답이 없는 주영을 돌아보았다. 집 앞에 다다르고도 머뭇거리기만 하던 주영이 한참 만에 꺼낸 말이었다.

"아셔야 할 거 같아서요."

"뭘…… 주영아!"

"아셔야죠. 언제까지 이렇게 살 순 없잖아요."

무덤덤한 주영의 표정에 지민이 걱정스레 물었다.

"그래도…… 어디까지?"

"모르겠어요, 어디까지 말씀을 드려야 하나. 이젠 정말 훌훌 털어버리고 싶지만 쉽진 않을 거 같네요. 아마 조금 더 선배를 힘들게 할지도."

"힘들면 말하지 않아도 괜찮아. 상황이 아니다 싶으면 내 얘기는 하지 않아도 좋고."

"이럴려고 선배를 받아들인 건 아니었어요."

"알아, 네 맘이 어떤지. 근데 나 때문에 이렇게 서두르는 거라면 그러지 않아도 돼. 난 지금 이렇게라도 네 옆에 있을 수 있어 좋으니까."

"꼭 그런 것만은 아니에요."

"그래, 그럼 그렇게 해. 지긋지긋한 굴레를 벗어던지고 싶은 마음에서라면 나도 찬성이야. 그렇게 해서 네가 좀 더 자유로을 수 있다면."

"가능할까요?"

지민이 주영의 손을 잡아주었다. 용기를 전해주려는 온기가 주영의 가슴에 도달했다.

"네 의지만 있다면 가능할 거야. 다른 건 생각하지 말고 너만 생각해. 네 인생을 위한 선택이 어떤 것인지만 생각해. 나도, 네 가족도, 회사도 네 인생보다 중요하진 않아. 지금까지 그런 삶을 살지 못한 건 네 인생보다 모든 것이 먼저였기 때문이야. 난 네가 더 이상 그렇게 살지 않았으면 좋겠어. 또다시 무모한 선택만은 하지 않았으면 좋겠어."

"그럴게요. 내 인생…… 생각해 볼게요."

"네가 어떤 인생을 산다고 해도 난 언제나 네 곁에 있을 거
야."

"이번에는 선배의 선택이 무모한 것일 수도…….."

"내 무모한 선택은 나를 위한 것이지만 네 선택은 너를 위한
게 아니잖아."

"후후."

여전히 바람 소리와 같은 웃음이 흩날렸지만 주영의 눈빛은
따스하게 빛나고 있었다. 또다시 어려운 갈림길에 서게 되었어
도 예전과는 많은 것이 달라져 있었다. 이렇게 온전히 바라봐
주는 눈빛이 있기에 주영은 움츠려 드는 가슴을 펴고 하늘을 향
했다.

사람이 올 것을 알면서도 여전히 굳게 닫혀진 대문을 올려다
보며 주영이 숨을 몰아쉬었다. 이런 마음을 하늘도 알아준 것
일까. 회색 빛의 구름으로 뒤덮인 하늘은 우울하게 세상을 감
싸고 있었다. 주영이 대문으로 올라서 벨을 눌렀다. 그리고
는 힘차게 문을 열고 들어섰다. 여전히 빈틈없이 손질된 정원
이 눈앞에 그림처럼 펼쳐졌다. 돌계단을 몇 개 올랐을까, 정원
한구석에서 사람의 그림자가 나타났다.

"왔느냐? 들어가자."

"네. 건강하시죠?"

"아직 죽진 않았구나. 무심한 것."

그동안 연락이 뜸했던 주영을 나무라며 오 여사가 앞서 걷기 시작했다. 여든을 넘긴 나이에도 손수 정원을 손질하는 오 여사는 꼿꼿한 자태와 빈틈없이 깔끔한 외모로 제 나이로는 보이지 않았다. 춘천 댁에게 녹차를 내오라 말하며 방으로 들어갔던 오 여사가 옷을 갈아입고 다시 나왔다. 소파에 앉아 있던 주영이 일어섰다.

"앉거라."

"들어가시죠."

지그시 주영을 바라보던 오 여사가 뒤돌아 서재로 향하였다. 어둡던 서재에 불이 밝혀지고 커다란 책상 앞에 두 사람이 마주 앉았다. 춘천 댁이 녹차를 놓아두고 나가자 오 여사가 입을 열었다.

"그래, 말해 보거라. 이 할미를 따로 보자고 한 이유가 무어냐?"

녹차 한 모금을 음미하며 오 여사가 주영을 똑바로 바라보았다. 짧은 한숨과 함께 주영이 고개를 들었다.

"할머님께 드릴 말씀이 있습니다."

"네가 잘하고 있다는 얘기는 듣고 있다. 그러나 아직 시작이니 너무 조급해하지는 말거라. 얼굴이 많이 수척해졌구나. 일이 힘든 게냐?"

"아닙니다."

"그래, 취임식 이후 우려의 목소리가 잠잠해졌다고 하더구나. 그만큼 네가 애쓴 게지. 그래도 몸을 살피거라. 젊어서 한창이지 나이 들면 병으로 돌아올 게다. 약이라도 먹어야 되겠구나."

"괜찮습니다. 요 근래 처리해야 할 일이 많았습니다."

"음, 할 말이 무엇이냐. 그리 굳어져서."

표정없이 대답하는 주영을 못마땅하다는 듯이 바라보는 오 여사였다. 잔을 내려놓으며 오 여사가 책상에 몸을 붙이고 책을 집어 들었다. 그 몸짓을 따라가던 주영이 오 여사를 올려다보았다.

"말을 않을 거면 그만 가보거라. 난 책이나 읽어야겠구나."

"아닙니다. 말씀드리겠습니다."

주영의 말에 오 여사가 다시 책을 올려놓았다. 꿰뚫는 듯한 오 여사의 눈빛에 주영이 마른침을 삼키며 입을 열었다. 갈라진 목소리가 흉하게 흘러나왔다.

"제가…… 흠흠, 죄송합니다."

"괜찮다. 말해 보거라."

"제가 어떤 사람이 되길 원하십니까?"

뜬금없는 주영의 질문에 오 여사의 눈빛이 잠깐 흔들렸다 다시 제자리를 찾아갔다.

"알고 싶은 이유가 무엇이냐?"

"그냥 알고 싶었습니다, 할머님이 생각하시는 저를."

"주혁이 네가 어떤 사람이 되길 원한 적은 없다. 그저 주어진 운명을 이겨가길 바랄 뿐이었지. 대답이 되었느냐?"

묻는 오 여사의 음성에 자상함이 묻어났다. 얼마나 힘들면 할미를 찾아와 이런 말을 할까. 오 여사의 눈빛에 안타까움이 어려졌다.

"제게 주어진 운명은…… 신명을 이끌고 아버지의 아들로, 할머니의 손자로 살아가는 것이겠지요?"

"그리 살고 싶지 않은 게냐?"

어느새 안타까움은 걱정으로 바뀌어 주영을 바라보고 있었다.

"전 할머니께서 생각하시는 만큼 강하지는 못한가 봅니다. 제 운명을 더 이상 이겨 나갈 수가 없습니다."

주영이 손을 모아쥐고 책상 한 귀퉁이로 시선을 돌렸다.

"무슨 일이냐?"

"할머니께서 많이 놀라시지 않으셨으면 좋겠습니다. 전 여전히 할머니의 손자이고, 할머니를 누구보다 이해합니다. 실망시켜 드리고 싶지 않아 망설였지만…… 더 이상은 제게 선택의 여지가 남아 있지 않습니다."

놀라서 아무 말도 하지 못하는 오 여사를 외면한 채 주영이 묵묵히 말을 이어갔다.

"더 이상은 이렇게 살 수가 없을 것 같습니다. 그냥 묵묵히 주어진 운명에 순응하며 살아가기에 전 이미 너무도 많은 걸 알아버렸습니다. 어려서부터 제게는 가족이 인생의 전부였습니다. 가족들을 위해 살아야 하고, 그리 사는 것이 싫지는 않았습니다. 어차피 사는 인생, 제게 생명을 준 가족들을 외면하지는 말자. 그들을 위해 사는 것이 내게 주어진 운명이라면 그리 살자 마음먹었습니다. 저를 걱정하시는 부모님과 저를 믿으시는 할머님, 제게는 그분들을 위한 삶이 인생의 목표이자 삶의 전부였습니다."

"알고 있었다. 여직 잘해왔지 않느냐?"

주영을 다독이며 오 여사가 조심스레 말을 받았다. 뒤이어 어떤 말이 주영의 입에서 흘러나올까, 걱정이 앞서는 오 여사였다.

"잘해왔습니다. 할머님이 생각하시는 대로 전 너무 잘해왔습니다. 너무도 기특하게 잘 버티고 잘살아와서 저도 제가 너무 대견합니다. 제가 어떤 마음으로 살아왔는지 할머니 아세요? 언제나 저를 보며 발을 동동 구르시는 어머니를 생각하며 이를 악 물고, 혹여나 다른 마음을 먹을까 걱정하시는 아버님을 보며 제 인생을 포기했습니다. 그 결과 지금 전 할머님의 기대대로 회사를 물려받았고, 남부럽지 않은 순탄한 생활을 하고 있습니다. 근데 무엇이 문제냐 하시겠죠? 남들이 부러워하는 자리에 올라 부족함없이 부모걱정 받으며 무엇이 그리 심각하냐라고 말하고 싶으시겠죠? 할머니…… 전 지금 회사를 물려받고, 부모님을 위해 살았던 삶이 억울하다는 것이 아닙니다. 절대 그것은 아닙니다. 여태껏 살면서 그런 생각을 하진 않았습니다. 앞으로 계속 그러한 삶을 산다 해도 살 수 있습니다. 그러나……."

주영이 잠시 말을 멈추고 숨을 멈춘 채 넋이 나가 있는 오 여사를 바라보았다. 두 사람의 눈빛이 허공에 부딪쳐 멈추었다.

"전 제 자신을 찾고 싶을 뿐입니다. 제 본모습을 찾고 싶을 뿐입니다. 너무 오래 잃어버려…… 더 잃어버리면 다신 찾지 못할 것 같아서. 비록 지금 제가 하는 행동이 태풍을 몰고 온다고 해도 전 지금 찾아야겠습니다. 아니, 찾고 싶습니다. 찾아서 하고 싶은 일이 너무 많습니다. 벌써 너무 많아졌습니다. 할머니…… 저를 용서하세요."

"무슨……."

오 여사의 눈을 피하지 않고 천천히 말을 이어가던 주영이 끝내 고개를 숙여 버렸다. 무슨 말을 하는 것인지 모르겠다는 힘없는 오 여사의 말만이 허무하게 주위를 맴돌고 있었다.

"죄송해요. 정말 죄송해요. 더 견디지 못해 죄송하고, 더 잘하지 못해 죄송해요."

"주혁아……."

"할머니, 더 들으세요. 더 들으셔야 해요."

휘청거리며 자리에서 일어나 주영에게 다가오려는 오 여사를 주영이 급히 막아섰다. 오 여사가 털썩 자리에 다시 주저앉

앉다. 먹구름이 몰려오고 있었다. 회오리를 몰고 오는 먹구름이 눈앞에 드리워지고 있었다. 얼마나 큰 회오리인가. 걱정스런 마음 한 켠에 불안함을 넘어선 두려움이 엄습했다. 오 여사가 가슴을 움켜쥐었다.

"어느 대기업 회장에게는 딸이 넷 있었습니다. 모두들 너무 총명하고 예뻤지만 딸이기에 회사를 물려받을 수는 없었습니다. 그 회장의 어머니는 며느리를 나무랐지요. 딸만 내리 넷을 낳아 어머니를 뵐 면목이 없던 아들 내외는 마침내 다섯째 아이를 가지게 되었습니다. 그 아이만은 아들일 거라 빌고 또 빌며 십 개월을 보냈습니다. 그리고 마침내 아이가 태어났습니다. 누나들과 다름없이 총명하고 순수한 눈망울을 가진 아이가 태어났습니다. 그러나 아이는 언니들과 같은 평범한 삶을 살 수가 없었습니다. 태어나는 순간 바뀌어 버린 운명을 그 아이는 선택할 수가 없었습니다. 너무 작아서…… 너무 약해서…… 그아이는 아무 말도 할 수가 없었습니다. 그리 자랐습니다. 아이는 바뀌어 버린 운명이 자신의 운명이라 여기며 그리 자랐습니다."

쉬지 않고 먼 옛날이야기를 하듯 말을 내뱉던 주영이 고개를 들고 오 여사를 바라보았다. 쓸쓸하고 공허한 주영의 눈빛 한가운데 몽글몽글 맺혀 있던 눈물이 떨어져 내렸다.

"28년 전, 그들은 가족을 위해, 그리고 늙으신 노모를 위해 그렇게 다섯째 아이의 운명을 바꾸어 버렸습니다. 그리고 전화를 드렸겠지요. 어머니…… 아들입니다, 아들. 마침내 대를 이을 손자가 태어났습니다. 노모는 기뻤겠지요…… 그렇게 원하고 원하던 손자가 태어나 세상을 다 얻은 듯 기뻤겠지요……."

주르륵 볼을 타고 하염없이 흘러내리는 눈물을 닦을 생각도 하지 못한 채 주영이 물끄러미 오 여사를 바라보았다. 구겨진 얼굴로 가슴을 움켜잡은 오 여사가 뒤이어 흘러나올 말을 두려운 듯 쳐다보고 있었다.

"할머니…… 기쁘셨어요?"

"헉!"

주영의 말이 끝나기가 무섭게 오 여사가 손으로 입을 틀어막았다. 새어 나오는 신음 소리를 꽉 막아선 손마디 사이로 거친 숨소리가 흘러나왔다.

"그 이후로 그 아이는 어떻게 되었을까요? 여자로 태어나 예쁜 옷 한 번 입어보지 못하고, 머리 한 번 길러보지 못하고 사내로 자란 아이는 어떻게 되었을까요? 바보 같은 아이는 자기가 사내인 줄 알았습니다. 다들 그렇게 말하니 그런 줄만 알았습니다……. 그렇게 자랐습니다. 아이는 그렇게 중학교에 갔습니다. 그리고 어느 날 만신창이가 되어 집에 돌아온 아이가 울부짖었습니다. 흑. 흑흑. 그리고 아이는 다시는 학교로 돌아가지 못했습니다. 달랐기에, 너무도 달랐기에……. 흑흑. 그렇게 또 자랐습니다. 가족들이 대견해할 만큼 잘 자랐습니다. 그러다 아이는 한 사람을 만났습니다. 처음으로 자신의 운명을 원망하게 만들고, 여자로 살고 싶게 만든 한 사람을 만났습니다. 돌아 서려…… 돌아서려 모질게 마음먹었지만…… 흑, 아이는 돌아설 수 없었습니다. 아이는 그럴 수 없었습니다. 그래서…… 그래서 아이는 결심했습니다. 더 이상은 이렇게 살지 않겠다고…… 더 이상은 가슴 꽁꽁 싸매고 짧은 머리로 살지 않겠다고……. 아이는, 아이는…… 흑흑…… 흑흑흑."

순간순간 머리 속에 휘몰아치는 기억들의 설움으로 말을 잇지 못하던 주영이 모질게 눈물을 훔쳐 내고는 오 여사를 바라보았다. 하얗게 질린 얼굴로 입을 가리고 있던 오 여사는 주룩 눈물만 흘려대며 눈을 꼭 감고 있었다. 안간힘을 다해 버티고 있는 사람처럼 의자를 꼭 움켜쥐고 있었다.

"그래서 아이는…… 할머니를 찾아갔습니다. 할머니를 찾아가 자신의 인생을 얘기하고 용서를 빌었습니다. 더 이상은 할머님이 원하시는 인생을 살 수 없다 말하며 용서를 빌었습니다. 그리고 애원했습니다. 이제는 자신의 모습을 찾게 해달라고…… 자유롭게 해달라고 애원했습니다. 할머니는…… 할머니는 어떻게 하셨을까요? 할머니…… 어떻게 하시겠어요?"

"하아. 하아. 우욱……."

마침내 터져 나온 울분을 토해내듯 오 여사가 가슴을 움켜쥐고 책상으로 엎어졌다. 툭툭 가슴을 치는 모습에 놀란 주영이 일어서 다가갔다. 그러나 몸을 가눌 수 없는 상황에서도 오 여사는 모질게 주영의 팔을 뿌리쳤다. 한 걸음 물러서 안타깝게 오 여사를 바라보던 주영이 허무한 듯 입을 열었다.

"할머니는 이렇게 하시는군요……."

오 여사의 어깨가 멈칫하는가 싶더니 쾅 하고 서재 문이 열렸다. 열린 문 앞에는 놀란 듯 두 사람을 번갈아 쳐다보는 윤 회장과 입을 막고 기암하는 미연이 서 있었다.

"무슨…… 무슨 짓을 하는 게냐? 어머니!"

윤 회장이 다급하게 오 여사에게 달려갔다. 남편의 모습에 어쩔 줄 모르고 서 있던 미연도 주영을 외면한 채 오 여사에게로 걸음을 옮겼다.

"어머니……."

"놔라. 괘씸한 것. 네가…… 네가 나를 이리 속이고도 무사할 줄 아느냐. 우리 집안을 어찌 보고…… 못된 것, 배은 망덕한 것!"

가쁜 숨을 몰아쉬면서도 오 여사는 미연을 나무라며 흘겨보았다. 그런 오 여사 앞에서 덜덜거리며 눈물만 흘려대던 미연이 무릎을 꿇고 앉았다. 그 모습에 멍하니 서 있던 주영이 놀라 다가섰다.

"네. 흑흑……. 어머니, 제 잘못입니다. 제 잘못으로 주영이를 이리 만들었습니다. 용서해 주세요. 용서해 주세요, 어머니. 그렇지만 그토록 바라시는 손자를 드리지 못해 저도 가슴이 아팠습니다. 저도 죽을 만큼 괴로웠습니다. 제 자식을 이렇게 만들고 싶은 어미가 어디 있겠습니까. 평생 씻지 못할 죄를 짓고 싶은 어미가 어디 있겠습니까……. 그러나 어머니를 위해 어쩔 수가 없었습니다. 다른 자식들을 위해 어쩔 수가 없었습니다……. 흑흑……."

"네가 끝내…… 끝내…… 헉!"

울부짖는 미연에게 덤벼들듯 일어서던 오 여사가 머리를 잡고 휘청거렸다. 그리고는 더 이상 그마저도 버틸 수 없는 듯 무너져 내렸다.

"어머니! 어머니! 정신 차리세요!"

"어머니! 흑흑!"

"할머니! 병원으로 모셔야겠습니다. 제가 업겠습니다."

오 여사를 흔들며 소리치는 윤 회장과 쓰러진 오 여사의 모습에 절망하는 미연을 남겨둔 채 주영이 오 여사를 들쳐 업고 뛰쳐나갔다.

'무사하세요. 무사하세요, 제발……. 할머니 잘못되시면 전…… 전 어쩌죠?'

소리없는 말을 되뇌이며 주영이 정원을 가로질러 달리고 달렸다.

병원 특실.

가습기의 습기가 보글보글 피어오르고 정성스레 꽃병에 꽂아진 꽃이 다소곳이 침대 곁에 놓여 있었다. 일인실 특실이라 비교적 넓은 실내에는 병원복을 입고 창백하게 누워 있는 환자와 그 곁에 노부부가 앉아 있었다. 환자의 손을 꼭 잡고 있던 노신사가 눈물짓는 아내의 어깨를 토닥거려 주었다.

"괜찮으실 거요. 걱정하지 말아요."

"그래도 저 때문에…… 죄송해서 어머니를 어떻게 다시 뵙죠?"

"깨시면 용서하실 거요. 그리 모지신 분은 아니니 아마 용서

하실 거요. 일시적 쇼크라고 하시니 깨어나실 때가 됐는데 걱정이구료."

"연세가 있으셔서 걱정이에요."

"그러게 말이요."

드르륵 조심스레 문이 열리며 초췌한 듯 보이는 사내가 들어섰다. 주춤거리며 침대 곁으로 다가선 주영은 아무 말도 하지 못하고 쓸쓸히 오 여사를 바라보았다.

"아무 말도 듣고 싶지 않구나. 나중에 얘기하자. 네가 왜 그랬는지, 왜 한마디 상의도 없이…… 그만두자꾸나."

주영을 외면한 채 한숨과 함께 말을 내뱉은 윤 회장이 눈을 감았다. 그 모습에 주영을 안타깝게 바라보던 미연이 가만히 주영의 손을 잡았다.

"주영아, 할머니 깨시면 그때 얘기하자꾸나."

"네. 오늘은 제가 있겠습니다. 두 분은 들어가셔서 쉬세요."

"아니다. 깨어나시면 너보다는 내가 있는 게 나을 게다."

윤 회장의 야속한 말에 주영이 눈을 질끈 감고는 힘없이 입을 열었다.

"깨어나시면 전화드릴게요. 그전까지 좀 쉬세요."

아무 말 없이 주영의 말을 듣고 있던 미연이 윤 회장의 팔을 가만히 움켜쥐었다.

"그럼 전화하거라. 늦어도 오마."

끝내 주영을 돌아보지 않은 채 윤 회장이 말을 마치고 일어섰다. 돌아서는 발걸음이 무거워 다시 오 여사를 돌아보고는 윤 회장이 성큼성큼 문을 나섰다.

"고생하거라. 너무 야속해하지 말고……."

미연의 말에 가볍게 고개를 끄덕인 주영이 미연이 나간 자리에 주저앉았다. 하루 만에 반쪽이 되어버린 얼굴에는 핏기 하나 없이 벌겋게 충혈된 눈만이 자리하고 있었다. 눈을 끔뻑대며 눈물을 삼키던 주영이 조심스레 오 여사의 손을 잡았다.

"할머니…… 저 어쩌죠? 이제 어쩌죠? 이러실 줄 알았다면, 이렇게 많이 속상하실 줄 알았다면 말하지 않는 건데. 평생을 숨기고 사는 건데. 제가 잘못한 거겠죠? 그렇죠? 그래서 벌주시는 거죠? 할머니, 저 많이 뉘우치고 있어요. 제가 잘못했어요. 용서해 주세요. 그만 벌주시고 이제 일어나세요. 예전처럼 호통 치셔도 이젠 아무 말 하지 않고 다 받을게요. 그러니 그만 일어나세요…… 그만 벌주세요……."

어느새 볼을 타고 흘러내린 눈물이 턱 아래에 송골송골 맺혔다. 오 여사의 손을 들어 볼에 가져다 댄 주영이 손을 움켜쥐고 눈을 감았다.

"전요…… 전 그러려던 게 아니었어요. 정말 그러려던 게 아니었어요. 할머니를 탓하려던 게 정말 아니었는데, 원망하려던 게 아니었는데……. 갑자기 너무 억울하다는 생각이 들었어요. 가지고 싶은 게 생겨 제가 너무 성급하게 욕심을 부렸나 봐요. 지금까지 인생만으로 충분하다 자만했나 봐요."

주영이 가만히 손을 들어 오 여사의 얼굴에 붙어 있던 머리카락을 한 올 한 올 쓸어 내렸다.

"할머니, 근데요…… 저 너무 힘들었어요. 그냥 삶이 너무 힘들었어요. 부모님을 아끼고 할머니를 사랑하는 마음과는 달리 인생이 고달팠어요. 순간순간 너무 답답해서 숨이 멎을 거 같았어요. 어렸을 때는요…… 몇 번 짐을 싸기도 했어요. 중학교 때 친하던 친구 녀석이 있었거든요. 근데 어느 날 그 녀석이 그러는 거예요. 너 여자라며? 너 기집애라서 애들이 놀지 말라고 하더라. 후후, 말도 안 된다 큰소리쳤는데 글쎄, 그 녀석이 옷을 벗어보라고 하더라구요. 정말 친했는데, 농구도 같이 하고 축구도 같이 했던 녀석이었는데……. 다른 녀석들과 똑같이 저를 화장실로 끌고 가서 옷을 벗기려고 했어요. 내 앞에서 아랫도리를 내리고 소변을 갈기고는 제 옷을 벗기려 했어요. 그때 알았어요. 진짜 여자구나……. 난 여자구나……. 죽을힘을 다해 버텼어요. 보이지 않으려고 아니라 소리치며 버텼어요. 근데 사내애들 힘은 당할 수가 없더라구요. 그래서 살려달라 애원했어요……. 그 순간만큼은 살아야겠기에 너무도 비굴하게 옷을 움켜쥐고 울부짖었어요, 너무도 비굴하게……. 그때 구원의 종소리가 울렸어요. 후닥닥 뛰쳐나가는 아이들의 뒷모습을 바라보다 그대로 화장실에서 엉엉 울었어요. 아마, 그때가 마지막으로 맘껏 소리 내어 울어봤던 거 같아요. 후후, 너무 비참했는데, 비웃는 친구 녀석의 웃음소리가 귀를 찢어놓는 거 같아 너무 아팠는데……. 알아야 했어요. 왜 여자인 내가 이런 곳에 있는지……. 기어나왔어요. 화장실에서 기어나와 찢어진 교복을 움켜쥐고 집으로 달려갔어요. 그리고 어머니께 울부짖었죠. 엄마…… 엄마, 나 여자야…… 나 여자였어…….”

주영이 오 여사에게 머물렀던 손을 거두고 눈가의 눈물을 훔쳐 내었다. 시트에 떨어진 눈물방울이 어느덧 큰 원을 그려내고 있었다. 자신도 모르게 북받치는 눈물은 다행히 소리를 내진 않았다.

“그때 어머니의 표정을 잊을 수가 없어요. 저를 부둥켜안고 미안하다 울기만 하시는 어머니를 밀쳐 낼 수가 없었어요. 멍하니 천장만 바라보고 며칠을 보내다 기어이 아버지를 무릎 꿇게 만들었지요. 그리고 원하던 답을 얻어냈어요. 내가 왜 사내가 되었는지, 왜 사내로 살아야 하는지……. 그때 어떻게 정신을 사리고 다시 공부를 하게 되었는지는, 그때 무슨 마음이었는지는 잘 기억이 안 나요……. 다만 죽겠다 마음을 먹었던 것밖에는…….”

고백하듯 말을 하던 주영이 그대로 오 여사의 손에 얼굴을 묻었다. 차마 오 여사의 얼굴을 바라볼 수 없어, 마치 눈을 뜨고 바라보는 것만 같아 주영은 외면한 채 묵묵히 다시 입을 열었다.

“죽겠다, 죽겠다, 죽겠다…… 죽어버렸으면 좋겠다. 그리 마음을 먹으니 부모님 소원대로 사는 게 낫겠다는 생각이 들었나 봐요. 기특했지요? 어린 나이에 참으로 기특했지요? 그리고 다시는 내 또래 아이들을 쳐다보지 않았어요. 그러던 어느 날 한 편의 영화를 봤어요. 집에서 머리를 식힐 겸 유명하다는 영화를 봤는데…… 내 또래 아이들이 한없이 맑게 웃고 있었어요. 치고 박고 싸우다, 웃다, 술 마시다, 부둥켜안다…… 후후, 그게 부러웠나 봐요. 기억나세요? 한국에서 1년만 대학에 다녀보고 싶다고 처음으로 떼를 썼는데. 대학은요, 정말 신기해요. 학교만 가면 정말 좋았어요. 뭐든 할 수 있을 것만 같고 뭐든 하고 싶었어요. 그때…… 그 사람을 만났어요."

오 여사에게서 고개를 돌리고 말을 하던 주영이 끝내 눈을 감아버렸다. 또르르. 힘겹게 걸려 있던 눈물 한 방울이 오 여사의 손을 타고 흘러내렸다. 동시에 감겨진 오 여사의 눈에서 흘러내린 눈물 한 방울이 베개를 적시고 있었다.

"그 사람은요…… 할머니, 참 신기해요. 그 사람은, 제게는 빛이었고, 공기였고, 희망이었어요. 그 일 년 동안 저를 참 많이 변하게 만들고, 살고 싶게 만들었어요. 그 사람 곁에 있는 것이 좋아 매일매일 학교에 가고 열심히 공부했어요. 후후, 웃기죠? 마치 사춘기 소녀처럼 선생님을 짝사랑해서 열심히 공부하는 그때는 저도 막 설레었어요. 근데 그걸 표현하지 못했어요. 귀여운 후배 녀석한테 배신당했다는 소릴 들을까 입으로 소리내지 못했어요……. 선배, 저 여자예요, 선배를 이렇게 좋아하는 여자예요, 끝내 말하지 못했어요. 그러다 헤어졌어요. 그때도 또래 아이들이 저를 미워했어요. 제가 너무 잘난 척을 했나 봐요. 너무 무관심했나 봐요…… 어떤 여자애가, 작은 아이였는데 그 아이가 아마 나를 좋아했나 봐요. 정말 웃겼어요. 난 여잔데, 정말 여잔데…… 나를 좋아한단 여자 아이의 말이 기가 막혔어요. 그래서 다시 도망쳤어요. 학교에서, 그 선배에게서……. 저 정말 겁쟁이죠? 피하기만 하는 겁쟁이. 그러다 미국이란 나라를 갔어요. 너무 넓고 자유로운 나라에서 작게나마 용기가 생겼어요. 그 이후로 여자가 되고 싶었어요. 자유를 맛보고 그 재미를 느끼니 그리 살고 싶다는 마음이 생겼어요. 종종 여자의 모습으로 나설 때면 어색하고 쑥스럽긴 했지만 그래도 좋았어요. 마구마구 삶이 흥미로워지는 기분, 할머니도 아세요?"

엎드린 채로 주영이 오 여사의 손을 쓰다듬었다. 잠시 말을 멈춘 주영의 뒷모습을 오 여사가 살며시 눈을 떠 바라보았다.

"죽어라 열심히 공부했어요. 죽을 만큼 힘들면 또 그만큼 공부했어요. 아마 지금 제가 이렇게 된 것도 그 덕분인지도 몰라요. 그냥 평범한 여학생으로 자랐다면 이렇게까지 되진 못했을 거예요. 저한테는 잘된 일이죠. 한국에 돌아와서 약해진 부모님을 뵙고 다시 모질게 마음을 먹었지요. 이젠 딴생각하지 말자. 열심히 일해서 보답하자. 인정받고 싶었어요. 비록 사내의 모습을 하고는 있지만 난 여자니까. 여자가 얼마만큼 해내는지 두고 보자…… 뭐, 이런 마음이었던 거 같아요. 후후, 저 정말 못됐죠? 그러다가 그 사람을 다시 만났어요. 모진 운명. 질긴 인연. 몇 번 부딪치다 그 사람이 저를 사랑한다는 걸 깨달았어요. 난 아무것도 줄 수 없는데…… 아무것도 대답해 줄 수 없는데……. 바보 같은 그 사람은 나만 바라봐요. 나만 생각해요. 정말 돌아서려 했는데, 정말 안 보려 했는데. 할머니, 저 정말 그 사람 받아들이지 않으려 했어요. 그래서 그 사람한테 상처도 많이 주고 괴로워했지만 그 사람을 떠나려고 했어요. 난 사내니까, 난 윤주영이니까, 잘나고 똑똑한 신명의 주인이니까……. 근데 그 사람은 인간이 아닌가 봐요. 그렇게 나한테 당하고도 곁에만 있게 해달라고 해요. 무릎 꿇고 애원하며 아무것도 바라지 않는다 말해요……. 그런 그 사람한테 더 이상은…… 정말 더 이상은 상처를 주고 싶지 않아요. 정말 아프게 하고 싶지 않아요. 정말 나…… 떠나고 싶지 않아요. 할머니, 죄송해요. 못난 손주 때문에 이렇게 누워 계시게 해서 정말 죄송해요. 나 떠나면 살 수 없다 말하는 그 사람 버리지 못해 죄송해요. 근데요, 정말 죄송한 건요, 이제 그 사람 없이는 내가 살 수 없다는 거예요. 정말 죄송해요."

어느새 흥건히 젖어버린 오 여사의 손을 부둥켜안고 주영이 침대에 얼굴을 묻어버렸다. 한동안 어깨를 들썩이던 주영의 입에서 억눌린 듯한 말이 흐느낌과 함께 새어 나왔다.

"죄송해요. 사내로 태어나지 못해서……. 그래도 할머니, 전 다시 태어나면 우리 집에서 태어나고 싶진 않아요. 용서해 주세요. 다시 태어나면 사내로 태어나겠다 말하지 못하는 저를 용서해 주세요. 너무 힘들어서, 정말 너무 힘들어서 그러고 싶진 않아요. 그냥 꽃이 될래요. 새가 될래요. 자유로운 바람이 될래요……."

주영의 말 한 마디 한 마디가 가슴에 사무쳐 오 여사는 끝내 고개를 돌려 버렸다. 원망도 할 수 없게 만든 주영이 야속해 오여사는 그대로 눈을 감아버렸다.

'무슨 짓을 한 게냐. 내가 무슨 짓을 한 게냐……'

똑똑.

간간이 낮은 흐느낌만이 사람이 있는 곳임을 말해 주던 적막한 병실에 노크 소리가 커다랗게 울렸다. 깜짝 놀라 고개를 든 주영이 서둘러 눈물을 훔치고 문으로 걸어갔다. 문 앞에서 한번 더 얼굴을 가다듬던 주영이 조심스레 문을 열었다.

"선배."

문 앞에는 정성스레 포장된 꽃을 안고 지민이 서 있었다. 놀란 주영의 눈에 선 핏발과 초췌한 듯한 차림새에 지민이 눈살을 찌푸리며 들어섰다.

"힘들지? 할머님은?"

"아직 깨어나지 않으셨어요. 앉으세요."

오 여사가 누워 있는 침대 한 켠에 의자를 가져다 앉은 지민이 가만히 주영을 살펴보았다. 며칠 새 부쩍 말라 있는 주영이 눈에 박혔다.

"밥은 먹은 거야? 잠은?"

"먹고, 잤어요."

"그런 사람 얼굴이 이 모양이야. 한 달은 굶은 사람처럼······ 가슴이 아프다."

"그러지 말아요, 할머니 누워 계신데. 아무것도 생각 안 나요."

"견뎌라, 쓰러지지 말고. 깨어나시면 웃는 모습 보여 드려야지."

"그래야죠."

아련하게 오 여사를 바라보는 주영의 눈빛에 지민은 가슴 한 켠이 서늘해져 옴을 느꼈다.

"네 탓이라 생각하지 마. 너 때문에 모든 일이 벌어졌다 생각하지 마. 더 이상 네가 할 수 있는 일은 없었어. 어느 누구도 너처럼 견딜 수는 없었어."

"그럴까요?"

"주영아, 내 걱정은 하나야. 니가 네 자신을 혹사시키는 거. 나는 네가 어떤 결정을 내려도 다 받아들여. 다시 사내로 산다 해도, 나에게 아무것도 줄 수 없다 말해도 난 괜찮아."

"선배."

주영이 놀란 듯 지민을 바라보았다. 갑작스런 지민의 말에 주영은 내심 속마음이 들켜 버린 것 같아 미안함을 감출 수가 없었다.

"미안해하지 마. 누구보다 힘든 건 너고, 견뎌야 하는 것도 너야. 네가 끌어안는 만큼 나도 끌어안아. 네 아픔, 네 고통. 네가 끌어안으면 난 너를 끌어안아. 가란 말도 하지 마. 네 곁을 떠나란 말도 하지 마. 알잖아, 나 바보라 하나밖에 모르는 거. 가진 건 고집뿐이라는 거. 너에게 아무것도 해줄 수 없는데, 네 곁에 있어주는 것밖에 해줄 게 없는데. 그마저도 못하면 너무 불쌍하잖아. 나도, 너도."

주영의 손을 끌어당겨 쓰다듬던 지민이 눈을 맞추고 미소 지었다. 그 미소가 눈물겨워 주영의 눈이 흐려졌다.

"미안해요, 받기만 해서. 아무것도 주지 못하고 받기만 해서……. 나 이렇게 또 받네요. 내 마음 들켜 버려 변명도 못하고 또 이렇게 선배 힘들게 하네요. 맞아요. 저 단념했어요. 제 인생 그냥 이렇게 살래요. 이렇게 가족들 웃음 보면서 작게나마 행복 찾으며 살래요. 선배에게…… 기다려 달리 말 못해요. 니만 봐달라 말도 못하겠어요. 만약……."

잠시 말을 멈추고 주영이 지민의 눈에 담긴 자신의 모습을 바라보았다.

"만약…… 아니다, 이건 아니다 싶으면 그냥 돌아서요. 언제나 마음이 바뀌면 돌아서요. 나처럼 사는 선배 못 볼 거 같아요. 선배 가족에게도, 선배에게도 그건 못할 짓이에요. 좋은 사람 만나면…… 그런 사람 나타나면 예쁜 가정 꾸려요. 그럼 나도 한결 마음이 편할 거 같아요. 가끔 얼굴 보고, 선배 가족들 보고 그리 사는 것도 나쁘지는 않을 거 같아요."

묵묵히 말하던 주영을 바라보다 지민이 허무한 웃음을 흩날렸다.

"정말 어리석다, 윤주영. 나한테 그런 말을 하다니. 듣지 않을 거 알면서 네 가슴 구덩이 파가며 그런 말 하지 마. 더 이상은 말하지 마. 더 힘들 말 하지 마. 내 대답이 너에게 위안이 된다면…… 그래, 그럴게. 만약 좋은 사람이 나타난다면 그렇게 할게. 정 못 견디겠으면 말할게. 하지만 내가 먼저 말하기 전에는 아무 말도 하지 마."

"후후……. 어리석다, 권지민."

미소 짓는 두 사람의 얼굴에 쓸쓸함이 스치고 지나갔다. 마주 보는 시린 눈길에 못내 가슴 아파 서로에게 웃음 짓던 두 사람에게로 황량한 바람이 불어왔다. 그 시린 바람에 떨리던 눈을 어쩌지 못해 오 여사는 입술을 꼭 깨물었다.

며칠 뒤 오 여사는 가족들의 만류에도 불구하고 집으로 돌아갔다. 같이 가주마 붙잡는 미연을 뿌리치고 여전히 꼿꼿한 자태로 돌아섰다. 주영은 끝내 자신에게 눈길 한번 주지 않고 돌아서는 오 여사의 뒷모습에 쓸쓸히 걸음을 옮겼다. 그리고 아무 일도 없었다는 듯이 제자리로 돌아왔다. 다짐하며, 또다시 다짐하며…….

평상시와 같은 하루. 지민과 간단히 통화를 마친 주영이 이른 아침 아무도 없는 사무실에 들어섰다. 아직 해는 뜨지 않았지만 세상은 환히 밝아 있었다. 주영이 커피 한 잔을 들고 의자에 앉았다. 책상 한 켠 차곡차곡 쌓여 있는 서류철을 가져다가 검토할 순서대로 다시 정리하여 밀어두었다. 그리고 맨 위에 검은색 파일을 집어 펼쳐 들었다. 하나의 일을 마치면 다시 새로운 일이 생기고, 그 일을 또 마치면 또 다른 일이 생긴다. 일과 같은 일상. 어제와 다른 오늘, 그러나 결국은 같은 하루. 주영이 서류에서 눈을 떼고 의자를 돌려 창을 향했다. 손 안에 놓여진 커피 잔에서 모락모락 김이 오른 모습이 창밖의 풍경에 녹아들었다. 퇴원을 한 오 여사는 벌써 2주일째 주영의 연락을 거부하고 있었다. 상처받은 마음보다 죄송스런 마음이 앞서 혹여 아직 건강이 안 좋은 것은 아닐까, 매일을 거르지 않고 전화를 걸고 있었다. 그러나 언제나 오 여사는 잠들어 있거나 자리를 비우고 있었다. 집으로 찾아가 벨도 눌러보았지만 여전히 아주머니의 음성만 들려올 뿐 오 여사는 얼굴조차 보여주지 않았다. 아직 용서가 되지 않으신 걸까, 받아들이기 힘드신 걸까. 얼굴 가득 근심 어린 주영이 한숨을 내쉬며 다시 책상으로 돌아앉았다.

"일찍 나오셨습니다."

출근한 민준이 추위로 인해 아직도 홍조 띤 얼굴로 사무실로 들어섰다.

"네. 어제 일찍 들어갔더니 오늘은 할 일이 많네요."

"죄송합니다. 주희 씨 때문에 안 그래도 차질이 많은데 저까지…… ."

"그런 말 말아요. 아이는 어때요?"

"감기라고 하는데 아직 어려서 감기도 위험할 수 있다고 하더군요. 집으로 데려오긴 했는데 아직 안심하긴 일러서요."

멋쩍은 듯 어색한 웃음을 보이는 민준의 눈에 걱정이 가득했다. 요 며칠 주희와 민준의 아들 희준이 아파서 입원을 했었다. 이제 백일을 지났기에 더욱 맘을 조렸던 민준을 보고 퇴원 날인 어제 조퇴를 시켜준 주영이었다. 그로 인해 업무상 차질이 생겨 주영조차 제대로 일을 마치지 못하고 퇴근을 했었다. 미안한 마음에 일찍 출근한 민준이었으나 언제나 그렇듯 주영보다 앞서지는 못했다.

"오늘은 열심히 일하겠습니다. 아, 그리고 주희 씨가 사장님께 감사드린다고 전해달라고 하더군요. 백일 선물이 너무 마음에 든다고."

"아, 후후, 네. 그럼 오늘 일정부터 볼까요?"

"네."

민준이 스케줄 표를 들고 주영의 앞에서 브리핑을 시작했다. 오늘은 아무래도 일정이 빡빡할 듯싶었다. 잡혀진 회의가 두 개, 그리고 사업상 미팅이 두 건이었다. 민준과 동행해야 하는 며칠간의 미팅이 모두 오늘과 내일로 미뤄졌던 것이다.

"성화물산 김 사장님과 4시 미팅입니다. 자료는 준비되었으며 회의 시간에 브리핑 예정입니다. 그리고 저녁……."

삐리릭. 삐리릭.

출근 시간부터 시끄럽게 울려대는 전화에 민준이 눈살을 찌푸리며 받아 들었다.

"네. 신명 사장실 김민준입니다. 네, 맞습니다. 어디시죠? 근데 무슨 일로……."

전화를 받는 민준에게 시선을 떼고 서류를 검토하던 주영이 달라진 민준의 목소리에 고개를 들었다. 눈이 마주친 민준의 눈이 커다랗게 변해 있었다.

"아직 출근 전이십니다. 네, 알겠습니다. 네, 네. 알겠다고 하지 않습니까. 그럼."

평소답지 않은 민준의 거친 말투에 주영이 놀라 쳐다보았다. 멍하니 수화기를 내려놓던 민준이 무슨 말을 하려는 순간 다시 전화벨이 울려대기 시작했다. 두 사람의 눈이 동시에 전화기로 향해지고 무슨 일이냐 묻는 주영의 말에 민준은 아무 말 없이 다시 수화기를 집어 들었다.

"신명 사장실 김민준입니다. 네, 네. 아직 출근 전이십니다. 그럼."

이번에는 상대방의 말을 들어보지도 않고 민준이 수화기를 내려놓았다. 대단한 충격이라도 받은 듯 멍하기만 한 민준을 바라보며 주영이 걱정스레 쳐다보았다. 다시 울리는 전화벨. 이번에는 주영이 받아 들었다.

"신명 사장실입니다."

—신명그룹 사장실이죠?

"네, 어디십니까?"

—전 우리일보 김성규 기자라고 합니다. 윤주영 사장님 계십니까?

"무슨 일이십니까?"

—아침 기사 건으로 인터뷰 요청을 드리려구요.

"무슨 기사인지는 모르겠지만 인터뷰는 하지 않습니다."

—아, 아, 그럼 끊지 마시고 한 가지만 대답해 주세요. 윤주

영 사장이 여자라는 사실을 아시고 계셨습니까? 여보세요? 여보세요!

수화기를 내려놓을 생각도 하지 못하고 주영이 민준을 올려다보았다. 경악을 금치 못한 주영의 동공이 크게 확장되어 있었다. 충격을 받아 정신을 차리지 못하는 주영을 대신해 민준이 수화기를 내려놓고 전화선을 빼버렸다.

"사장님."

"김 실장, 신문…… 좀 봐줄래요?"

"네."

서둘러 밖으로 뛰쳐나간 민준이 신문을 들고 들어왔다. 밀린 업무로 인해 신문 브리핑을 오후로 미뤘던 민준이다. 다른 스케줄이 많아 점심 시간을 쪼개 정리할 심산으로 아침 신문을 책상 한 켠에 쌓아두었었다. 민준이 들고 온 신문을 잡아채 주영이 펼쳐 들었다. 신문을 넘길 필요도 없었다. 보려던 기사는 일면 톱을 장식하며 대문짝만하게 실려 있었다. 하얗게 질린 얼굴로 빠르게 신문을 읽어 내려가던 주영이 다른 신문을 펼쳐 들었다. 그리고 또 다른 신문. 그러나 기사는 오직 주요 신문 두 곳에만 실려 있었다. 평소 오 여사와 친분이 있던 두 곳의 신문사에서만 오 여사의 인터뷰 기사를 다루고 있었다.

"어떻게 이런 일이……."

주영의 손에서 힘없이 떨어지는 신문을 주워 든 민준이 기사를 훑어보았다. 짐작한 대로 기사는 주영에 관한 오 여사의 인터뷰 기사였다. 앞으로의 일들을 생각하며 숨을 깊게 들이쉬던 민준의 귀에 진동 소리가 들려왔다. 주영의 핸드폰이었다.

"사장님, 핸드폰이……."

업무에 관련된 전화는 모두 회사나 민준의 핸드폰으로 연락이 오기에 주영의 핸드폰은 가까운 지인들에게만 알려져 있었다. 주영이 떨리는 손으로 간신히 핸드폰을 들었다.

"네."

—주영아, 괜찮아? 괜찮은 거야?

"네."

—내가 지금 거기로 갈게. 서두르지 않으면 기자들이 그쪽으로 몰려갈 거야. 지하 주차장으로 내려와. 주영아!

"선배."

—정신 차려. 정신 차려야 해, 주영아! 안 되겠다. 김 실장님 옆에 계시지? 바꿔줘.

아무 말도 하지 못하고 선배라고만 중얼거리는 주영을 보곤 민준이 전화를 뺏어 들었다.

"아무래도 사장님께서 충격을…… 네, 네. 알겠습니다. 지금 곧 모시겠습니다. 네. 그럼 이따 뵙겠습니다."

핸드폰을 닫아 자신의 주머니에 넣고 민준이 주영의 코트를 집어 들었다. 그리고 아직도 멍하니 의자에 앉아 있는 주영을 향해 다가섰다.

"사장님, 가셔야 할 것 같습니다. 오늘은 피하시는 것이 좋을 듯합니다. 일어나시죠."

　민준이 나직이 주영에게 말을 건네곤 팔을 잡고 일으켰다. 충격을 받은 건 민준도 예외는 아니었으나 자신마저 허둥대면 주영이 정신을 차리기 힘들 것 같았다. 힘없이 딸려오는 주영의 얼굴을 바라보던 민준이 걱정스레 주영을 부축하고 사무실을 나섰다. 엘리베이터는 층마다 멈추며 회사 내 분위기를 짐작케 했다. 주영을 이끌고 민준이 비상구로 향했다. 고층이긴 하나 계단을 이용하는 것이 주영을 위해 좋을 것 같았다. 중간중간 사람들의 웅성거림이 들리면 멈추어 서기를 몇 번. 지하 주차장 문을 열고 들어서자 저 멀리 주영의 차 앞에 모여 있는 사람들이 보였다. 구석으로 주영을 데리고 몸을 숨긴 민준의 재킷에서 떨림이 느껴졌다.

　"네. 도착했습니다. 주차장 구석 기둥 뒤에 있습니다. 네."

　핸드폰을 닫아 들고 민준이 주위를 둘러보았다. 저 멀리 한 대의 차가 빠른 속도로 민준이 있는 곳으로 다가섰다. 주영을 두고 뛰쳐나간 민준이 손을 들었다. 급브레이크로 멈춰 선 차 안에서 지민이 뛰어나왔다.

　"주영이는?"

　"저쪽에 앉아 계십니다."

　민준의 말이 끝나기가 무섭게 지민이 주영이 있는 곳으로 달려갔다. 주영의 손을 잡고 나타난 지민의 눈에 저 멀리 사람들이 뛰어오는 것이 보였다. 차 문을 열고 기다리던 민준에게 고

맘다 말하고 지민이 주영을 밀어 넣었다. 차 앞으로 달려오는 사람들을 막아선 민준이 어서 가라 손짓하자 차는 이내 빠른 속도로 사라져 갔다.

시내를 벗어나자 한가한 도로에 탁 트인 풍경이 드러났다. 무작정 서울을 벗어나고자 차를 몬 지민이 그제야 숨을 몰아쉬며 주영을 돌아보았다. 창으로 고개를 돌린 채 눈만 껌뻑이고 있는 주영은 한 시간이 넘도록 아무 말도 없었다. 도로 외곽에 차를 세우고 지민이 주영의 어깨를 두드렸다. 흠칫 놀라는 주영이 그제야 곁에 사람이 있었다는 것을 알아챈 듯 고개를 돌렸다.

"선배."

"이제 좀 정신이 드니?"

"어디예요?"

"경기도 어디 쯤인 것 같은데 자세히는 나도 몰라. 괜찮아?"

걱정스런 지민의 물음에 주영이 가만히 고개를 끄덕였다. 충격이 채 가시지 않은 눈동자가 불안하게 흔들렸다.

"왜 그러셨을까요?"

"아마도 너를 위해서 그러신 게 아닐까."

"아무 말씀도 없으셨는데."

"너를 받아들인다는 말씀을 직접 하시기 힘드셨을지도."

"전화도 받지 않으셨어요. 매일매일 걸었는데 피하기만 하셨어요. 직접 뵈러 가도 문도 안 열어주셨는데……."

"정리 중이셨던 건 아닐까?"

"무슨?"

지민에 말에 주영이 눈을 모으고 바라보았다. 주영의 손을 잡아 무릎에 올려놓고 지민이 천천히 입을 열었다.

"당신의 인생, 아마도 허무하셨을 거야. 많이. 옳다고 믿었던 인생이었는데 원치 않은 결과를 불러왔으니 많이 혼란스러우셨겠지. 당신 혼자서 정리하고 싶으셨던 것 같다. 80 평생을 빈틈없이 살아오신 분인데 당신 인생조차 그리 너그러우시진 않으시겠지."

"그렇다고, 그렇다고 신문에……. 아직도 이해가 안 가요, 나는."

혼란스러운 듯 고개를 젓는 주영을 향해 지민이 눈을 맞추었다.

"나도 너를 이렇게 보고 말하기가 힘들었어. 그건 아마도 너를 너무 많이 사랑해서 그런 게 아닐까. 사랑하는 사람의 눈을 똑바로 보고 말하는 게 쉬운 줄 아니? 아무 감정이 들어가 있지 않다면 모르겠지만 사랑하는 감정이나 용서하는 감정이나 쉽지 않은 감정을 싣고는 바로 보기 힘들지."

"선배는 지금 똑바로 보고 있잖아요."

주영의 말에 지민의 입에 미소가 퍼졌다. 콩 하고 주영의 머리를 가볍게 쥐어박으며 지민이 고개를 가로저었다.

"아니, 쉽지 않아. 이렇게 너를 바로 보기까지 얼마나 힘들었는데. 처음에는 똑바로 마주 보면 사라져 버릴 거 같아서 불안해서 못 봤고, 그 다음에는 아파하는 너에게 힘이 못 되어줘서 미안해서 못 봤고…… 그리고 언제나 너를 사랑하는 내 마음 들켜 버릴까 바로 못 봤어. 이젠 상관없으니 이리 바로 보는 거지. 내 감정을 모조리 들켜도 되니까."

"그건 선배니까."

"아니, 다르지 않아. 할머님은 너를 많이 사랑하셔서 볼 수가 없는 거야, 많이 미안한데 말할 수 없어서. 보면 들켜 버리잖아. 미안한 마음, 사랑하는 마음. 할머님같이 자신을 내보이지 않고 철저하게 완벽을 추구하시는 분은 자신의 마음을 보이기 쉽지 않으실 거야. 아마 허락지 않을 거야. 아직은 그분의 자존심이…… 이해해 드려야지. 이렇게라도 너를 용서하시고 받아들이신 것은 아마 크게 용기를 내신 걸 거야. 너를 세상에 내보이기 위해. 그리고 무엇보다 그 방법이 너를 세상에 알리는 최선이라 생각하신 걸 수도 있고."

"최선이요? 갑자기 신문의 일면에 실리는 것밖에 없었을까요?"

"바보. 그러니 내가 맘을 놓을 수가 없다. 네 맘대로 생각하게 놔두면 한이 없거든. 신문을 보긴 봤어? 다른 신문에는 실리지 않고 두 곳에만 실렸더라. 아마 할머님이 아시는 기자였겠지. 그러니 그렇게 좋게 기사를 실어주었겠지. 아마 다른 방법으로 너를 알렸다면 세상 사람들은 미처 속사정을 알기도 전에 결론을 내려 버렸을 거야. 재벌가의 비리 어쩌고저쩌고하면서. 근데 그 기사는 회사보다 할머니의 마음, 그리고 네 인생이 많이 엿보였어. 그 기사를 읽은 사람들에게는 아마도 할머님의 진심이 전해졌겠지. 물론 그래도 여러 가지 말들이 나오겠지만 우선은 너를 이해하는 사람들이 많은 거 같더라."

"기사 얘기해 줄 수 있어요? 읽긴 읽었는데 기억이 잘 나지 않네요."

어느 정도 안정을 찾은 듯 주영의 눈동자가 빛나고 있었다. 흐린 먹구름이 개이자 숨어 있던 햇살이 모습을 드러냈다. 잠시 생각에 잠긴 지민이 정리가 된 듯 주영의 손을 꼭 움켜쥐었다.

"제목이 아마 신명그룹 오해경 여사의 숨겨진 손녀였고, 다른 한곳은 신명그룹 가족사의 아픈 비밀이었지. 먼저 기사에는 너를 여자라 밝히며 자신의 인생을 참회한다는 내용이었고, 두 번째는 가족들에 대한 할머니의 마음과 네 인생 얘기였어. 네가 태어나던 날, 그리고 네 학창 시절, 대학 때 네 모습 등. 나도 몰랐던 아픈 너의 과거가 실려 있더라."

"저의 과거요? 할머니는 모르실 텐데. 아무도 모르는 일인데. 말한 적이 없어요, 부모님께도. 설마……."

"왜?"

"자세히 말해 봐요."

무언가 생각난 듯 주영이 다그치자 지민이 할 수 없다는 듯 다시 기사를 기억해 내려 애썼다. 세세하게 기억을 할 순 없지만 학창 시절 이야기는 지민에게도 충격이었기에 아직 생생하게 남아 있었다.

　"네가 중학교 때인가 학교에서 가장 친한 친구한테 충격적인 일을 당하고 집에 돌아와선 많이 울었다는 얘기가 있었어. 그 뒤로 다시는 학교에 가지 않고 가족들을 위해 여자로 살길 포기했다고. 또래들을 바라보는 네 마음이 어떠했을까, 몰라줬다며 눈물을 흘리셨다고 나와 있더라. 많이 기특하고 대견한데 이제야 네 자리를 찾아준다고."

　"들으셨구나. 깨어 계셨던 거네. 그래서 이런 일을……."

　주영의 말에 어리둥절한 지민을 바라보며 주영이 웃음 지었다. 눈가에 맺힌 이슬을 닦아내며 후련한 듯 웃음 짓는 모습에 지민이 안심한 듯 미소 지었다. 주영을 끌어당겨 품에 안은 지민이 아이를 어르듯 주영을 토닥여 주었다.

　"울지 마. 기뻐서 우는 눈물이라도 난 아직도 가슴이 철렁거린다. 기쁘면 그냥 웃고 슬프면…… 그래도 웃어. 하하, 아니, 슬프면 그냥 울어. 감추지 말고, 삭히지도 말고. 내가 다 받아 줄게."

　지민의 품 안에서 고개를 끄덕이던 주영이 낮은 한숨을 내쉬었다.

　"이제 어떻게 될까요?"

"글쎄, 한 치 앞도 모르는 것이 인생이니 어찌 될지는 알 수가 없지. 그렇지만 여태 많이 아파하고 힘들었으니 하늘도 염치가 있다면 봐주지 않을까. 날씨도 흐리고 맑음이 있는데 하물며 사람 인생이 내내 흐리란 법은 없지. 개일 거야. 이제 그만 놓아두고 지켜보자. 아마도 시간이 해결해 주지 않을까."

"개일 거예요, 반드시."

주영이 더 가까이 지민의 품으로 파고들었다. 주영을 꼭 끌어안은 지민이 창밖으로 펼쳐진 하늘을 올려다보았다. 그동안의 주영의 삶이, 아픔이 눈앞에 빠르게 스치고 지나갔다.

'자신의 의지가 아닌 삶을 살아야 했던 사람, 생각이 자란 후엔 남을 위해 살아야 했던 사람, 사랑을 알고는 나를 위해 살아야 했던 사람. 자기 자신도 가질 수 없었던 사람.'

이제는 자신의 것에 고집스레 욕심을 낼 수 있도록 살게 해줄 것이다. 내 사랑만큼 돌려달라 바라지도 않을 것이다. 그냥 자신의 삶을 조금 이기적으로 사는 방법을 가르칠 것이다. 자신이 행복하는 방법, 하나를 가져 다른 하나를 욕심 내는 방법, 소유한 후의 이기적인 기쁨, 얄밉고도 못된 삶. 지민이 바라는 주영의 삶이었다. 그러나 알고 있다. 그녀는 그런 사람이 될 수 없다는 것을 알고 있다. 누구를 가슴에 품으면 그 사람에게 먼저 내어준다는 것을 알고 있다, 가족을 위해 그랬던 것처럼. 가족을 위해 존재할 뿐 자신을 위해 가족이 존재한다는 생각을 하지 못했던 사람이다. 모질게 가르치고 싶지만 그녀는 또다시 누구를 위해 살 것이 분명했다. 나를 사랑해서? 그런 생각은 하지 않는다. 그저 자신을 위해 마음 쓰는 내가, 헌신적인 사랑을 바치는 내가 못내 고마울 것이다. 그 고마움에 보답하고자 가슴속 티끌 하나도 남기지 않고 또다시 모든 걸 내어줄 것이다. 그걸 알기에…….

'이제는 내가 그녀가 되려고 한다. 나를 위한 삶이 아닌 그녀를 위한 삶을 살고자 그녀가 되려고 한다. 내가 그녀가 되면 그녀는 내가 되겠지. 내가 그녈 위한 삶을 살면 그녀는 그녀를 위해 누군가 존재할 수 있다는 것을 깨닫게 되겠지. 받는 사랑을 배우게 되겠지. 그러다 보면 조금은 이기적이 되고, 조금은 여유로운 자만이 생기겠지. 나보다는 그녈 먼저 생각하겠지. 언제나 대기하고 자신을 바라보며 끊임없는 사랑을 주는 사람이 있다는 걸 알게 되면 나를 조금은 하찮게 여기겠지. 조금은 소홀히 마음 쓰고, 조금은 아무렇지 않게 행동하겠지……. 그녀도 사람이니까 그렇게 되겠지. 누구나 받기만 하는 사랑에는 조금은 이기적이 되는 거니까, 그녀도 그렇게 되겠지. 제발 그렇게 되어야 할 텐데. 못되고 얄밉게 변하게 해주소서. 나를 무시하고 하찮게 여겨 가진 자의 자만을 알게 하소서. 베풀기를 멀리하고 가지기를 가까이 하는 이기적인 사람이 되게 하소서. 그런 이기심은…… 모두 나에게 풀게 하소서.'

지민의 이런 터무니없는 바람에 하늘이 혀를 차고 있는 듯했다. 서로 사랑하게 해주십사 바란다면 하늘은 고운 눈과 따뜻한 손길로 보듬고자 했을 것이다. 이제까지 고생했으니 그런 바람은 쉬 들어주마 하고 너그러운 인심을 보였을 것이다. 그러나 지금 못된 마음의 그녈 만들어 주십사 바라는 지민의 마음을 하늘도 어찌할 줄 몰라 어리둥절 구름만 둥실거리고 있었다. 하늘 가장 높은 곳에 걸려 있던 해는 당황한 듯 잠시 둥실거리다 어색하게 뒷걸음치며 구름 뒤에 황급히 몸을 숨기고 있었다. 하늘을 올려다보던 지민의 입가에 승리의 미소가 떠올랐다.

『2002년 12월 12일.
ㄱ. 신문 [오해경 여사의 숨겨진 손녀] 신명그룹 윤주영 사장에 관한 오해경 여사의 인터뷰.
ㄴ. 신문 [신명그룹 가족사의 아픈 비밀] 사내로 살아야 했던 윤주영, 그의 삶.
2002년 12월 13일.
ㄱ. 신문 [신명그룹 윤주영 잠적] 가족들조차 몰랐던 철저한 비밀, 무엇을 위해?
ㄴ. 신문 [윤주영 잠적에 관한] 함께 사라진 남자는 누구인가?
2002년 12월 14일.
ㄱ. 신문 [신명 윤주영과 정진 권지민] 사랑의 도피.
ㄴ. 신문 [그의 남자 권지민] 숨겨진 아픈 사랑, 드디어 드러나다.

2002년 12월 19일.

ㄱ. 신문 [윤주영과 권지민 모습을 드러내다] 그가 아닌 그녀를 사랑했다. 권지민 인터뷰.

ㄴ. 신문 [권지민 인터뷰] 윤주영에 관한 그의 사랑. 예견된 운명.

2002년 12월 24일.

ㄱ. 신문 [윤주영에 관한 각계의 반응] 언론 동정표 몰리다.

ㄴ. 신문 [네티즌, 윤주영 사랑 서명 운동] 그냥 사랑하게 해주세요.

2003년 1월 2일.

ㄱ. 신문 [윤주영 그의 운명] 동정표 몰고 자리 유지.

ㄴ. 신문 [언론에 승복한 신명그룹] 윤주영, 사장으로 남다.

2003년 1월 25일.

ㄱ. 신문 [신명그룹 윤주영 사장 편견을 깨다] 신명그룹 주가 상승에 관한 여성의 저력.

2003년 1월 30일.

ㄱ. 신문 [사회 관념 속에 승리한 여성 CEO 윤주영] 여자이기에 할 수 없다라는 생각을 하지 않았다. 독일 합병과 관련한 인터뷰.

2003년 3월 11일.

ㄱ. 신문 [여자로 우뚝 서다] 신명 윤주영 사장, 여자의 모습으로 첫 외출(사진 왼쪽부터 윤주영, 권지민).

2003년 11월 30일.

ㄱ. 신문 [신명그룹 윤주영 결실 맺다] 크리스마스 세상의 축복 받으며, 윤주영 결혼 발표 인터뷰.

ㄴ. 신문 [신명과 정진의 거대한 결혼] 신부 윤주영과 신랑 권지민, 결혼으로 맺어질 그들의 사랑에 관한 기록.』

18 사랑에 관한
그들의 기록

하얀색과 노란색의 장미가 홀을 가득 메우고 아련히 밝혀진 샹들리에가 고풍스런 홀을 비추고 있었다. 붉은색 카펫 위에 가득 뿌려진 생화들이 상큼한 향기를 내뿜으며 하나둘 모여드는 사람들의 코끝을 간지럽히고 있었다. 바이올린과 피아노의 잔잔한 선율이 흐르는 가운데 모여든 하객들은 자리에 앉지 않고 홀을 둘러보기에 바빴다. 식장의 양쪽 벽면에 빼곡이 전시된 사진들. 쓸쓸한 바닷가, 장난스런 표정의 캠퍼스, 두 손을 잡고 거리를 거니는 남자와 여자, 가족들이 모인 듯한 생일 파티, 그리고 환히 웃으며 마주 보고 있는 남자와 여자. 결혼까지의 그들의 기록인 듯한 사진을 둘러보는 사람들의 표정에는 어느새 흐뭇한 미소가 자리하고 있었다. 연신 셔터를 눌러대는 기자들로 인해 더욱 북적거리는 홀 안쪽에는 조용한 대기실이 마련되어 있었다. 다소곳이 앉아 고개를 숙이고 있는 신부. 화려하지는 않지만 눈처럼 하얀 깔끔한 드레스의 어깨 위에는 하얀색 장미가 눈부시게 피어 있었다. 긴장한 듯 표정이 굳어졌던 신부의 어깨 위에 따스한 손길이 느껴졌다.

"떨려?"

"아니요. 선배는요?"

"나도 괜찮아. 내가 이 말 했던가?"

"무슨 말?"

"눈부시다. 내 신부지만 눈이 부셔서 바라볼 수가 없다. 모든 신랑이 나처럼 가슴 설레나?"

"후후."

미소 짓는 주영의 얼굴을 바라보며 지민이 한쪽 무릎을 꿇고 앉아 손을 잡았다.

"청혼할 때 했던 말 기억하지? 억울하게 살지 말자고. 맘껏 사랑하고, 맘껏 행복하자. 내 옆에 선 걸 후회하지 않게 해줄게. 내 옆에 서줘서 고마워."

"후후, 할 말이 없네요. 언제나 선배가 먼저 말해 버려서……. 고마워요, 나를 놓지 않아줘서."

오가는 눈빛에 가슴이 시릴 만큼 벅차오르는 기분을 알까. 주영이 가만히 지민의 얼굴을 감싸 안았다.

"내가 이 말은 했던가?"

"무슨 말?"

가슴을 울려대는 지민의 말에 주영이 나직이 입을 열었다.

"사랑해…… 죽어도 사랑해."

하얀색 장갑이 지민의 머리를 쓰다듬다 멈추어졌다. 지민이 고개를 들어 주영을 마주 올려다보았다.

"촌스럽긴. 후후, 죽어서까지 사랑 안 해줘도 돼요. 숨 쉬는 동안만 사랑해 줘도 충분해요."

주영의 웃음 섞인 말에 지민이 고개를 가로저었다.

"아니, 그걸로는 부족해. 촌스러워서 이런 말밖에 못하지만 난 죽어도 네 곁에 있을 거야."

"무서워라. 후후, 내가 이 말을 한 적이 있던가요?"

미소 짓는 주영의 얼굴이 가슴 가득 박혀왔다. 따스하게 빛나는 주영의 눈을 바라보며 지민이 물었다.

"무슨 말?"

"사랑한다는 말."

주영의 말에 번쩍 몸을 일으킨 지민이 의심스러운 듯 주영을 쳐다보았다.

"내가 말했기 때문에 되돌리는 거야?"

"후후, 아니요. 난 언제나 말하고 있었어요, 가슴으로."

변치 않는 주영의 눈을 바라보는 지민의 얼굴에 한가득 웃음이 번졌다.

"가슴으로 뭐라고?"

능청스레 묻는 지민을 흘겨보다 할 수 없다는 듯 주영이 지민에게로 다가갔다. 지민의 귀에 입을 가져다가 주영이 속삭였다.

"권지민을 사랑해요."

간지러운 듯 눈을 찡긋거리던 지민이 이내 소리 내어 웃기 시작했다.

"하하, 잘 안 들리는데."

귓속으로 손가락을 집어넣고 장난스레 말하는 지민을 보며 주영이 미소 지으며 고개를 가로저었다.

"그래도 다시 말하지 않을 거예요. 잘 안 들리면 앞으로는 말할 필요가 없겠네요."

세게 한 방을 맞고 지민이 두 손을 들어 항복했다.

"이봐, 이봐. 말하지 않으면 아무도 모른다구. 사랑해, 윤주영."

주영을 꼭 안으며 지민이 웃음 섞인 말을 되돌렸다.

"어어? 방해가 된 건가? 미안한데 다시 나갈까?"

문을 열고 들어서던 민철이 손가락으로 눈을 가리며 짐짓 과장된 표정을 지어 보였다. 다시 나갈 생각이 없는 듯 문을 닫고 들어서면서도 눈을 가린 손은 내리지 않았다.

"이제 봐도 되나? 흐흠."

"후후, 왔어요?"

지민을 밀어내며 주영이 민철을 향해 미소 지었다. 그러나 뒤이어 들린 지민의 말에 주영은 황당한 웃음을 지으며 두 사람을 번갈아 바라보았다. 어딘지 점점 닮아가는 두 사람이었다.

"아직 안 나갔냐? 난 간 줄 알았는데 간다 하지 않았어?"

"이 자식이. 축하해 주러 온 친구를 문전박대하다니. 친구 녀석 키워나 봐야 다 소용없네."

툭툭 몸을 부딪치며 장난을 주고받던 민철이 주영에게로 눈을 돌렸다.

"신부가 보고 있는데 이러면 안 되겠지? 정말 이쁘다, 주영아."

"눈 돌려."

여전히 퉁명스레 말하는 지민을 흘겨보곤 민철이 주영을 향해 돌아섰다.

"알지, 내가 무슨 말 할지?"

"니 녀석이 무슨 말 할지 어떻게 알아. 말하지 않으면 아무도 모른다."

의미심장한 말을 내뱉고 지민이 주영에게로 시선을 돌렸다. 눈이 마주치자 주영이 모른 척 고개를 돌리고 민철을 바라보았다.

"알아요. 고마워요, 선배."

"잘살아라. 아픈 만큼 성숙해진다고 하더라. 그만큼 행복해라. 언제든지 심심하면 불러라. 옛날부터 난 너희들의 심심풀이 땅콩 아니냐. 하하.”

물끄러미 바라보기만 하던 지민이 민철의 어깨를 감싸 안았다. 호탕하게 웃는 민철과 눈이 마주친 지민이 음흉한 미소를 지으며 민철의 머리를 쓰다듬었다.

“기특한 것. 내가 잘 키우긴 했구나. 하하.”

“결혼식이라 봐주려고 했더니. 하하.”

티격태격 주먹을 주고받던 두 사람이 이내 배를 움켜잡고 웃기 시작했다. 어린아이 같은 두 사람의 모습을 지켜보며 주영은 문득 지금과 같았던 옛일을 떠올렸다. 어렸던 그 시절, 처음 만나 웃음을 주었던 두 사람. 두 사람이 있기에 지금 주영이 있을 수 있었다. 처음 시비를 걸어 마주 보게 만들었던 민철과 피하려고만 하던 자신을 잡아준 지민. 한 사람은 여전히 웃음 지으며 따스한 눈길로 축복의 말을 전하고, 한 사람은…… 사랑하는 사람이 곁에 서 있었다. 가슴 가득 벅차오르는 행복을 만끽하며 주영은 터져 나오는 웃음을 감추지 않았다. 처음 듣는 주영의 맑은 웃음소리에 지민이 놀란 듯 주영을 바라보았다. 그리고는 이내 감동 어린 눈빛으로 주영을 얼싸안고 돌려대기 시작했다. 지민의 함성 소리와 함께 세 사람의 웃음소리가 청량하게 울려 퍼졌다.

“신랑 입장!”

카메라 플래쉬에 눈을 깜빡이며 지민이 씩씩하게 식장으로 들어섰다. 그리고 돌아서 주위를 한 번 바라보고는 입구로 고개를 돌렸다. 순백의 드레스를 입은 주영이 민혁의 손을 잡고 고개를 숙인 채 서 있었다.

'눈물겹다. 지금 그 자리에 서 있는 것만으로도 얼마나 가슴이 벅찬지 아니. 너를 보면 언제나 불안했어. 눈만 깜빡여도, 어깨만 들썩여도 난 가슴이 철렁했어. 혹여나 다시 돌아서지 않을까. 몰래 눈물짓지 않을까. 곁에 두고도 맘 조렸던 내 마음을 알까. 이제 정말 나에게 걸어오는구나. 많은 사람들이 보는 앞에서 너를 내 여자라 말할 수 있겠구나. 정말 떨린다. 코끝이 찡해져 어찌할 수가 없는데 너는 괜찮니. 발끝에서부터 전해지는 전율이 온몸을 타고 정신을 혼미하게 만든다. 서 있을 수가 없다. 너를 보는 것만으로도 나는 또 이성을 잃고 만다. 백 번을 봐도, 보고 또 보아도 내 가슴은 안타깝기만 하다. 속절없이 뛰어대는 심장. 한 걸음 한 걸음에 두근두근. 귀를 울려대는 눈물겨운 소리. 운명이 들려온다.'

"신부 입장!"

피아노 선율에 맞추어 주영이 미끄러지듯 천천히 지민에게 다가섰다. 손을 옮겨 잡으며 잠시 동안 두 사람의 눈이 마주쳤다. 반짝이는 눈동자의 벅찬 설레임이 손끝에 전해졌다.

'가슴이 너무 아파요. 눈앞에 서 있는 당신을 보니 가슴이 아려와요. 정말 할 수 없을 줄 알았는데…… 당신 곁에 설 수 없을 줄 알았는데 벙어리처럼 쳐다만 보다 무너진 가슴 끌어안고 잠들 줄 알았는데. 당신은 알까요, 맘껏 보듬어주지도 못하고 가슴 가득 안아주지 못한 내 마음을 알까요. 사내였던 나, 사내로 살아야 했던 나. 사내로 살았기에 당신을 만났고, 아파했기에 상처를 보일 수 있었어요. 사내로 살아온 인생, 모질다 원망하지 않을게요. 당신으로 인한 인생, 당신으로 이어질 인생. 이제 당신 곁에 서네요. 이리 마주 보네요. 내민 손 잡을게요. 더 이상 당신 불안하게 하지 않을게요. 떨리는 손마디 이젠 감추지 않을게요. 가슴이 너무 벅차요. 벅차고 벅차 코끝이 시려요. 난 지금 눈물이 나는데 당신은 괜찮나요. 바라봐도, 봐라봐도 안타까운 당신……. 잡은 손마디에 전해지는 떨림, 흥분으로 뜨거워진 눈가에 감동이라 불리는 눈물. 운명이 흐르네요.'

"신랑 권지민, 신부 윤주영. 이제 두 사람은 하나가 되었음을 선언합니다."

분주한 아침나절, 나들이를 준비하는 바쁜 손길이 오가는 가운데 따스한 기운이 창으로 넘실거렸다. 등을 타고 흘러내리는 머리를 정성 들여 묶은 후 거울 속에 단장된 얼굴을 다시 한 번 확인하고 주영이 서둘러 방을 나섰다. 아직도 멜빵을 끼우느라 땀을 뻘뻘 흘리는 손을 낚아채고는 한 번에 탁 하고 끼우고 난 후 엉덩이를 한 번 쳐 현관으로 밀어내었다. 그리고는 아까 쳐내었던 손길이 다시 한 번 머리를 땋느라 허둥거리는 모습을 팔짱을 끼고 멀찌감치 지켜보았다.

"지금 뭐 하는 거예요?"

"아아, 나? 머리 땋는데."

"몇 갈래로요?"

"세 갈래였는데 하나가 어디 갔지? 잠깐, 잠깐. 해낼 수 있다고."

마지못해 주저앉아 지민의 손을 지그시 움켜쥐고 의미심장한 웃음을 지어 보이는 주영이었다.

"내가 할까요? 으흠."

"아, 그럴래?"

눈이 마주치자 움찔하던 지민이 벌떡 일어나 현관으로 내달음쳤다.

"아직도 신발을 안 신었어? 아빠가 신겨줄게. 이리 와봐. 아빠가 없으면 아무것도 못한다니까, 정말."

"아빠."

허둥거리며 거의 다 신겨진 신발을 다시 벗기고는 과장된 몸짓으로 발에 끼워 맞추는 지민이었다. 아이가 지민을 나직이 불렀다.

"왜에?"

"제가 다 신었는데 굳이 벗겨서 다시 신겨주시는 이유를 알 수 있을까요?"

어쩔 수 없다는 표정으로 팔짱을 끼고 아이가 지민을 내려다보았다. 당황한 지민이 아이가 아닌 주영의 눈치를 살폈다.

"지영이 방해하지 말고 시동이나 *시시죠, 권지민 씨.*"

화가 날 때면 이름 세 글자를 또박또박 부르는 주영, 눈이 부시도록 아름다워 아직도 가슴 설레 붉어지는 얼굴이지만 누구보다 지민을 옴짝달싹 못하게 하는 사람이었다. 그의 아내라 불리는……

"흐흠…… 그럼 그럴까?"

말을 마치기가 무섭게 현관을 뛰어내려 가는 바쁜 발자국 소리가 울렸다. 벗겨진 신발을 다 신고는 지영이 주영을 돌아보며 눈살을 찌푸렸다.

"아빠가 엄마한테 잘 보이려고 한 건데 그냥 봐주시지 그러셨어요. 남자들은 원래 좋아하는 여자 앞에서 허둥대기 마련이거든요. 나도 혜림이 앞에서는 그러니까요. 먼저 내려가 있을게요. 여자들은 치장이 너무 오래 걸려."

주영은 투덜거리며 현관을 나서는 아들의 뒷모습을 멍하니 바라보다 다시 빗을 움켜쥐었다. 곱게 빗어 내려 세 갈래로 땋아 장미 모양의 머리끈으로 묶어주자 만족스러운 듯 아이가 일어섰다.

"엄마가 해주면 좋아요. 아빠가 하면 막 아파요. 이뻐요? 눈부셔요?"

"후후, 너무 눈이 부셔서 볼 수가 없구나. 신발 신어야지. 아빠하고 지영이가 또 무슨 말을 할지 몰라. 서둘러야지."

5살박이 딸아이의 말에 웃음 짓던 주영이 서둘러 가방을 들고 신발을 신었다. 곱게 단장하고 외출을 할 때면 아이들이 보는 앞에서 지민은 주영을 칭찬하곤 했었다. 방금 전 아이가 말했던 눈이 부시다는 말은 지민의 입에서 나온 말이었다. 언제나 엄마를 경쟁 상대로 여기는 딸아이는 집을 나설 때면 꼭 묻곤 했다. 엄마보다 이뻐요? 눈이 부셔요? 주영이 딸아이의 손을 잡고 계단을 내려섰다. 다행히 푸른 하늘이 적당한 햇살을 뿌려대고 있었다.

"엄마, 오늘 어디 가는 거예요?"

"글쎄다, 엄마도 모르는데. 오늘 아빠가 깜짝 놀랄 선물을 주신다고 하셨으니까 기대해 보렴."

"우리를 위한 선물이 아니겠지요. 언제나 엄마를 위한 선물이잖아요."

의젓하게 뒷좌석에 앉아 주영을 바라보며 묻는 지영을 어쩔 수 없다는 듯 주영이 돌아보았다.

"아니야. 이번에는 모두들 좋아할 거라 말씀하셨어."

"보면 알겠죠."

"와아! 좋아! 주민이는 너무 좋아. 아빠 선물 너무 좋아."

박수를 치며 좋아하는 주민을 번거롭다는 듯이 흘겨보던 지영이 무언가 생각난 듯 앞좌석에 기대 주영의 어깨를 쳤다.

"어제 유치원에서 저하고 이름이 같은 여자애가 들어왔어요. 개나리 반이었는데 선경이랑 싸우고 우리 반으로 온 거예요. 김지영이라는 이름인데, 기분 나빠요. 왜 내 이름은 여자 이름이고, 주민이 이름은 남자 이름이에요? 남자다운 이름으로 바꿔주세요. 할머니가 그러셨어요. 사내는 모름지기 사내다워야 한다고요. 근데 내 이름은 사내답지 못하잖아요."

지영의 말에 주영이 지민을 쳐다보았다. 어떠한 말도 하지 않고 주영에게 떠넘기듯 외면하는 지민을 흘겨보며 주영이 다정하게 지영의 머리를 쓰다듬었다.

"사내다워야 한다는 할머님 말씀은 맞아. 근데 그건 외모나 이름을 말씀하시는 게 아니야. 지영이 마음과 생각을 말씀하시는 거지. 유치원에서 다른 남자애들이 여자애들을 괴롭히면 지영이는 어떠니?"

"유치하고 남자답지 못하다고 생각해요."

"그래, 그거야. 남자답다라는 말은 그런 뜻이야. 남자다운 행동과 생각, 정직하고 바르고 여자를 위해주는 마음, 여자애들뿐만이 아니라 선생님께도, 친구들에게도 언제나 한결같은 마음. 이해할 수 있니?"

"조금 생각해 보면 알 수 있을 거 같아요. 그래도 이름은 마음에 안 들어요. 주민이랑 바꿀래요."

"싫어요. 오빠랑 이름 바꾸기 싫어요. 난 아빠가 주민아 불러주는 게 좋아요. 아빠, 아빠."

지영의 말에 발끈하여 떼를 쓰는 주민을 진정시키며 주영이 두 아이를 번갈아 바라보았다.

"지영아, 주민아, 잘 들어."

심각한 표정으로 두 아이의 손을 잡고 주영이 낮은 목소리로 입을 열었다.

"엄마가 처음 지영이를 배에 품었을 때 너무 좋았어. 내 아이가 생겼다는 기쁨은 말로 표현할 수가 없었단다. 아빠하고 엄마는 그런 지영이를 너무 사랑했어. 지영이가 아들이었어도, 딸이었어도 똑같이 사랑하고 똑같이 기뻤을 거야. 그런 건 상관없었거든. 아들이든 딸이든 지영이는 엄마, 아빠의 사랑하는 자식이니까. 우린 많이 고민했단다. 지영이가 태어나 평생 불리게 될 이름을 무엇으로 하면 좋을까, 그러다가 결정했지. 영원히 엄마, 아빠의 사랑하는 자식이고, 분신이고, 전부이고…… 그래서 지영이가 된 거야. 아빠의 이름 지민의 지와 엄마의 이름 주영의 영을 이어서 지영이 된 거야. 유치원의 다른 아이들과 같은 이름이라고 해도 지영이의 이름은 달라. 지영이라는 이름은 아빠와 엄마의 자식인 너만 가지고 있거든. 다른 누구도 가질 수 없는 유일한 이름 지영이. 다른 이름으로 바꿔줄까?"

주영의 말에 곰곰이 생각을 하던 지영이 고개를 저었다.

"아니요. 생각해 보니 바꾸지 않는 게 좋겠어요. 지영이라는 이름도 나쁘지 않아요. 이름으로 놀리는 아이들은 남자답지 못한 거 같아요. 남자다운 내가 봐줄래요. 그냥 지영으로 불러주세요."

나이답지 않은 지영의 말에 주영이 흐뭇한 미소를 지으며 머리를 쓰다듬었다. 애정이 듬뿍 담긴 손길이 싫지 않은 듯 지영이 웃음 지었다.

"엄마, 주민이는? 주민이도 해줘요. 말해 줘요."

"우리 주민이도? 그럴까? 주민이는 아빠가 말해 주면 더 좋아하겠지?"

"네."

엄마에게 속마음을 들켜 버려 미안한 듯 작게 대답하는 주민이를 바라보며 주영이 함박웃음을 지어 보였다. 운전을 하면서도 세 사람의 말소리에 귀를 쫑긋거리던 지민이 껄껄거리며 웃음을 터뜨렸다.

"하하, 우리 주민이는 아빠가 말해 줄게. 오빠가 태어나고 아빠, 엄마는 너무 기뻤지만 주민이가 태어났을 때도 똑같이 기뻤단다. 작게 꿈틀대는 주민이가 너무 이뻐서 이 아빠는 잠도 못 잤어. 엄마를 너무 똑같이 닮아 눈에 넣어도 아프지 않을 거 같았거든."

"여보."

혼자만의 생각에 빠져 딴 길로 빠져 버린 지민의 어깨에 손을 가져다 대고 주영이 주민을 얼굴로 가리켰다. 엄마라는 말에 울상이 되어버린 주민의 얼굴이 백밀러에 비춰졌다.

"아니, 아니, 엄마보다 더 이뻐서 주민이가 너무 좋았다는 말이야. 흐흠. 그래서 오빠랑 똑같이 아빠, 엄마의 분신이고 전부인 주민에게도 이름을 떼어주기로 했지. 엄마의 이름 주영의 주 자와 아빠의 이름 지민의 민 자. 주민이 이름은 세상에 하나밖에 없는 아빠, 엄마의 자식 주민이만 가지고 있는 거야. 주민이, 이제 다른 친구들이 남자 이름 같다고 놀리면 자신있게 말할 수 있지?"

"네!"

만족스러운 듯 씩씩하게 대답하던 주민이 앞좌석에 찰싹 달라붙었다.

"이제 주민이도 말할 수 있어요, 우리 아빠 이름하고 엄마 이름하고 붙여서 내 이름이 생긴 거라고요. 세민이하고 이슬이한테 막 자랑해도 되죠?"

"그러엄. 하하. 누굴 닮아 저리 이쁠까."

주영을 힐끔 쳐다보며 말을 하는 지민을 못 본 듯 주민이 기분 좋은 환호성을 지르며 뒷좌석에 기대앉았다. 아이들과 짓궂은 지민을 바라보며 웃음 짓던 주영이 작은 목소리로 물었다.

"근데 정말 어디 가는 거예요? 멀어요?"

"가보면 알아. 당신도 아는 곳이야. 아마 좋아할 거야."

"이 길은 잘 모르는데."

"참, 민철이네 가족하고 내일 저녁 식사 있는 거 알지? 그 자식이 자꾸 우리 주민이를 눈독들여서 큰일이야. 내일은 꽁꽁 숨기고 가야겠어."

"저는 경환이가 맘에 들어요. 밝고 꾸밈이 없잖아요, 우리 지영이처럼 너무 의젓하지도 않고. 누구 닮아서 저리 애어른인지."

"하하. 흐흠."

자신을 흘겨보는 주영을 바라보다 지민이 웃음을 찾지 못하고 껄껄거렸다. 그리고는 손을 뻗어 주영의 손을 살그머니 잡았다. 주민이 눈치를 보며 손을 빼려는 주영의 손을 꽉 잡고 지민이 콧노래를 흥얼거렸다. 그 노랫소리가 익숙한 듯 이내 아이들도 따라 부르기 시작했다. 세 사람의 기분 좋은 흥얼거림이 살랑거리는 봄바람만큼이나 상쾌하게 느껴졌다.

"다 왔다. 내리자. 으샤."

아이들을 안아 들어 내려놓고는 지민이 주영에게 다가섰다. 차에서 내려서던 주영이 놀란 듯 주위를 돌아보았다. 끝없이 펼쳐진 초원. 푸르고 푸른 녹색의 풍경. 파란색 하늘과 맞물려 한 폭의 그림을 연상케 하는, 이곳은 강원도의 어느 목장이었다. 예전 아련했던 기억 속에 남아 있던 그 목장. 감격한 듯 둘러보는 주영의 어깨에 손을 올리고 지민이 앞으로 이끌었다. 넓디넓은 초원이 신기한 듯 이리저리 뛰어다니는 지영과 주민을 흐뭇하게 바라보다 지민이 주영의 손을 잡아끌고 어딘가로 향했다. 발 아래 밟혀지는 푹신한 기운에 마치 구름을 밟고 서 있는 기분이 들었다.

"너무 좋다. 어떻게 이곳에 올 생각을 했어요? 한번 와보고 싶었는데."

"와야지, 와야지 했는데 쉽게 일이 마무리되지 않았어. 다 왔다. 이제 눈 감아."

손을 들어 주영의 눈을 가리고는 지민이 주영을 잡아끌었다. 주춤거리며 지민을 따라 몇 걸음을 옮기자 발 아래 딱딱한 돌이 느껴졌다.

　"돌이에요?"

　"응, 조심히 밟아. 다 왔다. 이제 셋 하면 눈 뜨는 거다."

　고개를 끄덕이는 주영의 몸을 돌리고는 지민이 입으로 하나, 둘, 셋을 외쳤다. 주영이 천천히 눈을 떴다. 작고 아담한 집. 소박한 정원과 울타리, 그리고 하얀 지붕의 나무로 만들어진 집이 주영의 눈앞에 있었다. 영문을 몰라 어리둥절하기만 한 주영이 지민을 돌아보았다.

　"이 집은 뭐예요?"

　"뭐긴, 우리 집이지. 우리 별장. 그렇게 부르기엔 너무 작고 소박하지만 그래도 내 선물이야."

　"갑자기……."

　"생각 안 나?"

　초원을 내려다볼 수 있도록 울타리 앞에 주영을 돌려 세우고는 지민이 주영의 등을 감싸 안았다. 주영의 눈앞에 초록빛 풍경이 끝없이 펼쳐졌다.

　"옛날…… 벌써 오래됐네. 민철이하고 우리 셋이 왔던 날 기억해? 그때 여기에 크고 멋진 별장을 짓겠다고 민철이 말했잖아. 그럼 우리 둘이 와서 쉬게 허락해 주겠다고. 그 말에 당신이 이렇게 말했어. 작고 소박한 집이었으면 좋겠다고, 보는 것만으로도 따뜻한 집이면 좋겠다고. 그런 곳에서 쉬고 싶다고…… 기억 나?"

귓가에 속삭이는 따스한 입김에 주영이 미소 지으며 고개를 끄덕였다.

"기억나요. 그때 당신이 이렇게 말해 주었지요. 당신이 짓겠다고, 작고 따뜻한 집을 지어서 언제라도 내가 쉴 수 있게 해주겠다고. 맞죠?"

"응. 바쁘다는 핑계로 너무 오래 걸렸어. 미안해. 이제부터는 편히 쉬어."

지민의 말에 주영이 돌아섰다. 그리고는 팔로 목을 감싸 안고 코를 마주 대며 미소 지었다.

"고마워요, 잊지 않아줘서. 근데 나 이제 이런 집 없어도 편해요. 비록 여기처럼 멋있는 풍경은 아니지만 당신이 있는 집, 어디에 있든 당신만 있다면 난 쉴 수 있어요. 너무 편하고 너무 따뜻하게……."

"후후, 선물한 보람이 있는걸."

코를 비비며 눈을 찡긋하던 지민이 가만히 주영의 입술에 입을 맞추었다. 허리를 끌어안은 손에 힘을 주며 아직도 두근거리는 가슴을 진정하려 애썼다. 봄바람이 살랑 머리를 헝클어뜨리며 꼭 붙어 있는 두 사람의 등 뒤로 깔깔거리는 아이들의 웃음소리가 들려왔다.

"아직도 두근거리는 내 심장은 어쩔 수가 없나 봐. 이 말을 하지 않을 수가 없네……. 사랑해."

"사랑해요."

잠시 떨어졌다 아쉬운 듯 다시 다가서는 입술에 봄 햇살이 내려앉았다. 구름 한 점 없는 하늘에 외로이 떠 있는 해의 모습이 마치 용서를 바라고 있는 듯 둥실거렸다. 끝날 것 같지 않던 지독한 비바람을 이제 그만 거두어갈 테니 하늘을 용서해 주겠니, 지금보다 더 따스한 햇살을 뿌려줄 테니 하늘을 바라봐 주겠니. 여름을 재촉하는 봄 햇살이 온몸을 감싸고 주위를 감싸안았다. 저 멀리 까르르거리는 아이들의 웃음소리가 화답이라도 하듯 하늘로, 하늘로 울려 퍼졌다.

지독한 몸살을 앓았습니다. 주영이가 되면서부터 시작된 몸살이 이제야 회복되려 합니다. 주영이란 인물은 외로운 전사와도 같습니다. 치열한 전투 속에 전우를 잃어버리는 아픔을 견디고 우뚝 선 그런 인물. 강한 사람을 만들고 싶었습니다. 주영은 강한 사람입니다. 책을 덮고 나서 과연 주영이 그런 인물일까, 고개를 갸우뚱거리는 분들이 있으리라 생각됩니다.

사람은 여러 가지를 가지고 있는 신비한 생물입니다. 수많은 사람 중에 같은 외모를 가진 사람도, 같은 성격을 가진 사람도 없습니다. 그러나 우리들은 한정된 단어로 그들을 표현하기에 비슷한 부류로 나뉘어집니다. 강하지만 강하지 않은 인물, 우뚝 서려 하지만 다시 주저앉고 마는 인물. 주영은 사람입니다. 사람일 수밖에 없습니다.

제가 표현하고자 하는 주영의 사랑은 결국 자신을 위한 사랑입니다. 한없이 남을 위하는 삶을 살아야 했지만 결국은 자신을 위한 삶이었음을 깨닫게 됩니다. 가족을 위한 희생도, 사랑을 위한 아픔도 모두 주영 자신을 위한 선택이었습니다.

주영이 사랑한 지민은 나약한 남자입니다. 주영에게만은 강할 수 없고, 강하지 않으려 하는 남자입니다. 답답한 마음이 들 때도 있었지만 사랑 앞에 꿋꿋한 남자는 가식적이라 생각했습니다.

한 가지 사랑을 그리고 싶었습니다. 그 흔한 악역 하나 없어 심심하게 여겨질 수도 있지만 사랑에 다른 사랑을 만들고 싶지 않았습니다. 가슴 조리며 아파하고, 눈물지으며 후회하고 다시 웃음 짓는 사랑만으로도 주영에게는 벅차리라 생각했습니다.

이 글은 온전히 주영을 위한 글이며 주영을 위한 사랑입니다.

유치한 결말. 사랑에서 결혼으로 이어지고, 가정을 갖는 에필로그까지. 사랑은 유치합니다. 유치할 수밖에 없는 행복을 주영에게 주고 싶었습니다. 현실과 맞물려 생각하면 불가능한 일일 수도 있지만 그런 생각은 접어두었습니다. 글 속의 배경과 인물에 관해 의문이 생기시더라도 모든 것이 가능한 현실을 생각해 주시길 부탁드립니다.

읽어주신 분들에게 실망을 드렸을 수도 있지만 이 글은 온전히 주영을 위한 글이었음을 고백하며 먼저 제 글 속에서 지독한 슬픔을 겪게 한 주영과 인연에 의한 순탄치 못한 사랑을 하게 된 지민에게 고마움을 전합니다.

로망띠끄에서 제 글을 읽어주신 많은 분들에게 사랑을 전하며 운영자 분들에게도 감사의 마음을 전하고 싶습니다. 처음부터 열심히 읽어주고 좋은 말로 용기를 북돋아준 친구 수경과 빈둥거리며 밤을 새는 저를 말없이 지켜봐 준 언니에게 가슴 따스함을 느낍니다. 사랑합니다. 철없이 자라 아직 정신 못 차린 근심덩어리 딸을 가진 부모님과 언제나 어긋나기만 하는 동생, 그리고 성격 좋은 든든한 형부에게도 표현하지 못한 마음을 전합니다. 마지막으로 많이 늦은 마감에도 재촉하지 않고 너그러이 봐주신 출판사 분들과 특별히 신경 써주신 종민 씨와 규진 씨께 감사드립니다.

쉬어야지, 쉬어야지 외치지만 솔직히 제가 한 일이 미흡하여 그럴 수가 없을 것 같습니다. 다음 작품에는 밝고 맑은 사랑을 그리려고 합니다. 어떠한 사랑이라고 해도 사랑하는 마음을 가진 사람들에게 기억되길 바라며.

새해를 맞이한 이른 새벽 제이 올립니다.

임미성

197X년 11월(양력) 사수자리
1996년부터 약 3년간 천리안문단에서 시와 수필
연재
2002년부터 〈로맨스월드〉에서 소설 연재를 시작해
현재 〈로망띠끄〉, 〈연필 깎는 여우〉에서 활동 중

〈사랑입니까〉〈우화(雨花)〉〈땡잡은 여자〉 장편
완결, 〈메탈이브〉〈내 마음의 소행성〉 단편 완
결, 〈연애유통기한〉〈앤(Anne)〉〈白鶴別曲
(백학별곡)〉 등 연재 중

출간작으로는 〈사랑입니까〉〈우화(雨花)〉와
전자북 〈땡잡은 여자〉가 있다

『땡잡은 여자』

자신의 위치는 여기까지다. 자신은 그에게 있어 한낱 고용인일 뿐이다.
넥타이가 필요하면 불러다가 넥타이를 골라달라 하고,
나갈 때 위신을 세워주기 위한 도구로 돈을 써야 하는 사람일 뿐이다.
여자도 아닌 사람일 뿐이다. 그에게 자신을 여자로 봐달라고 하는 건 역시 무리인 듯했다.
더욱이 그에게 애정을 가져 달라고 하는 건 있을 수도 없는 일이었다.

'그를 사랑하는 거니?'

● 임미성 지음 값 9,000원

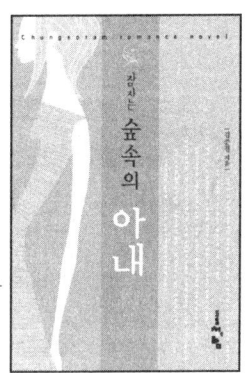

연두

1977년 1월 (음력) 물고기자리

2002년 여름부터 〈로맨스월드〉에서 연재하다가

현재 연필 깎는 여우(www.ippune.com)에서 연재

중

현재 만화 기획자, 만화 콘티 작가로 일하고 있음

〈어둠 속의 연인〉 완결, 〈지하철〉 단편 완결

〈얼어죽을 놈의 나무〉 출간

〈그림자의 사랑〉 전자북(북토피아) 출간

〈얼어죽을 놈의 나무〉, 〈그의 모든 것, 또는 …〉 전

자북 출간 예정

『그림자의 사랑』

"이혼해요."

"누구 맘대로?"

양복 상의를 손으로 가져가면서 민철이 딱딱한 어조로 말했다.

"오늘 저녁에 동창회 있으니까 준비나 하고 있어."

그의 말을 못 들은 사람처럼 다운은 아무 반응 없이 그의 얼굴을 조용히 응시하고 있었다.

그녀의 맑은 눈을 잠시 뚫어지게 바라보던 민철이 안방을 나갔다.

'평생 이러고 살아, 한다운.'

● 연두 지음 값 9,000원

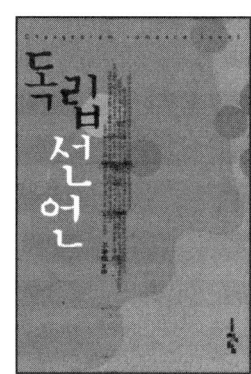

자유빈

2001년 인터넷에서 글쓰기 시작
현재 티파니에서 계속 글쓰는 중

『독립 선언』

"집을 나가서 살고 싶다고?"

허연 백발에 상투까지 튼 할아버지 앞에

그 한가운데 긴 생머리를 한 묶음으로 정갈하게 묶은 여자가

무슨 큰 잘못을 저지른 사람처럼 무릎을 꿇고 앉아 있다.

"네, 할아버지."

"나가려는 이유는?"

"다른 세상에서 살아보고 싶습니다."

● 자유빈 지음 값 9,000원

도서출판 **청어람**   E-mail : eoram99@chol.com
부천시 원미구 심곡1동 350-1 남성빌딩 3층 우420-011 ☎ 032-656-4452 FAX 032-656-4453

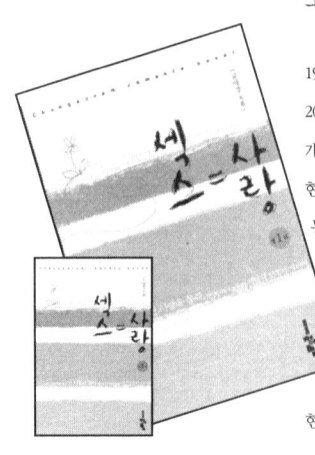